AF293760

Danksagung:

Ich danke allen, die mich zu dem gemacht haben, was ich heute bin...
außer meinem Sportlehrer aus der achten Klasse, meiner Mutter, meinem ersten Zahnarzt, den Gästen die immer einen Rest im Glas übrig
lassen und meistens noch ein zweites nehmen, den Menschen die meinen, dass ein Kreisverkehr eine sinnvolle Alternative zu einer Ampel
bei einer Kreuzung mit mehr als vier Straßen sei, dem Eisverkäufer, der
mich damals um zwei Eiskugeln beschissen hat, den meisten Golfspie-
lern, den Menschen, die es ermöglicht haben, dass Kanye West erfolg-
reich ist, dem kranken Geiste der den Nufleikatoast erfunden hat und
jedem Menschen, der ohne ersichtlichen Grund vor anderen Personen
stehen bleibt um sich an hedonistischen Nichtigkeiten zu erfreuen.

Daniel Engel

Ad Libitum

Die halbwegs gute Reihe

Bibliografische Information der Deutschen Nationalbibliothek:
Die Deutsche Nationalbibliothek verzeichnet diese Publikation
in der Deutschen Nationalbibliografie; detaillierte bibliografische
Daten sind im Internet über dnb.d-nb.de abrufbar.

TWENTYSIX – der Self-Publishing-Verlag
Eine Kooperation zwischen der Verlagsgruppe Random House und
BoD – Books on Demand

© 2018 Daniel Engel

Herstellung und Verlag:
BoD – Books on Demand, Norderstedt

ISBN: 9783740746698

Illustration: **Marcus Schneider**

# Prolog: Lachen Zitronen?

Es war ein kalter, dunkler und außerordentlich eigenartiger Abend. Es lag etwas in der Luft, eine Mischung aus Parfüm, Currywurst und Vorahnung. Es regnete und die Umgebung enthielt ungefähr 73% Luftfeuchtigkeit. Die Straßenlaternen und das Neonleuchtschild des Clubs Flamingo wurden in den dreckigen Pfützen am Straßenrand reflektiert, in dem sich manch eine Ratte sogar zum Raucher entwickelt hätte. Die Regentropfen waren nicht sehr dick aber machten doch ein merkwürdiges, schweres und trotz alledem sehr regentropferisches Geräusch. Hätte man dieses Geräusch aufgenommen und einem Blinden vorgespielt, dann hätte er wohl nicht sagen können, ob es nun Regentropfen seien, die er da hörte oder ob es nicht vielleicht eine ganz leise in der Frequenz veränderte Bassdrum eines ziemlich alten Schlagzeuges sein könnte, das noch ein Naturfell anstelle einer Plastikbespannung hätte. Genau dieser Regen prasselte auch auf das Taxi, das die Straße illuminierte und der Atmosphäre die trübe, melancholische und auf eine ziemlich starke an den Noir-Stil erinnernde Art entzog. Das Taxi glitt durch die Pfützen wie ein Hundeschlitten durch Schnee, als wäre es aus einem bestimmten Zweck gebaut worden. Nämlich ein Taxi zu sein, das genau an diesem besagten Abend diese Pfützen so galant und mit Anmut überschreite, wie es kein anderes Taxi hätte tun können. An der dritten Laterne vor dem Club bremste es ab, schaltete daraufhin in den zweiten Gang und kam allmählich zum Stillstand. In der Straße war nun nichts mehr zu hören außer dem Geräusch des Motors und dem Regen.

>> Das macht dann 24,83€. << sagte der Taxifahrer in einem Akzent, der einen wirklich vermuten ließ woher dieser kommen könnte. Er war ein Jamaikaner mit einem Wollhut, einem recht langen und schäbigen Mantel (was wohl sein Lieblingsmantel sein musste), einem T-Shirt mit

der Aufschrift „Auf diesem T-Shirt steht nichts", einer Hose mit unzähligen Flecken und Schuhe, die sich vermutlich über all die Jahre seinen Füßen und seinem Fahrstil perfekt angepasst haben. Auf den hinteren Sitzen des Taxis saß ein Mann, der nun anfing seine Brieftasche aus seiner Hose herauszuprügeln. Es war ein wahrer Gewaltakt und es kam ihm so vor, als würde irgendetwas nicht wollen, dass er sie in den nächsten fünf bis sechs Sekunden herausbekommen sollte. Der Taxifahrer war ziemlich geduldig und lächelte weiterhin, als der Mann nach den fünf bis sechs Sekunden endlich seine Brieftasche aus der Hose herausbekam, einen 20er nahm und daraufhin wie verrückt nach den 4,83€ suchte. Sein Finger raste nach rechts, dann nach links, horizontal, vertikal und diagonal-gekreuzt über und durch die Brieftasche. Nach einem Kampf, die ein verrückter Autor eines fiktionalen Geschichtsbuches wohl als die „Schlacht von Taxenburg in der späten Neuzeit" beschrieben hätte, fand er 4,58€. Er blickte verschwitzt und nervös zum Taxifahrer auf und sagte:
>> Tut mir Leid, aber mir fehlen 25 Cent. <<
>> Schon okay, die 25 Cent bringen bestimmt niemand um, nicht wahr? <<
Der Mann verließ das Taxi und wünschte dem Fahrer noch einen schönen Abend. Er schlug die Tür des Autos entspannt zu. Da fiel ihm plötzlich ein, dass er irgendwo in den vergangenen Monaten etwas davon gelesen hatte, dass Zweidrittel aller Automobilbesitzer zu viel Kraft in den Vorgang des „Türeschließens beim Auto" stecken würden und somit ein verfälschtes Geräusch gegenüber der Allgemeinheit entsteht. Laut den Wissenschaftlern, die diesen Artikel veröffentlichten, sollte das Geräusch, das man abruft, wenn man an eine Autotür denkt, nicht „Puff" sondern eher ein sanftes „Pfschk" sein.

Mit diesem Gedanken beschäftigte sich der Mann noch eine Weile, starrte in die Pfützen, zählte dabei die gerauchten Zigarettenstummel und ging dann teils zögernd, teils determiniert auf den Eingang des Clubs zu. Ein dicker, großer Mann (man mochte ihn fast schon als

„Schrank" bezeichnen) stand am Eingang des Clubs und zählte murmelnd vor sich her.

>> Guten Abend, was machen Sie denn da? << fragte der Mann.

>> Ich zähle. << sagte der Schrank antrainiert freundlich.

>> Aha, und was zählen Sie, wenn man fragen darf? <<

>> Wie oft ich kaue. << erwiderte der Schrank.

>> Ach so... und bei welcher Zahl sind Sie gerade? <<

>> Hm nach dreimaligem Verzählen bei 258 Bissen. <<

>> Ihr Job scheint sehr wichtig und interessant für die Gesellschaft zu sein. << entgegnete der Mann.

>> Das können Sie aber laut sagen! Ohne mich würde hier Gesocks reinkommen, das weder zählen, lesen, schreiben noch gut-aussehen kann. <<

>> Moment mal! Sie bringen gut-aussehen mit zählen, lesen und schreiben in eine Kategorie? << fragte der Mann empört.


>> Natürlich! Im Regelbuch für Türsteher und... << plötzlich dachte der Mann für einen kurzen Moment an „Schränke" und hörte dann sofort wieder dem Türsteher zu, der ganz säuberlich die Regeln aufzählte. Er trug sie so vor, als würde er es aus dem Regelbuch selbst vorlesen, und das im Stil eines Kochbuches.

>> ...Paragraph 3: Jeder Türsteher braucht Augenbrauen, denn Leute ohne Augenbrauen sind nicht als Autoritätsperson geeignet. Sie sollten lieber in einem Friseursalon oder als Feuerwehrmann arbeiten, weil man dort sagen kann, dass es ein Arbeitsunfall gewesen sei. <<

Der Mann wunderte sich, dass so ein (er wollte es dämpfen) Schwachsinn an dritter Stelle in so einem Regelwerk auftauchte.

Jedoch zitierte der Schrank konzentriert mit einer merkwürdigen und subtilen Art von Stolz und Fröhlichkeit weiter.

>> Paragraph 4: Jeder Türsteher muss einen Ausweis tragen, der zeigt, dass dieser Türsteher ein Türsteher von Beruf ist. Egal in welcher Form dieser Ausweis vorhanden ist. Geeignet sind: Papier, Stoff, Pappe, Plastik, Haut oder Haustiere...<<

Der Mann ging in diesem Moment blitzartig dazwischen.

>> Haustiere? << fragte er mit Argwohn.

Der Schrank beendete diesen Paragraphen noch und erzählte dann von einem Mann, der gar nicht Türsteher sein wollte, aber musste, da er ein Rechtsanwaltsstudium absolviert hat, aber keinen anderen Beruf auffinden konnte. Daher nahm er sich eines Abends das Regelbuch für Türsteher und entdeckte, dass der Ausweis nicht auf Haustiere gelte. Er ging also in das nächste Zoogeschäft, kaufte sich einen Goldfisch und tätowierte diesem mit einer heißen Nadel und Tinte eine Kopie seines Ausweises auf die Seite. Anschließend wartete er ein paar Wochen und hatte nun einen Goldfisch erschaffen, der auch als Türsteherausweis galt. An dem Tag, an dem die Polizei für Türsteher ihn verhaften wollte, zeigte er ihnen seinen Goldfisch-Ausweis und klagte gegen diese Polizisten und das obsolete Regelbuch für Türsteher.

>> Aufgrund dieser Anzeige steht da jetzt eben Haustiere drin. << erwiderte der Schrank. >> Soll ich weitermachen, oder haben Sie einen außerordentlich tiefen und wertvollen Einblick in die Aufgaben, Pflichten und Regeln eines Türstehers bekommen? << erkundigte er sich.

>> Nein. Nein, das war äußerst...öhm nun ja, informativ. <<

>> Kein Problem, dafür sind Türsteher ja da. << meinte der Schrank sehr fröhlich.

>> Ihr seid da, um jederzeit die Regeln erklären zu können? << fragte der Mann.

>> Für was würden wir sonst ein Jahr lang das Regelbuch auswendig lernen? << lachte der Schrank.

>> Und was ist mit dem Rausschmeißen und Aufpassen? <<

>> Hahaha. Das machen wir nach Instinkt und Laune. <<

Der Mann schüttelte halb nickend, halb verneinend den Kopf, wünschte dem Schrank ebenfalls einen schönen Abend und ging in den Club.


Er trat ein und begegnete erst einmal einem schrecklich dekorierten Vorraum. Links war ein Tresen aus Holz, welcher in dem grässlichsten Pink angestrichen war, das der Mann jemals gesehen hatte. Es stach in den Augen und wirkte irgendwie sehr abschreckend, was daran lag, dass der Club Flamingo früher ein Hotel war. Der Besitzer dieses Hotels wollte jedoch keine Hunde haben, also dachte er sehr lange über eine Lösung für sein Problem nach. Er grübelte eine ganze Weile und erfand schließlich eine Farbe, die so hässlich war, dass sogar Hunde sie deutlich sehen konnten und davor Angst bekamen. Nach seiner Erfindung ließ er den Tresen und den Schreibtisch an der Rezeption so streichen, dass Hunde sich nicht weiter als bis zu diesem Raum wagten. Als der Hotelbesitzer jedoch erkannte, was er vollbracht hatte, schrieb er einem renommierten Wissenschaftsmagazin. Daraufhin wurde ihm zwei Monate später der Nobelpreis für Chemie auf seine Kosten per Luftpost zugesandt. Vom Preisgeld zog er nach Hawaii und verschenkte das Hotel an seinen Bruder, der daraus den Club Flamingo machte.

Auf der rechten Seite des Vorraums stand, nach all den Jahren, immer noch derselbe Schreibtisch in demselben infernalen Pink. Zusammen mit dem Tresen wirkte es wie ein Gang durch das Purgatorium der Farben, fast so als hätte sich der Teufel selbst das Spektrum der Farben angeschaut und eine Eigenkreation gefertigt, die 2000 Jahre Leid, Kummer, Tod, Schmerz und Selbstzweifel in einer Farbe zusammenführte.
Neben den zwei unübersehbaren Möbelstücken waren in diesem Vorraum ein verranzter, alter und doch schöner Teppich, eine Tür, die in ein anderes Zimmer führte, eine Stehlampe, die den Raum in rotes Licht tauchte, sowie ein grüner Tacker, der zentral auf dem Schreibtisch lag.
Der Mann machte sich bereit und kämpfte sich durch das Purgatorium der Farben. Er kroch gequält zur Türe, machte sie schmerzerfüllt auf, stand auf und knallte sie schnell hinter sich zu, damit nichts an Licht, aus dieser Farbhölle in den neuen Raum, durchsickern konnte. Schweißbedeckt und schweratmend setzte er sich erstmal auf den Boden, bevor er weitergehen konnte. Er stand wieder auf, schaute sich um und war nun in einer Art Nach-Foyer, das ihm wie eine Schleuse erschien, die etwas abtrennen sollte. Der Raum in dem er sich nun

umschaute war nicht mehr als drei Meter lang, zweieinhalb Meter hoch und drei Meter breit. Außerdem war er dazu noch ziemlich dunkel, denn er wurde nur vom leichten Flackern einer Xenon-Lampe, die ca. zwei Meter vom Boden entfernt leicht hin und herschwang, beleuchtet. Der Mann konnte in dem Flackern fast schon einen Rhythmus erkennen. Es erinnerte ihn an den Herzschlag des Universums, woraufhin er auf seinen Herzschlag achtete. Der Rhythmus verschmolz sich mit einem Jazzsolo aus dem Raum nebenan. Er folgte der leisen Musik und vermutete, dass hinter der nächsten Türe der Hauptraum des Clubs lag und trat ein.

Es war ein riesiger, dunkelblau angestrichener Raum mit pinken Neonleuchtstäben an den Wänden. Die Atmosphäre regenerierte sich aus Spaß, Erotik, Musik und einem betrunkenen Mann, der an der zweiten Bar saß und die ganze Zeit „Banane" rief.
Es gab fünf Tische, eine große und eine kleine zweite Bar, sowie einen Laufsteg mit kleiner Bühne für Burlesqueauftritte oder kleine Gesangseinlagen. Es spielte gerade eine Jazzband namens „The Real Thing" und die wunderschöne Frontsängerin schmolz mit ihrem Cover von „The Golden Message With The Golden Punctuation" einige Herzen.
So auch am ersten Tisch, wo jene Leute saßen, die jeden Tag hier waren. Der „Tablo Flamingo", er war so zusagen der Stammtisch des Clubs.

Die drei Gäste, die Tag und Nacht diesen Tisch in Anspruch nahmen, waren merkwürdige Gestalten. Der Erste sah aus wie ein Colonel aus einem alten Western. Er trug eine Augenklappe, einen riesigen und gepflegten Bart, schwarze Cowboystiefel und eine Militäruniform aus dem Jahre 1849. Der zweite sah aus, wie ein Verrückter. Ein kurzer Profilcheck für Verrückte: Zerzauste Haare, verschiedenfarbige Augen (es sei dahingestellt, ob er sich diese Iris-Heterochromie selber zugefügt hat oder ob es sogar nur Kontaktlinsen waren), ein verwaschenes Hemd, zerrissene Jeans und Sandalen mit Socken. Diese Socken trug er als Trophäe für seine Lieblingsanekdote. Er erzählte sie beinahe jeden Tag und jeder im Club Flamingo konnte sie bereits auswendig rezitieren.


Als der Verrückte, dessen Name durch Zufall auch noch Frank Möbius war, den Mann hereinkommen sah, hechtete er sich auf ihn zu und fragte:
>> Jungchen du siehst intelligent aus, willste nicht eine zauberhafte Anekdote hören? <<
>> Nun ja, ich denke eine schnelle Anekdote kann nicht schaden. << stammelte er freundlich.
Die übrigen Mitglieder des Tablo stöhnten und schüttelten den Kopf dabei.
>> Gut dann setz' dich, komm her. <<


Der Mann setzte sich an den "Tablo Flamingo" und begutachtete nun den dritten Mann, der fast unsichtbar war. Er sah aus wie ein sehr, sehr, sehr seriöser Geschäftsmann. Jung mit einem adretten Anzug, der in der gleichen Farbe, wie die Wand gestrichen war. Ohne das pinke Neonlicht aus manchen Winkeln hätte man sein Gesicht und seine Hände nicht sehen können, und er wäre ganz mit der Tapete verschmolzen.
>> Also Jungchen, hör mir gut zu! <<
>> Gerne. << antwortete der Mann enthusiastisch.
>> Du hast dich bestimmt schon gefragt, warum ich Sandalen mit Socken kombiniere? <<
>> Nein, eigentlich nicht. << sagte der Mann stoisch.
>> Ich wusste es, das tun sie alle. Wie dem auch sei, ich tue dies nicht aus Modehass, obwohl ich diese Modepolizei verfluche... und auch nicht zum Spaß. Nein! Ich verdanke dieser Kombination mein Leben! <<


Der Mann schaute Möbius verwirrt an und war doch auch etwas neugierig über den Verlauf dieser Geschichte.

>> Also, ich war damals im Kriegsgebiet in Somalia, übrigens schnuckeliges Ländchen, und hatte leider ein schlimmes Verbrechen begangen. Ich weiß zwar nicht mehr was, aber laut den Eingeborenen dort und auch meiner Mutter, war es etwas Schlimmes. Sie verhängten auf jeden Fall die höchste Strafe für mein Vergehen. Ich musste mit einer Prostituierten aus dem Dorf schlafen, die jegliche Krankheiten besaß. Ich dachte die Zeit ist gekommen um mich zu verabschieden. Ich nahm die Bibel las sie komplett, kam zu dem Entschluss, dass da gar nicht so viel Quark drinsteht, wenn man es nicht zu ernst nimmt, und wurde mit der Prostituierten in einen Raum eingesperrt.

Als sie auf mich zulüstete, hielt sie plötzlich an. Sie sah mich an als wäre ich Medusa und hätte sie versteinert. Da ließ sie sich rückwärts auf den Boden fallen, rollte und schrie plötzlich vor Schmerz. Ihr eines Auge, was bis vor kurzem noch tauglich war, quoll nun auf und sank danach in sich zusammen. Sie schrie nur >>iskaalsho! iskaalsho! << und verstummte dann auf dem Boden. Ich ging aus dem Raum und die Eingeborenen dachten anhand der lauten Schreie und der Tatsache, dass sie gekrümmt und schwitzend auf dem Boden lag, dass ich sie befriedigt hätte. Als ich jedoch realisierte, dass ich nun wieder ein freier Mann war, rannte ich so schnell es ging zu meinem Lager zurück und wurde wieder heimgeschickt.

Du siehst also, dank dieser Kombination bekomme ich eine lebenslängliche Entschädigung und habe nebenher den Aktienmarkt studiert. <<

>> Beachtliche Geschichte, nicht wirklich eine Anekdote aber trotzdem sehr beachtlich. << sagte der Mann so höflich wie er konnte und wollte sich gerade vom Tisch abwenden, als plötzlich der Colonel drei Mal auf den Boden stampfte und so hart auf den "Tablo Flamingo" schlug, wie er nur konnte.

>> 825. << schrie er und der ganze Club erstickte in Schweigen.

Das Schweigen hallte noch fünf weitere Sekunden im Raum und ging dann wie ein kakophonischer Tsunami vergleichbar einer Implosion in den vorherigen Lärmpegel zurück.

Der Mann zuckte zusammen.

Möbius antwortete ohne zu zögern:

>> Seitdem ich die Anekdote erzähle, zählt der Colonel mit wie oft ich das tue, und es ist zum Haare melken. Er denkt, weil ich, Möbius, dieses Verhalten hasse, würde ich sie weniger oft erzählen aber das tue ich nicht. Niemals! <<

Der Colonel schaute mit einem Blick auf Möbius, der selbst einen Spiegel hätte zersplittern lassen können. Sein Auge war so braun wie die Haut eines Mustangs und es war so klar und autoritär wie kein anderes Auge es je hätte sein können. Dieses eine Auge strahlte eine Aura aus, die genau wie sein Schrei den kompletten Club kurz verstummen lies und er brüllte Möbius an:

>> Du alter Dickschädel. Du weißt ganz genau, dass Mr. Mimikry und ich deine Anekdote auswendig kennen und wir sie trotzdem jeden Tag hören und sie wohlbemerkt wirklich über alles hassen. <<

Mr. Mimikry lachte, zündete sich eine Zigarre an und sagte:

>> Die Karten machen es eben nicht besser als die Würfel. <<

Möbius meinte, er verfalle wieder in Blasphemie. Sie schauten sich eine Weile an, mussten dann grinsen und zogen alle gleichzeitig (eher gesagt synchron) an ihren Getränken mit ihren verschiedenen neonfarbenen Strohhalmen und ihren kleinen Schirmchen.

Der Mann überschaute mit einem schweifenden Blick kurz die anderen vier Tische verabschiedete sich von den drei merkwürdigen Männern, wandte sich nun endlich vom Tisch ab und ging zur ersten Bar, während der „Tablo Flamingo" nach erneuter Provokation von Möbius weiter stritt.

An der Bar saßen vier Typen, die man schon aus einer Distanz von etwa 30 km hätte sehen, riechen und hören können. Sie waren so laut, dass sie die sanfte und elegante Jazz Musik im Club um das Vierfache übergrölten. Außerdem gestikulierten sie so wild um sich, dass man hätte meinen können, sie seien seit drei Jahren schiffbrüchig gewesen und würden die Gewohnheit am Strand zu fuchteln nicht abtherapiert bekommen haben.

Der Mann setzte sich an die Bar und schaute den Barmann so an, dass er einfach wissen musste, was er wollte. Der Barmann hatte aber keinen Schimmer, kam zu ihm her, gab dem Mann die Karte und sagte:
>> Noch nie hier gesehen, trotzdem viel Spaß. Wir haben tolle Drinks von Massachusetts Bringfielder bis zu Kilimanjaro, und wenn du Hunger hast, dann haben wir hier noch sehr orientalische Speisen der Saison. <<
>> Oh? Was gibt es denn für orientalische Speisen für diese Saison. << brachte der Mann in Erfahrung.
Darauf antwortete der Barmann:
>> Rote Beete. Bestimmt die beste Beete aus dem ganzen Gebiet. <<

Sehr perplex bestellte der Mann einfach nur ein schlichtes Glas 3,5% fetthaltige Milch. Nachdem er eine ganze Weile, nur mit einem Glas Milch, an der Bar saß, wollte der Barkeeper einen Smalltalk beginnen und fragte ihn wie man ihn denn nennen würde. Der Mann antwortete salopp:
>> Namen sind nicht so wichtig und meistens Schall und Rauch, wie Farben. Aber wenn sie es unbedingt wissen wollen. Ich heiße... <<

Im ungefähr gleichen Moment, an einem komplett anderen Ort, brach jemand aus einem strenggeheimen und unterirdischen Hochsicherheitstrakt aus. Sein Name war Prof. Dr. Delian Alfred Grubich. Er wurde über fünf Jahre von mindestens 100 Ländern gefahndet, da er über Fähigkeiten verfügte, die niemand für möglich hielt. Um sich selbst zu schützen traf er ein Abkommen mit dem Militär, wobei er sich verhaften lassen musste. Warum er dies tat und was die Bedingungen waren, das wissen nur die obersten Ränge. Nach seiner Verhaftung saß er 10 Jahre in diesem Hochsicherheitstrakt fest und hatte jedes nur mögliche Szenario geplant. Er hätte spielend leicht ausbrechen können. Gerüchte erzählten, dass er so gefährlich sei, dass er einen Menschen mit einem Wimpernschlag die größten Qualen erleiden und dabei nicht aufgehalten werden konnte. Die Gerüchte wurden Realität, da jede Patrouille ein wenig schneller ging, wenn sie an seiner Isolationszelle vorbeikam. Sogar das Essen wurde ihm unter härtester Sicherheitsstufe gegeben. Vorteilsweise wurden ihm die „Mahlzeiten" vorgeschnitten. Doch immer mehr Gerüchte, die sich jedes Mal in der Grausamkeit übertrumpften, machten die Runde, wodurch die Angst anstieg. Die Spannung im Hochsicherheitstrakt erhöhte sich daher mit jedem verstrichenen Tag, und auch nur der kleinste Funke hätte jederzeit Panik auslösen können. Grubich wartete aber seit Jahren auf einen bestimmten Moment....

>> Wir kriegen ihn nicht, er ist schon kurz vor dem Aufzug, der an die Oberfläche führt. << wimmerte ein Soldat.

>> Stellen Sie sich nicht an wie ein Häschen, das sogar vor seinen eigenen Ohren Angst hat! << befahl der General.
>> Aber Herr General, wir reden hier von Grubich. <<
>> Richtig, Soldat. Grubich scheint aber mittlerweile nicht mehr zu begreifen, was er eigentlich macht. <<
>> Wie meinen Sie das General Tirf? <<
>> Sehen Sie doch auf den Bildschirm, Soldat, er hat sich in eine Zelle eines oberen Stockwerks verkrochen, anstatt ein paar Ebenen weiter unten den Aufzug nach ganz oben zu nehmen. Also rufen Sie die Truppen und die restlichen Wachen, die noch leben, niemand kommt hier raus noch rein, bis alles wieder unter Kontrolle ist. Wir werden ihn umstellen und unter Druck setzen, bis er von selbst herauskommt, oder er an seinem dummen Verhalten krepiert und wenn ich dieses ganze Gefängnis in die Luft sprengen muss. Wir werden ihn kriegen. <<

In der Untergrundbasis mit dem Hochsicherheitstrakt war es nun nicht mehr so gemütlich wie sonst immer. An dem Ort, an dem die Soldaten normalerweise Karten spielten, gab es nun nur noch Rauch und ein schreckliches Alarmsignal. An dem Ort an dem man sich immer traf um zu reden und die Lage zu besprechen, war nun Rauch und ein schreckliches Alarmsignal. Dort wo es normalerweise immer Rauch und ein schreckliches Alarmsignal gab, waren jetzt nur noch Rauch und ein schreckliches Alarmsignal vorzufinden.

Plötzlich fing alles an zu beben, die Magazine sprangen aus den Gewehren, Materie fing an sich im Aggregatzustand zu verändern. Die Schweißperlen der Soldaten evaporierten, wurden wieder fest und fingen an sich auf hunderte von Grad abzukühlen. Die meisten Soldaten, die ganz vorne standen, fielen einfach um oder schreiend auf die Knie vor Schmerzen.

>> General? Was ist das? <<

>> Er. Dieser alte dreckige... Egal, was passiert!

...Moment was ist das, was passiert mit dem Raum? Das ist nicht möglich Nein, Nein, Nein!!!!! Schießt! Sprengt alles in die Luft! Lasst ihn nicht entkommen! <<


Doch bevor sich jemand auch nur regen konnte, lagen alle Soldaten bewegungslos und wie in Trance auf dem Boden. Der stolze Trupp aus vier Special-Forces, einem General, 41 Soldaten und 49 Wachen lag vor einem Raum mit nur einem Häftling, der alt, zerbrechlich und sehr gefährlich war. Der komplette Raum verschwand in einem hellen Leuchten und hinterließ einen sehr undurchlässigen Lichtschleier.

Nach einigen Stunden wachten einige Soldaten wieder auf, andere blieben liegen und einige sahen sogar anders aus als zuvor. Ein Soldat, der das alles aus der Zentrale beobachtete, suchte nach dem General um zu schauen ob er noch lebte. Er musste ihn informieren, was die Kameras aufzeichneten und ihm unbedingt Bericht erstatten.

>> General? << rief er in den Haufen aus betäubten Soldaten.

>> Hier drüben Soldat. Konnte Grubich entkommen? << erklang es vom Boden.

>> Die Zelle ist weg, Sir. <<

>> Die ganze Zelle? <<

>> Nein, ein Löffel, Schinken, zwei Cocktails und ein Barmann wurden gefunden. Aufzeichnungen zeigen, dass ein solches Energiefeld, bisher nirgends in unseren Daten gemessen wurde und dass es das Gestein um den Raum, bevor er verschwand, zum Schmelzen brachte. <<

>> Verdammt. Ich habe diesen alten Greis erneut unterschätzt. <<

Währenddessen ungefähr 2800 km weiter und 27 Neonröhren mehr:
>> Namen sind nicht so wichtig und meistens Schall und Rauch, wie Farben. Aber wenn sie es unbedingt wissen wollen. Ich heiße...<<

Kabumm!!!!!!

...Jemand hatte eine Plastiktüte aufgeblasen und sie platzen lassen. Dieser Jemand war der erste Mann von links, von den vier Männern die an der kleinen Bar saßen. Er fand es beträchtlich witzig, seine zwei schlafenden und äußerst betrunkenen Freunde mit dem Knall einer Plastiktüte zu wecken. Diese zwei Freunde sprangen aufgrund des Knalls auf und verprügelten den Mittelmann, bis alle reglos betrunken oder narkotisch verprügelt auf dem Boden lagen. Es war ein kleines Spektakel, für das man durchaus Eintritt hätte verlangen können. Am Schluss flog der vierte auch noch lachend vom Stuhl.
>> Also, wo waren wir stehen geblieben? << unterbrach der Barmann.
>> Sie fragten mich nach meinem Namen. Er ist nicht sehr filigran oder anmutig, aber er erfüllt seinen Zweck, er lautet... <<

Klirrrr!!!!

Nun trätierten sich die zwei, eben noch Schlafenden, auf dem Boden befindlichen Männer mit Bierkrügen. Die Männer schöpften neue Kraft durch den Niedergang des Strippenziehers, der vor Lachen eben auch auf dem Boden lag. Sie fingen an sich alles zu heißen. Sie boten sich einen Beleidigungswettkampf, wie man ihn noch nicht gehört hatte. Es war sagenhaft, geradezu magisch, wie in eine neue verbale Ebene vorgedrungen wurde. Es waren Ausdrücke wie "Zensiert" und "Zensiert" aber es ging auch weiter bis zum "noch mehr Zensiert" und erreichte die Ekstase bei Worten wie "Was sowas ist möglich? ... Ich meine Zensiert". Nach einem extremen Duell, das im Unentschieden endete, schliefen alle vier auf dem Boden ihren Suff aus.


>> Harter Kampf, ich hoffe denen geht es bald wieder besser. Wäre schade, wenn ich wegen so viel Beleidigungen Kundschaft verlieren würde. << sagte der Barmann mit einem mütterlich-fürsorglichen Ton, wobei er noch kurz ein paar Sekunden in Erinnerungen schwelgte um sich dann wieder dem Mann zu widmen.
>> Ich kenne immer noch nicht ihren richtigen Namen. <<
>> Mein Name ist...<<
Der Mann schweifte seinen Blick nach links und nach rechts und hielt kurz inne.
>> Warum haben Sie aufgehört zu reden? << wollte der Barmann wissen.
>> Ich will dieses Mal nur sichergehen, dass alles reibungslos verläuft und uns nichts stören könnte. Damit Sie auch wirklich meinen Namen erfahren. <<
Der Barmann ließ ebenfalls seinen Blick schweifen und währenddessen kratzte es dem Mann in der Kehle und er nahm einen kleinen Schluck seiner Milch, nicht dass es ihm die Stimme verschlagen würde. Er schrie plötzlich auf.


>> Daf ift ja kofendheif. If glaub if habe meine Funge verbrannt. Aua. Wer maft denn eine koffend heiffe Milch? Vor allem fteht fie ja fon eine Weile rum und überhaupt warum ift daf Glaf nicht fo heif? Daf ift doch. Arggh, aber damit ef endlich vorbei ift, mein Name ift Herr Ftrufert.<<
>> Herr Frufert also, ja? <<
>> Nein, Ftrufert. <<

>> Verstehe, also heißen Sie Fru-ferrt? <<

Wir nennen unseren Protagonisten jetzt einfach mal Frufert. Frufert
wurde es zu blöd, und da er sowieso nicht viel von Namen hielt, nickte
er und sagte:
>> Genau. Richtig, fo ift ef. Frufert. <<

Frufert ließ die Milch stehen, bestellte ein Glas Eiswasser und hing
dann seine Zunge hinein. Es wäre ein Euphemismus, der an Rufmord
grenzt, zu sagen, es hätte nur leicht gedampft als er seine Zunge in das
kühle Glas hing.
Es verging Stunde um Stunde und der Schmerz schien sich langsam zu
lindern. Der Mann war sehr froh aber gab aus bestimmten Gründen
dem Barmann kein Trinkgeld. Wenn er jedoch gewollt hätte, hätte er
es so oder so nicht können, da er auch kein Kleingeld mehr hatte und
auf jeden Fall nicht nochmal auf das „Schlachtfeld von Taxenburg"
gehen wollte um sich zu vergewissern.

Es wurde immer später und die Nacht verlangte ihren Tribut. Die Betrunkenen „gingen" heim und schworen sich, nie wieder zu trinken.
Die Verliebten zogen sich entweder herzschmerzend oder glücklich-
verliebt zum neu erworbenen Partner oder alleine in ihr Domizil der
Einsamkeit zurück. Die Unterhaltung, wie Bands und Tänzer forderten
ihre Gage, und die Bar leerte sich langsam. Nun saßen nur noch der
Stammtisch (mit den drei Stammgästen), der Mann, der die ganze Zeit
„Banane" rief und Frufert in dem Club. Seine Zunge war nach der verstrichenen Zeit wieder halbwegs benutzbar.
>> Warum schreit dieser Mann an der anderen Seite der Bar eigentlich
die ganze Zeit Banane? Nervt das Sie oder die Gäste nicht allmählich?
<< fragte Frufert neugierig mit einem leichten Schmerz in der Zunge.
>> Nein, man gewöhnt sich daran. Abgesehen davon ist er gar nicht so
oft hier. Er ist Obstnatiker und glaubt an eine höhere Macht, die seines Anscheins nach eine Frucht sein muss, aber es kommen nur Bee-
ren, Zitrusfrüchte und Nüsse in Frage, denn alles andere, meinte er, sei

purer Schwachsinn und komplett inadäquat für einen wahren Obst-gott. <<

>> Das klingt fast ein bisschen logisch. << sagte Frufert jetzt noch verwirrter als zuvor.

>> Aber wissen Sie, was ich glaube Frufert? Ich glaube, wenn es etwas gibt, dann gibt es dieses nur dann, wenn man daran denkt, dass es dieses geben könnte. << versicherte ihm der Barmann.

Frufert dachte gerade über diese Worte nach, als es einen riesigen Knall gab und alles von Funken, Holztrümmern und Cocktails erfüllt war. Wo gerade noch vor Frufert der Barmann stand, hing nun ein riesiger Metallklotz mit Stahlträgern und einer Tür in der Wand. Er wurde durch den Knall durch die Luft geschleudert und erhaschte gerade noch schnell einen Blick auf den Metallklotz und einen Korb voll mit, seiner Wahrnehmung zu urteilen nach, lachenden Zitronen, die vermutlich einfach nur alt waren und zur Dekoration rumstanden, oder vielleicht sogar etwas zu dem uniken Geruch des Flamingo Clubs beitrugen. Frufert prallte durch die Explosion mit seinem Rücken gegen die gegenüberliegende Wand und wurde sofort ohnmächtig.

# Teil 1: Wenn die Chemie stimmt

## Der atemberaubendste Empfang der Welt:

Tropf. Tropf. Tropf. Tropf.
>> Es sind immer vier Tropfen. So langsam habe ich die Kaffeemaschine verstanden. <<
ertönte eine Stimme in einem Raum, gefüllt mit Bildschirmen, Funksprechern und Schaltern. Im selben Raum stand auch ein Getränkeautomat, der die ganze Zeit flackerte und bei dem die Zahlen zwei und fünf auf dem Bedienfeld vertauscht waren. Das führte öfters zu Schreikrämpfen, da die 25 leckere Limonade war und Nummer 52 überteuerter Sauerkrautsaft. An der anderen Seite der Wand, gegenüber des Automaten, stand ein Schrank mit Waffen darin. Sie waren ziemlich verstaubt, weil keiner so dumm war ins Pronitz einzubrechen, da vor Jahren mal etwas geklaut wurde und das ein böses Ende für den Dieb eines Kugelschreibers war. Ein paar Meter entfernt von diesem Waffenschrank standen drei Wachmänner. Einem dieser Wachmänner namens Lukas Peroi gehörte diese Stimme.
>> Warum müssen wir eigentlich hier die wertvollsten und fortschrittlichsten Experimente und Prototypen bewachen, haben aber keine richtig funktionierende Kaffeemaschine? << fragte der zweite Wachmann, welcher etwas grimmiger aussah, vermutlich immer etwas zu nörgeln hatte und auf den Namen Joel hörte.
>> Das ist einfach! Wir dienen nur zur Versicherungsabdeckung. <<
meinte Lukas.
>> Versicherungsabdeckung? << erwiderte Joel.

>> Ja, es ist simpel. Die Firma hat gar keine Bedenken, dass jemand die Experimente, Prototypen und Geheimakten klaut, da sie nochmal durch Tresore, Bewegungsmelder und Selbstzerstörungsmechanismen gesichert sind. Obwohl das mit der Selbstzerstörung nicht mehr so toleriert wird vom Chef, da es vor zwei Jahren mal so „einen Vorfall" gab, als jemand einen Kugelschreiber klaute, der Proteine erkennen konnte. Derjenige, der den Kugelschreiber klaute, schob ihn sich in die Brusttasche und verschwand aus dem Gebäude. Was er jedoch nicht wusste, war, dass jener Kugelschreiber nur unter der genauen Sauerstoffkonzentration stabil blieb, welche in diesem Gebäude herrschte. Augenzeugen berichteten, dass es das Grausamste war, was sie je zu Gesicht bekamen. Der Dieb saß ganz entspannt in der U-Bahn, als das Diebesgut langsam flüssig und heiß wurde und anschließend explodierte. Wie in einem Regen aus Thermit fing der Entwender erst an zu brennen, zu schreien und anschließend an zu schmelzen. Die Leiche sucht man heute noch, da sie mit dem Kugelschreiber durch ein Loch in der U-Bahn schmolz. <<

>> Langweilig und brutal! Ich wollte nur wissen, was es jetzt mit der Versicherungsabdeckung auf sich hat und nicht für tolle Geschichten du kennst. << brummte Joel genervt.

>> Naja, öhm. In Worte für Leute wie dich ausgedrückt: Wir sind da, damit die Versicherung im Nachhinein zahlen muss, falls etwas passiert. <<

>> Siehst du. War das so schwer? Ich wette dein Kaffee ist schon kalt und weck' mal Redo! Es scheint so, als würde die „Post" endlich kommen. <<

Lukas nippte an seinem Kaffee und musste merken, dass er tatsächlich widerlich und kalt war. Da er jedoch Joel nicht den Sieg gönnen wollte, grinste er, trank die Kaffeetasse in einem Zug aus und weckte Redo, wobei er mit einem „dezenten" Kopfschütteln anfing. Es sah so aus als hätte Lukas einen epileptischen Anfall. Sein Kinn bewegte sich mit mindestens 4Hz, seine Augen kniff er zusammen als wollten sich die Lider gegenseitig auffressen, seine Stirn runzelte sich zu einem Berg-Tal-System der Klasse 10 zusammen, und seine Zunge ragte gerade so aus dem Mund heraus, dass ein Mensch mit extrem guten Augenmaß sagen könnte, dass der Bereich von Zungenspitze bis zu den Zähnen ungefähr *18%* der Gesamtlänge der Zunge ausmachen würde.

>> Hat's geschmeckt? << lachte Joel.

Lukas schwieg und ließ die Wut an Redo aus, indem er ihn so heftig schüttelte, dass er nicht *ein*mal bemerkte, dass dieser mittlerweile schon wach war.

>> Da mach ich einmal kurz ein Nickerchen und ihr Hampelmänner werdet gleich zu den Römern des Kaffees. Warum weckt ihr mich denn? <<

>> Die „Post" ist da. << sagte Lukas beschämt.

>> Um diese Uhrzeit? Es ist *23:16* Uhr. Immer diese Chemiefabriken mit ihren dummen Sonderlieferungszeiten. Aber nun gut, ich mach ja schon auf. <<

Redo erhob sich aus seinem Stuhl ging zur Sprechanlage, zog drei verschiedene Karten durch ein Lesegerät an der Eingangstür und sagte >> Kommen Sie rein, ab jetzt ist das Tor 30 Sekunden offen. <<

Es trat ein älterer Mann mit einer Wanne voller Flüssigkeit ein, die auf einem Palettenheber stand. Redo, Lukas und Joel staunten. Die Wanne war oben mit einer Folie und einem Glasdeckel versehen, der viele kleine Luftlöcher hatte. Man hätte meinen können, dass etwas in dieser Wanne lebt. Es schien sogar fast so, als müsste etwas in der Flüssigkeit der Wanne atmen. Der ältere Mann, der zur Wanne dazugehörte, klang hingegen nicht so lebhaft atmend. Er klang erkältet und trug einen Schal bis über den Nasenrücken.

>> Sonderlieferung für das Labor. << sagte der Lieferant hustend.

>> Nanu, Sie klingen ja alles andere als gesund. Aber Gott sei Dank sind Sie so vernünftig und tragen den Schal bis über Ihre Nase. Ich habe ja gelesen, dass die meisten Bakterien über die Nase aufgenommen werden. << unterrichtete Redo ziemlich unwissend.

>> Außer man leckt an einem Toten. << versicherte der Lieferant mit kratziger Stimme.

Redo versuchte ein Lächeln zu heucheln und wechselte schnell das Thema zum eigentlichen Besuchsgrund des Mannes, da er merkte das Smalltalk hier eher wenig Früchte tragen würde.

>> Also, mein Kollege Joel hier und ich kümmern uns um den Aufzug, und mein anderer Kollege Lukas achtet darauf, dass Sie in der Zwischenzeit keinen Unfug anstellen. Verstanden? <<

>> So wird das wohl am besten sein. << hustete der Mann vor sich hin.

Redo und Joel schnappten sich aus der Rezeption, hinter der sie den ganzen Tag verbrachten, den Schlüssel für den Aufzug und gingen in Richtung Tür als Redo kurz stehen blieb und zu Lukas meinte, er solle aufpassen, denn dieser Typ sei ihm gar nicht geheuer.

Redo machte nochmal Augenkontakt zu Lukas und ging dann mit Joel zur Treppe um im 10. Stock des Gebäudes den Aufzug zu holen.

Lukas war nun ganz auf sich gestellt und alleine mit dem merkwürdigen Greis. Er wusste, dass dieser etwas plante, er wusste nur nicht was.

>> Junger Mann dürfte ich vielleicht kurz das WC bei Ihnen benutzen? <<

Lukas erschrak. Was sollte er tun? Er ließ sich viele Szenarien durch den Kopf gehen und er konnte nur eine Option akzeptieren. Er ließ den Greis aufs Klo gehen und schlich ihm dann hinterher, da auf der Toilette keine Kameras waren. Er nickte dem Greis zu, wodurch dieser schnell Richtung Toilette verschwinden wollte.

>> Moment ich muss Sie erst noch untersuchen. << wies Lukas den Greis zurecht.

>> Wenn Sie das müssen, dann sollten Sie das auch tun. << erwiderte der Greis ohne Sarkasmus anzudeuten.

Lukas zog aus seiner Gürtelhalterung einen Scanapparat und scannte damit den Greis von oben bis unten. Es piepste nicht. Er sah sich - um sicher zu gehen - das erstellte Bild an und erkannte auch dort keine potentielle Gefahr. Er war verunsichert und hatte irgendwie ein schlechtes Gefühl bei der Sache.

Plötzlich lehnte sich der Greis vor und fasste das Namenschild von Lukas an. Lukas reagierte sofort und griff dem Greis an das Handgelenk und stieß den Arm weg.

>> Was tun Sie da? Ich bin ein Security-Beauftragter, ich möchte Sie bitten mir Respekt gegenüber zu zeigen! << schrie Lukas den alten Mann an.

>> Verzeihung, ich wollte nicht unhöflich sein, es ist nur so, dass ich meine Brille nicht dabeihabe und ich so schlecht sehe. Also wenn wir noch einen schönen Abend verbringen wollen, dann brauche ich ihren Namen. << erklärte der Greis.

>> Einen schönen Abend verbringen? Sie sind ja ein komischer Kauz. Warum haben Sie denn nicht einfach höflich gefragt? Dort steht bloß Lukas drauf. <<

>> Wie untypisch. Normalerweise steht auf diesen Schildchen doch der Nachname, oder etwa nicht? <<

>> Normalerweise, aber wir stehen hier über der Norm. Wenn man unseren Nachnamen nicht kennt, dann sind wir sicherer. <<

>> Soso, über der Norm. Dürfte ich trotzdem freundlicherweise auf das WC? <<

>> Ich sag es nur ungern, aber ja, Sie dürfen. <<


Der alte Mann schaute Lukas ohne Ausdruck in den Augen an, ging zu seiner Wanne, steckte sich etwas in die Tasche und ging auffällig schnell zum WC.

Als die Toilettentür gegenüber der Rezeption zuging, hörte man ein Reißen von irgendetwas...

>> Das kann nicht wahr sein! << murmelte Lukas. Er bemerkte sofort, dass die Folie auf der Wanne gerissen ist. So schnell es ging stürmte er mit gezogener Dienstwaffe ins Herren-WC, das gegenüber der Rezeption und genau hinter der Wanne lag.

Er trat eine Kabinentüre nach der anderen ein, bis er den alten Mann komplett bekleidet, mit gefalteten Händen auf dem Schoß in einer der Toilettenkabinen sitzen saß. Lukas zielte mit seiner Waffe auf seinen Kopf und brüllte >> Hände hoch! <<

Der ältere Mann schlenderte ohne Sorgen mit seinen Händen über dem Kopf aus der Kabine heraus und sah Lukas in die Augen. Währenddessen ging die Türe des Herren-WCs wieder auf.

>> An die Wand. Hände nach oben und keine Spielereien! <<

Der Greis lehnte sich an die Wand, wie es ihm befohlen wurde und hustete Lukas entgegen:

>> Haben Sie Familie? <<

>> Das geht Sie gar nichts an! <<

>> Dachte ich es mir doch. Zu schade. Ihre armen Kinder werden Sie vermissen, wenn Sie mich jetzt nicht laufen lassen. <<

>> Sie bluffen doch nur. Sie lehnen hier an der Wand und haben eine Waffe auf Sie gerichtet. Was wollen Sie denn machen? <<

>> Lügen Sie nicht! Sie haben eine schwangere Frau. Es werden, lassen Sie mich überlegen, Zwillinge. Das eine wird ein Mädchen und das andere ein Junge, der im Alter Probleme mit Parkinson bekommt, wie Sie. << sagte der Greis stoisch und mit ernster Stimme.

>> So ein Unfug! << schrie Lukas mit verschwitzter Stirn und angebrochener Stimme. Er wusste genau, dass der Greis Recht hatte. Woher wusste er das mit den Zwillingen, er und seine Frau haben es bisher niemandem erzählt. Wie konnte der Mann so eine Information wissen?

>> Was sehen Sie, wenn Sie in den Spiegel schauen? << fragte der Greis ernst.

>> Ich falle doch nicht auf so lächerliche Versuche herein mich abzulenken! <<

>> Es scheint mir jedoch so, als würde es makellos klappen. Sagen Sie mir doch bitte, was Sie sehen, wenn Sie in den Spiegel rechts von Ihnen sehen? <<

>> Ich sehe einen aufrichtigen Wachmann, der gerade einen etwas verrückten alten Mann verhaftet. <<


Der ältere Mann bemerkte die Unsicherheit in Lukas und fing an zu grinsen.

>> Etwas verrückt? Ich fühle mich geschmeichelt. Schauen Sie doch mal genauer hin. Aber dieses Mal etwas detaillierter. Bitte, wir wollen doch nicht, dass Ihren ungeborenen Kindern etwas zustößt, wenn Sie nicht der aufrichtige Mann bleiben. Oder? <<

>> Sie sind krank! << schrie Lukas und war besorgt.

>> Aber, wenn es Ihren perversen Verstand glücklich macht. Dann bitte. <<

Lukas vergaß seinen überzeugenden Vorsatz sich nicht ablenken zulassen und in diesem Moment nicht nur seine sehr gute Grundausbildung, sondern ziemlich alles, außer den Gedanken an seine schwangere Frau. Er drehte sich mit dem Kopf zum Spiegel, behielt jedoch immer den Blick und seine Waffe auf den alten Mann gerichtet, der an der Wand stand. Er erschien so locker, dass man meinen hätte können es sei für ihn reine Routine, die einfach langsam abgearbeitet wird. Eine To-Do-Liste für Wahnsinnige, wenn man so will und sie sähe wie folgt aus:

1. Immer ruhig bleiben ☑
2. Verunsichern ☑
3. Die Oberhand durch vermutlich wahre Drohungen gewinnen ☑
4. Zuschlagen ☐.

Der Mann drehte sich blitzschnell um und rannte auf Lukas zu. Ein Schuss....

Lukas schoss dem alten Greis so in den Schal, dass die Kugel an der linken Backe eine Streifschusswunde hinterlassen sollte.

Der alte Mann blieb stehen und fing stufenweise an laut zu klatschen. Lukas war verwundert und wollte die Spielchen einfach hinter sich bringen. Perplex von der Agilität des vermeintlich alten, kranken Mannes schrie er ihn an.

>> Na schön du Verrückter, wenn das die letzten Worte sind, die du hören willst. Ich sehe einen Mann mit braunen Haaren, der eine Uniform trägt, einen sehr entschlossenen Gesichtsausdruck hat und dich deswegen gleich verhaftet oder tendiert schlimmeres zu machen, wenn du nicht aufhörst! <<

>> Tut mir Leid, Sie haben eine Kleinigkeit vergessen junger Mann. Schauen Sie genauer hin und dieses Mal mehr in Richtung Ihrer Brust. Ist das etwa Marmelade oder sind Sie verliebt? <<

Lukas sah in den Spiegel.

Rot.

Seine Uniform war rot. Er hustete. Alles war voll mit Blut. Er kippte um und röchelte auf dem Boden vor sich hin. Er bemerkte es nicht. Durch das ganze Adrenalin im Körper und der zusätzlichen Ablenkung des alten Mannes bemerkte er es nicht. Er konnte es nicht fassen. Es fiel ihm nicht auf, dass er blutete. Er war doch kein Anfänger. Was ist passiert?

Der Mann ging zwei Schritte vor, kniete sich vor Lukas hin und nahm seinen Schal ab. Es stellte sich heraus, dass er die ganze Zeit eine Art Sauerstoffmaske trug, die bis kurz über die Nase ging, damit der Schal sie verdecken konnte.

>> Da Sie so brav mitgespielt haben und mich sogar überraschten Herr Peroi, passiert Ihrer Liebsten nichts. Aber Sie haben leider mein Gesicht gesehen und daher tut es mir fast schon leid einen so aufrichtigen Mann mit sehr entschlossenem Gesichtsausdruck zu töten.

Keine Angst Ihr Tod wird ehrenhaft und schmerzvoll sein. Man wird nicht über Sie lachen, weil Sie indirekt auf dem Herren-WC gestorben sind. Man wird Sie bemitleiden, da Sie einen grausamen und langsamen Tod von mir erdulden mussten. <<

Der Mann stand auf und lief mit einem zufriedenen Gesichtsausdruck Richtung Tür als Lukas ihm plötzlich ins Bein schoss.

Der Greis schaute Lukas an und lachte laut und vergnügt los. >> Sehr gut Herr Peroi, in einem nächsten Mal vielleicht. Ich muss schon sagen, welch Heldenmut. Das war aber jetzt doch ziemlich dumm von Ihnen. Ich glaube ich tätige heute doch noch einen kleinen Besuch. << er lief trotz Schuss ins Bein normal weiter und fing teuflisch an zu lachen, so dass er fast daran erstickte.

Lukas sah Ihn mit reuevollen Augen an und röchelte: >> Wie werde ich sterben? <<

Der Mann wurde nun ernst und hörte innerhalb eines Wimpern-schlags auf zu lachen währenddessen er sich zu Lukas umdrehte.

>> Ich erzähle Ihnen alles gerne von vorne, aber lassen Sie mich erst kurz mein Paket fachgerecht entsorgen. << der Mann ging aus dem Herren-WC.

Lukas lag nun da auf dem Boden des Herren-WCs. Regungslos vor Schmerzen, voller Reue, verzweifelt. Er wollte weinen, doch es ging nicht. Was würde nun aus seiner Frau und seinen ungeborenen Kin-dern? War es das wirklich alles wert? Das Risiko bei der Arbeit für das hohe Entgelt? Das Vertrauen, das man fremden Menschen gibt, weil man nicht einschätzen kann, wie gefährlich sie wirklich sind? Er würde einfach alles tun um seiner Frau zum letzten Mal „Ich liebe dich" zu sagen.

Der alte Mann kam wieder herein.

>> Seien Sie doch mal ehrlich junger Mann. Was denken Sie gerade? Ich sollte das wissen nachdem wir so entscheidende Momente Ihres Lebens nun teilen. << er bückte sich und sah Lukas in die Augen. >> Soso. Das passt ja zu Ihrem Namen. Schöner Name. Der Helle, wenn ich mich nicht irre. Sieht selbst vor seinem Tod noch das Gute und Wichtige. Die Liebe, achja. Ich darf mich sicherlich auch vorstellen. Sie werden merken, dass ich auch einen sehr schönen Namen habe. Ich bin Prof. Dr. Delian Alfred Grubich. <<

Lukas Blick schwoll nun über mit Hass und Angst, aus der immer mehr Zorn wurde. Er wollte schreien, weinen und Gerechtigkeit for-dern. Doch er konnte nichts von alledem. Seine Lunge blutete immer schlimmer und er erstickte phasenweise immer mehr an seinem eige-nen Blut.

>> Da wir uns nun vorgestellt haben, kann ich Ihnen ja meine Tat erläutern. Also zuerst habe ich den Fahrer dieses Lieferwagens besei-tigt. Nicht getötet, denn ich bin ja auch kein Unmensch müssen Sie wissen. Anschließend habe ich mir mit der Zugangs-ID von den Ange-stellten der Lieferfirma ein Paket zusammengestellt. Ich stellte es natür-lich mit größter Hast zu, denn ich weiß ja wie unverzeihlich Ver-spätungen in der Paketindustrie sind. <<

Lukas Blick sagte nur noch eines aus: Hass.

>> Mein kleines Paketchen ist eine Wanne voll mit Trichlormethan, oder Ihnen eher geläufiger als Chloroform. Da ich nicht daran zweifle, dass Sie ein halbwegs gescheiter Mann sind, wissen Sie ja, dass man Chloroform in braunen Flaschen lagert. Was aber wenn nicht? Dann mein Lieber, dann wird die Wanne mit Chloroform unter Lichteinfluss zu Phosgen. Ich liebe eben den Geruch von gemähtem Gras und wollte Ihnen dieses Geschenk nicht vorenthalten. Ist es nicht furchtbar ironisch, während unser Gehirn es mit einem schönen Frühlingstag verbindet, verbindet es sich beim Einatmen über die Lunge mit den Alveolen und erzeugt Salzsäure, die langsam ihre Lunge zerfrisst. Es handelt sich, um genau zu sein, um ein Lungenödem. Ihre Lunge füllt sich langsam mit Blut bis Sie nicht mehr atmen können und mit etwas Glück haben Sie davor einen Herzstillstand, damit Sie nicht ganz so leiden. Es ist traurig, denn Sie scheinen in allem versagt zu haben. Ein schlechter Wachmann, ein schlechter Vater und Ehemann.... wie wohl der nächste Mann Ihrer Frau das sehen wird? Naja, ich gebe Ihnen noch ungefähr zwei Minuten. Aber ich muss jetzt weiter, Ihre Kollegen warten bestimmt schon auf ihre Geschenke und was wäre ich für ein Unmensch sie länger auf die Folter zu spannen. Machen Sie es gut, Herr Peroi. <<

Prof. Dr. Grubich verließ das Herren-WC und ließ die Tür offen, damit er nichts Falsches versprach was die zwei Minuten anbelangte. Lukas war am Ende, emotional und physisch. Er wusste dies waren seine letzten Sekunden, und er konnte nur an seine Frau denken. Er hustete weiter Blut, schaute auf den Boden, wie das Blut eine kleine Pfütze bildete...

Tropf. Tropf. Tropf. Tropf.

Er dachte an die Kaffeemaschine, versuchte zu lachen und wurde ohnmächtig.

# Der 10. Stock

Redo und Joel waren im dritten Stock, als Redo das heftigere Atmen anfing.

>> Bist auch nicht mehr der Jüngste, was Redo? << scherzte Joel.

>> Vielleicht ginge es mir besser, wenn du nicht provokativ die Treppenstufen mitzählen würdest. << schnauzte Redo zurück.

>> Wo ist denn der verdammte Aufzug? <<

>> Ich denke im fünften. Warte ich schau auf der Karte nach. << Joel zückte sein Mobiltelefon aus der Tasche und synchronisierte das Gebäude.

>> Hmmm. Das mit dem Fahrstuhl stimmt, aber... <<

>> Aber was? << unterbrach ihn Redo keuchend.

>> Etwas stimmt nicht in der Rezeption. Lukas scheint nicht zu antworten. Soll ich Phase 4 einleiten? << fragte Joel etwas nervös.

Der zuvor fast an Atemnot sterbende Redo stand nun trotz seiner korpulenteren Statur aufrecht, und man konnte keinerlei Müdigkeit in ihm mehr erkennen. Er war wie ausgewechselt. Als hätte man einen Darsteller aus einer Polizeikomödie mit einem Schauspieler aus [hier unrealistischen Actionfilm einfügen] ausgetauscht.

>> Los, ruf schnell nochmal Lukas an, wenn er sich innerhalb von *15* Sekunden nicht meldet, leitest du Phase 4 ein. Ich kümmere mich währenddessen um den Aufzug. <<

>> Hey Redo, riechst du das? <<

>> Echt bei der Arbeit und in deinem Alter, Joel? <<

>> Nein, ich meine, dass es hier irgendwie merkwürdig riecht. Süßlich. Nach Heu oder so. <<

>> Nach Heu oder so? Schau doch einfach nach und verlass dich nicht auf deinen Riecher, es sei denn du bist mit einem Wellensittich verwandt. << scherzte Redo.

Joel zückte erneut sein Mobiltelefon und scannte das Gebäude.

>> Scheiße, leite schnell Phase 4 ein. Im Foyer ist eine riesige Konzentration von Phosgen in der Luft. Alles sofort abriegeln. <<
>> Lass mich schnell sehen. <<
Redo gab den Sicherheitscode in Joels Mobiltelefon ein, und das Erdgeschoss wurde komplett abgeriegelt. Er holte ebenfalls sein Mobiltelefon aus seiner hinteren Hosentasche und wollte den Code eingeben, als er sah, dass bei seinem Scan des Gebäudes alles okay zu sein schien.
>> Diese dumme Technik, mein Gerät spinnt. Lass uns lieber auf Nummer sicher gehen und im 10. Stock von der Kommandozentrale den Rest regeln. <<

Beide rannten nun die Treppen hoch, wobei Joel etwas hinter Redo lief, um die Treppen hinter ihnen in der Übersicht zu behalten.
>> Scheiße, Redo. Es fließt Blut aus der Tür des Herren-WCs. << erschrak Joel.
>> Verdammt, wir müssen uns beeilen. <<

Sie erreichten nach einigen Minuten endlich den 10. Stock. Verausgabt, erschöpft, dem Tode so nah wie noch nie, aber sie erreichten ihn. Sie standen nun vor einer riesigen Stahltür, die mindestens fünf Meter dick, drei Meter hoch und sieben Meter breit war. Sie war ausgestattet mit einem Augenlaser, einem Handscanner, einem Zahlendisplay, einer Spracherkennung und einem Mechanismus, der diese Tür unumgänglich machte. Dieser Mechanismus war ein simpler Behälter aus Glas, der neben der Tür hing und eine Flüssigkeit beinhaltete.

Redo machte sich ohne großes Überlegen oder ohne etwas zu sagen an die Arbeit.

Er ließ zuerst sein Auge scannen. Ein Licht an der oberen rechten Ecke der Tür fing an zu leuchten.

Anschließend legte er seine Hand auf den Scanner und sagte die Worte „Ego manducare aere repleta promissio". Es erleuchteten zwei weitere Lichter.

Die Tür fing an Dampf abzulassen für einen Druckausgleich. Nachdem der Dampf ausgestoßen wurde, machte sich Redo an das Zahlendisplay. Er gab einen Zahlencode ein, wodurch alle Lichter bis auf eines brannten.

Redo holte tief Luft und schien sich etwas unsicher zu sein.

>> Hoffentlich klappt das Joel, sonst musst du es versuchen. << schluckte Redo.

>> Was soll klappen? << fragte Joel in Gedanken versunken.

Redo krempelte seinen rechten Ärmel seiner Uniform hoch und steckte seine Hand in den Behälter.

Die Flüssigkeit im Glas wurde orange und Redo fing an zu schreien. Seine Hand löste sich langsam auf. Wodurch das orange immer rötlicher wurde, aber nie rot.

>> Scheiße Redo, was passiert mit deiner Hand? Was ist das für ein Zeug? <<

Redo antwortete nicht und schrie weiter.

>> Warum wird mir nichts gesagt? Was ist das für ein verdammter Ort, an dem ich arbeite? <<

Plötzlich ging die Tür auf, und Redo schrie noch schlimmer, nur dieses Mal erschien seine Hand langsam wieder an seinem Arm. Joel stampfte auf den Boden und fluchte vor sich hin.

Nach einer Weile nahm Redo seine Hand aus dem Behälter und setzte sich neben Joel. Er hatte eine Narbe an dem Punkt seines Handgelenkes an dem die Hand sich aufzulösen begann und nun wieder erschienen ist.

>> Was war das für ein abgefahrener Scheiß? Ich werde morgen sofort kündigen, Redo. Versuch mich ja nicht umzustimmen. <<
>> Werde ich nicht. Tut mir leid, dass du davon nichts wusstest. <<

>> Was ist da gerade eben passiert? <<

>> Meine Hand hat sich aufgelöst und wurde in einen Raum weit entfernt von hier projiziert, in dem sich ebenfalls ein Behälter befand. In diesem wurde ein Schalter am Boden des Gefäßes angebracht. Den musste ich betätigen, damit sich hier die Tür öffnen konnte. <<

>> Warum hätte ich es versuchen müssen, wenn es bei dir nicht geklappt hätte? << fragte in Joel entsetzt.

>> Wäre meine DNS nicht im System gespeichert, dann hätte mich die Flüssigkeit ganz aufgelöst, und mein gesamter Körper würde irgendwo in so einem Behälter komprimiert gelagert werden. Dann hättest du es versuchen müssen. <<

Stille.

Beide standen nun ohne etwas zu sagen auf und gingen durch die Tür in eine riesige Halle. Es fühlte sich an wie ein riesiger Flugzeughangar. Überall waren kleinere Labore, und an der Decke hingen Instrumente und Geräte, die man nicht jeden Tag zu Gesicht bekam. Das eine sah aus wie ein riesiger mechanischer Wanzensamen. An jeder Spitze, an der normalerweise eine Knospe blühen würde, waren kleine Fühler. Diese Fühler hatten die Eigenschaften eines 3D-Druckers, der die Fähigkeit hatte Aminosäuren und somit Proteine zu produzieren, wodurch er alles Organische herstellen konnte. Momentan war er jedoch ziemlich unnütz, denn es wusste nur eine Person wie man ihn umprogrammierte und im Moment war er darauf eingestellt massenweise fleischfressende Kühe herzustellen.

In diesem Hangar schien es nur exorbitante Prototypen zu geben, außer den Geräten und Apparaten, die die Welt verändern könnten. So gut die Maschinen auch im Konzept waren, die Welt war es nicht. Man hätte mit ihnen den Hunger aller Menschen beenden oder den Untergang allen Lebens besiegeln können.

Etwas weiter vorne in einem Schrank erhaschte Joel einen Virus den sie „V2rieden" genannt haben. Es war ein Virus, der dazu entwickelt worden war, rückwirkend die DNS zu verändern um die Gewalt und die Aggressionen der Menschen zu deaktivieren. Mit einer Rakete hätte man ihn in unserer Atmosphäre verteilt, und der Weltfrieden wäre ein Stückchen nähergekommen. In den falschen Händen hingegen, hätte man ganze Nationen unterwerfen können.


Ungefähr in der Mitte des Hangars stand eine Art Grammophon, unter dem sich ein Fach befand mit *11* Schellackplatten, die alle verschiedene Farben hatten. Dieses Musikabspielgerät konnte einen Menschen, je nachdem welche Platte abgespielt wurde, dazu zwingen nur eine Emotion zu fühlen, so lange die Musik eben beständig blieb. Redo war an dem Tag dabei, als sie diesen Prototyp eingelagert haben. Er erinnerte sich daran, dass der Mann, der diese Apparatur gebaut hatte, sie nur erschuf um glücklich sterben zu können. Der Erfinder war unheilbar traurig und wütend gewesen, weshalb er keinen anderen Ausweg mehr sah, als durch diese Maschine glücklich zu sterben. Er stellte die Abspiellänge auf das Datum ein, an dem seine Frau Geburtstag hatte und legte die Schellackplatte mit „Glücklich" auf. Die Musik begann sich abzuspielen und er wurde in eine Ebene gebracht, in der er kein Leid oder Sorgen mehr spürte. Es fühlte sich an als würde ihm jemand permanent versichern, dass alles gut werden würde. Nach ein paar Stunden konnte er diese beruhigenden Worte aber nicht mehr wahrnehmen, da er zu viele Stimmen im Kopf hörte, die ihm etwas anderes versicherten. Sie lenkten ihn ab und er wurde aus dieser ruhigen Ebene zurück in seinen Alptraum gerissen. Durch den Raum hall-

te erneut das besorgniserregende Klagen, dem er zu entfliehen versuchte. Abermals wurde ihm verwehrt an diesem Tag glücklich zu sterben.
Redo ging an der Apparatur vorbei, schnaufte heftig und dachte nur an den armen Irren, der sie gebaut hatte.

>> Was ist los? << fragte Joel.
>> Nichts, nur ein paar unangenehme Erinnerungen von früher. << erwiderte Redo
Joel überlegte kurz während sie durch den Hangar liefen und fragte Redo dann, ob er schon immer nur Wachmann in diesem Gebäude gewesen sei, denn nachdem was er heute gesehen hatte schien das äußerst unwahrscheinlich.
>> Fast. << erwiderte Redo stoisch.
Joel blieb entsetzt und sauer stehen, während Redo im gleichen Tempo weiterlief. Er hatte es satt. Er bewarb sich für einen Beruf als Wachmann in einem Institut, das Prototypen herstellte und verwaltete und wollte Kollegen, denen er im Notfall vertrauen konnte. Vor allem aber wollte er einen Job weit weg von jeglicher intensiven Gefahr.
>> Redo! Ich gehe erst weiter, wenn du mir sagst, was zur Hölle hier los ist. Erst dieser Greis, dann diese Tür, jetzt diese Apparate und dazu auch noch deine unnütze Geheimnistuerei. <<
Redo drehte sich um und schaute Joel mit feurigem Blick in die Augen.
>> Hier geht es nicht um dich oder mich. Hier geht es um was weitaus Wichtigeres, kapiert? Ich erkläre es dir an der nächsten Tür. Wir sollten uns schon etwas beeilen, aber auf keinen Fall rennen. Hast du das verstanden? << wies ihn Redo zurecht.
Joel war einverstanden mit dem Angebot am nächsten Sicherheitscheckpoint seine Antworten zu erhalten und ging im selben Tempo neben Redo her.
Am Ende des Hangars war eine Schleuse, die die beiden scannte und sie in einen Aufzug durchlies. Redo drückte in diesem auf einer Tastatur ohne Zahlen eine Zahlenkombination, die er anscheinend in sich

aus dem Nichts abrufen konnte, und der Aufzug fuhr mit einer enormen Geschwindigkeit nach oben.

Joel war noch nie ein Freund von kleinen Metallkammern, die ohne seine Meinung über sein Leben und seinen Tod entscheiden konnten, gewesen, aber genau das war für ihn der Aufzug in diesem Moment. Es wäre jetzt absoluter Wahnsinn für Joel gewesen, einen Aufzug mit dem Wort "Transportmittel" zu assoziieren, wobei doch die Begriffe "Flaschenzug des Todes" oder "Schafott nach Oben" viel besser passen würden.

Die Lichter, die normalerweise die Knöpfe zum Leuchten brachten und anzeigten, wo man sich befindet, leuchteten nun neben den Knöpfen hinter der Metallabdeckung, und sie bewegten sich so schnell von Stockwerk zu Stockwerk als würde der Aufzug nach oben fallen.

>> Alles gut bei dir? << erkundigte sich Redo halbfürsorglich.

>> Naja, wenn ich eine Liste über Situationen machen würde, die ich hasse, dann hätte ich heute die Nummer zwei bis vier und die Nummer acht abhaken können. << erwiderte Joel zornig.

Redo wollte nun gerne wissen, was die Nummer eins auf der Liste war, wusste aber, dass er sowieso keine Antwort bekommen würde und fragte daher nicht. Der Aufzug wackelte nur für eine kurze Sekunde und raste dann ohne Probleme weiter nach oben.

>> Es ist der Weihnachtsmarkteffekt! << knurrte Joel.

>> Was ist der Weihnachtsmarkteffekt? << wunderte sich Redo.

>> Die Situation, wenn du in einem Strom von Menschen läufst, und plötzlich bleiben sie ohne ersichtlichen Grund vor dir stehen. Das ist mit Abstand die schlimmste Situation. <<

>> Interessant, ich dachte die schlimmste Situation für dich wäre im offenen Meer zu sein oder etwas in der Richtung. << scherzte Redo.

>> Ist sie ja auch. Was sollte sie denn sonst sein? << antwortete Joel perplex.

>> Na der Weihnachtsmarkteffekt. <<

>> Der ist recht weit oben, aber nicht an erster Stelle...<<

Joel beendete gerade seinen Satz, als der Aufzug jenseits von sanft abbremste. Dieser drastische Sprung in der Geschwindigkeit ließ Joel und Redo einen kleinen Sprung nach oben machen, wodurch nicht nur der Aufzug, sondern auch deren Konversation zu einem abrupten Halt kam.

>> So ein bescheuerter Aufzug! Fast hätte ich meinen Kopf angeschlagen und auf meine Zunge gebissen. << wütete Joel.

>> Wir können uns später noch darüber aufregen. Komm lass uns schnell weitergehen und herausfinden was hier los ist. << dirigierte Redo.

>> Genau Redo, lass "uns" rausfinden, was los ist. << stichelte Joel

Beide gingen aus dem Aufzug und traten in eine große Kommandozentrale, durch die man den kompletten Forschungshangar und die Stadt durch die Glasfront sehen konnte. Der Forschungshangar war durch ein Material geschützt, das sich wie Glas verhielt und im Stande war sich immer wieder neu zu bilden. Die Wissenschaftler nannten es erst „Projekt Robo" entschieden sich aber dann für „Vibovitro". Dieses Glas konnte niemals zerstört und konnte von nichts durchdrungen werden. Da es mit Hilfe einer faszinierenden Technik funktionierte. Im Moment, indem die Struktur des Glases beschädigt wird, werden sofort Hilfsteilchen ausgesandt, die diese Schädigung der Struktur nutzen um das Glas noch stärker zu machen.

Außerdem ließ das Vibovitro den Wechsel vom endenden Sternenhimmel zur aufgehenden Sonne und die leuchtende Stadt viel schöner erscheinen, als es mit bloßem Auge möglich gewesen wäre, da es eben durch seine reparierenden Eigenschaften auch eine Verstärkung des Lichts erzeugte.

Wäre die Situation nicht so angespannt und dringend gewesen, hätte man hier durchaus eine liebreizende Zeit verbringen oder sogar ein Picknick machen können.

Redo rannte zum Bildschirm und ließ sich anzeigen, welche Werte das Gebäude zeigte und was in der Rezeption vorgefallen war, während Joel immer noch überprüfte ob er sich vielleicht doch nicht auf die Zunge gebissen hatte.

>> Die Anzeige zeigt abwechselnd an, dass alles in Ordnung sei und ein Giftgasalarm vorliegt. Joel schau nochmal auf dein Gerät. <<

>> Es ist laut meinem Gerät ein eindeutiger Giftgasalarm. <<

Redo sprang an eine andere Stelle in der Kommandozentrale und drückte den kleinsten Schalter.

In einer kurzen Zeitspanne von *20* Sekunden wurde das ganze Gebäude verriegelt. Alle Scheiben außer die der Kommandozentrale wurden schwarz, alle Türen verriegelten sich und im ganzen Gebäude gab es nur noch in ausgewählten Räumen Strom.

>> Was auch immer dieser falsche Postbote vorhat, er wird es ordentlich bereuen! << schrie Redo.

Joel war das alles zu viel und er wusste, dass er in ungefähr vier Stunden *sieben* Minuten und *19* Sekunden kündigen wird. Es war ihm sehr egal, was passiert ist, obwohl er sich um Lukas Sorgen machte. Trotzdem wollte er nun seine vorher verwehrte Antwort hören.

>> Also warst du hier nun schon immer Wachmann? << fragte Joel sehr gereizt.

>> Nein, davor war ich in einer Art ausführenden Position. <<

>> Genauer? <<

>> Nun ja, diese ganzen Prototypen. Ich weiß wie man sie bedient. Ich weiß auch warum sie hier sind und von wem. <<

>> Jetzt bin ich aber gespannt. <<

>> Das hier sind alles Erfindungen, die auf den Grundkonzepten von Grubich beruhen. <<

>> Der Grubich? Ich dachte er wäre nur verrückt. Er hat doch den Krieg der Nationen alleine begonnen und gewonnen und sich danach ohne Grund ergeben. <<

>> Wer so etwas bewerkstelligt, der muss auch halbwegs was im Kopf haben, oder nicht? <<

Plötzlich fiel es Redo auf. Konnte er wirklich so dumm sein? Es würde perfekt passen. Die Zeit, die Art, die plötzlichen technischen Probleme. Es konnte nur eines bedeuten. Er hat versagt.

>> Was auch immer passiert Joel. Es tut mir leid. <<

>> Was soll das denn jetzt heißen? <<

Plötzlich ging der Feueralarm an und es sprühte Wasser aus den Sprinklern. Joel hatte absolut keine Lust nass zu werden und hechtete förmlich unter den Bildschirm, wo das Wasser ihn nicht so traf. Nass wurde er trotzdem, was ihn erneut sauer machte. Redo hingegen drückte sich an die Wand und entkam so vielem Wasser. Nach einer Weile hörte es wieder auf und als es vorbei war stand der alte Mann in der Kommandozentrale.

>> Guten Tag die Herren. << sagte Grubich.

Redo und Joel zückten ihre Waffen und zielten auf ihn.

>> Nanana, wer wird denn gleich gewalttätig werden? <<

>> Was hast du mit Lukas angestellt und was willst du hier? << schrie Redo.

>> Ich möchte mein Erbe sichern und eurem Kollegen geht es natürlich gut. << versicherte ihnen Grubich.

>> Das sollen wir dir glauben? << fragte Joel.

>> Nur, weil ich die Antworten in einer anderen Reihenfolge gegeben habe, als die Fragen, heißt das noch lange nicht, dass ich lüge. << schmunzelte Grubich.

>> Genug geredet! Ergib dich oder wir schießen. << sagte Redo ernst.

>> Bessere Idee. Ich lass euch gehen und ihr dürft euer Leben genießen. Falls ihr euch aber dagegen entscheidet, dann wird es ungemütlich. <<

>> Was für ein lächerlicher Scheiß! Alles ist verriegelt und selbst wenn wir wollten, wir könnten nicht gehen. << schrie Joel.

>> Aber wie bin ich alter, zerbrechlicher Mann dann hier hereingekommen? << grinste Grubich.

Joel schaute auf den Bildschirm und sah, dass Grubich recht hatte. Alles war normal. Kein Giftgasalarm, keine Abriegelung. Nichts.

>> Hör nicht auf ihn Joel. Wir müssen ihn festnehmen und ihn ein für alle Mal zur Strecke bringen. Dieses Mal wirst du nicht nur in einen Hochsicherheitstrakt gesperrt du Monster! <<

>> Hören Sie nicht wie aus ihm der Hass spricht? Was habe ich Ihnen je getan? << wendete sich Grubich mit erhobenen Armen bis zur Schulter zu Joel.

>> Sie haben verdammt viele Menschen auf dem Gewissen und wer-
den noch viel mehr umbringen, wenn wir jetzt nicht die richtige Entscheidung treffen. <<
>> Sie glauben also, dass ich euch zwei Herren nicht auch töten könn-
te. Glauben Sie mir oder tun Sie es nicht, ich töte nur Leute, die es
verdient haben. <<
>> Wer entscheidet das? Du etwa? << brüllte Redo.
>> Es ist etwas komplizierter als das, aber banal betrachtet, ist das nicht
falsch. << erklärte Grubich.
>> Hör nicht auf ihn, er ist wahnsinnig Joel! <<
Joel ging einiges durch den Kopf, und plötzlich blieb er bei einem
Wort stehen. „Unkompliziert". Es wurde ihm warm und er fühlte sich
wohl bei diesem Wort. Er senkte seine Waffe und steckte sie in seine
Halterung.
>> Versprechen Sie mir, dass kein Unschuldiger stirbt? <<
>> So gut ich es kann, werde ich dies tun. << versicherte Grubich Joel.
Joel kroch unter dem Bildschirm hervor und ging zum Aufzug.
>> Das kannst du doch nicht tun! Wir haben ihn. Er ist hilflos. Wir
könnten Geschichte schreiben. << schrie Redo.
>> Das kann ich eben doch und Geschichte schreiben wollte ich noch
nie. << antwortete Joel kalt.

Er ging in den Aufzug und fuhr hinunter.
>> Was hast du jetzt wieder gemacht? Hast du ihm eine Gehirnwäsche
verpasst? <<
>> Nein, es war seine eigene Entscheidung. <<
>> Du lügst! <<

Redo verschoss sein ganzes Magazin, aber es schien Grubich nichts
auszumachen.

>> Lassen Sie uns reden. Ich rede so viel lieber, als zu töten. << freute
sich Grubich.

Redo kroch nun verzweifelt auf dem Boden herum. Er war entsetzt. Er hatte ihn doch mehrmals mit seinen Kugeln getroffen, und er benahm sich so als wäre nichts passiert. Wurde er langsam wahnsinnig, so wie alle anderen, die mit Grubich zu tun hatten? <<

Redo spürte wie seine Hand anfing zu schmerzen und sprang auf, wodurch sein Gesicht sich so anfühlte als würde es brennen. Er stürzte schnell wieder zu Boden und krümmte sich vor Schmerz.

>> Sehen Sie, ich habe das Wasser der Sprinkler etwas modifiziert, und anhand der Vibovitro wird der Effekt der Modifikation verstärkt. Zitrusfrüchte haben eine sehr interessante Art, für Licht zu sorgen, wissen Sie. Sie produzieren verschiedene Substanzen, die Licht besonders stark anziehen, wenn man diese Substanzen nun auf die Haut bringt, dann entsteht ein phototoxischer Effekt. Es ist wie eine Verbrennung nur chemischer. <<

Redos Haut quoll auf und platzte, schälte sich und verformte sich. Er schrie und konnte nichts dagegen unternehmen, da die Sonnenstrahlen mittlerweile den ganzen Raum ausfüllten.

>> Wenn das Leben einem Zitronen gibt, dann sollte man sie vielleicht nutzen um sich am Leben selbst zu rächen. Ich finde das Leben hätte die eine oder andere Verbrennung schon des Öfteren verdient. Finden Sie nicht auch? <<

>> Was? Warum? Ich habe doch immer rechtschaffen gehandelt! <<

>> Es gibt eine Pflanze namens Gottesurteil. Ihr richtiger Name ist die Kalabarbohne. Sie wurde vermeintlichen Verbrechern gegeben und ihnen wurde gesagt, wenn sie diese Bohne essen können und überleben, dann sind sie unschuldig und werden nicht von den Göttern bestraft. Schuldige behielten die Bohne deswegen so lange es ging im Mund, um nicht von den Göttern bestraft zu werden. Unschuldige hingegen haben die Bohne einfach runtergeschluckt, weil sie keine Angst hatten und sich sicher waren, dass sie keine falsche Tat begangen haben. Die Unschuldigen erbrachen sofort und waren außer Gefahr, die Schuldigen aber nahmen das Gift über die Mundschleimhäute auf. Sie haben die Bohne nicht geschluckt. Verstehen Sie?

Also warum blieben Sie hier im Licht? Was wollten Sie der Welt beweisen? Warum haben sie nicht geschluckt, obwohl Sie wussten was passieren würde? Welche Reue haben Sie mich gehen zu lassen, obwohl Sie wussten, wer ich bin und zu was ich fähig bin? <<

>> Sie waren der Mann mit dem Grammophon. Es tut mir so unerbittlich leid, was Ihnen widerfahren ist. << weinte Redo.

Grubich beugte sich über Redo, flüsterte ihm drei Sätze ins Ohr und Redo verstummte.


Joel kam nun mit dem „Aufzug" im Hangar an. Die Türen des „Aufzugs" öffneten sich und er ging hinaus. Er stand mitten auf einem Dach. Als er sich mit Entsetzen umschaute war der Aufzug und der komplette Hangar ebenfalls weg. Mit der Angst davor auch gleich zu verschwinden, rannte er die Treppe hinunter und bemerkte, dass alles anders war. Er war nun nicht mehr im vorherigen Pronitz Gebäude, weswegen er auch im neunten Stock anstatt Chemikalien eine Art Currygeruch wahrnahm. Er sprintete die Treppe bis zum Erdgeschoss hinunter und seine olfaktorischen Nerven durchlebten ein absolutes Impulsfeuerwerk. Joel erhaschte Gerüche, die er seit seiner Kindheit nicht mehr wahrgenommen hatte, zusätzlich roch es überall nach Frühstück. Neben frisch gekochten Eiern roch er auch Pfannenkuchen, gebackene Bananen und sogar Bohnen mit Speck.

Nachdem er nun neun Treppenstockwerke hinuntergerannt ist, musste er erstmal tief durchatmen. Beim Umschauen, sah Joel, dass nichts mehr vom alten Gebäude vorhanden war. Keuchend platzte er durch die Eingangstür, vor der bereits Grubich stand.

>> Wie fühlen Sie sich? << fragte er Joel mit ehrlichen Absichten.

>> Ich habe Hunger bekommen, und bevor ich meine Kündigung einreiche, werde ich mir vermutlich Pfannenkuchen mit Bohnen und Speck machen. << schnaufte Joel.

>> Lassen Sie das mit der Kündigung. Gehen Sie einfach Heim und leben ihr Leben, bald wird es sowieso keine Bedeutung mehr für Sie haben. <<

>> Wie meinen Sie das? Bin ich in Gefahr? <<

>> Ja. << erwiderte Grubich emotionslos und kühl.

>> Sind Sie die Bedrohung? <<

>> Vielleicht. Das kommt auf Ihren Standpunkt der Dinge an. <<

Joel wurde sauer. Er hat Grubich vertraut, um in Frieden zu leben, und nun würde es wahrscheinlich für niemand Frieden geben.

>> Sie dreckiger Scharlatan, hätte ich das gewusst, dann hätte ich sie dort oben abgeknallt. <<

>> Dann wäre es Ihnen wie ihrem Kollegen ergangen. <<

>> Wenigstens ist er mit einem guten Gefühl gestorben. << schrie Joel bitter.

>> Das denke ich ehrlich gesagt auf keinen Fall. << erwiderte Grubich.

>> Was haben... <<

Joel wurde von Grubichs Handzeichen unterbrochen. Es lag ein leises Summen in der Luft und im Sonnenaufgang machte sich eine Silhouette eines Helikopters erkennbar. Hinter ihm traten noch zwei weitere zum Vorschein. Die Helikopter kamen langsam näher und das Summen wurde immer lauter. Es wurde plötzlich von noch leiseren Sirenen unterstrichen und alles klang wie ein zu schöner Frühlingsmorgen.

>> Hier trennen sich unsere Wege. << unterrichtete Grubich.

>> Hör mal zu du alter... <<

>> Hauen Sie endlich ab, sonst wird Ihnen etwas weitaus Schlimmeres als ihrem Partner passieren. << grätschte er Joel streng dazwischen.

Joel musste an den Phosgenalarm und an die Blutlache denken, weshalb er Grubich nun in Ruhe ließ und noch etwas außer Atem wegrannte.

Grubich fing an „Quando, Quando, Quando" zu pfeifen, das erst mit den Sirenen und dem Summen einherging, allmählich aber im Lärm des falschen Frühlingsmorgens ertränkt wurde.

# Im Unterbewusstsein

Eine unbeschreibliche Leere, ein omnipräsentes schwarz mit einem Hauch des Nichts verfeinert. Ewige Dunkelheit, die vehement jedem die Hoffnung auf ein Licht nehmen könnte, und zwischen all dieser Anhäufung von Nichts stand ein alter dunkelgrüner Sessel mit einem Deckchen, auf dem *ein* willkürliches Muster genäht war. Neben dem Sessel stand eine ca. 1,43m große Stehlampe mit einem Lampenschirm, der aus einer Materialmischung von Baumwolle und Seide zu sein schien. Diese Lampe erhellte einen Radius von ca. zwei Metern und somit gerade noch den Sessel.

>> Wo bin ich? << fragte sich Frufert.

>> Na in deinem Unterbewusstsein, du Tiefflieger geistiger Natur. Wo denn auch sonst? <<

>> Das ist natürlich das erste, was man in so einem Moment vermutet. << scherzte er mit ernster Miene.

>> Aber eigentlich wollte ich wissen: WAS mache ich denn HIER? << fragte er nun etwas lautstarker.

>> Auch das noch? Naja du wirst zum Beispiel herausfinden, dass du niemals Innendekorateur werden solltest. << zischte das Unterbewusstsein.

>> Moment Mal, sollte mein Unterbewusstsein nicht auf meiner Seite stehen, anstatt mich zu persiflieren und zu kritisieren? <<

>> Hahaha keineswegs mein lieber Bewusstseinsbesitzer. Alle Menschen finden uns Unterbewusstseine immer so unerforscht und enigmatisch. Sie reden nur vom vollen Potential des Gehirns und des Menschen aber realisieren nicht, dass das Unterbewusstsein viel weniger das ist, was sie sich erhoffen, und viel mehr einfach nur das ist, was es eben ist. Was sie brauchen. Ein Leerlauf, ein default state, der status quo momentum, das pure Verlangen. Man sollte das Unterbewusstsein nicht als eine ausbaufähige Möglichkeit sehen, sondern als eine pure

und nicht ganz selbstverständliche Gabe, die einem die Bürde der Entscheidung und des Wissens abnimmt. Das pure Sein, wenn man denn so möchte. <<

>> Aber wie ist das denn gegen den Menschen gerichtet? <<

>> Ich bitte dich, welcher Mensch macht denn das, worauf er Lust hat? Er tut das, was ihm ziemt, nicht was er begehrt. Wir Unterbewusstseine sind ein kleiner Strich Anarchie durch das strukturierte Gemälde des Lebens. <<

>> Soweit habe ich das verstanden aber immer noch. Warum bin ich jetzt HIER? <<

>> Na, du musst was über dich selbst erfahren. << sagte das Unterbewusstsein souverän.

>> Und wie mache ich das am besten? << fragte Frufert verzweifelt.

>> Es gibt nicht allzu viele Möglichkeiten. Entweder du setzt dich auf die Lampe oder auf den Sessel. Wenn du dann endlich herausgefunden hast, was du suchst, dann sag mir Bescheid. Ja? <<

Plötzlich war Frufert alleine, die Stimme aus der Leere war verschwunden, und es war unangenehm ruhig. Er hörte sein Herz pochen, jeden einzelnen Atemzug und sogar hier, in seinem eigenen Unterbewusstsein hörte er das penetrante Quietschen, das seine Schuhe jedes Mal nach ungefähr 400m erzeugten. Er sah sich erneut um, rief ein paar Buchstaben und begab sich zu der Lichtquelle hin. Er blieb vor der Stehlampe stehen und bewunderte die Muster des Lampenschirmes ganz genau. Frufert fiel auf, dass es bei näherer Betrachtung gar kein Muster war, sondern eine Aneinanderreihung von Zahlen. Eine Art Matrix, für die sich jeder Mathematiker mit Vorliebe für Gaußsche Eliminati-onsverfahren drei Finger abschneiden würde, um sie zu sehen. Jedoch waren nach Fruferts Geschmack viel zu wenig Achter vorhanden, und als er sich erinnerte, was das Unterbewusstsein ihm sagte, fragte er sich selbst, ob er wohl die Zahl acht überhaupt mochte. Mit diesem identitäts-verwirrenden Gedanken setzte er sich in den dunkelgrünen Sessel. Er war perfekt an Frufert angepasst, seine Lehnen waren so lang wie Fruferts Arme, und auch die Rückenlehne fühlte sich an, als trüge er eine zweite äußere Wirbelsäule.

>> So, über was soll ich denn nun nachdenken und vor allem, was muss ich über mich selbst erfahren? Weiß ich denn nicht bereits alles über mich? Bin ich nicht vollkommen, oder weiß jemand anderes mehr über mich, als ich es selbst tue? Aber Mal ehrlich mag ich denn jetzt die Zahl „acht"? <<

Es verging Sekunde um Sekunde, Minute um Minute und Stunde um Stunde. Frufert saß wie paralysiert in diesem Sessel mit allen Gedanken, die ein Mensch haben konnte.

So fragte er sich quintessentielle Dinge wie: „Mag ich wirklich Achter? Habe ich jemals Steine springen lassen? Ob ich wohl einen Ödipuskomplex habe?" oder „Wie weit kann ich denn Pi aufzählen? Was passiert, wenn man ein Brot mit Butter und Margarine isst? Was ist das Kanji für Kühlschrank, und was zur Hölle ist überhaupt ein Kanji? Woher kommt das Wort Gerberei?" und driftete irgendwann ab in „Wie weit kam ich in meinem Leben? Habe ich meinen Sinn erfüllt?".

Sein ganzes Leben flog an ihm vorbei, aber nicht wie es immer in den Medien beschrieben wird. Nein, ganz im Gegenteil. Es war langsam und ermüdend, da er alles ja schon mal erlebt hatte. Er schleifte sich erneut durch die Taxifahrt, das ankommen im Club Flamingo, den Unfall mit der Milch...

Plötzlich ertönten eine Sirene und eine weibliche Stimme.

>> Hallo, also nun ja. Ich wollte nicht stören, aber wie soll ich sagen, es handelt sich um einen Notfall. <<


Nachdem die Stimme diesen Satz sagte, riss das große Nichts auf und Frufert wurde in eine Art Spalt gesaugt. Er hörte noch das Unterbewusstsein sagen, wie die Menschen einfach nichts dazu lernen, und Frufert musste so schwer es ihm fiel zustimmen.

Er schreckte auf und lag in einem Bett, das in einem zu weißen Raum, mit zu lauten Geräten, fremden Geräuschen und fremden Gerüchen stand. Frufert sah sich um und starrte in grimmige Augen mit grimmigen Augenbrauen, die zu einem grimmigen Gesicht gehörten.

Er realisierte, dass er in einem Krankenhaus war und ihn gleichzeitig das grimmige Gesicht anschrie. Er war noch nicht ganz bei sich und wurde schon wieder von jeder Seite beschallt und kam auf einen Geräuschpegel an, der ihn an den Club Flamingo erinnerte. Er versank daher schnell erneut in seine Gedanken.

Das grimmige Gesicht schrie weiter:

>> Los! Sie müssen zum Polizeipräsidium, wir haben ein paar Fragen an Sie, es ist von dringendster Wichtigkeit. Nicht einschlafen! Kommen Sie schon! <<

Frufert schlief jedoch aus Trotz oder Lethargie wieder ein.

„Die Chronik des Wurstbrots" kicherte Jörg.

„Jörg? Wer heißt denn heutzutage noch Jörg?" dachte sich Jutta.

„Jutta? Das klingt wie ein Fruchtjoghurt aus Paraguay." murmelte Olliver während er das Kühlregal durchstöberte.

„Curryking? ...King? Warum nicht Curryqueen? Es heißt doch auch die und nicht der Currywurst."

Mit diesem unsinnigen Gedanken, der auf der ganzen Welt zu dieser Zeit sonst nirgendwo anders gedacht wurde, fiel von einem Regal, weiter entfernt in der Abteilung für Tiefkühlkost, Fitnessprodukte und Magermilch, ein Glas Quark auf den Boden.

Dieses Glas zersplitterte in die kleinstmögliche Einheit an Masse, die dem Universum bekannt war. So ein Aufprall erfolgt nur alle 10000000 Jahre und verwandelte nebenher den Ladenboden in ein neuzeitliches Kunstwerk, welches der Handschrift des berühmten Malers Ferdundi Gieberinzidi entsprach und absolut grandios in seine Ausstellungsreihe „Ich, Ich, Ich, Ich, und die anderen die vom Hochhaus springen werden" gepasst hätte.

Jedoch schien diesen Zufall niemand zu interessieren und es ereignete sich, dass das Universum weiterhin seinen Lauf nahm. Eine dickere Frau schrie ohne zu blinzeln einen Kassierer an, ein Mann in einem Trenchcoat stellte etwas aus einem anderen Laden ins Regal um Verwirrung bei den Mitarbeitern zu stiften und Olliver schlenderte weiter am Kühlregal entlang, wobei er sich über Namen der Produkte lustig machte und sich weiterhin unnötige Fragen stellte.

„Was ist, wenn mein Zeh mein Bewusstsein enthält? Tut er deswegen so furchtbar weh, wenn man ihn wo dagegen rammt? Oder sind wir alle nur koexistierende Wesen und die wahren Herrscher sind Eichhörnchen?"

Wäre das Universum im Rat und in der Jury für das Gericht der metaphysischen respektive philosophischen Fragen gewesen, so hätte es gerade Olliver die Strafe „Niemals endende Backpfeifen in jeder Dimension und in jeglicher Form von Existenz" verhängt. Aber jeder der das Universum kennt, weiß, dass es nur Zeit für fünf Veranstaltungen und Clubs pro Woche hat. Im Falle des Universums sind es nämlich der Buchclub für Universen, der Kochkurs für Universen, der Loungeclub für Anwälte, Richter, Kumquatschäler und Universen, der Sportclub für Universen und zu guter Letzt der Excel für Fortgeschrittene Kurs. Die wenigsten wissen, dass das Universum früher immer Buchhalter werden wollte, da es aber zu viele Probleme mit Excel hatte, wurde es eben dann doch das Universum.

Olliver machte sich noch immer Gedanken und bemerkte, wie so viele andere, den Quarkfleck auf dem Boden nicht. Als er einen Fuß hineinsetzte zerbrach das Universum nur für eine kleine Sekunde und fügte sich sofort wieder zusammen. Er war nun nicht mehr im Supermarkt, sondern in einer anderen Welt. Er sah sich um und sah alles und nichts, was war, was sein wird, was nicht war, was niemals sein wird. Zu viele Möglichkeiten für einen Menschen. Sein Kopf fing an weh zu tun, sein Gehirn brauchte so viel Blut, dass er am ganzen Körper blass wurde. Seine Augen übertrugen Informationen, die das Gehirn nicht schnell genug verarbeiten konnte und sein linkes Auge wurde fahl und trocken. Das rechte schloss er schnell und machte einen Schritt vorwärts. Plötzlich war wieder fast alles normal. Olliver stand mit einem blinden Auge und komplett zerrissener Kleidung im Supermarkt. Alles war alltäglich, nur er nicht. Die Leute schauten ihn komisch an, als er mit zerrissener Kleidung und nur einem Auge im Supermarkt stand. Beim losrennen kam er mit dem Quark am Schuh auf den Boden auf, was ihn wieder in diese andere Welt brachte. Er schloss das intakte Auge dieses Mal noch schneller, da er bemerkte, dass er zurück war. Schnell ging er einen weiteren Schritt nach vorne, wodurch sich erneut der Quark vom Boden distanzierte.

Wieder im Supermarkt angelangt, war ihm nun klargeworden, dass er nicht normal laufen durfte. Er ließ sich erstmal auf seine Knie fallen und versuchte zum Ausgang zu robben. Leider fiel ihm sofort auf, dass die zerrissene Kleidung diesen Fortbewegungsstil enorm erschwerte und abgesehen davon sah es extrem merkwürdig aus, wenn jemand durch einen Supermarkt robbte. Er ging wieder auf seine Knie und versuchte auf diesen hinauszulaufen, doch erneut machte ihm die zerrissene Kleidung Probleme. Anschließend trat er mit dem Fuß ohne Quark auf dem Boden auf. Als nichts passierte ergriff er die Initiative und hüpfte mit diesem Bein durch die Abteilungen, an der Kasse vorbei und in die Freiheit. Vor dem Laden setzte er sich neben die Hunde, deren Besitzer drinnen gerade laktosefreie Milchprodukte und Schweinehals kauften. Einer dieser Hunde leckte den Quark von den Schuhsohlen ab und immer als die Zunge den Quark berührte verschwand der Hund für einen Bruchteil einer Millisekunde. Als der Hund mit dem Schuh fertig war, blickte Olliver die Straße entlang und sah, dass ein Polizeigebäude brannte. Der Hund fing an zu bellen und teleportierte sich nach jedem „Wuff" vor dem Supermarkt hin und her. Olliver wusste genau was los war, denn er konnte mit Gewissheit sagen, dass er nun der wichtigste Mensch der Welt war.

# Rätselzeit

In einer komplett anderen Stadt zu einer komplett anderen Zeit kümmerte sich Herr Fritze um sein Frühstück. Er schnitt Brot auf, richtete den Tisch mit Gürkchen, Käse, Wurst, Butter und Frischkäse her. Er nahm immer beides, weil er sich erst kurz davor entschied ob Butter oder Frischkäse heute passender wäre. Er schaute aus dem Fenster, schätzte, dass es ein durchwachsener Tag werden könnte und entschied sich für die Butter. Er strich die Butter so aufs Brot, dass kein Nanometer auf der Oberfläche des Brotes von Butter verschont blieb, aber so dünn, dass man fast hätte durchsehen können. Er war geübt in seinem Handwerk, denn schließlich machte er sich schon seit er 11 war jeden Tag ein Frühstück, das mindestens aus einem Brot bestand. Um genau zu sein, wenn es eines Tages einen Wettbewerb für den besten Brotstreicher der Welt gegeben hätte, dann wäre Herr Fritze mindestens Erster geworden. Er stellte sich manchmal diesen tollen Wettbewerb vor und auch dessen Pokal. Eine riesige Scheibe Brot, die genau in dem Moment vergoldet wurde, als sie mit dem Messer und einem Stückchen Butter in dieser wunderschönen, sanften Position in Berührung kam, in der die Butter mit dem oberen Teil des Rechtecks zu einem Drittel auf dem Brot aufliegen und im Zuge ist, sich in einem cremig-weichen Radius zu verbreiten.

Er schüttelte den Kopf und belegte das Brot mit fünf und einer halben Wurstscheibe und genau einer halben Scheibe Käse mit vier Löchern. Er schnitt ein Essiggürckchen in sechs kleine Stückchen und verzierte die Käseschicht des Brotes, wobei vier der sechs Stückchen in die Käselöcher gelegt wurden. Er packte es zu einem Päckchen aus Alufolie zusammen, steckte es in seine Tasche und schielte, so als würde er bei einem Kartenspiel kiebitzen, auf die Uhr. Ihm wurde klar, dass er zu lang vom Brotschmier-Pokal träumte und beeilte sich nun mit der restlichen Prozedur der Morgenroutine. Diese bestand aus Tisch abräumen, Tisch putzen, Zähne putzen, Zähne nochmal putzen, Hände waschen, Gesicht waschen, Katze füttern, Papagei füttern, Hamster füttern, Schlange füttern, schauen ob überall der Käfig zu ist, beten, dass nicht schon wieder alle Haustiere in einer unvorhersehbaren Reihenfolge gefressen werden und die Tür abzuschließen. Anschließend fuhr er zur Arbeit. Er arbeitete in einer Fabrik, die Strohhalme herstellte, am Band. Seine Arbeit war eintönig, aber sie gefiel ihm. Abgesehen davon, dass er jeden Tag das Gleiche tat, musste er sich nicht groß körperlich anstrengen, hatte keinen Stress, keine Verantwortung und das Wichtigste war, er musste nicht komplexe Strukturen benutzen um noch viel komplexere Probleme zu lösen. Nein, er musste nur Strohhalme knicken und testen, ob sie normgerecht produziert wurden. Es lief alles so ab wie immer, er knickte die Massen von Strohhalmen und untersuchte sie nach Fehlproduktionen, als jedoch die letzte Ladung vor ihm stand, dachte er wieder etwas zu lange an den Brotschmier-Pokal und übersah einen Strohhalm, der dann wie es der Zufall wollte unkontrolliert und kaputt in eine für den Verkauf geeignete Verpackung geriet.

An einem ganz anderen Ort zu einer etwas anderen Zeit, machten sich fünf Polizisten auf den Weg in ihre Lieblingsbleibe, die „Backwaren und anderes" hieß.
>> Tretet ein Jungs! Ich vermute mal stark, dass heute eine lange Nacht wird. << grölte einer der fünf, als er durch die Glastür mit dem Schild „Öffnungszeiten: Variabel" schritt.

>> Hey Lucy, was kannst du uns denn heute empfehlen? Backwaren oder lieber etwas „Anderes"? << lachte Frider lauthals.

Frider hatte ein ziemlich merkwürdiges Leben. Bei seiner Geburt zum Beispiel konnte absolut kein Arzt ausfindig machen, ob es sich bei ihm um einen Jungen oder ein Mädchen handle. Er litt, wie er und seine Eltern später erfuhren an einer Anomalie, bei der sich das Geschlechtsteil erst später ausprägte als es normalerweise üblich war, weswegen man bei seiner Taufe dem Pfarrer sagte, dass er oder sie – auf jeden Fall es hieße - an dieser Stelle bittet man um Diskretion- „Fridaaa". Der Pfarrer war sich bei der Sache auch nicht so ganz sicher und nuschelte deswegen bei der heiligen Zeremonie irgendetwas, das so ähnlich wie der gewollte Name klang.

>> Ich taufe dich im Namen des Vaters, des Sohnes und des Heiligen Geistes auf den Namen Frmmmdmmmaaaa. Amen. <<

Als nach der Taufe alle fragten, wie denn der kleine Wonneproppen nun hieße, ging die pauschalisierte Ausweichantwort „Fridaaa, heißt das Kind" wie ein Lauffeuer umher. Erst als „Fridaaa" drei Jahre alt wurde, entschieden sich alle bis dahin aufgesuchten Experten dafür, dass es zu hoher Wahrscheinlichkeit ein Junge sein könnte. Diese Tragikomik, die ihn auch dazu zwang abhängig des Tages und der Laune der Eltern abwechselnd rosarote oder himmelblaue mit Autos bestickte Strampler zu tragen bis er drei war, verfolgte ihn durch sein ganzes Leben und führte dazu, dass er öfters die Gelegenheit genoss anderen vorzuführen wie ironisch das Leben doch sein kann.

Nach der Frage mit der Empfehlung drehte sich Lucy hinter dem Tresen um, wobei ihr kastanienbraunes Haar durch die Luft peitschte und genauso schnell und schnippisch wirkte, wie ihre Antwort.
>> Beides! Sowohl Backwaren, als auch „anderes" sind heute wärmstens zu empfehlen. <<

>> Nana Lucy, das war doch nur ein kleiner Scherz vom Frider. << versicherte ihr der Polizist, der sie vorhin grölend begrüßte. Er hieß Thomas. Mehr gibt es über ihn nicht zu sagen.

>> Warum hast du den Laden eigentlich umbenannt. << erkundigte sich der dritte Polizist namens Markus.
>> Ich meine jeder mochte und respektierte die „Gute Stube". Der neue Name ist doch viel zu... ähm va...<<

\>\> Vage. << schnitt Lucy ihm das Wort ab.

\>\> Naja wisst ihr, so ist es viel enigmatischer. Kein Mensch würde heutzutage eine Höhle erforschen wollen, die „Hier-gibt-es-nur-feuchte-dunkle-und-kalte-Hohlräume-in-der-Erde-sowie-Stalagtiten-und-Stalagmiten-aber-absolut-nichts-erwähnenswertes-Höhle" heißt. So erhalte ich die Stammkunden meines Vaters und erwecke das Interesse in jüngeren, nicht so ganz nachvollziehbaren Menschen. Außerdem sind vage Namen und Fantasy-Firmen komplett im Trend. Wenn du heutzutage eine Fabrik aufmachen willst, die Holz verarbeitet und verkauft, dann musst die sie Bleigießery oder so was in der Art nennen. Nur das ist blöd und kreativ genug, damit jüngere Leute etwas bei dir kaufen und wenn es nur 12kg Holz seien. Natürlich beruhe ich meine Entscheidungen nicht nur auf irgendwelche willkürlich vermuteten Trends, sondern verlasse mich auf meine bisherige Erfahrung und ein paar von mir durchgeführten Umfragen. << grinste sie fröhlich.

\>\> Donnerwetter Lucy. Du bist nicht nur bildschön, sondern hast auch noch etwas auf dem Kasten. << ließ sich die vierte Polizistin Natalie vernehmen.

\>\> Naja, ich folge einfach nur meinem Motto. Wer wirtschaften will, muss erstmal verstehen, wie es nicht funktioniert. << lächelte Lucy.


Der letzte der Polizisten hieß Paul, aber nicht wie es im deutschen ausgesprochen wurde. Nein, Paul bestand darauf seinen Namen auf Französisch zu hören. Da die Polizisten nicht wirklich ein geübtes französisch pflegten, nannten sie ihn meistens „Pol", was alle anderen Menschen um ihn herum wahnsinnig komplizierte Vermutungen anstellen ließ, die fast schon in einem pataphysischem Ausmaß waren, nur um darauf zu kommen, warum sie ihn „Pol" nannten. Lag es an seinem Geburtsort oder doch an seiner sexuellen Orientierung? Es blieb für viele ein Rätsel.


Nun bestellten alle fünf einen Kaffee und waren nicht sehr erpicht darüber, was der Abend und vor allem die Nacht noch so bringen würde. Sie saßen in der gleichen Reihenfolge am Tresen, wie sie hereingekommen sind. Ganz links saß Thomas, gefolgt von Frider, Markus, Natalie und den Schluss bildeten Paul und seine Jacke, die neben ihm auf einem Hocker lag. Nach einiger Zeit, die die fünf mit Quatschen und Kaffeetrinken totgeschlagen hatten, kam ein weiterer Kollege herein.

Sie nannten ihn alle nur Knolle. Nicht weil er so eine große Nase hatte, sondern weil sein Name so klang wie die lateinische Bezeichnung für die Kartoffel. Wer natürlich unter den Kollegen angeben oder nicht in einen missfallenden Gossenjargon rutschen wollte, nannte ihn Solan oder auch Herr Tuperos.

Als Knolle eintrat wurde er herzlich mit einem einstimmigen Tenor der „Knolle" sang begrüßt.


>> Na Knolle, wie geht's? << erkundigte sich Frider.

>> Ganz gut schätze ich. Aber irgendwie habe ich für heute Abend ein schlechtes Gefühl. <<

>> Hmm << besann sich Frider >> ich glaube nicht, dass heute Nacht was Schlimmes passieren könnte. Ich meine wie hoch ist die Wahrscheinlichkeit, dass exakt eine Woche nach etwas Schlimmen etwas genauso Schlimmes oder etwas noch Schlimmeres passiert? Da gewinne ich doch lieber in einem großen Glücksspiel oder bekomme einen Strafzettel fürs bei Rot über die Ampel gehen aufgebrummt. <<

>> Warte... Bei Rot über die Ampel gehen und einen Strafzettel zu kassieren soll Glück sein? << erkundigte sich Lucy obwohl alle anderen genauso auf die Antwort gespannt waren und wussten, dass es jetzt entweder ziemlich lehrreich wurde oder eben ein Diarrhoelog folgt, den man nicht unterbrechen hätte können.

>> Okay passt auf. Nehmen wir mal an, wir kommen zu 20% als Fußgänger an eine rote Ampel und zu *15%* überqueren wir sie eben dann bei Rot, weil kein Auto kommt oder so etwas in der Art. Dann nehmen wir noch dazu an, dass es eine 16% Wahrscheinlichkeit gibt, dass ein Polizeibeamter im Auto oder auch zu Fuß uns sieht. Hinzu kommt noch eine 1%ige Chance, dass er uns für dieses Vergehen einen Strafzettel geben wird. Schon haben wir eine Wahrscheinlichkeit von unter

0,0000000022%. Das ist bedeutend kleiner als ein anderes größeres Glücksspiel, das wir alle kennen. <<

Ob das nun ziemlich lehrreich war oder doch kompletter Schwachsinn, sollte jeder an dieser Stelle für sich selbst entscheiden. Die Polizisten verkniffen sich jeglichen Kommentar und Lucy rettete den Konversationsfluss vor dem versiegen.

>> Wie dem auch sei. << sagte sie >>ihr als direkte Quelle wisst doch bestimmt genau was letzte Woche in der Innenstadt passiert ist, oder nicht? <<
Sie klimperte verspielt mit ihren Wimpern, als wären sie zwei Hälften eines Schmetterlings die getrennt und vertikal gespiegelt wurden. Da der Großteil der Polizisten Männer waren, waren sie derlei Geplänkel und offensichtlicher Versuchung gewohnt, weshalb sie relativ unbeeindruckt waren. Entweder sie würden es ihr freiwillig sagen, oder eben nicht. Da es allerdings in jedem eine kleine Plaudertasche gibt und die Kollegen sowieso nicht die ganze Nacht durchgehalten hätten ohne das Thema wenigstens anzureißen, war jetzt der perfekte Moment um sich auf das Thema zu stürzen, wie Teenager beim Sommerschlussverkauf auf nuttige, durchlöcherte Strümpfe und karzinogene Tattoos mit super-süßen Schmetterlingen darauf. Diese Tattoos wurden öfters einfach nur dank dem Volksmund SS-Tattoos genannt, weswegen viele Läden öfters eine Sammelbestellung von einer extrem falschen Zielgruppe erhielten.
Frider ließ sich das natürlich nicht entgehen und erzählte was er gehört hatte.

>>Also ich... << explodierte er bevor jemand anderes etwas sagen, geschweige denn denken konnte >> habe ja gehört, dass man Grubich verhaftet haben soll. Bevor man ihn aber in seine eigene Hochsicherheitstraktzelle bringen konnte, musste er in dieser Stadt „zwischengelagert" werden. <<
>> Aber warum? << unterbrach ihn Lucy verwundert.

>> Na, ganz einfach. Seine Zelle braucht Vorbereitung und kann nicht irgendeine gewöhnliche Zelle sein. <<

>> Deshalb gehen sie das Risiko ein ihn irgendwo zwischenzulagern? <<

>> Nicht irgendwo. Im sichersten Polizeigebäude der Stadt. <<

>> Und das ist vor einer Woche explodiert! << setzte Markus so taktvoll, wie Beethoven auf Crack in die Konversation ein.

>> Man erzählte mir, << boxte sich Frider aus dem Worthagel der anderen heraus >> dass Grubich vier hohle Zähne besaß, die mit Knallquecksilber gefüllt waren...:

>> Los, Hand-und-Fußfesseln zeigen! << brüllte ein Polizist ohne wirkliches Ziel durch den Raum.

Grubich wurde von oben bis unten gescannt, durchsucht und durchleuchtet. Man fand nichts.

>> Setzen! << brüllte es erneut, aber dieses Mal mit Ziel, denn der Polizist schaute Grubich direkt an. Als er sich schweigend hinsetzte, jedoch einen scharfen und strengen Blick behielt, sah er trotzdem äußerst harmlos aus. Fast so harmlos wie ein alter Mann, der einem ein selbstgeschnitztes Holzspielzeug schenken wollte. So saß er da und wartete erneut auf einen bestimmten Moment.

Es verging ungefähr eine halbe Stunde bis ein weiterer Gefangener eintraf, der mit einem backpfeifenartigen „Stopp" begrüßt wurde. Wie ein Déjà-vu sah sich Grubich die Prozedur des Scannens, Durchsuchens und Durchleuchten an. Wobei er unfair fand, dass nur eine Seite „durchleuchtet" wurde. Er sah dem armen Mann weiter zu. Er schien benommen. Vermutlich ein freudiger Alkoholkonsument. Grubich schloss die Augen, grinste, machte die Augen langsam wieder auf, sah zu dem Mann rüber, wollte aufstehen und sagte >> Hallo Herr Stru... <<

Er hörte abrupt auf zu reden, denn es wurde ihm ein Polizeiknüppel vor das Gesicht gehalten.

>> Gefangene dürfen nicht miteinander reden! << erklang es vom anderen Ende des Knüppels.

Grubich schaute den Polizisten grimmig an und sank trotzdem sanft auf seinen Stuhl zurück, da der richtige Moment noch nicht gekommen war. Außerdem verabscheute er Gewalt und wendete sie nur dann an, wenn es sich um einen Extremfall handelte. Sie zerrten den Mann ins Zimmer nebenan um ihn zu registrieren. Grubich hielt kurz inne und betrachtete durch das Glas den Nebenraum und den Ablauf der Registrierung des gerade eingetroffenen Verdächtigen.

Das Stockwerk, in dem sich Grubich und dieser im Moment befanden, schien ein Labyrinth aus Glas zu sein. Es war alles angeordnet wie in einer Bienenwabe, wobei jede Honigkammer aus bis zu einem Siebtel der Höhe aus Holz und der Rest aus Glas bestand. Jeder Raum hatte drei Türen in einen der Nebenräume. Die Gläser waren so konzipiert, dass sie durch Strom ihre Transparenz verloren und auch schalldicht wurden. Jedoch keines dieser Gläser war kugelsicher, denn das Prinzip dieses Stockwerks war es alles zu sehen und alles zu verhindern, was nur möglich wäre.

Diese Architektur stellte sich als äußerst praktisch heraus, als das Stockwerk zum ersten Mal einen Schwerverbrecher erhielt, der versuchte sich blindlings herauszumorden. Das Prinzip des Stockwerks war aber eindeutig ideologischer als vermutet. Es kostete einen Polizisten und einen Verbrecher am selben Tag das Leben, machte jedoch das Stockwerk berühmt. Durch die Bruchstücke der Scheiben, die sich in der karminroten Lache der Opfer, wie Sterne anordneten und wie Diamanten funkelten, nannte man das Stockwerk von nun an „Spektrum der Justiz".

Zuerst wurde der Name abwertend genutzt, doch erhielt seine positive Anerkennung dank einer Analyse in einem Psychologie-Magazin. Diese Analyse wies nämlich daraufhin, dass der Name daran erinnern würde, dass Gewalt manchmal sein muss, aber nicht immer von Nöten ist, und dass sie- so schwer es auch zu akzeptieren sei – auch eine ästhetische Seite besitzt. Diese Seite sei besonders gut in der kristallinen schimmernden karminroten Lache zu begutachten gewesen, wenn die Sonne im richtigen Winkel darauf fiel.

Grubich wunderte sich, was der Mann tat, dass der Polizist an der Registrierung so zornig sein musste. Der Verdächtige bewegte seine Lippen kaum beim Reden und gestikulierte ungefähr so verständlich wie eine Seegurke, die einem den Weg zum Bahnhof erklären will. Seine geistige Fitness war vergleichbar mit Rotze die eine Wand entlang rinn. Kurz gesagt, er war da, aber irgendwie doch nicht.

>> Nach Ihrem Namen habe ich gefragt. <<
>> Ich denke, ich heiße Frufert, zumindest sagt mir das mein Unterbewusstsein. Sie müssen nämlich wissen, dass das Unterbewusstsein gar nicht... <<
>> Halt. Nur den Namen, das andere interessiert mich gerade herzlich wenig. Soso, Sie meinen Sie heißen so. Sie sind ja ein merkwürdiger Typ. Schreibt man denn Frufert mit Doppel „t“? <<

Frufert schüttelte den Kopf. Nennt mich merkwürdig und will Frufert mit Doppel „t“ schreiben, dachte er sich.
 >> Ich denke nicht, dass es hier mit rechten Dingen zugeht. Ich war gerade noch im Krankenhaus und wurde ohne Vorwarnung einfach von einen ihrer Männer mitgezerrt. Was habe ich denn verbrochen? << fragte er, während seine geistige Fitness wieder etwas zunahm.
>> Das sage ich Ihnen gerne. Sie waren am gleichen Ort wie dieser Mann, der im Raum nebenan sitzt und anscheinend kennen sie sich auch noch. Wie nein? Warum kannte er dann Ihren Namen? Er hat eindeutig mit Ihnen gesprochen, und dabei hat er sogar ihren Namen zur Begrüßung äußern wollen. Was sind Sie? Ein Komplize? Sein Lehrling? Ein Sympathisant? <<
>> Weder noch, ich bin keines davon. Ich war wohl einfach zur falschen Zeit am falschen Ort. Wissen Sie, ich bin hierhergekommen um etwas zu machen, aber ich weiß nicht mehr genau was. Ich erinnere mich nur noch an lachendes Obst und sonst ist da nicht mehr viel. <<

Er log. Er erinnerte sich nur noch an eine merkwürdige Sache aus seinem alten Leben. Er erinnerte sich an einen Brief, in dem etwas Merkwürdiges stand. Etwas sehr Wichtiges. Es sollte ihn an etwas erinnern. Der Gedanke glitt weiter weg, er zerfiel vor seinem geistigen Auge wie ein Soufflé bei einer Punkrockbandprobe. Plötzlich wurde die Stimme des Polizisten aus dem Hintergrund lauter und er erreichte seine normale Lautstärke, womit er vor allem die Präsenz im Klangmuster von Frufert durch den Cocktailparty-Effekt wiedererlangte.

>> Naja bisher haben Sie kein richtiges Alibi, da Sie der einzige in der Bar waren. Der Barmann und Besitzer des Club Flamingo waren spurlos verschwunden. Wir erhielten aber einen Anruf, dass er in Grubichs früheren Zellendistrikt auftauchte. Als wir mit ihm sprachen, meinte er nur er könne sich schlecht erinnern, aber weiß, dass Sie auffällig schlecht artikuliert haben. Das schien uns verdächtig, da die meisten normalen Bürger, die etwas Illegales planen, vor ihrem Verbrechen nervös werden und komische Sprachparadigmen bilden. Sie müssen uns also nur sagen, warum sie in dieser Nacht dort waren und dann lassen wir Sie vermutlich gehen, wenn wir Bestätigung haben. <<
>> Na also, wenn Sie mich vermutlich gehen lassen, dann war ich vermutlich dort um vermutlich was zu trinken. Darf ich nun vermutlich gehen? <<
>> Wir warten lieber noch auf den Polizeichef und die Anordnung des Generals. << empfiehl der Polizist an der Rezeption und wies Frufert zurecht sich einfach still zu verhalten.

Frufert seufzte und setzte sich auf ein altes seladones Ledersofa, neben dem eine Zimmerpflanze so ungünstig stand, dass man sich nur auf die rechte Hälfte des Sofas setzen konnte, da einen sonst immer die Blätter im Gesicht gestört hätten. Hinter ihm war eine Wand aus Stein. Das bedeutete, dass er sich am Rande des Stockwerks befand. Er starrte auf den Boden, seine Schuhe, den Wasserspender, die Rezeption und zuletzt an die Decke. Von der Decke rastete sein Kopf wieder in eine angenehme Position, wodurch er den Polizisten an der Rezeption besser observieren konnte.

Er sieht gar nicht aus wie ein Polizist, dachte er sich. Eher wie ein Buchhalter, aber nicht wie der Beruf, sondern eher wie ein armer Kerl, der eben immer dazu ausgenutzt wurde Bücher zu halten, während eine andere Person auf einer Leiter über ihm die Bücher abnahm und sie in ein Regal sortierte. Ich wette er mag es unter einem Vorgesetzten zu stehen. Er ist ein typischer Mensch, der niemals eine Führungsposition übernehmen könnte. Aber wenigstens scheint er halbwegs freundlich zu sein. Ob er mir wohl etwas mehr über diesen Mann erzählen wird? Das ist es! So weiß er, dass ich ihn nicht kenne, wenn ich merkwürdig auf etwas reagieren werde.

Als er gerade aus seinen Gedanken in die Realität stolperte und den Polizisten fragen wollte, was der Mann neben ihm denn angestellt hatte, bemerkte er, dass der Polizist schon seit einer ganzen Weile telefonierte.

Er wandte seinen Blick vom Polizisten wieder ab und schaute um sich in die Räume. Er konnte in fast jeden Raum sehen, bis auf manche dessen Scheiben schwarz und intransparent waren. Beachtliche Konstruktion dachte er so für sich, ich hoffe nur es gibt hier keine Schießerei oder Explosion, sonst wird hier eine Putzfrau einen Stundenlohn von einem Monatsgehalt erhalten müssen. In diesem Moment öffnete sich die Tür und eine Frau kam herein.


>> Hören Sie auf zu telefonieren, egal wer dran ist. Wo ist Grubich? Warum ist er nicht gefesselt? Sind sie völlig verblödet? Sie können sich nicht vorstellen, was dieser Mann, aus dem nichts zaubern kann. Na los! Festnehmen und absolut keine Freiheiten erlauben. Los, los, los, zu fünft auf ihn, wenn es sein muss. << kommandierte die Frau.

Sie war abnormal schön für eine so autoritäre Frau. Nicht zu dünn und nicht zu dick, sportlich aber nicht zu muskulös, groß aber kein Riese, besaß Hände aus einer Mischung zärtlicher Fürsorge und grober Strenge mit gepflegten Nägeln ohne Lack oder anderen Accessoires. Ihre Augen erinnerten an Gletscher, deren Farbe mit der chemischen

Substanz Eisen-II-Sulfat vergleichbar waren, zusätzlich besaß sie ein süßes Näschen, so wie kräftige gutdurchblutete Lippen. Ihre Haare waren dunkel und glänzend wie die Reflektion eines Halbmondes in einem See bei Nacht und sie trug eine schwarze Militäruniform mit Stiefeln, die ebenfalls zu ihr passten.


Keiner wagte ihr zu widersprechen, und wie sie es sagte stürzten sich fünf Polizisten einschließlich dem, der gerade noch am Telefon war, auf Grubich. Er wehrte sich nicht, denn er wusste es war noch nicht soweit.
Er schaute auf und sah sie an. Er wusste, dass wenn sie im Raum war, dann war für die meisten anderen Männer im Raum alles andere verschwunden, was unschwer an den Gesichtsausdrücken der Polizisten, die ihn hielten erkennen konnte.


>> Guten Tag Prof. Dr. Grubich, Sie haben bis General Tirf ankommt meine vollkommene ungeteilte Aufmerksamkeit. Ich heiße Majorin Sora und bin ohne zu scherzen wahrhaftig geehrt Sie kennenzulernen. Sie wurden schon von vielen Leuten unterschätzt, aber lassen Sie mich Ihnen versichern, dass mich die Hybris nicht verführt und ich Ihnen auf jeden Schritt folgen werde. Ich kann die Fehler in meinem Leben an einer Hand abzählen und glauben Sie mir, ich weiß, zu was Sie in der Lage sind. Ich habe es in ihren Akten gelesen. Also spielen Sie nicht den harmlosen alten Mann! Kooperieren Sie mit uns und möglicherweise erhalten Sie einen besseren Prozess als letztes Mal, der Sie vom ewigen verrotten in einer dunklen Zelle bewahrt. <<


Sora schaute Grubich tief in die Augen. Sie ließ sich keine Angst anmerken, Sie musste ihn nur bewachen, das ist alles was momentan für sie zählte.
>> Majorin Sora? << riss sie ein Polizist aus dem sehr intensiven Blickkontakt mit Grubich, dessen Gesicht, das wie bei einem Schauspieler, der mit Botox überspritzt war, sich nicht regte.
>> Was? << schnauzte sie zurück.

>> Wann wird General Tirf und der Polizeichef eintreffen?

>> Der Polizeichef ist verhindert und General Tirf in einer circa halben Stunde. Bis dahin sind wir für Grubich verantwortlich. Haltet ihn von allem fern. Er darf nichts ohne ständige Kontrolle anfassen. Und nur für den Notfall, dass ich mich falsch ausgedrückt habe, wenn ich „nichts" sage, dann meine ich auch „nichts"! << schoss ihre autoritäre Stimme in jedes Ohr der Polizisten, was dazu führte, dass alle so aussahen als würden sie einem Ball beim auf- und abspringen in Ehrfurcht zusehen. Dies resultierte wiederum in ein disharmoniertes synchronisiertes Nicken.

Nun waren alle im Raum bei Grubich und das Geduldspiel begann. Es begann sowohl das taktvolle Klopfen mit dem Fuß, als auch das Löcher in die Luft starren. Das Däumchen drehen begann erst später zusammen mit dem leisen unschuldigen Gepfeife.

Jeder, sogar Frufert im anderen Raum spürte wie sich eine Trägheit in der Zeit bemerkbar machte. Es war wie die praktische Ausführung der Relativitätstheorie. Grubich machte das nichts aus, er spürte es nicht einmal mehr. Er wartete nun schon seit 20 Jahren, bis seine Zeit kommen würde und er wusste ganz genau, dass er noch ein bisschen länger warten musste und konnte.

>> Sagen Sie Majorin Sora << zerschnitt Grubich die dicke Atmosphäre >> als Sie vorhin „nichts" sagten, meinten Sie ja wirklich „nichts", korrekt? <<

>> Ich dachte Sie seien intelligent mein lieber Herr Professor. Wie ich vorhin schon den anderen erklärt habe, als Sie vermutlich nicht zugehört haben, meinte ich wirklich „NICHTS". <<

>> Dann werden sie mich wohl sterben lassen müssen. << grinste Grubich hämisch.

>> Was meinen Sie damit? Ist das wieder eines Ihrer kranken Spielchen? <<

>> Ganz und gar nicht meine Liebe, ich habe nur seit meinem Ausbruch nichts mehr Flüssiges zu mir genommen und könnte einfach vor euch dehydrieren, wenn Sie nichts unternehmen werden. <<

>> Schnell holt einen Doktor, der das überprüfen kann! <<

Die Polizisten rannten alle gleichzeitig zum Telefon um einen Doktor zu rufen. Einer der Polizisten, der, der am nächsten am Telefon stand, ergriff als erstes den Hörer tippelte schnell eine zweistellige Nummer ein und sagte dem Arzt Bescheid, er solle sich schnellstmöglich hierher bewegen.

>> So Professor Grubich, dann wollen wir doch einmal sehen, ob Sie uns nur austricksen wollten. <<

Grubich antwortete nicht und saß weiterhin so da, als wäre er, abgesehen von den Fesseln, auf dem entspanntesten Picknick der Welt. Frufert fand das äußerst merkwürdig. Ein Mann, der gerade wieder gefangen genommen wurde, streng bewacht wird und vermutlich wieder ein Leben lang in einen Hochsicherheitstrakt muss, sollte nicht so ruhig sein. Es fiel ihm plötzlich dazu ein Zitat ein „Fürchtet nicht den Mann, der an seine Grenzen geht und darüber hinaus handeln zu pflegt. Fürchtet auch nicht den Mann, der immer bereit ist alles zu opfern. Nein, fürchtet den Mann, der das alles nie in Betracht gezogen hat, denn dieser Mann wird Chaos bringen, wenn er alles verliert." Es stammte wohl aus einer griechischen Komödie, die er in früheren Jahren gelesen haben musste. Frufert wurde auch auf einmal klar, dass er nicht zu diesen Rain-Men gehörte, die einfach mehrere Zitate aus dem Kopf mit Seiten- und Zeilenzahlen belegen konnten. Er fragte sich schon immer wie das funktionierte. Viele Dokumentationen erklärten es sei einfach mit einem Kalender aus Farben, Formen und tausenden von sortierten Schubladen zu vergleichen. Man will den Tod von Nietzsche mit einem passenden Zitat, dann muss man ganz einfach die gelbe Schublade aufmachen, die einen chamoisfarbenen Kegel enthält und auf dessen Mantel irgendwo eben die Antwort oder das Zitat, was man gerade benötigt, geschrieben steht. Frufert war sich sicher, dass er philosophische Zitate niemals auf einem chamoisfarbenen Kegel aufbewahren würde. Als er gerade diesen Gedanken weiterspinnen wollte, kam ein Arzt herbeigeeilt.

>> Guten Tag, ich komme wegen dem gerade eben gemeldeten Notfall. << schnaufte der Arzt.

>> Ja, schnell kommen sie hierentlang. << führte ihn ein ziemlich schlaksiger Polizist.

Der Doktor sah Grubich an und hatte ohne es zu wollen einen riesen Respekt vor diesem Mann. Er wusste nicht warum, er sah aber, dass dieser Mann schon lange gelitten hatte. Er war nicht wie die anderen alten Menschen, die er pflegte, er strahlte eine Art Weisheit und Erhabenheit aus. Trotzdem verschwendete er keine Zeit und ging vor ihm auf die Knie. Er öffnete seinen Koffer und zupfte an Grubichs Hand, beobachtete sie ein Weilchen, biss sich auf die Lippen und holte ein Stäbchen aus seiner Tasche.

>> Dieser Mann hat für sein Alter viel zu wenig Wasser in seinem Körper. << ließ sich der Arzt besorgt vernehmen.

>> Dann geben Sie ihm schnell eine Infusion verdammt! << erwiderte Sora gereizt.

>> Das kann ich nicht, sonst könnte er sterben. Es handelt sich um eine Dehydratation, die nicht nur durch Infusion gelöst werden kann. Er braucht, wenn überhaupt beides: Wasser und eine Infusion. Er ist in einem kritischen Limit, dass er überhaupt aufrecht sitzen kann, ist ein wahres Wunder. Er muss einen unerbittlichen Willen haben. <<

Majorin Sora war sich nun nicht mehr sicher was sie tun sollte, denn sie wusste, dass das genau das war, was Grubich wollte. Einfach sterben lassen konnte sie ihn nicht. Sie war vieles aber kein unmoralisches Monster und so war sie nun in einen Zwiespalt geraten, den sie so nicht kannte. Sie alleine durfte über den, laut vielen Gerüchten und Aussagen, gefährlichsten Mann der Welt richten. Ließ sie ihn erbärmlich austrocknen und nahm ihm langsam die Würde vor seinem Tod, oder ließ sie ihn einfach erschießen und erklärte dem General, dass es Notwehr gewesen sei. Ein unerklärlicher Hass spross in ihr. Ein unverständlicher Hass, denn sie stand diesem Mann zum ersten Mal gegenüber, dennoch ließ er sie wie eine blutige Anfängerin dastehen. So eine schwere Entscheidung. Was sollte sie tun? Das Leid ein für alle Mal beenden? Was wenn das zu seinem Plan gehörte? Er darf nicht der bessere sein. Sie durfte einfach keinen Fehler machen. Nicht nochmal.


>> Schnell bringt ihm alles was der Arzt anordnet. Wir dürfen ihn nicht sterben lassen! <<
Sie hielt kurz inne und schaute sich um, ob einer der Polizisten etwas einzuwenden hatte. Es sagte keiner von ihnen etwas. Sie schaute auch zum Arzt, welcher auch nicht Einspruch erhob und sofort mit der Prozedur anfing.
>> Los schnell bringt ihm Wasser. Haltet ihn fest, ich bereite währenddessen die glucosehaltige Infusion vor. Der Beutel muss etwas höher. Vorsicht, nicht so wackeln. Haltet ihn still. Wunderbar. <<
Erleichtert nach dem kleinen Kampf mit Grubich, der aufgrund seines Wasserhaushaltes nicht viel Widerstand bot, packte der Arzt seinen Koffer wieder zusammen, ließ die wichtigsten Instrumente auf dem Tisch liegen und ging auf Sora zu.
>> Er sollte nun bis heute Abend durchhalten können. Sie haben das richtige getan Major Sora, glauben Sie mir. << sagte der Arzt überzeugend und väterlich.
>> Ich glaube nicht. << erwiderte Sora kalt.
Der Doktor schüttelte traurig den Kopf und verließ das Stockwerk.


Grubich war, in seinem momentanen Zustand, bewegungsunfähig und versuchte neue Kraft zu sammeln. Doch es gelang ihm nicht, die Infusion erfüllte noch nicht ganz ihren Zweck und das Wasser, das er bekam, wirkte auch nur langsam. Er fühlte sich aber geistig so fit wie schon lange nicht mehr, man sah es ihm nur nicht an - zumindest jetzt noch nicht.
Es wurde ruhig. Das Warten wurde nun intensiver und es herrschte eine noch angespanntere Atmosphäre als zuvor im Raum. Frufert wurde langsam auf dem Sofa nebenan bewusst, dass er wohl frühestens aus diesem Gebäude entlassen würde, wenn sich der Fall mit Grubich er-

ledigt hatte. Somit wartete er nun auch auf den vorher erwähnten General Tirf. Wenn er sich nicht geirrt hatte, dann waren von den 30 Minuten nur noch *sechs* Minuten übrig.

Frufert schaute verzweifelt auf seine Uhr, die er am rechten Handgelenk trug. Er zählte mit. Er wollte raus, er wollte wieder in ein Krankenhaus um herauszufinden was mit ihm los ist und warum er sich an nichts mehr erinnern kann. Die Punkte der Digitaluhr auf dem Schreibtisch blinkten langsam, doch er zählte. Bei exakt zwei Minuten fing Grubich an zu sprechen.

>> Könnte ich noch ein Glas Wasser haben? << fragte er ehrfürchtig.

>> Nein, der General wird gleich ankommen und der Doktor hat mir versichert, dass Sie nun mindestens bis heute Abend durchhalten werden. << antwortete Sora pragmatisch.

Grubich grinste und schloss die Augen. >> Wussten Sie, dass General Tirf Sie belogen hat? Er... <<

>> Das passiert. Jeder lügt mindestens einmal pro Tag. Was wird das? Diese amateurhaften Psychospielchen, Herr Grubich, werden Ihrem Ruf nicht ansatzweise gerecht. << erstickte Sora Grubichs Worte.

>> Ich bevorzuge Prof. Dr. Grubich mein lieber Major. Ich finde Sie sollten den Unterschied zwischen trivialem Alltag und besonderen Ereignissen kennenlernen. In Ihrer Position kann es über Leben und Tod entscheiden, ob Sie eine Lüge hinnehmen oder nicht. Wie dem auch sei, ich wollte nur anmerken, dass General Tirf in zwei Minuten ankommen wird. Er ist ganz aufgeregt mich zu sehen und wird deswegen früher als erwartet da sein, um genau zu sein in einer Minute und 21 Sekunden. <<


>> Sie meinen, wenn Sie schätzen, wann der General ankommt beeindruckt mich das?

Versuchen Sie mich nicht zu täuschen, Sie verstellen sich gerade um nicht als Gefahr gesehen zu werden, die Sie absolut sind und bedauerlicherweise wäre Ihnen das auch noch fast gelungen. <<

>> Genau deswegen. Sie reden immer nur von mir, aber nur wenige können davon erzählen mich gesehen zu haben. Vielleicht ist das nur

eine Farce von Ihrem General um mich aus dem Weg zu haben. Vielleicht...<<

>> ...Sind sie auch komplett verrückt. Warum sind Sie dann im Pronitz eingebrochen, wenn Sie nichts im Schilde führen? Warum haben Sie sich fast dehydrieren lassen bevor Sie festgenommen wurden? Mit mir spielen Sie nicht Prof. Dr. Grubich. <<

Frufert schaute gebannt auf die Uhr. Es sind seit der Aussage des Professors eine Minute und 20 Sekunden vergangen. Er konnte es nicht fassen, aber exakt nach einer Minute und 21 Sekunden passierte rein Garnichts. Er hatte Grubich zu sehr vertraut und er wusste er würde es nie wieder tun.
Sora blieb die Falschaussage auch nicht unbemerkt.

>> Das war nun wirklich antiklimaktisch Prof. Grubich. << scherzte sie.
>> So sind manche Dinge, wenn man den Kontext nicht versteht. << lachte er laut.
Sora wollte gerade nachfragen, was er meinte, als der General mit einem kleinen Trupp in das Stockwerk eintraf. Er eilte so schnell er konnte in den Raum. Wie Grubich es vorausgesagt hatte konnte er es kaum abwarten ihn wieder zu sehen.

>> Guten Tag Major Sora, ich sehe Sie haben gute Arbeit geleistet. Ich werde mir das sehr gut merken für zukünftige Einsätze. <<
>> Danke General Tirf! << salutierte Sora.
>> Endlich haben wir Sie. Ich dachte Sie wären nicht so dumm und einfältig sich so schnell wieder an eine so große Operation zu wagen, wenn Sie doch alle Welt sucht. Ganz zu schweigen davon, dass Sie das im gleichen Land machen, in dem sich ihr Hochsicherheitstrakt befand. Sie machen es mir fast zu einfach, Sie alter Dummkopf. Los Männer führt ihn ab! << kommandierte der General.

Frufert freute sich endlich dieses schreckliche Stockwerk verlassen zu können. Die gläsernen Wände machten ihn langsam paranoid. Er schaute dem Trupp zu, wie Sie Grubich losbanden und ihn langsam abführten. Der General lief hinter seinem Trupp her und freute sich über die Verhaftung wie ein kleines Kind. Frufert wandte seinen Blick ab und starrte kurz auf den Schreibtisch. Es kam jemand zu ihm in den Raum, es war Sora. Sie schien stolz auf sich zu sein und das durfte sie ja schließlich auch, denn sie hatte gerade den gefährlichsten Kriminellen der Welt ihrem Vorgesetzten übergegeben.

>> Was ist mit Ihnen? Hmmm vermutlicher Komplize des Verdächtigen. Soso, das glaube ich nicht. Sie dürfen gehen. <<
>> Aber warum? << fragte Frufert perplex.
>> Ach so, Sie wollen noch bleiben? Na bitte ich kann Sie auch verhaften lassen. <<
>> Nein, nein, schon gut. Danke. <<

Frufert sollte sich freuen, aber was er sah gefiel ihm gar nicht.
Grubich schaute um sich. Es waren vier Männer um ihn, der General beobachtete ihn von hinten und um ihn herum im ganzen Stockwerk waren mindestens 30 Polizisten, die den Befehl hatten ihn auszuschalten, wenn er versuchen würde zu fliehen. Es war alles so wie er es geplant hatte. Er hustete und ließ sich auf die Knie fallen, wodurch die Infusionsnadel aus seinem Arm gezogen wurde und zu Boden fiel.
>> Könnten Sie mir bitte aufhelfen? <<
>> Was ist los General sollen wir ihm aufhelfen? << fragte einer der Männer.
>> Sie sehen doch wie alt er ist. Helfen Sie ihm hoch, damit wir weiterkönnen und tragt ihn am besten unter den Armen, damit er keine Dummheiten anstellt. <<

>> NEIN! << rief Sora voller Entsetzen durch die Glaswabenstruktur.

Grubich nahm Schwung beim Aufstehen und stach die Infusionsnadel mehrmals in das Gesicht des Mannes, der ihm aufhelfen wollte. Er drehte sich um und griff ihn so als würde er mit ihm einen merkwürdigen Tango tanzen. Die drei anderen Soldaten schossen auf ihn, doch sie betäubten nur den vierten Soldaten. Grubich trat den Mann mit unmenschlicher Kraft Richtung General und rannte so schnell er konnte weg.

>> Schnell sichert den Ausgang!! << schrie der General auf dem Boden.

Doch Grubich wollte nicht zum Ausgang. Er kam an die Wand mit einem Wasserspender, hustete, wobei er sich vier kleine Kapseln Knallquecksilber aus dem Zahnfleisch riss und schob sie in die Füllkugel des Wasserspenders.

Ein Schuss. Grubich spürte etwas im Rücken. Er fiel um und mit ihm der Wasserspender.
>> Sie dürfen bei diesem verdammten Mann nicht zögern! << schrie der General.
Sora war erleichtert. Frufert jedoch hatte so ein merkwürdiges Gefühl. Er hatte dieses Gefühl bereits gespürt. Er konnte es nicht ganz zuordnen. Dieses Gefühl er hatte es zuletzt als.... Zitronen. Er packte Sora und ging mit ihr hinter dem Schreibtisch in Deckung.
Die Füllkapsel des Wasserspenders begann zu brodeln und sich zu dehnen. Er dehnte sich so lange bis das Plastik seine Struktur verlor und das innere des Wassertanks nicht mehr halten konnte. Das halbe Stockwerk explodierte. Ein Tsunami aus brodelndem Wasser sprengte die Glaswände und schmolz die Haut einiger Polizisten. Die Gläser, die zersprangen, durchbohrten durch die Druckwelle mehrere Einheiten. Einige dieser Einheiten wurden von den Scherben an die Wand genagelt. Die Körper in Kombination mit der Asymmetrie der Scherben und dem frischen Blut bildeten einen außerordentlich morbiden aber dennoch ästhetischen Anblick, wie es bereits das Psychologie-Magazin

schilderte. Als das Sonnenlicht darauf schien, spiegelten sich die Glasscheiben in sich selbst und ließen das Blut zu einem mandelbrotähnlichem Effekt verschmelzen. Die, die jedoch zu nahe bei Grubich standen erlitten nicht nur schwerste Verbrennungen, sondern wurden von der Explosion erfasst und durch die Glasscheiben geworfen. Ihr Anblick war hingegen nicht halb so kunstvoll, wie die Polizisten, die die Wand zierten. Die Elektronik im Raum spielte verrückt. Die Gläser, die nicht zerstört wurden, wechselten die ganze Zeit zwischen transparentem und blickdichtem Glas. Durch die Explosion wurde das Gebäude ringsum abgeriegelt und ein Alarm ausgelöst.

Da war es nun, dass einst beachtlichste Stockwerk des Polizeipräsidiums, das Spektrum der Justiz, in Trümmern und Scherben. Ein brutales Massaker aus Blut und Glas.

Daraufhin stand Grubich auf als wäre nichts gewesen. Er war nicht betäubt, hatte keinen Kratzer und er verließ das Stockwerk, ohne das ihn jemand festnahm oder aufhalten wollte.

>> Das ist doch vollkommener Blödsinn Frider! Warum sollte er unbeschadet aus diesem Massaker herausgekommen sein, wenn er exakt neben der Explosion lag? Was war mit der Abriegelung? Außerdem Knallquecksilber aus den Zähnen? Knallquecksilber ist ziemlich unwahrscheinlich für so eine Explosion, das klingt wie aus einer überbewerteten Serie. <<

>> Aber so ist es passiert. Ich habe Bilder gesehen und mit zwei Polizisten geredet, die überlebt haben. << argumentierte Frider.

>> Komisch ich habe etwas Anderes gehört. << erwiderte Natalie.

Die anderen Polizisten und Lucy schauten Frider mit vorwurfsvollen Blicken an. Er nahm das aber alles wieder als Witz auf.

>> Na gut, wie ist es dann wirklich passiert, Natalie? << äffte er sie nach.

>> Ich brauche erst noch einen Kaffee, sonst kriege ich das nicht mehr alles zusammen. Lucy wärst du so nett und machst mir nochmal einen? <<

Lucy hatte sich noch nie so schnell in ihrem Leben zur Kaffeemaschine umgedreht. Ihr wurde schwindelig und sie hätte schwören können, dass sie sich selber kurz von außen hätte sehen können.
Die Kaffeemaschine machte ein infernales Geräusch. Es klang so als würde man einen Staubsauger mit einer Schildkröte kreuzen und dieses resultierende Geschöpf dann einschalten um es anschließend mit einem spitzen Gegenstand in den Rücken zu stechen, währenddessen auf einem kaputten Verstärker im Hintergrund Jodeldubstep läuft.
Als die Tasse fast voll war hielt die Maschine an und tropfte die letzten 24 Tropfen in unmöglichen Abständen hinein. Die ersten fünf gingen im Sekundentakt, doch danach brauchte es bis zu vier Sekunden für so einen doofen Tropfen. Lucy wurde sehr ungeduldig. Ihr schnelles umdrehen war umsonst gewesen, weil die maschinelle Präzession anscheinend in manchen Momenten schlimmer war, als das menschliche Versagen. Egal dachte sie, dann hat Natalie eben weniger Kaffee, dafür höre ich die Geschichte aber schneller. Am nächsten Tag schmiss Lucy die Maschine raus und suchte sich eine Maschine, mit der man selber Kaffee mahlen konnte.
Endlich war, nach einer gefühlten Ewigkeit, der Kaffee fertig und die vermutliche wahre Handlung konnte von Natalie erzählt werden. Sie begann:

>> Guten Tag, ich komme wegen dem gerade eben gemeldeten Notfall. << schnaufte der Arzt.
>> Ja, schnell kommen sie hierentlang. << führte ihn ein Polizist.
Der Doktor sah Grubich an und hatte ohne es zu wollen einen riesen Respekt vor diesem Mann. Er wusste nicht warum, er sah aber, dass dieser Mann schon lange gelitten hatte. Er war nicht wie die anderen alten Menschen, die er pflegte, er strahlte eine Art Weisheit und ältere Erhabenheit aus. Trotzdem verschwendete er keine Zeit und ging vor

Grubich auf die Knie und machte seinen Koffer auf. Er zupfte an seiner Hand beobachtete sie ein Weilchen, biss sich auf die Lippen und holte ein Stäbchen aus der Tasche.
Nach einer kurzen Untersuchung stellte er fest, dass es diesem Mann an nichts fehlte.
>> Danke Herr Doktor für Ihre schnelle Hilfe, Sie können nun wieder gehen. << verkündete Sora.
Der Doktor packte seinen Koffer wieder zusammen, schaute Grubich noch eine Weile in die Augen und fragte sich, was es war, was er an diesem Patienten so faszinierend fand.

>> Schönen Tag noch Majorin Sora. << wünschte der Doktor und ging zum Fahrstuhl.

Als dieser im Fahrstuhl stand, fiel ihm auf, was faszinierend an Grubich war. Er konnte bei diesem Mann keinerlei Symptome von irgendetwas feststellen und das ließ ihn an seiner Kompetenz als Arzt zweifeln. Er ging die Symptomliste in seinem Kopf durch und wenn er etwas Treffendes fand, dann war es kontradiktorisch zu einem anderen Symptom. Als sich die Aufzugtür öffnete wurde aus seiner akribischen Aufzählung herausgerissen. Er verließ den Aufzug und stand nun im Krankenflügel des Polizeigebäudes.
Er musste jeden Tag mindestens eine dringende Notoperation durchführen und begab sich daher schnell zurück in den Operationssaal, von dem er weggerufen wurde. Dort bereitete er sich und seine Instrumente vor. Er sortierte die Skalpelle immer nach Größe und deren Schneideform, das beruhigte ihn ungemein beim Operieren, denn so hatte er zumindest eine Sache bei einer chaotischen OP komplett unter Kontrolle. Wie oft hatte er schon Patienten, die eine Durchschusswunde oder einen Steckschuss im Brustbereich aufwiesen. Man hätte alle Anatomiebücher der Welt auswendig lernen können, jedoch das was man nach so einer Verletzung vor sich findet, spiegelt nichts von den schön illustrierten Bildchen und Schemata wieder.

Ein grausames Suchspiel, das durch pures Glück und reiner Erfahrung über Leben und Tod entscheidet. Wenn man in so einer Situation auf sein Operationsbesteck schaut und merkt, dass man die Kontrolle noch nicht ganz verloren hat, dann macht man nicht nur sich selbst wieder Mut, sondern sorgt dafür, dass das Opfer ebenfalls eine höhere Chance zum Überleben hat.

Nach dem Sortieren des Bestecks testete er eine Maschine von Pronitz, die dafür benutzt wurde Viren und Bakterien anhand von speziellen Metallen und einem spezifischen Magneten aus dem Körper zu ziehen. Dies half bei den schlimmsten Infektionen nach einer Wunde und war das erste offizielle Mittel gegen Schnupfen. Als er jedoch die Maschine anmachte, leuchtete sie rot. Es musste ein heftiges Feld in der Nähe sein, was dieses Gerät störte.

>> Haben Sie wirklich gedacht Sie könnten mich austricksen? << lächelte Sora.

>> Aber nein! Ich könnte Sie doch niemals austricksen.... Außer natürlich, wenn Sie es wirklich wollen würden. << grinste Grubich.

>> Sie sollen der gefährlichste Mann der Welt sein? Wie das? In ihren Akten stehen unmögliche Taten. Eine komplette Armee ausgelöscht? Ein Land zerstört? Wie soll das gehen? Ich kann einfach nichts davon ernst nehmen. Ihre Akten wurden doch bestimmt von einem Spion geändert oder von einem Komplizen gehackt. <<

>> Ich habe keine Komplizen und meine Akte kenne ich gar nicht. Aber wenn Sie der Akte nicht trauen...Ich kann Ihnen zeigen zu was ich wirklich fähig bin, aber dazu müssen Sie mir einen kleinen Gefallen tun. << bot Grubich an.

Sora war verlockt und fragte um welchen Gefallen es sich handle.

>> Sie müssen nur für drei Sekunden die Augen schließen. Mehr nicht. <<

Sora war perplex. Wollte er nur mit mir spielen? Wenn ich Angst zeigen würde und es nicht täte, dann verfügte er vielleicht über die Situation. Kann ich das zulassen? Was sollten drei Sekunden schon ausmachen? Wenn er wirklich so mächtig wäre wie er sagt, dann kann ich doch sowieso nichts gegen ihn ausrichten.

>> Was ist nun? << riss Grubich sie aus ihren Überlegungen.

Sora wollte keinerlei Schwäche zeigen und musste sich schnell entscheiden.

>> Na gut. Ich schließe die Augen und zähle bis drei. Männer richtet eure Waffen auf Grubich und sobald es nur den Anschein macht, dass er sich bewegt, schießt ihr auf ihn. <<

20 Polizisten mit Betäubungs- und Elektroschockgewehren umzingelten Grubich. Frufert begann im Nebenraum an seinen Fingernägeln zu kauen. Da er das ganze Spektakel durch ein Fenster beobachtete, fühlte er sich dazu geneigt Popcorn zu haben, jedoch fiel ihm schnell wieder ein, dass auch er in Gefahr schwebte und verdrängte deswegen die Gedanken an Popcorn. Er nutzte die Zeit doch lieber um zu sehen wo er in Deckung gehen könnte.

Es begann. Der General war in wenigen Minuten da und Sora schloss ihre Augen.

Sie fing an mit Zählen:

Eins. Ein lautes Schreien der Polizisten, die Grubich bewachten, war zu hören. Es knallte und es schienen Tische verschoben zu werden.

Zwei. Glas klirrte und Leute von anderen Zimmern schrien und verstummten schlagartig.

Drei. Es fegte ein heftiger Wind durch Soras Haare und sie machte die Augen wieder auf. Die Polizisten, die Grubich gerade noch bewachten, waren verschwunden. Der Stuhl auf dem Grubich saß war leer und der Mann im Nebenraum saß mit offenem Mund und entgeistertem Gesichtsausdruck da. Niemand schien mehr im Stockwerk zu sein, außer Frufert, Sora und der Professor. Er stand an der Glasfront nach draußen und überschaute in Ruhe die Stadt.

>> Wie zum Teufel haben Sie das gemacht? << fragte Sora.

>> Wenn man nur ganz fest will, dann kann man alles schaffen. << lachte Grubich dreckig.

Sora rannte auf Grubich zu und wollte ihn aus dem Fenster in die Tiefe stürzen, doch er gab ihr ein Handzeichen, dass sie das besser unterlassen sollte, denn an der Scheibe klebte etwas.

>> Sie, kommen sie doch auch noch bitte näher. << sagte Grubich zu Frufert.

Frufert stand auf und ging ebenfalls zur Fensterfront des Gebäudes.

>> Sehen Sie das? Eine Stadt voller Idioten, die einfach in ihren Tag hineinleben und sich niemals über irgendetwas Gedanken machen, außer über ihr eigenes Glück. Klimaerwärmung? Nicht deren Problem. Ein tödlicher Killervirus wird heimlich seit Jahren entwickelt und perfektioniert um politische Diskurse schneller zu beenden? Nicht deren Problem. Alle Behörden und Politiker sind käuflich? Nicht deren Problem! Die Milch wird ein bisschen teurer? Alle rasten komplett aus und reden Monate darüber wie sehr ihnen diese *neun* Cent pro Woche fehlen werden und kaufen sich nebenher eine Schachtel Zigaretten pro Tag. Verstehen Sie das? Ich nicht und selbst, wenn ich es könnte, würde ich es nicht akzeptieren können. <<

>> Auf was wollen Sie hinaus? << fragte Frufert vorsichtig.

>> Was, wenn ich Ihnen versprechen könnte, dass ich das alles korrigieren könnte? Keine Kriminalität, keine Idioten, keine Macht mehr. Jeder kann sich ausleben und kann sich den wichtigsten Dingen widmen. Angenommen in diesem Moment ist etwas passiert, was unsere Welt um so vieles besser machen würde. Würde Sie nicht alles geben um dieses Ziel zu ermöglichen? <<

>> Sie reden von einer Diktatur? << schimpfte Sora.

>> Und im Konjunktiv. << schmiss Frufert hinterher.

>> Diktatur? Was ist denn bitte eine Demokratie, die mit den obersten ihrer Mitglieder autonom handelt? Hören sie doch auf dieses Märchen von Freiheit zu glauben und kommen sie mit mir in eine neue Ära. <<

Während Sora und Grubich diskutierten machte die Ansicht für Frufert Sinn. Er war aber still, denn er wusste, dass das Thema ob Kontrolle oder Freiheit regieren sollte seit jeher ein heikles Gesprächsthema war. Außerdem kannte er ja Grubich gar nicht und wusste nicht wie seine konzeptuelle Vorstellung aussah. Er hat aber gerade gesehen zu was dieser Mann fähig war.

In diesem Moment wurde ihm plötzlich bewusst, und er konnte es fast nicht glauben, aber vielleicht, nur vielleicht, sind Powerpointpräsentationen ja manchmal doch ganz sinnvoll. Er spielte gerade mit dem Gedanken welche Überschrift er wählen würde und schwankte zwischen „Diktatur: Macht und Verantwortung" oder „Diktator: Regime oder Sprachfehler von Tictactoe", als die vorher genannten 30 Minuten um waren.

General Tirf traf mit seinem Trupp in das „Spektrum der Justiz" ein. Tirf sah das Chaos und dass niemand außer den dreien im Stockwerk war

>> Männer zielt auf Grubich! Sora was haben sie angestellt? Wo sind denn alle? << schrie Tirf.
>> Nicht hier! << schrie Grubich dem General fröhlich entgegen.
>> Schießt auf Ihn! << befahl der General.

Der Einsatztrupp schoss durch die Glaswaben weswegen deren Projektile etwas abgelenkt wurden. Die Kugeln trafen Grubich nicht, dafür aber Sora in die linke Schulter und Frufert in den rechten Arm. Beide ließen sich zu Boden fallen und gingen in Deckung. Grubich war entsetzt von General Tirf, dass er auf seine eigenen Leute schoss, obwohl er wusste, zu was er fähig war. Er schnitt sich mit seiner Uhr das Handgelenk auf und zog eine Art Platte heraus, die er drückte.

>> Es ist vorbei Tirf! << versicherte Grubich.

In diesem Moment drehte sich ein Satellit in Richtung des Polizeigebäudes und gab ein Signal ab, wodurch aus einem Militärstützpunkt eine Rakete abgeschossen wurde, die das Polizeigebäude anvisierte. Die Rakete durchbrach kurz nach der Zündung die Schallmauer und flog immer schneller. Sie legte in kürzester Zeit eine riesen Distanz zurück und man konnte sie mittlerweile von der Glasfront des Polizeipräsidiums aus sehen und sogar hören.

>> Sie werden uns alle umbringen! << schrie Sora.
>> Vermutlich. << erwiderte Grubich.

Die Rakete schlug in das Stockwerk ein und zerbarst den kompletten oberen Abschnitt des Gebäudes. Eine gewaltige Explosion hallte durch die Straßen der Stadt und aktivierte in manchen Autos, die in der Nähe parkten, die Alarmanlagen und Airbags.

>> Moment mal. Wenn niemand mehr in diesem Stockwerk war, wer hat dir dann das ganze erzählt und vor allem wie soll so etwas irgendjemand überleben? << unterbrach sie Lucy.

>> Ganz einfach, ich habe die kompletten Überwachungskameraaufnahmen gesehen. <<

Alle wurden gleichermaßen stutzig und fragten:
>> Wie konnten die Kameras so einer Explosion standhalten und warum du? <<
Das klang unhöflicher als es sollte, aber es war eben merkwürdig, dass eine normale Polizistin wie Natalie so etwas zu sehen bekam.

Sie wurde rot und zornig >> Glaubt ihr ich lüge? Ich kenne jemanden, der diesen Fall ermittelt und er hat mir das Video gezeigt, weil niemandem etwas passiert ist! <<

Erstaunen machte die Runde. Wie sollte das gehen? Beide Szenarios waren so unglaubwürdig, obwohl beide schworen die Wahrheit zu erzählen. Es begann eine Art Rätselstunde. Welche Aussage war plausibler? Die von Frider, oder die von Natalie? Nach hitziger Diskussion ging plötzlich das Funkgerät los.

>> Bitte melden. Benötigen Person als Eskorte. Bitte melden. << ertönte das Funkgerät von Paul.

>> Paul, wir haben doch gesagt, wir lassen unsere Funkgeräte aus, solange wir hier sind. << motzte Thomas.

Kord entschuldigte sich bei den anderen und die sechs schauten sich an. Sie wussten es gab nur eine Möglichkeit: Strohhalme ziehen. Es war nicht das erste Mal und Lucy bereitete es immer so vor, dass niemand gehen musste. Sie schnitt keinen Strohhalm ab und gab den sechs aus der Verpackung sechs Strohhalme zur Auswahl.

Es zogen alle bis auf Frider. Diesem wurde plötzlich flau im Magen.

>> Was ist denn los Frider? Sind doch sowieso alle gleich lang. << lächelte ihn Lucy an.

Frider griff und erwischte einen Strohhalm, der etwas kürzer war als die anderen. Entsetzt stand er auf und scherzte, dass es wohl Schicksal sein musste.

Er verabschiedete sich von Thomas, Natalie, Knolle, Lucy, Markus und Paul, bezahlte und ging in die kalte Nachtluft. Sie machte ihn sofort wacher als die ganzen Kaffees, die er bisher an diesem Abend getrunken hatte und er stapfte ein paar Meter umher. Es war ziemlich frisch und er rieb sich die Arme bevor er den Funkspruch missfallend erwiderte.

>> Z64 hier, ich übernehme. <<

>> Fahren Sie zur alten Polizeistation und holen Sie einen Überlebenden von letzter Woche ab, er muss sofort eskortiert werden. <<

Frider rannte so schnell er konnte zum Streifenwagen, stieg ein, machte die Sirene an und fuhr über den direktesten Weg zur alten Polizeistation.

# Der Turm

Glitzern und funkelnd, steht sie da, die Festung aus Diamant, die letzte Bastion der Menschheit. Mitten in der Ödnis, ein Turm aus Glas und Metall, mit 1410 Stockwerken. Er sieht aus wie ein sinkendes Schiff, ein sinkendes Schiff, das schon zur Hälfte vom heißen erbarmungslosen Wüstensand verschlungen wurde. Auf der Spitze ist ein Empfangsturm, um sich zu versichern, dass dieses Gebäude nicht das einzige ist, was noch von Leben zeugt. Wenn man diese Schiffmetapher für den Turm anwenden würde, dann wäre das Deck komplett aus Glas. Das ist wichtig für die Menschen, die in diesem Konstrukt leben. Dadurch können Spezial-Reinigungsteams einfach an der Glasfront in den gewünschten Sektor des Stockwerks gelangen und dort die Gefahr gänzlich eliminieren.

„Präzise, effizient und sauber." Steht auf einem Werbeplakat für die Glückabteilung des Turms, denn der Turm ist in vier Abteilungen aufgeteilt. Die erste Abteilung ganz oben, ist die Abteilung der E.S.U. Die Einheit für Sicherheit und Überleben, sie kotrolliert alles im Turm, sie kennen jeden Einzelnen und jedes noch so kleine Detail über diesen. Die Einheit besteht nur aus den Besten der Besten. Politiker, honorierte Wissenschaftler, besondere Einsatzkommandos, Spezialisten für jedes erdenkliche Fach. Sie stellen Augen, Ohren, Hände und Gehirn des Turms dar.

Die zweite Abteilung ist für den Zeitvertreib der Menschen, hier befinden sich die Arbeit-, Hobby-, Freunde- und Liebeszonen. Jeder arbeitet an dem, was ihm Spaß macht, jeder geht gern arbeiten, die Menschen hier sind alleine mit Arbeit und Hobbies glücklich. Die Freundeszonen sind meist nur mit Leuten gefüllt, die sich gezwungen fühlen aus primitiven Instinkten und Angst soziale Kontakte aufrecht zu erhalten. Sie haben meistens nicht genügend Dienstleistungen getätigt, um sich diese unangenehmen Probleme entfernen zu lassen.

Die Liebeszone hingegen ist immer voll, jedoch ist Liebeszone der falsche Name. Die Menschen dort wollen sich nur vermehren, nur Spaß haben, es geht nicht um Nähe, Gefühle oder Liebe, sondern nur um den einfachen Zeitvertreib oder die Existenzerhaltung. Es gibt nur wenige Menschen hier, die gerne noch Kontakte pflegen. Den meisten Leuten ist das viel zu anstrengend und die, die es trotzdem versuchen werden meistens, von denen die nichts mehr fühlen, mit Verachtung bestraft. Sie sind daher gezwungen zu einem schlechteren Arzt zu gehen, der ihnen dieses Problem risikoreich für immer nimmt. Manche werden auch gemeldet, wenn sie in den Zonen reden. So unproduktives verhalten wird nicht toleriert und die Störenfriede werden abgeholt und sind nach ihrer Behandlung frei von diesen lästigen Angewohnheiten kommunizieren zu wollen.

In der dritten Abteilung leben alle Menschen des Turms zusammen, es gibt keine Klassentrennung. Jeder hat gleich viel Platz, gleich viele Rechte und gleiche Privilegien. Dafür muss man aber alleine oder nur mit einem transparenten Partner wohnen, sonst ist für die hundertprozentige Sicherheit des Einzelnen nicht mehr garantiert. Ein transparenter Partner ist ein Partner, der eingewilligt hat alle Informationen über ihn und seinen Partner ohne Widerrede preiszugeben. Er wurde immer überwacht, auch bei privaten Angelegenheiten.

Es gab auch schon Leute, die die Liebeszone nicht nutzen wollten, weil sie dachten es muss privat, intim bleiben und soll eine gewisse Schönheit besitzen. Sie wurden wegen Terrorismus und mutmaßlichen Verrats verhaftet und rekonstituiert.

Man fühlt sich sicher in diesem Konstrukt. Es ist aufgebaut wie ein Computerchip aus Linien und Containern. Jede Linie verbindet eine bestimmte Anzahl an Containern und die nächste Linie genauso. Jeder Container ist überwacht. Das ist obligatorisch, falls jemand umgebracht oder plötzlich krank wird und es nicht melden möchte. Hier ist niemand mehr etwas peinlich, denn wenn es um die Sicherheit geht, kann man sich einen Luxuszustand wie Privatsphäre nicht leisten.

In der untersten Abteilung werden Wunder vollbracht. Die Glücksabteilung. „Gehen Sie besorgt rein und kommen glücklich Heim" ist ein Werbeslogan, der eindeutig den wichtigen „Für den gewissen Preis versteht sich"-Faktor vergisst zu erwähnen. Die Abteilung ist in drei grundlegende Areale aufgeteilt: Die Wartezimmer, die Säle und das Auffangbecken.
Im Wartezimmer sitzen Menschen, die nicht mehr leiden wollen oder können und daher in dieser Entscheidung ihren letzten Ausweg auf ein glückliches Leben sehen.

>> Sie hat mir einfach das Herz gebrochen. Ich kannte sie doch so lange. Warum ich? << schrie ein Mann, als er von zwei schwerbewaffneten Menschen in die Säle geschleppt wurde. Man konnte die Verzweiflung und die Trauer in den Wartezimmern spüren, sie war bedrückend und stank nach Feigheit.

>> Ich habe letztens meine Frau abgegeben, sie war entsetzt darüber, dass ich nichts fühle, wenn wir reden oder physischen Kontakt haben. Das hat mir natürlich zu viel Unannehmlichkeiten bereitet und ich musste sie melden. Jetzt sind wir Gott sei Dank einfach wieder zusammen und wir unternehmen sogar manchmal etwas miteinander. Das nenne ich wahre Liebe. << freute sich ein Mann, der wöchentlich zur Therapie kam.
Es gab aber auch genügend Leute, die das erste Mal „freiwillig" da waren. Sie hatten alle Angst.
Sie kamen wegen Empfehlungen von Bekannten und Massendruck her, freien Willens, jedoch nicht durch freie Überzeugung.
>> Na es wird schon besser sein, danach. Oder? << argumentierte ein Patient mit sich selbst auf einer der Bänke im Wartezimmer.
>> Ich habe mir die Angst vor Wasser wegmachen lassen. Jetzt sind Spinnen und Einsamkeit dran. << begnügte sich eine Frau im Wartezimmer.

Sie redete mit einer Journalistin. Ein privilegierter Beruf, denn diese Frau durfte nicht nur in der zweiten Abteilung arbeiten, sondern war auch noch eine von den letzten paar Menschen des Turms, die sich wohlfühlten mit anderen Menschen zu kommunizieren, was wegen ihres Berufsfeldes nicht gemeldet werden musste.

Durch ihre Fähigkeiten zu verstehen, mitzufühlen und zu hinterfragen, war sie die Beste ihres Faches und ebenfalls in der ersten Abteilung tätig. Sie wusste als einzige Person in den Wartezimmern, was mit diesen Menschen passieren wird. Ängste werden aus dem Gehirn geschnitten, die DNS wird so verändert, wie man es vom Nachkommen erwartet, Gefühle werden reprimiert, Nervenzellen werden betäubt und Krankheitsträger werden ausgetauscht. Sie wusste auch genau wie die Traurigkeit gemessen wurde. In jedem Raum des Turms waren Sensoren angebracht, die Hormon- und Gehirnaktivität sowie die Körpertemperatur maßen. Jeder extreme emotionale Ausrutscher wäre das Ende gewesen. Sie saß sich zu jemand hin und fing wie immer an mit dem Patienten zu sprechen.

>> Guten Tag, ich bin...<<

>> Ich kenne Sie, Sie sind diese Reporterin. Was wollen Sie hier? Haben Sie das denn nötig? <<

>> Ja genau, das bin ich. Wieso denn nötig? Das ist mein Beruf. <<

>> Ich habe vor *13* Tagen meine Frau verloren und jetzt hat man mir gesagt, ich soll hierherkommen. Haben Sie denn keinen interessanteren Fall, den sie auf den Sack gehen können. <<

>> Ich muss jeden Patienten befragen, bevor er in die Säle kommt. Ist ihre Frau denn gestorben? << fragte die Reporterin sanft.

>> Nein, ausgetauscht. Ich habe sie geliebt. Ihre Launen, ihr Temperament, ihre Zärtlichkeit. Alles weg. Was bleibt mir anderes übrig als jetzt genau so zu werden wie sie? Sie fühlt keinen Unterschied mehr zwischen mir und anderen Menschen, sie kann weder lachen noch weinen. Sie ist bereits tot und sie realisiert es nicht einmal. Ich habe vor ihr geweint, ich habe meine Seele vor ihr rausgerissen, gebettelt, gefleht, ich habe gehofft. Sie schaute mich aber nur an und fragte, ob

es mir nicht so gut ginge und ob ich nicht lieber etwas dagegen unternehmen will.

Ich sagte ihr, dass ich dieser simplen Versuchung nicht nachgehen konnte, und dass ich stärker als das bin, daraufhin drohte sie mir und wies mich daraufhin, dass man uns auch in der Freundeszone beobachten könne. Nun bin ich hier, gebrochen, verzweifelt. Ich kann nicht ohne sie leben, also warum gebe ich nicht mein eigenes Leben auf und akzeptiere mein Schicksal? Ich will einfach nicht in einer Welt leben, in der man beim verliebt sein das gleiche Gefühl wie beim Gedanken an den Tod hat. <<

>> Sie sind außergewöhnlich. So jemand wie Sie könnte ich als meinen Assistenten gebrauchen. <<

>> Assistenten für was? Um diese schreckliche Tyrannei weiter zu dulden aber unter besseren Vorrausetzungen? Hauen Sie ab, Sie beschissener Konjunkturritter! << brüllte der Mann.

Die Sensoren schlugen an, die Türen gingen zu und eine laute Stimme brüllte: >> Es besteht kein Grund zur Panik, die E.S.U. hat alles unter Kontrolle. <<

Die Reporterin sprang auf und stellte sich schützend vor den Mann, der ebenfalls vor Schreck aufstand. Alles war verriegelt, nur die Glasfront blieb unversiegelt. Die Spezialeinheit seilte sich von ganz oben in die letzte Abteilung hinab und öffnete die Glasfront. Der Anführer in der Mitte markierte mit einem Laser alle Leute in dem Wartezimmer und daraufhin wurden diese erschossen. Nun waren nur noch die Reporterin und der Mann, der den Alarm auslöste im Raum.

>> Gehen sie zur Seite Frau Gard, sonst müssen wir Sie auch erschießen. << sagte ein Soldat der Spezialeinheit, der etwas weiter oben als die anderen hing.

>> Er ist unschuldig! Die Frau dort drüben in der Ecke war schuld. Sie hatte so panische Angst vor der Einsamkeit, dass sie die Kontrolle verlor. << sagte Frau Gard.

Der Einsatzleiter sprach in seinen Helm um das überprüfen zu lassen.

Frau Gard war nun nicht mehr ruhig, denn sie wusste, dass sie jeder Zeit einfach liquidiert werden konnte. Das spürte auch der Mann.

Frau Gard flüsterte dem Mann zu, dass er nicht zu viel Angst zeigen dürfe, egal was passiert.

Der Einsatzleiter machte Handzeichen und die Einheiten formierten sich neu an der Glasfront. Einer der nun mittleren Einheiten zog eine Waffe hervor und seilte sich etwas weiter ab um besser zu zielen. Er zielte auf den Nacken der Reporterin und drückte ab.

Die Frau fiel zu Boden, schrie und krampfte in größter Pein.

>> Warst du es der die Sensoren anschlagen ließ? <<

>> NEIN! << schrie der Mann in Panik und Verzweiflung.

Die Einheit, die auch den Schuss abfeuerte drehte an einem Regler und die Reporterin fing an in einem Ton zu schreien und sich zu bewegen, dass es einem Schwein ähnelte, das nicht sauber geköpft wurde.

>> Ich frage Sie ein letztes Mal. Diese Frau ist uns egal, sie ist sehr entbehrlich, aber Sie können sie retten, wenn Sie uns die Wahrheit sagen. Sind Sie, derjenige, der den Alarm ausgelöst hat? <<

Der Mann vertraute der Reporterin, weil sie ihm das Leben gerettet hat und sagte mit Tränen in den Augen:

>> Nein, ich war es nicht. Sie müssen mir einfach glauben! <<

Der Einsatzleiter machte erneut Handzeichen und die Einheit in der Mitte, zielte erneut. Der Mann wusste nun ist es aus. War es denn so falsch für eine bessere Welt zu hoffen? War er egoistisch und hat nur wegen seiner Trauer über seine verlorene Frau so viel Menschenleben zu verantworten. Plötzlich fühlte er es wieder, der Funke, den er verloren hatte, als er sich entschied hierherzukommen. Es wurde wieder in ihm entfacht. Er war stolz auf sich und dachte, dass er nun bereit war, denn es gibt weitaus schlimmeres als diesen Tod. Der Tod, der sich ereignet, weil man an nichts mehr glaubt und die Hoffnung vor einem erlischt, das ist der schlimmste Tod.

Er schloss die Augen und hörte den Abzug des Gewehres.

Ein paar Tage später diskutierten die wichtigsten Köpfe aus der ersten Abteilung, welche Ausrede man finden sollte um die Abschlachtung im Wartezimmer moralisch sauber darzustellen, damit niemand ohne Gefühle durch die Logik Verdacht schöpfte.

>> Es könnte ein Virus gewesen sein. << schrie ein Wissenschaftler.

>> Nein, ein Attentat eines Bewohners, der zu traurig war. Das würde auch den Vorteil bringen, dass Leute, die traurig sind, sich eher behandeln lassen würden. << funkte ein Politiker dazwischen.

Es war ein niveauvoller, jedoch unmoralischer Diskurs, der am Schluss auf die Idee des Politikers einen Konsens beschloss.

>> Nun gut, jetzt brauchen wir nur noch einen gewünschten Artikel in den Medien. << sagte ein anderer Politiker.

Ein Mann in einem großen Sessel stand auf und sagte:

>> Meine Herren, ich bitte Sie, ich habe an Alles Gedacht. Es war schon geplant, als ich die Einheiten zum Wartezimmer schickte. Wir haben Zeugen am Leben gelassen, die gerne berichten werden, was passiert ist. Bitte Begrüßen Sie die Beste der Besten in ihrem Fach. Frau Gard und ihren neuen Assistenten. <<

Die Menge klatschte und verstummte sofort wieder.

Frau Gard und ihr Assistent traten ein. Der Mann aus dem großen Sessel gab ihnen den Bericht, den er vorgefertigt hatte und winkte sie wieder weg. Sie nahm das Dokument und ging mit ihrem neuen Assistenten aus dem Konferenzsaal.

Der Mann fragte >> So jetzt kannst du mir ja sagen, warum du mich gerettet hast und was du überhaupt vorhast? <<

Die Frau grinste mit einem teuflischen Lächeln und sagte:

>> Weißt du, wir, wir werden eine neue Welt erschaffen. <<

# Na Sowas

Frider hatte bei der Fahrt das Radio an. Obwohl er das Radio nicht ausstehen konnte, durften Polizisten keine eigene Musik im Wagen hören. Frider war nicht der einzige Polizist, dem das so erging, doch als sie danach fragten, warum denn das so sei, erhielten sie die Antwort, dass es aus Hygienegründen nun mal so sein muss. Immer diese bescheuerte Bürokratie, dachte sich Frider.

>> Es ist offiziell. Der gefährlichste Mann der Welt ist wieder auf freiem Fuß und abgesehen vom Verschwinden des Pronitz Gebäudes, ist laut dem Militär und der Polizei, nicht gewiss was Grubich als nächstes vorhat. Um die Sicherheit der Bürger zu garantieren, wurde ein Ausnahmezustand und eine Ausgangssperre verrichtet.
Danke Claudia, und gleich geht es weiter mit einem Interview mit General Tirf, aber erst nach diesen krassen Hits mit der besten Musik von Früher, Vorgestern, Gestern, Heute, Morgen, Übermorgen, Überübermorgen, nächste Woche... <<
Frider machte das Radio sehr leise und fragte sich, warum dieser Grubich so gefährlich sein soll und vor allem was er gemacht haben könnte. Wenn das mit dem Polizeipräsidium stimmen sollte, dann war dieser Mann gefährlich, aber der gefährlichste Mann der Welt? Er dachte sich ein paar Verbrechen aus, welche diesen Titel verdient hätten. Das erste Verbrechen, das ihm einfiel, war es den Eiffelturm und die Freiheitsstatue zu einem hässlichen Klumpen einzuschmelzen. Die zweite Idee war düsterer: Er hätte auch die Touristik auf Hawaii mit einem Killer-Virus stilllegen können. Dadurch hätten einige Paare nicht mehr heiraten können, nur um die Flitterwochen in Hawaii zu verbringen. Mal ganz abgesehen von den vielen Toten und dem Chaos, dass das Virus verursachen würde. Er spann den Hawaii-Plan etwas weiter, er-

schrak wie böse er sein kann und konzentrierte sich dann lieber wieder auf die Straße.

Die Scheinwerfer des Streifenwagens hatten eine ziemlich kurze Reichweite, wodurch es äußerst anstrengend und unangenehm war in der Dunkelheit zu fahren. Keiner fuhr gerne so spät Streife, denn nachts spuckte die Stadt die abartigsten und verrücktesten Gestalten aus, die sie zu bieten hatte. Es war in letzter Zeit schlimmer geworden. Die Technik erlaubte es großen Gruppen von zivilisierten-organisierten Kriminellen sich jeden Feind aus dem Weg zu kaufen. Es war äußerst einfach einen Tropfen von einer Substanz zu erwerben, die den Körper nach und nach einfach komplett auflöste, bis keine Spur mehr von Folter, Vergewaltigung oder Verstümmelung nachgewiesen werden konnte. Was ursprünglich für organischen Müll entworfen wurde, ließ es nun zu, dass jeder Debile mit genügend Geld einen perfekten Mord ausführen konnte. Wenn man als Polizist, also zufällig vorbeikam, wenn es dem goldumhüllten Terminplaner der Problemlöser nicht so richtig passte, dann war es vorbei. Deswegen wurden manche Teile der Polizei, ganz besonders die eher schlichteren Abteilungen, korrupter als Dänemark.

Frider war nun am alten Polizeipräsidium angekommen und parkte seinen Wagen rechts neben dem großen Treppeneingang. Er stieg aus seinem Wagen aus, knallte die Tür zu und ging stampfend die Treppe hinauf. Er öffnete eine schwere Stahltür und danach eine im Vergleich sehr leichte Glastür mit verchromten Griff. Nun befand er sich vor der Rezeption des alten Polizeipräsidiums.

>> Guten Morgen, ich bin Fri... ich meine Z64. Ich soll einen Überlebenden von letzter Woche eskortieren. << sagte Frider.
>> Das tut mir leid. Es ist anscheinend doch nicht so dringend, wie man es uns erst mitgeteilt hat. Sie müssen noch etwas warten. Setzen Sie sich doch einen Moment Z64. Es wird bestimmt nicht mehr allzu lange dauern. << sagte ein junger Polizist, der mit einem weiteren älte-

ren Polizisten und zwei Polizistinnen hinter der Rezeption in einem nahezu kuscheligen Berg aus Akten saß und diese sortierte und unterschrieb.

Frider ballte seine Fäuste und setzte sich wütend auf einen klapprigen Stuhl, der an der Wand gegenüber der Rezeption stand. Er hatte also Lucy und die anderen für einen Notfall verlassen, der gar kein Notfall war.
An einer anderen Wand, etwa vier Wände weiter, saß Frufert auf einem sogar noch klapprigeren und weitaus unbequemeren Stuhl.

>> Zum letzten Mal. Wer sind Sie und woher kennen Sie Grubich? << schrie Sora.
>> Zum letzten Mal. Ich weiß es nicht so recht und ich kenne diesen Grubich nicht! << schrie Frufert etwas lauter zurück.
>> Warum hat er dann uns beide verschont? Warum hat er mit uns beiden geredet? <<
>> Ich war in einem Club der explodierte, anschließend wurde ich aus dem Krankenhaus herausgeschleppt und in diesen blöden Glasraum geschleift, der ebenfalls explodierte. Danach war ich erneut im Krankenhaus, aus dem ich ebenfalls hierhergeschleppt wurde. Es fühlt sich einfach so an, als würde ich immer wieder dasselbe erleben. An mehr erinnere ich mich nicht. Was haben Sie denn überhaupt mit Grubich zu tun, dass er Sie verschont hat? <<
>> Haben Sie Drogen genommen? Das Spektrum der Justiz ist doch gar nicht...<<
>> Das reicht Hauptmann! << Unterbrach sie Tirf scharf.
Sora schämte sich und verschränkte ihre Arme.
>> Sehen Sie Herr Frufert. Hier geht es nicht um irgendeinen Mann. Es geht um Ihn. << sagte der General sanft.
>> Ich kenne diesen Mann nicht und es wäre vielleicht an der Zeit zu erfahren, was es mit diesem Grubich auf sich hat. << erwiderte Frufert nicht so sanft.

>> Sie haben gesehen zu was dieser Mann fähig ist. << platzte der General heraus.

>> 2300 Menschen innerhalb von zwei Minuten verschwunden, 400 davon bestätigt tot zu sein. Sind Sie zu blind oder zu blöd die Gefahr zu sehen, die von diesem einzelnen Menschen ausgeht? Sie wollen wissen, was an diesem Mann so gefährlich ist. Vor 20 Jahren hat er etwas vollbracht, was niemand für möglich hielt. Er löschte die größte Armee der Welt aus und beendete einen Krieg mit einem Fingerschnipsen. Grubich kann nach Lust und Laune einen Krieg anfangen oder beenden und wir können rein Garnichts dagegen tun. Daher schlossen wir einen Vertrag. Er stellte Bedingungen, die wir akzeptierten, aber nun hat er diesen Vertrag gebrochen und wir müssen alles riskieren um ihn aufzuhalten. Wir wissen einfach nicht, was er genau als nächstes vorhat. <<

>> Wie macht er all das? << fragte Frufert entsetzt.

General Tirf wurde sehr zornig, knallte die Hand auf den Tisch und ging wutentbrannt aus dem Verhörzimmer.

Frufert war etwas eingeschüchtert und perplex.

>> Nun ja, das wissen wir nicht so genau. Wir haben gehofft, dass Sie uns möglicherweise weiterhelfen könnten. << beruhigte in Sora.


Frufert hatte so langsam das Gefühl, als wäre das alles so gewollt. Er sollte helfen. Er sollte auch diese zwei Explosionen überleben, aber wofür? Er war nur ein Typ ohne spezielle Fähigkeiten und einer ziemlich heftigen Amnesie. Was sollte jemand wissen, der sich nur noch an zwei Explosionen erinnern konnte? Es ist äußerst unwahrscheinlich gefragt zu werden, wie denn die Explosion aussah. Außerdem erinnerte sich Frufert plötzlich daran, dass er es mal mit einer Täterbeschreibung versucht hatte, bei der er nur die Nase gut beschreiben konnte. Da so eine Explosion jedoch keine Nase hat, war es vermutlich auch in dieser Hinsicht zwecklos.


>> Na gut, ich helfe euch so gut es geht. Vielleicht nehme ich etwas unterbewusst war, was ihr brauchen könnt. <<

>> Kommen Sie bitte mit. << führte ihn Sora.

Sie gingen aus dem Verhörzimmer und liefen anschließend einen langen Korridor entlang.
>> Warum sind sie denn hier Majorin Sora? <<
>> Es ist Hauptmann Sora und Sie dürfen mich von nun an gerne Sora nennen. Wie darf ich Sie ansprechen? <<
>> Das ist auch etwas seltsam, dass Sie ihren Vornamen im Titel haben. Mich? Nennen sie mich Frufert. <<
>> Ich habe mich so entschieden, weil ich mich nicht mit meinem Nachnamen identifizieren möchte. Moment Sie wollen mir etwas von seltsam erzählen und heißen selbst Frufert? <<
>> Siehst du Sora, ich kann mich nicht mit meinem Vornamen identifizieren und daher Frufert. <<
Fruferts Schuh quietschte merkwürdig, weil vermutlich die 400m wieder überschritten waren.
Beide lachten kurz auf und verstummten dann sofort wieder wie ein Funke in der Dunkelheit. Sie sahen sich kurz in die Augen und sahen etwas, was sie noch nie zuvor in irgendwelchen Augen gesehen hatten. Sie spürten es beide.
Wie ein Panzer der aus heiterem Himmel in eine Aufführung von Schwanensee hineinrollte zerstörte Sora die Atmosphäre mit dem Satz
>> Jetzt rechts! <<

Sie gingen nach rechts und standen beide in einer kleinen Forschungseinrichtung.
>> Was haben wir bis jetzt herausgefunden? << fragte Sora.
Eine junge Frau namens Beatrix stand auf und erklärte die Lage.
>> Nun Sora. Bisher haben wir nicht viel. Wir wissen nur, dass die Bar, in der ihr diesen Mann gefunden habt, spezifisch von Grubich ausgewählt wurde. In seiner Isolierzelle wurde nämlich eine Entschuldigung an den Barmann verfasst. Außerdem haben wir aus dem Polizeipräsidium Proben entnommen und gewisse Rückstände erhalten:

Natriumsulfat, Wolfram und Arsen. Ich muss dir nicht sagen, dass das den General ziemlich verärgert hat. <<

>> Warum verärgert ihn das? << fragte Frufert neugierig.

>> Weil das Grubichs Markenzeichen ist. Natriumsulfat, Wolfram und Arsen ergeben, wenn man sie in ihren chemischen Formeln schreibt, Na2SO4, W, As. Er macht sich über uns lustig und vor allem über General Tirf. Du musst wissen, dass das damals die einzige Aussage war die er ihm gab, als er den damaligen Krieg beendete. Ein absolut kranker Humor, wenn man mich fragt. <<

Frufert fühlte sich schlecht, denn er fand es schon ziemlich witzig.

>> So und nun zu Ihnen. Wie bereichern Sie diese Untersuchung Herr? << investigierte Beatrix.

>> Das ist Herr Frufert. << fügte Sora hinzu bevor Frufert selbst antworten konnte.

>> Nun gut wie bereichert uns nun Herr Frufert? Du weißt ganz genau, dass das Projekt höchste Geheimhaltung hat Sora. <<

>> Schon gut, der General hat es mir befohlen Bea. Irgendetwas ist mit Frufert, was uns zu Grubich führen wird. <<

>> Also, dann fangen wir doch mal an. Was wissen Sie, Herr Frufert? <<

>> Ich habe die zwei Explosionen gesehen und kann sie beschreiben, wenn das etwas hilft. <<

>> Nur zu, vielleicht verrät mir die Form und die Farbe etwas über die Materialien und die Ursache. <<

>> Also die erste Explosion war in einem kräftigen glutfarbenen hellgelbrot und ging dann über in ein kirschrot. Der Rauch war dick, schwarz und erinnerte an die Form eines Popcorns. Die zweite Explosion war grünlich und der breite Rücken der Explosion war gewölbt. <<

>> Der Rücken der Explosion? <<

>> Ja. Der Rücken. << antwortete Frufert geniert.

>> Grünlich? Da muss dann wohl Kupfer im Spiel gewesen sein. Danke ich werde das genauer analysieren. Was wissen sie sonst noch? <<

Frufert konnte unmöglich von dem Kontakt mit dem Unterbewusstsein erzählen und da er sonst nicht mehr viel zu sagen hatte, erzählte er von den lachenden Zitronen.

>> Zitronen Lachen? Ist das eine Art Code? <<

Damit er nicht wie ein wahnsinniger Klang stimmte er zu. >> Ja, es ist ein extrem wichtiger Code, den ich zufällig mitbekommen habe. <<

>> Was bedeutet er? Wie entschlüsselt man ihn? <<

Frufert nannte das erste was ihm in den Sinn kam, was simple Verschlüsselungen anging.

>> Öhm es ist ein Anagramm. <<

>> Dann geben wir es doch mal ein und sehen uns die Ergebnisse an. <<


Nach ein paar Minuten hatten sie hunderte von Vorschlägen. Nachdem nach richtigen Wörtern gefiltert wurde, waren es nur noch knapp an die hundert und so machten sich die drei an die Arbeit.

Frufert erhaschte Möglichkeiten wie „Lachen Inne Rotze" und ihm wurde langsam klar, dass was er noch wusste, der Investigation nicht sonderlich weiterhelfen würde. Es war jedoch amüsant zu sehen wie zwei Menschen über eine völlige Sinnlosigkeit diskutierten, die er erschaffen hatte. So mussten sich wohl berühmte kontroverse Künstler fühlen die eine Dose Bohnen umschmeißen um zu sehen, dass Kunststudenten Vergänglichkeit, Nächstenliebe und die Dekadenz der westlichen Welt hineininterpretierten.

Nach einer halben Stunde gaben sie auf und waren sich einig, dass nur eine Variation der ausgespuckten Lösungen Sinn machen würde.


>> „Lachten Nie Zorn" ist das beste Ergebnis, das wir haben. Das ist nicht wirklich viel, aber ich melde mich, wenn wir etwas damit anfangen können. Vielleicht ist es ja ein Satz aus einem Buch, das Grubich zur Kommunikation mit jemand verwendet. <<

Frufert nickte zuversichtlich, woraufhin sich er und Sora verabschiedeten und aus dem Labor zurück in den langen Korridor gingen.

>> Sora, vorhin im Verhör war ich mir noch sicher, dass ich einen größeren Teil in dem ganzen spielen würde, aber nun merke ich, dass das einfach Zufall war, dass mich Grubich am Leben gelassen hat ohne besonderen Grund. <<
>> Meinst du? Ich denke nicht. Er hat doch mit dir gesprochen oder nicht? Aber ja, bei Grubich ist man sich nie sicher, was er vorhat. Wer weiß das schon, außer ihm. << grinste sie.
>> Da hast du wohl recht. Was denkst du? Was spielst du für eine Rolle in dem Ganzen? <<
>> Das klingt vielleicht etwas dumm, aber als ich klein war habe ich gerne Schach gespielt. Mein Großvater hat es mir beigebracht und ich konnte bis ich *15* war eigentlich nur eine Taktik: das Damengambit. Ich spielte in vielen Turnieren und gewann nur mit dieser Grundlage. Da verstand ich auf einmal, dass man nicht der Beste in etwas sein muss um nach ganz oben zu kommen. Man brauch nur eine solide Taktik und muss sich adaptieren können, dann macht man nie Fehler. Diese Einstellung hat mich zu dem gemacht was ich heute bin und ich habe gehofft, dass diese Einstellung mich auch im Projekt Faustus voranbringt. Das meinten auch die obersten Generäle, zumindest bis letzte Woche. <<

>> Das klingt doch gar nicht dumm, ich freue mich, dass du mir etwas so Privates anvertraust... Moment, was ist denn Projekt Faustus? <<
>> Naja, wir als Überlebende haben schon eine gewisse Bindung, oder nicht? Ach so, Grubich ist Projekt Faustus, er hat es selbst so genannt. <<
>> Verstehe. Ich hoffe doch. << grinste Frufert verlegen.

Sie redeten noch eine Weile und schlenderten förmlich durch den langen Korridor bis sie bei der Rezeption ankamen, wo sie Frider aus dem Gespräch riss.

>> Hey ihr Turteltäubchen ich warte hier schon eine ganze Weile nur um den Monsieur hier zu eskortieren, also könntet ihr euer Schäferstündchen verschieben? <<

>> Wie heißt dieser Mann? << schrie Sora in den Aktenberg

>> Z64, Frider Hoffmann, Hauptmann Sora. << hallte es aus dem Aktenberg zurück

>> Z64, Sie wissen wohl nicht mit wem Sie reden! Das wird Konsequenzen für Sie haben, ich lasse Sie einen Monat lang nur in der Nachtschicht arbeiten. << wütete Sora.

Frider zuckte zusammen. Er konnte doch nicht so dumm gewesen sein. Er hielt diese attraktive Frau niemals für einen Hauptmann, geschweige dessen für „die Sora". Wie bei allem im Leben tilgte er seinen Schmerz mit Humor.

>> Dann kann ich wenigstens die Sterne beobachten. <<

>> Schön, dann kann ich ja zwei Monate daraus machen. << giftete Sora.

Frufert erschrak, als er Sora erneut so wütend sah.

Frider hingegen schnaufte heftig und schränkte seine Arme wie ein eingeschnappter Pubertierender mit viel Ablehnung und Trotz übereinander.

>> Tut mir Leid Frufert, aber ich lass mir so etwas ungern gefallen. Hier. Ich gebe dir diesen Zettel mit meiner Nummer. Ruf mich an, wenn dir noch was einfällt, oder wenn wir uns treffen könnten zum Reden. <<

Frufert nickte, nahm den Zettel und steckte ihn in seine Hosentasche. Sie verabschiedeten sich voneinander mit einer Umarmung und er ging mit dem nun schlechtgelaunten Polizisten zum Streifenwagen. Als sie die Tür aufmachten verabschiedete sich auch der äußerst freundliche Aktenberg von ihnen.

>> Mann, da haben sie sich ja eine ausgesucht. Sehr temperamentvoll und stolz wie ein Samurai. <<

Frufert ignorierte Frider, weil er ihn für ziemlich vorlaut und unhöflich hielt.

Sie stiegen in den Wagen und als der Motor ansprang, bombardierte Frider Frufert sofort mit Fragen über den Vorfall von letzter Woche.

>> Gab es eine Explosion? Wie ist sie zustande gekommen? Wie haben sie das überlebt? <<

Worauf Frufert instinktiv mit >>Ja, es ist kompliziert. Bin ich mir nicht so sicher. << antwortete. Frider war verwirrt und meinte sich daran zu erinnern, dass das die Standardantwort auf die Frage wäre, ob man noch Gefühle für jemand empfinden würde.

Eine Explosion war schon mal gut, jetzt musste Frider nur noch herausfinden wie es passiert ist.

>> Kommen Sie schon. Ich weiß es ist sehr geheim, aber ich will nur wissen ob ich recht habe. Danach lass ich Sie auch in Ruhe, versprochen. <<

Frufert stimmte zögernd ein und erlaubte eine Frage, die er ehrlich beantworten würde.

Frider musste nun genau überlegen was er fragen wollte. Nach kurzer Überlegung wusste er es jedoch genau.

>> Als Sie in dem Stockwerk waren, wurde dort die Explosion durch eine Chemikalie im Wassertank eines Wasserspenders hervorgerufen, die Grubich zuvor im Körper hatte? <<

>> Nein. << antwortete Frufert.

Frider regte sich auf, dass er belogen wurde und überhörte die Frage von Frufert wo er überhaupt hinfahren würde. Das wussten beide nämlich nicht, da durch den kleinen Streit an der Rezeption der Aktenberg vergessen hatte es ihnen mitzuteilen und Frider selbst vergaß danach zu fragen wo es hinginge, obwohl er ziemlich lange gewartet hat. So fuhren sie einfach eine Weile durch die Nacht und Frufert hörte Frider zu, der über das Thema „Belügen" auf die unmöglichsten Geschichten kam. Frufert fand das wasserfallartige Gerede angenehmer als das Radio und versank in Gedanken. Als er aus dem Fenster des Wagens schaute fixierte er sich gerade auf ein Filmplakat von „Der unfassbare Lappen 2", als es für einen kurzen Moment verzerrte. Er rieb sich die Augen und schaute zu Frider, der immer noch redete. Frider drehte sich kurz zu ihm und Frufert hatte nur für einen Bruchteil einer Sekunde das Gefühl, dass Frider tot war. Geschockt fiel er aus den Gedanken in die Realität zurück und hörte Frider nun aktiv zu.

>> Mein Leben war eben schon immer so. Ich hatte immer viel Pech aber mit Witz und Selbstironie lässt es sich durchaus leben. Übrigens ist das auch der Grund warum ich recht vorlaut bin, ich meine, wenn man das Leben zu ernst nimmt, dann hat es mehr zu sagen als man verträgt. Verstehen Sie? Wie dem auch sei. Meine Geschwister waren da komplett anders, als ihnen was Schlimmes im Leben passiert ist. Mein kleiner Bruder zum Beispiel hat mal ein Stück Koffer gegessen, weil er dachte es sei übrige Schokolade aus seinem Besuch in der Schweiz. Er hat sich sehr lange selbst gehasst. Sie lachten nie. Zorn war das einzige was sie in so einer Situation verspürten. <<

Frufert schreckte auf. >> Sag das nochmal. <<
Frider schreckte ebenfalls auf. >> Mein kleiner Bruder hat zum Beispiel mal ein Stück Koffer gegessen, weil er dachte es sei übrige Schokolade aus seinem Besuch in der Schweiz. Sie lachten nie. Zorn war das einzige was sie in so einer Situation verspürten. <<

Ohne zu wissen warum fragte Frufert ihn nach sieben Zahlen. Frider wurde nervös und panisch. Er stammelte die erstbesten Zahlen heraus die ihm einfielen >>13. Öhm 14. Die *18.* 11. Hatten wir 18 schon? Vielleicht noch die sechs und die Null? <<

Frufert wurde klar, dass das kein Zufall sein konnte. Er hatte doch seinen Teil beizutragen. Er schickte Sora die Zahlen und wies Frider an, so schnell es ging zurück zur Polizeistation zu fahren.

Frider spürte, dass er durch das, was er gerade tat, eine extrem gute Geschichte für die nächste Runde bei Lucy hatte. Er fuhr so schnell er durfte zurück zur Polizeistation.

Sie trafen in der alten Polizeistation ein und rannten die Treppen hoch. Frufert durfte in den Laborbereich aber der nun nicht mehr so freundliche Aktenberg wies Frider darauf hin, dass er nicht befugt war zu folgen.

Als Frufert gerade ins Labor eintreten wollte schnappte ihn Sora bei der Hand und zerrte ihn in den Korridor zurück.

>> Wir haben herausgefunden, wo sich Grubich aufhält. << freute sich Sora.

>> Achja und wo? <<

>> Nachdem du uns die Zahlen geschickt hast war der Rest für unseren Entschlüssler gar kein Problem. Wenn man die Gematrie bei „Nasowas" anwendet und die Zahlen, die du uns gegeben hast von den Buchstaben subtrahiert, dann erhält man das Wort „Amadeus". Heute Abend wird nur an einem Ereignis Mozart gespielt. In einer Benefizveranstaltung im Zentralmuseum und es werden Stücke von Bach, Beethoven, Mozart und Wagner gespielt. Das passt perfekt zu Grubichs Theatralik. <<

>> Hast du den General ebenfalls kontaktiert? <<

>> Ich nicht, aber Beatrix. Sie muss ihre Daten ständig an den Hauptrechner schicken. Sie hat uns einen kleinen Vorsprung gelassen. Wir werden Grubich stellen und herausbekommen, warum er uns beide verschont hat. <<

Sie rannten beide an der Rezeption und an Frider vorbei, aus der großen Stahltür hinaus, in Soras Wagen und fuhren rasant zum Zentralmuseum. Währenddessen regte sich Frider erneut auf, dass er keine
Fakten für seine Erzählung hatte, aber freute sich irgendwie, dass er
helfen konnte.


## Toccata di cuore

Der Dirigent stand auf seinem Podest in der riesigen Eingangshalle des
Museums und wartete bis er endlich loslegen konnte. Er trank vor den
Konzerten immer zwei Kaffee damit er genügend Energie hatte um
wild herumzufuchteln, denn es galt als „très chic" in höheren Kreisen
als Dirigent wild herumzufuchteln. Sogar die meisten Kritiker richteten
sich danach, und so konnte die schönste Ouvertüre oder Arie nicht
empfohlen werden, wenn der Arm des Dirigenten nicht fünf Umdre-
hungen pro Minute schaffte. Es wurde sich daher regelrecht unter den
großen Dirigenten um diesen Abend geschlagen, denn niemand bat so
viele armausrenkende Darbietungen wie die Stücke von Beethoven
und Mozart. Sieben Wochen vor Beginn des Konzertes bekam Gustavi
Edagio die Stelle zugeteilt. Dieser hatte sich schon zweimal bei einer
Aufführung der fünften Symphonie von Beethoven sehr schwungvoll
die Schulter ausgekugelt und tauchte somit monatelang in den Gesprä-
chen der Kritiker auf und war ein absoluter Liebling von Theaterbesit-
zern, die ein ausverkauftes Konzert brauchten.

Weil er einfach nicht mehr ruhig stehen konnte, klopfte Gustavi mit
seiner Schuhspitze mehrmals auf das Podest.
Nach gefühlten drei Tagen kam endlich der Museumsdirektor aus dem
Nebenraum, in dem der Rundgang für antike Vasen und Zähne anfing, und trat vor die gespannten Zuschauer.

>> Ich begrüße Sie meine Damen und Herren zu dieser besonderen
Benefizveranstaltung.
Das Programm dieses Abends wird beginnen mit Wagners Ouvertüre
von Tannhäuser, gefolgt von Bachs Toccata und Fuge in d-Moll, da-
raufhin Beethovens 9. Symphonie zweiter und vierter Satz und zum
Schluss einen Auszug aus Mozarts Requiem. <<

Die Menge applaudierte und freute sich schon wie verrückt auf das
Gefuchtel. Der Museumsdirektor war gerade beim Abtritt als plötzlich
ein Mann zu ihm rannte und einen Umschlag mit Wachssiegel über-
reichte. Der Museumsdirektor öffnete ihn, las sich die Nachricht
durch, schaute den Boten verwundert an und schickte ihn mit einer
Handbewegung, als würde er Hula tanzen, wieder weg.

>> Meine sehr geehrten Damen und Herren,
Ich freue mich Ihnen mitzuteilen, dass wir eine sehr großzügige Spen-
de, mit der freundlichen Bitte eine ganz besondere Komposition nach
unserem eigentlichen Programm zu spielen, erhalten haben. Der Dirigent und das Orchester bekommen natürlich noch die Notenblätter
und die zusätzlich anfallende Gage. <<

Nun klatschten alle, das Publikum wie auch die Musiker. Der Museumsdirektor verschwand in die Richtung, aus der er kam und organisierte so schnell wie möglich die nötige Anzahl an Notenblättern.
Der Dirigent fing an mit sanftem Wedeln. Der ruhige Anfang der
Tannhäuser Ouvertüre ließ das Adrenalin in ihm rasant aufstauen,
doch zur gleichen Zeit besänftigte die Musik seinen Körper so, dass es
er keine Spasmen auf dem Podest erlitt.
In der hintersten Reihe des Publikums saß Olliver und hörte der Musik genüsslich zu. Er sah wie sich verschiedene Ereignisse vor ihm ent-
falteten und wie jeder dieser Möglichkeiten neues Leben und Fröhlichkeit brachten. Er freute sich für die Menschheit, doch bemerkte,
dass es in seinen Visionen auch viel Zorn, Trauer und Tod gab. Er
wollte sich auf etwas Anderes konzentrieren konnte es aber nicht. Er

kämpfte mit sich selbst und schüttelte mehrmals seinen Kopf, wodurch sein Blick an den Rand des Publikums fiel. Plötzlich sah er einen Mann rechts am Publikum und dem Konzert vorbeihuschen, der in den Korridor zu den antiken Vasen und Zähnen ging. Es war Grubich. Ollivers Visionen wurden schlagartig anders. Er sah, was dieser Mann plante und musste breit grinsen.

>> Na sowas. << sagte er leise vor sich hin.

Eine dicke Frau drehte sich deswegen zu ihm her, um ihn anzuschischen, weswegen sie einen energischen Fuchtler des Dirigenten verpasste. Wütend über diese Tatsache, trat sie ihm seitlich gegen das Schienbein. Olliver wurde ebenfalls sauer und flüsterte der Frau ins Ohr, dass sie nächste Woche in der Gosse leben wird, woraufhin diese vor Schreck ohnmächtig wurde. Zu ihrem Pech bemerkte das Niemand und es sah so aus, als ob sie einfach eingeschlafen wäre. Aus diesem Grund sollte sie nächste Woche obdachlos sein, aber das ist eine Geschichte für ein anderes Mal.

Die Ouvertüre war zu Ende. Der Dirigent und sein Orchester labte sich am Applaus des Publikums, bevor er das zweite Stück anstimmte. Eine wunderhübsche Frau mit schwarzem Kleid saß am Klavier und ein adretter alter Mann saß an der Harfe. Der Dirigent fing an und die Harfe und das Klavier harmonisierten im Vorspiel. Die Toccata ergriff sich mit ihrer Schönheit den Saal und die „Schlafende" in der letzten Reihe wurde immer mehr von der Oberschicht verachtet.

Grubich eilte zum Büro des Direktors, weil er dort jemanden erwartete. Er lauschte auf dem Weg dorthin der schönen Toccata und war fast im Begriff wieder umzudrehen, musste sich jedoch dagegen entscheiden. Als er vor der Türe des Büros ankam, musste er feststellen, dass diese verschlossen war.
Der Dirigent fuchtelte recht mild in dem Moment als er nur für eine Millisekunde aus dem Takt kam, was den Bläsern den Einsatz vermas-

selte, weil er eine merkwürdige Störung im Raum vernahm. Er stutzte kurz, ließ ein paar fragende Blicke zu und holte dann das Publikum und das Orchester mit dem imposanten Radius seines Armschwungs wieder in das Geschehen und dirigierte streng und so als ob nichts gewesen wäre weiter.

Währenddessen ging Grubich durch die verschlossene Tür in das Büro, setzte sich dort hinter einen großen Schreibtisch und wartete.

Sora und Frufert fuhren gerade an der Polizeistation los, als ihnen das Radio zärtlich vorsäuselte.

>> Wir übertragen weiterhin direkt aus dem Zentralmuseum für Sie, liebe Zuhörer und Zuhörerinnen. Nun folgt ein fantastisches Stück von Bach: Toccata und Fuge in d-Moll. << berichtete der Ansager.

>> Ich wusste nicht, dass dieses Stück auch mit einem Klavier und ohne Orgel funktioniert. << lächelte Sora nachdem sie die ersten paar Takte gehört hatte.

>> Du magst Klassik? << wunderte sich Frufert.

>> Warum klingst du denn so verwundert? Als ich klein war hatte ich eben ein Radio, das nur einen Sender empfing und das war nun mal der Kultur- und Klassiksender. Ich habe mir das Autoradio auch so einstellen lassen, dass ich nur den Sender empfange. Also versuch erst gar nicht einen anderen Sender anzumachen. Es gibt in diesem Auto nur zwei Optionen: Entweder das Radio läuft oder du redest die ganze Zeit so flüssig, dass ich ein konstantes Hintergrundgeräusch habe. Da du aber an einer Amnesie leidest und vermutlich nicht allzu viel erzählen kannst, lassen wir das mit dem Reden lieber. << rechtfertigte sie sich.

>> Na gut. Ich sagte ja auch nicht, dass ich etwas dagegen habe, aber ich mache ein bisschen leiser. Wenn das in Ordnung für dich ist. << antwortete Frufert.

Sora nickte und Frufert drehte am Rädchen um die Lautstärke zu verringern. Im Hintergrund plätscherte nun die wunderschöne Toccata mit Harfe und Klavier. Als das Orchester einsetzte fragte Frufert Sora, was sie sich denn von der Begegnung mit Grubich exakt erhoffte.

\>> Nun ja, zuerst besteht ja immer noch die Möglichkeit, dass das alles ein Trugschluss von uns war und er gar nicht dort ist. Ich meine wie sicher ist das schon? Du teilst mir irgendwelche Zahlen mit, die zufällig ein Wort ergeben, die in einer gewissen Ansicht Sinn machen? << sie hielt kurz inne und führte ihren Gedankengang dann weiter >> Aber wenn wir Grubich tatsächlich vorfinden, dann hoffe ich, dass er mir einen Sinn verrät. Warum ist alles so wie es ist? Gibt es eine höhere Macht? So etwas eben. <<
\>> Du denkst Grubich kann dir das beantworten? <<
\>> Du hast mich gefragt was ich mir erhoffe, nicht was ich denke, was passieren wird. << grinste Sora.
\>> Hmmm...Was denkst du, was passieren wird? << konterte Frufert sofort.

Sora schaute etwas böse, aber musste ohne Zögern schmunzeln.

\>> Ich habe es dir ja auch fast zu einfach gemacht, was? Ich denke es ist etwas naiv anzunehmen, dass Grubich uns erneut verschont oder besser gesagt helfen wird. Einige Berichte über ihn erzählen von einer heftigen Persönlichkeitsstörung. Es ging sogar das Gerücht um, dass er vier verschiedene Personen innerhalb nur einer zweistündigen Befragung gewesen sein sollte und am nächsten Tag war er wieder ganz normal. Wenn er diese Störung immer noch besitzt, dann müssen wir davon ausgehen, dass wir dieses Mal nicht so glimpflich davonkommen. Ich bekomme das mulmige Gefühl nicht los, dass heute noch etwas passieren wird, was wir uns in unseren kühnsten Träumen nicht vorstellen können. <<
\>> Dieses Gefühl habe ich leider auch. << sagte Frufert besorgt.

Sora machte das Radio etwas lauter und meinte zu Frufert, dass das alles schon irgendwie gut gehen wird. Frufert nickte mit einem falschen Grinsen und schaute aus dem Fenster hinaus. Der Regen erinnerte ihn an einen Moment in seinem Leben. Er klang bekannt und doch irgendwie fremd. Er versuchte sich zu erinnern, konnte aber auf nichts Sinnvolles kommen. Aus dem Nichts kam ihm eine Frage in den Kopf geschossen und er drehte das Radio wieder etwas leiser.

>> Spielst du eigentlich noch Schach? <<
Sora schielte zu ihm rüber und war über diese spontane Frage ziemlich perplex.
>> Schon lange nicht mehr. Ich habe früher gerne mit meinem Großvater gespielt. Er musste aufgrund meiner Karriere und da ich mich nicht täglich um ihn sorgen konnte in ein Altersheim. Es war einer meiner größten Fehler, die ich je gemacht habe. Dort habe ich mit ihm so oft ich konnte Schach gespielt, wenn ich ihn besucht habe. Er fiel jedoch eines Tages ins Koma und von da an habe ich das Brett und die Spielfiguren nicht mehr bewegt. Als er starb nahm ich das Schachbrett mit zu mir und habe die Figuren so fixiert wie sie bei unserer letzten Partie auf dem Feld standen. Er war ein extrem guter Spieler und witzigerweise war sein Lieblingsbuch die „Schachnovelle". <<
>> Dein Großvater klingt nach einem großartigen Mann. Es tut mir leid, dass er gestorben ist. <<

>> Muss es dir nicht, er hatte einen schönen Tod...und natürlich ein schönes Leben. In seiner Freizeit schrieb er Bücher zu Schachtaktiken. Er liebte Schach. Es war sein Leben nach dem Tod meiner Mutter. <<
Frufert konnte nicht so gut mit dem Thema Tod umgehen und übersprang deswegen die aufkommende Frage über die Mutter.
>> Was mochte dein Großvater denn so am Schach? <<
>> Er hat mir immer erzählt, dass wenn man im Schach einen ebenbürtigen Gegner gegenübersitzen hat, dann erhält man eine Erfahrung, die es nur im Schach gibt. Das Spielbrett war für ihn immer die Spiegelung von realen Lebenssituationen. Er wusste immer irgendwie was zu tun war. <<
>> Welche Erfahrung ist das denn? << wollte Frufert aufgeregt wissen.

>> Das findest du heraus, wenn du einen ebenbürtigen Gegner vor dir hast. << sagte Sora in einem strengen und doch warmen Ton.

Frufert dachte über die verschiedenen Antwortmöglichkeiten nach, während Sora erneut grinste und an ihren Großvater denken musste. Sie realisierte, dass sie schon lange mit niemanden mehr so offen reden konnte. Die meisten waren durch ihren Rang oder ihr Verhalten eingeschüchtert und denen den das egal war, sahen sie nur als Lustobjekt. Es tat gut mit jemandem zu reden, der weder zum Kandidaten A noch zum Kandidaten B passte. Sie fühlte sich so, als dürfte sie sich bei Frufert Fehler erlauben.
Sie drehte das Radio leiser.

>> Denkst du, wenn wir nicht gezwungen wären zusammenzuarbeiten, dass du es mit mir trotzdem aushalten würdest? << fragte sie nervös und etwas tollpatschig.

Diese Frage traf Frufert aus dem nichts. Wie ein Ninjachirurg mit Boxhandschuhe schnitt ihm jemand die Brust auf und knallte ihm eine aufs Herz. Die Frage machte ihn nervöser als sie sollte, aber er versuchte sie trotzdem so legere wie möglich zu beantworten.

>> Also in erster Linie wüsste ich nicht, ob du mich leiden könntest, wenn ich keine Amnesie hätte. Daher würde ich sagen, wenn du es schaffst es mit mir auszuhalten, dann mache ich dasselbe. <<

Ihm wurde erst nach dem beenden seines Satzes klar, was er gerade gesagt hat und wie doof das eigentlich klang. Doch Sora erging es genauso und sie wurde etwas rot.

>> Das ist schön zu wissen. << sagte Sora mit einer unbekannten Verspieltheit in ihrer Stimme.

Sie kamen beide, mit einem merkwürdigen Gefühl im Magen, am Zentralmuseum an. Sie schnallten sich ab und Sora machte den Motor aus. Das Radio lief noch leise im Hintergrund weiter und spielte den zweiten Satz der neunten Symphonie. Als die beiden sich gerade bereit machten auszusteigen, schaute Sora zu Frufert und sie fand erneut den Funken von vorhin in seinen Augen. Dieser Funke löste eine Kommandokaskade aus, die dazu führte, dass ihre Arme nach vorne schnellten und ihre Hände reflexartig nach Frufert griffen. Sie lehnte sich herüber und küsste ihn. Bei Frufert passierte sowas ähnliches, was jedoch nicht durch einen Funken ausgelöst wurde. Er griff sie an ihrer Taille und zog sie noch fester an sich. Der Schaltknüppel des Polizeiwagens drückte Frufert ziemlich heftig in seinen Oberschenkel, doch das war ihm egal. Auch Sora war nun in einer ziemlich unbequemen Position. Sie drückten sich noch fester aneinander und spürten, dass sie sich beide so gut wie noch nie fühlten. Sie zogen ihre Kleider aus und ihre Sinnlichkeit wurde nun mittlerweile vom vierten Satz der neunten Symphonie untermalt. Es ging in diesem Moment nur noch um das Gefühl und sie vergaßen Grubich.

Währenddessen hatte auch Beatrix General Tirf kontaktiert, der das geplante Interview absagte und sofort zum Zentralmuseum eilte. Er flog mit einem Helikopter Geschwader zum Zentralmuseum und wusste dieses Mal würde er Grubich kriegen. Dieses Mal gab es keine Flucht. Entweder er oder Grubich würden heute Nacht sterben.

Die Pause war vorbei und Gustavi Edagio wollte gerade zum Confutatis anstimmen, als er kurz innehielt. Ein enormer Lärm trat näher und sein sehr feines Gehör konnte erahnen was es war.

>> Ich dirigiere lieber nicht mehr. << verkündete er.

Die Menge war empört. Wie konnte er das nur? Ihnen wurde doch vorher noch mehr Gefuchtel für ihr Geld versprochen, und jetzt war es sogar noch weniger und nicht mal eine Verletzung am Dirigenten.
Der Museumsdirektor kam aus dem Publikum hervorgestürmt und befahl dem Dirigenten weiterzuspielen, weil es sonst laut Vertrag keine Gage für niemand gäbe.

>> Na schön Seniore, aber wenn etwas Schlimmes passieren sollte, dann sind ich und mein Orchester nicht schuld daran. <<

Er hob den Taktstock und legte los.
Das Geschwader näherte sich dem Zentralmuseum und der General und seine Männer machten sich in den Helikoptern bereit sich in das Gebäude abzuseilen und es zu stürmen.
Derweil lagen Frufert und Sora händchenhaltend im Polizeiwagen und schauten sich verliebt in die Augen. Jetzt nahmen sie es auch wahr. Das Geräusch von Rotorblättern, die gewaltsam die Luft zerschnitten.

Die Spezialeinheiten ließen sich aus den Helikoptern herabseilen. Sie stürmten das Dach, die äußeren Terrassen und drangen direkt über die Seitenfenster ein.
Sora und Frufert sahen sich traurig in die Augen. Sie hatten kein gutes Gefühl bei der Sache. Ihnen fiel plötzlich Grubich wieder ein und

schämten sich ein bisschen dafür, was sie gerade getan hatten. Frufert streichelte ihr sanft durchs Haar und küsste sie zärtlich bevor sie sich schnell anzogen und sich in das Museum begaben.

General Tirf führte einen kleineren Trupp zum Büro des Museumsdirektors. Es hallte gerade der Anfang des Lacrimosas durch den Gang, als er die Tür auftreten ließ.
Da saß er nun vor ihm. Grubich. Als hätte er seit Jahren auf diesen Moment gewartet. Tirf ging mit gezogener Waffe und mehreren Männern auf Grubich zu. Er bewegte sich in dem Stuhl hinter den Schreibtisch nur um seine Hand zu heben.
>> Feuer! << schrie der General.
Ein Sturm aus Kugeln durchbohrte den Schreibtisch und den Stuhl. Grubich trafen die Kugeln ebenfalls. Er zitterte am ganzen Leib und hinter ihm wurde das Bücherregal mit seinem eigenen Blut und dem Kugelhagel zerfleddert. Die Seiten waren mit Blut und Blei versetzt und flogen durch die Luft. Die Spezialeinheit hörte auf zu feuern und das Lacrimosa war ebenfalls zu Ende.
Tirf befahl den Männern die Gewehre nicht zu senken, egal was passieren würde.
Sora und Frufert kamen nun in der Eingangshalle an, als der Dirigent, der Museumsdirektor und das Publikum sich nicht aus der Ruhe bringen ließen durch das leise Geräusch von Schüssen im Hintergrund. Der Direktor stand auf und ging nach vorne.
Frufert und Sora schlichen sich, wie Grubich, rechts am Publikum vorbei, um in den Gang zu gelangen aus dem die Schüsse kamen.

>> Nun zu Ehren unseres großzügigen Spenders spielen wir die gewünschten Stücke. Es beginnt mit „Canon triplex. A 6 BWV 1076" und endet mit dem „IV. Finale Allegro con fuoco" aus der neunten Symphonie in e-Moll von Antonin Dvorak. Viel Vergnügen. <<

Der Kanon begann und nun stand auch Olliver auf und ging langsam in Richtung Büro.

Sora und Frufert trafen ebenfalls an der aufgebrochenen Tür ein und sahen den von Kugeln zerfetzten Grubich, mit dem zerstörten und blutigen Bücherregal hinter ihm und dem nahezu verrücktwerdenden General vor ihm, im Stuhl hängen.

>> Was haben Sie getan Tirf? << schrie Sora.

>> Das Richtige und verdammt nochmal Hauptmann nennen Sie mich General. << erwiderte er und lachte wie ein Verrückter.

Die Soldaten erkannten ihren eigenen General nicht wieder und gingen langsam rückwärts. Sie gingen an Frufert, Sora vorbei und mit auf den General gerichteten Waffen aus dem Büro hinaus.

>> Was machen Sie hier Hauptmann? Ich erinnere mich nicht einen Befehl gegeben zu haben, dass sie hier sein müssten. <<

>> Das sollte ich Sie fragen General. Sie haben diesen Mann aus Rache getötet nicht aus Präventionsmaßnahmen oder weil es ihrem Land diente. << schrie Sora ihn an.

>> Und wenn schon. Im Protokoll steht nur, dass eine Gefahr eliminiert wurde. Mehr hat Sie und die anderen nicht zu interessieren. <<

>> Ich frage mich mittlerweile wirklich ob Grubich so gefährlich ist, wie sie immer behaupten. << argwöhnte sie.


Frufert fing gerade an zu reden, als er wieder verstummte. Aus dem Gang hinter ihnen hörte man nun den Anfang des nächsten Stücks.


>> Doch das bin ich. << sagte der in den Stuhl geschossene und kugeldurchbohrte Grubich.


Der Raum verzerrte sich. Er erhob sich aus dem Stuhl und seine Wunden heilten. Das Bücherregal wurde wieder ganz und gab das Blut an Grubich zurück. Sein Fleisch und seine Haut ordneten sich, wie die Bücher neu an. Innerhalb eines Augenblicks stand er nun vor dem Schreibtisch.

Tirf wollte gerade schießen, als ihm und all seinen Männern die Hand gebrochen wurde und sie ihre Waffen fallen ließen.

>> Auf sie habe ich alle nicht gewartet. Ich bin entsetzt darüber, dass sie eine solche Unordnung veranstalten, obwohl sie nicht wirklich eingeladen wurden. Ich habe aber bereits sichergestellt, dass das Museum dementsprechend entschädigt wird. <<

Er drehte sich zu Tirf. >> Und nun zum subito. <<.

Die Tür ging hinter Frufert und Sora zu und Tirf brüllte vor Schmerzen. Er wälzte sich auf dem Boden und krallte sich mit seinen Fingernägeln in den Holzboden. Die Soldaten draußen waren wie gelähmt von den Schreien.

>> Wir hatten ein Abkommen General. Einen Vertrag. Sie wissen genau, dass ich ihn nicht zuerst gebrochen habe. Das waren Sie und damit es keiner erfährt musste ich sterben. Sie armer Irrer. Sie dachten wirklich, Sie könnten irgendetwas gegen mich ausrichten? Ich lasse Sie leiden, wie sie mich all die Jahre leiden lassen haben und denken sie ja nicht, dass ich nichts von dem Sprengstoff in den Hubschraubern wüsste. Ich werde Sie zerstören, bis nichts mehr von Ihnen in irgendeiner Form übrig ist. <<

>> Was für ein Sprengstoff? << erkundigten sich Sora und Frufert nahezu synchron.

>> Ihr General wollte das ganze Museum in die Luft sprengen um mich zu töten, falls er scheitern sollte. Er wollte eine Flucht ausschließen, aber ich weiß Bescheid. Ich wusste schon lange, was passieren würde. Ich wusste, dass Tirf hereinstürmen würde und dass er ein absolutes Exempel statuieren wird. Er wird alles in diesem Gebäude zerstören, wenn er nicht den Befehl zum Abbruch gibt. Ich habe mir daher einen kleinen Spaß erlaubt. Was sie die letzten paar Minuten gehört haben war eine berühmte Fuge. Wissen Sie was eine Fuge ist? Es kommt vom lateinischen Fuga und bedeutet Flucht. Mit einem Thema wegrennen sozusagen und das werde ich, denn das darauffolgende Stück wird das Finale von Antonin Dvoraks „Aus der neuen Welt". Sie können mir glauben, was ich geplant habe wird neu sein. << lachte Grubich.

Tirf fing an aus den Augen zu bluten und schrie immer qualvoller.

>> Nun sind Sie so blind wie Sie es immer vorgaben zu sein. << sagte
Grubich zornig.
Sora und Frufert waren entsetzt und hatten Angst.
>> Was machen Sie mit ihm? <<
>> Das Richtige. << lachte Grubich.

Tirf erhob sich und ging auf Grubich zu. Es fiel ihm schwer zu gehen.
Er schien auch Schmerzen in den Beinen zu haben. Er holte aus und
kurz bevor er Grubich eine verpasste, blieb er mitten in der Luft mit
seinem Schlag stehen.
>> Genug jetzt. << sagte Grubich autoritär.
Der General fing an sich zu verzerren und zu rauschen und war plötzlich weg. Nur sein Blut bewies, dass er überhaupt im Raum gewesen
war.
>> Nun zu euch. Was wollt ihr? Ihr seid doch noch gar nicht dran. <<
sagte Grubich scharf und blickte auf Sora und Frufert.
>> Wir wollen die Wahrheit erfahren. << sagte Sora zögernd.
>> Die Wahrheit ist subjektiv, außerdem haben wir keine Zeit, mein
Gast ist endlich eingetroffen. <<

Die Tür wurde aufgestoßen und Olliver trat ein. Er ging auf Grubich
zu und berührte ihn. Bevor irgendjemand was sagen oder denken
konnte, erschien ein helles Licht, das den Raum durchflutete und eine
Druckwelle von sich gab. Die Druckwelle zerstörte das Büro, das Museum, die Helikopter und die Stadt. Alles war in ein infernal helles
Licht gehüllt, aus dem es wie aus einem schwarzen Loch kein Entkommen gab. Das ganze Universum wurde von diesem Licht ver-
schluckt.

# Kein gewöhnliches Schlangenöl

Dr. Phestimo stand auf dem goldenen Schild am Eingang. Prof. Dr. Grubich dachte sich, dass das wirklich ein merkwürdig bekannter Name für einen halbwegs Belesenen zu sein schien. Er hatte jedoch andere Probleme und Gedanken zu lösen und betrat das Gebäude. Während er die Treppen in den zweiten Stock nahm, überlegte er sich warum hauptsächlich Psychologen, Zahnärzte und private Fachärzte Schilder aus Gold an ihren Arbeitsgebäuden hängen hatten. Was hatten sie mit Gold zu tun? Waren sie vielleicht der Stein der Weisen der Gesellschaft? Ein glorifizierter, überbewerteter, zu oft zitierter komprimierter Haufen Hörensagen, ein von falschen Überlieferungen geplagtes Wundermittel, welches am Schluss nur ein fades Element namens Quecksilber war und dies die Allgemeinheit zu lange falsch verstand? Oder hatte es etwas mit den Worten Tangs zu tun, der einst sagte „Auch, wenn Goldstaub noch so schön ist, wenn er dir ins Auge kommt, nimmt er dir die Sicht." Waren diese hohen Persönlichkeiten nur banal befriedigend und zerstörten in Wirklichkeit mehr, als sie versuchten durch ihre Erscheinung und Fachwissen wieder gut zu machen? Oder sah es einfach nur schick aus?

Mit diesem Gedanken kam er dann im 2. Stock an.

Er ging durch einen lichtbefluteten Korridor, der förmlich „Shhh. Alles wird gut mein liebliches Geschöpf." sanft in seinen Kopf brüllte. Es war so subtil und gleichzeitig ubiquitär, als würde jemand einem während eines Entspannungsbads massieren und diese Worte uhrwerkartig, aber verführerisch wie eine Sirene ins Ohr des Badenden hauchen. Er konnte nicht aufhören sich zu bewegen und glitt willenlos durch einen sinnlichen Bach aus weichem, warmen Licht zur Tür. Er bemerkte nicht einmal, dass am anderen Ende des Korridors diese Tür auf und wieder zu ging und ihm eine Person entgegen stampfte. Als diese Person vorbeiging wünschte sie ihm einen Guten Tag. Grubich prallte gedanklich gegen einen spitzen Stein und einen Baumstamm im Bach aus Licht, zuckte zusammen und erwiderte die Grußformel der Person. Es war ein Mann, der unentwegt mit sich selbst redete. Er schrie Grubich an „Warum aber keine Quittenmarmelade?" und fing spastisch an zu lachen. Er verschluckte sich zweimal an seiner eigenen Zunge und verschwand dann im Treppengang.

„Komisch" dachte Grubich, „War es wirklich so klug hierher zu kommen?". Am Ende dieser Frage stand er auch am Ende des Korridors, vor einer großen gepolsterten Tür. Er klopfte an die einzige Stelle, die nicht gepolstert und aus Holz war. Eine sehr weibliche Stimme bat ihn herein. Er schritt durch die Tür und fand sich in einem Empfangsraum wieder. Es war ein relativ kleiner Raum, was seine Breite und Länge anging, aber diesen Eindruck revidierte er schlagartig mit seiner Höhe. Der Boden des Raumes war mit einem dunkelgrünen Teppich versehen, dazu hatte er (der Raum nicht der Teppich) links und rechts riesige Schränke mit anscheinend unendlichen Büchern. In der Mitte der zwei Schränke und des Raumes war ein Schreibtisch aus Ebenholz. Rechts in einer der Ecken des Schreibtisches stand ein grüner Tacker. Vor der Sekretärin lag ein Ordner mit allen Klienten, die jemals nur auf die Idee kamen Dr. Phestimo zu kontaktieren. Als Grubich den Raum analysierte und das Wichtige vom Unwichtigen getrennt hatte, drehte er sich zur Sekretärin am Schreibtisch.

Diese Sekretärin war für manchen Geschmack eine äußerst attraktive Dame, die auf den Namen Katja hörte. Katja Wetschner, der einzige Grund warum drei Patienten mit zu viel Geld noch zu den Sprechstunden kamen, obwohl sie vollkommen gesund waren. Dr. Phestimo verabscheute diese Art Menschen, aber hatte nichts gegen sie, so lange sie ihm von Nutzen mit ihrem Geld waren.

Grubich klopfte auf den Schreibtisch aus Ebenholz und erhaschte somit die Aufmerksamkeit von Katja, die jedoch nicht wie ein normaler Mensch auf Herrn Grubich blickte, sondern wie ein Tier auf dessen Faust. Der Rhythmus des Klopfens war ihr auch sehr fremd und seit längerer Zeit berührte niemand mehr ihren Tisch.

>> Guten Tag, ich habe einen Termin. << sagte Grubich.

>> Nicht den Tisch berühren bitte! << schnallte die Sekretärin.

>> Selbstverständlich. Verzeihung. << entschuldigte er sich und nahm die Hand vom Tisch weg und faltete seine Hände hinter seinem Rücken zusammen.

>> Nun zu Ihrem Termin. Sie müssen wohl Herr Grubich sein. Oh Verzeihung, ich meinte natürlich Prof. Dr. Grubich. << entschuldigte sich Katja.

>> Das ist momentan alles andere als ein Problem. <<

>> Dann bin ich ja beruhigt, aber ohne Sie zu beleidigen, Sie sehen nicht nach einem Prof. Dr. aus. << verteidigte sich Katja.

>> Gleichfalls. << antwortete Grubich

Katja überlegte kurz und sagte dann >> Einfach die grüne Tür da vorne nehmen, der Doktor erwartet Sie schon. <<


Beim hinübergehen zur grünen Tür verabschiedete sich Grubich fürs Erste von Katja und inspizierte nochmal diesen imposanten klein-riesigen Raum.

Als er das Arbeitszimmer betrat war keiner da. Erst als er die Tür hinter sich schloss, erschien eine lange Gestalt in Schwarz mit farbenfroher Krawatte aus der rechten Seite des Zimmers.

>> Nehmen Sie doch Platz Professor Grubich. <<


Grubich setzte sich in einen ziemlich schlichten Sessel, der eine komplett neue Ebene von Gemütlichkeit in ihm wachrief.

Die lange Schwarze Gestalt mit unpassender Krawatte setzte sich ebenfalls in einen Sessel, nein, auf einen Thron. Er war phänomenal. Es war ein Möbelstück aus purem Leder mit goldenen Verzierungen, Lehnen aus Mahagoniholz und er schien sich dem Körper von Dr. Phestimo perfekt anzupassen, als er Platz nahm.


>> Was ist Ihr genaues Anliegen Professor? <<

>> Ich weiß es einfach nicht! << jammerte Grubich.

>> Sie wissen es nicht? <<

>> Ich weiß nicht was ich tun soll. Bis vor zwei Wochen hatte ich das perfekte Leben. Ich bin gelehrt, verdiene genügend Geld und habe eine fantastische Frau, aber vor zwei Wochen erfuhren wir, dass sie einen Gehirntumor hat. Ich kann sie nicht retten, ich kann nichts tun. Ich bin der beste auf meinem Fachgebiet, ich kann den Tumor schrumpfen, ich kann Alzheimer und Parkisnon mit Chips in den jeweiligen Hirnregionen behandeln, aber ich kann den Tumor nicht entfernen, da er zu sehr fortgeschritten ist. Egal was ich mache, sie wird sterben, viel zu früh. <<

>> Ich verstehe... <<

>> Sie? Sie verstehen gar nichts, Sie sind nur ein weiterer Quacksalber der Fachmedizin, der mir nicht weiterhelfen kann, so wie die dutzend anderen bei denen ich schon war. Ein Psychologe? Esoterik auf anderem Niveau, was können Sie schon machen, außer mir einreden, dass das Ding im Kopf meiner Frau ihr hilft den Tod leichter zu akzeptieren? <<

>> Soso, Quacksalber nennen Sie mich. <<

>> Das ist alles was Sie zu sagen haben? Sie Taugenichts! Ich werde verrückt vor Sorgen und Sie regen sich auf über, meinen äußerst milde gewählten, Ausdruck? << brüllte Grubich

>> Ja. Umso milder der Ausdruck, desto mehr hat man sich darüber Gedanken gemacht, wie man jemand beleidigt. Daher ist so ein Ausdruck viel intensiver Herr Professor. << erklärte der Doktor.

>> Wissen Sie was ich durchgemacht habe? Ich belüge meine Frau jeden Tag und mittlerweile glaube ich diese verdammte Lüge selbst schon. „Alles wird gut.".

Nichts wird gut verdammt. Die Hoffnung ist gestorben und was übrig bleibt sind Tränen und Staub. Es gibt keine Möglichkeiten mehr, ich bin am Ende meiner Genialität angelangt. Ich habe versagt. Mein Leben ist innerhalb von Sekunden absolut sinnlos geworden. <<

>> Wenn Sie hoffen, dann wird das schon wieder. Ich bin mir da sehr sicher, ich kenne da nämlich jemanden << lächelte Phestimo.

>> Sie kennen jemanden? Wissen Sie was? Schieben Sie sich diesen jemanden sonst wohin. Der ist genauso ein Scharlatan wie alle anderen. Ich will einfach nur meiner Frau helfen. Ist das zu viel verlangt? Ich will ihr um jeden Preis helfen. <<

Plötzlich wurde das Zimmer dunkler und die Augen des Doktors blitzten aus dem Schatten des Sessels hervor. Er beugte sich etwas nach vorne und grinste.

>> Um jeden Preis? <<
>> Ja, solang es ihr gut geht. Um jeden Preis. <<
>> Es wird aber ein Ereignis, was Sie und ihre Frau sehr verändern wird. << züngelte der Doktor gierig.
>> Ja, solang es ihr gut geht. Um jeden Preis. <<
Der Doktor streckte die Hand, die in einen schwarzen Lederhandschuh gehüllt war nach Grubich aus und fragte >> Abgemacht? <<
Grubich war perplex und war so verzweifelt, dass er ohne Nachfragen einfach einschlug.
>> Hervorragend Herr Professor, wir haben einen Deal. Ihrer Frau wird es so gut wie noch nie zuvor gehen. << freute sich der Doktor.

Er drehte sich nach rechts, machte die oberste Schublade auf und nahm einen schwarzen Revolver mit neonpinker Schrift heraus. Er betrachtete ihn kurz mit Anmut und zielte dann auf Grubichs Kopf.
Grubich sprang auf >> Sind Sie vollkommen wahnsinnig? <<
>> Sie sagten doch, um jeden Preis. <<

Der Doktor drückte ab. Ein hallender Knall fegte durch das Etablissement des Doktors. Die Sekretärin hörte kurz auf freundlich zu sein und zu grinsen, schaute zum Arbeitszimmer, drehte sich dann wieder in ihre Ausgangsposition zurück und begann wieder zu grinsen und freundlich zu sein.
Stille. Eine bedrückende Stille. Sie hallte durch den Raum.

Der Doktor wischte den Revolver ab, stopfte neue Munition in ihn und legte ihn zurück in die oberste Schublade des Schreibtischs.
>> So Professor, ich denke das wird uns weiterbringen. <<

Schwarz, so ein dunkles und tiefes schwarz, das plötzlich zum hellsten weiß wurde und wie ein Stromschlag Prof. Dr. Grubich aufspringen ließ. Er saß in einem wildfremden Bett wie ein inverses verwirrtes einsames „L". Er rieb sich die Augen, inspizierte erneut einen weiteren Raum und konnte es nicht verstehen. Es fühlte sich so an, als würde er permanent schielen, jedoch nicht mit dem gleichen Bild vor seinen Augen. Ein Teil des wahrgenommenen Blicks zeigte eine Tür, der andere Bruchteil zeigte ein entferntes Gebäude. Er schaute sich genauer um. Um ihn herum war manchmal einfach nichts. Als er wieder zur Tür schaute, hatte diese sich auch verändert. Sie war kleiner und aus einem anderen Holz. Er schaute nach unten, wurde plötzlich vollkommen panisch und hielt sich steif am Bett fest. Nachdem er die Augen schloss und wieder öffnete, musste er entsetzt feststellen, dass er immer noch in der Luft, ohne Bett und ohne Raum schwebte. Er erinnerte sich wo davor die Tür war und tastete sich wie ein blinder auf Glatteis zu dieser. Er schaute sich erneut um und war nun wieder in einem Raum mit Bett, aber es fehlte dennoch ein Stück Wand. Bevor sich wieder etwas änderte hechtete er zur Tür. Er hing am Türgriff und schaute zum Bett zurück. Es war ein Schwitzmuster von ihm zu sehen. Dieses Schwitzmuster würde wohl bei einer dümmeren Population als „Jesuslaken" anerkannt und für viel viel Geld auf diversen Internetplattformen verkauft werden. Er hing an der Klinke und schloss erneut die Augen. Das musste ein schlechter Traum sein. Grubich konzentrierte sich und als er die Augen wieder aufmachte, war alles normal. Das Bett stand da wo es stehen sollte und der Boden tat es ihm gleich.
Er ließ die Klinke los, schnaufte kurz auf dem Boden gut durch, stand auf und ging durch die Tür, an dessen Klinke er eine Weile lang hing, in das Arbeitszimmer des Doktors.

>> Ah, Herr Professor. Ich hoffe Sie haben sich gut erholt. << lächelte
der Doktor.

>> Was haben Sie mit mir gemacht? Wie lange war ich weg? Weiß
meine Frau davon? <<
>> Ganz ruhig Professor Grubich. Ich erkläre Ihnen alles sobald ich
uns etwas zu trinken gemacht habe. Sie wollen doch etwas trinken o-
der? <<
Der Doktor ging zu einer Kaffeemaschine.
>> Wollen Sie nun einen Kaffee? <<
>> Nein, ich will Antworten und keinen bescheuerten Kaffee. <<
>> Verstehe, dann trinke ich eben schnell einen. << sagte Phestimo
enttäuscht.

Es ratterte und knarrte. Die Kaffeemaschine übertönte spielend leicht
das Gebrüll von Grubich und nach einer Weile war der Kaffee und
Professor Grubich fertig. Der Doktor nahm die Tasse Kaffee und
schüttete sie so schnell wie möglich in sich.

>> So, haben Sie sich etwas beruhigt? <<
>> Nein habe ich nicht. Ich habe die schlimmsten Halluzinationen
überhaupt. Haben sie mich mit einer Giftkugel angeschossen? <<
>> Be. << schnellte Phestimo
>> Was? << fragte Grubich unglaubwürdig.
>> Ich habe Sie beschossen nicht angeschossen. Beschossen. << korri-
gierte Phestimo.
>> Was macht das für einen Unterschied? << knurrte Grubich.
>> Naja zum einen, Sie leben noch. << scherzte der Doktor.
>> Was soll das. Ich sehe einen Raum und dann im nächsten Moment
nicht mehr. Was zum Teufel haben Sie mit mir gemacht? <<
>> Hmmm. Sehr ausfallend. Man nennt es Approxidieticum. Es erwei-
tert ihre... nun ja... ich denke Sinne ist das richtige Wort. <<

>> Wer ist denn bitte „Man"? Ich bin auf dem Gebiet Biotechnologie herausragend und ich habe noch nie von so einem Medikament gehört. <<

>> Das können Sie auch gar nicht, weil dieses Mittelchen hier noch nicht so existiert. Wer „man" ist kann ich Ihnen auch nicht so recht erklären. Sie müssen einiges selber herausfinden. << erklärte Phestimo.

>> Sie sind doch verrückt! Ich gehe zur Polizei und dann... <<

>> Was erzählen Sie denn dann? Hilfe, ich wurde von einem Mittel beschossen, das ich nicht mal finden oder geschweige denn kennen kann und jetzt nehme ich alles anders wahr? Wollen Sie wirklich ins Irrenhaus und ihre Geliebte jämmerlich in einem Hospiz alleine sterben lassen? <<

Grubich war wütend und traurig. Was sollte er tun? Er fühlte sich nun sogar noch hilfloser als zu dem Zeitpunkt, als er ankam.

Er sah sich erneut um und bemerkte, dass sich erneut alles verändert hat. Der Raum, der Schreibtisch, seine Hände und sogar der Doktor, außer dessen Kleidung.

>> Sie sagten doch um jeden Preis. Nun Sie haben den Preis gezahlt und nun versichere ich Ihnen, dass sie Ihrer Frau helfen können. <<

>> Aber wie? << verzweifelte Grubich.

>> Gemach Professor. Setzen Sie sich doch erstmal hin. <<

>> Ich mache nichts mehr was Sie mir sagen! <<

Das Zimmer wurde erneut dunkel. Der Doktor bekam eine tiefere und sehr ernste Stimme.

>> Bei allem Respekt. Aber ein Pakt ist ein Pakt und wenn Sie das nicht respektieren, dann haben Sie meine Zeit verschwendet. Sie wollen gar nicht erst ahnen, was ich mit Leuten mache, die meine Zeit verschwenden, also setzen Sie sich gefälligst hin, wenn ich es Ihnen „anbiete". <<

Grubich setzte sich und versuchte sich zu erinnern wo der Sessel stand. Er begann sich zu konzentrieren und der Sessel blitzte kurz in einem

Augenwinkel auf und verschwand daraufhin wieder. Grubich setzte sich und der Doktor begann wieder freundlicher zu reden, womit sich auch das Zimmer aufhellte.

>> Um das nochmal klarzustellen, ich habe Ihnen einen Gefallen getan. Sie sind übrigens der Erste, der nicht gefragt hat, ob man tot gewesen sei. << lachte der Doktor und setzte sofort ein ernstes >> Wie dem auch sei. << hinterher

Grubich zuckte zusammen, das komplette Zimmer mit Doktor war verschwunden. Er war in einem Korridor mit hunderten von Türen. Er machte die Augen zu und rollte sich auf dem Sessel zusammen. Er vergaß für einen Augenblick, wo er war und fühlte sich wohl, bis er die Stimme des Doktors wiederaufnahm.

>> Wie schon erwähnt hier gibt es das Approxidieticum noch nicht. <<
>> Was meinen Sie mit hier? << fragte Grubich mit zugekniffenen Augen und zittriger Stimme.
>> Hier, in dieser Dimension eben. Sie kennen doch Dimensionen oder? <<
>> Jaja, Karte, Röhre, unendlich Punkte und Möglichkeiten. Kenne ich. << zischte Grubich.
>> Sehen Sie, ist doch nicht so schwer. Mit dem Approxidieticum können Sie nicht nur eine Dimension wahrnehmen, sondern mehrere gleichzeitig. Sie sind nun ein pandimensionales Wesen Professor. Sie haben ab jetzt Fähigkeiten zur Verfügung, die für Sie und Ihre Welt... <<
>> Aber wie ist das möglich? << fragte Grubich
>> Ich nehme mal an, dass das eine rhetorische Frage war, da es Ihnen ungefähr erklärbar ist. Hmmm. Für den Fall, dass ich Sie überschätzt habe, erkläre ich es Ihnen.
Das Approxidieticum kann jedes beliebige Ziel zum quanteln anregen, da es sich nun in ihrem Gehirn befindet sorgt es dort mit Ihren Augen dafür, dass Licht komplett anders verarbeitet wird. Somit wird der Rea-

lismus erweitert und die Phänomenologie findet erneut Ausdruck. Das Zimmer bleibt in dieser Dimension selbstverständlich erhalten, aber in einem anderen Handlungsstrang existiert es anders oder vielleicht gar nicht. Ihre Wahrnehmung ist nun instabil, geradezu lebendig. Nutzen Sie diese Gabe Professor! <<

Grubich machte die Augen wieder auf und sah, dass das Zimmer intakt blieb, wenn er sich konzentrierte. Der Doktor war jedoch weg. Grubich stieg verwirrt aus dem Sessel und ging zurück zum Empfang. Er wollte so schnell es ging nach Hause.

>> Ich hoffe der Doktor konnte behilflich sein. << sagte Katja.
>> Wir werden sehen. << seufzte Grubich und verließ die Einrichtung des Doktors.

# Teil 2: Heute ist das Morgen von gestern

## Was macht eigentlich ein Buchbinder?

>> Wie heißt du überhaupt? << fragte Larah.

Der Mann, der zuvor im Wartezimmer niedergeschossen wurde, fasste sich an den Hals und drehte sich zu Larah.

>> Mein Name ist Yael. << klärte er verdutzt auf.
>> Yael? Den Namen habe ich noch nie gehört. <<
>> Er ist aus der Bibel. Meine Eltern fanden Namen mit Bedeutung immer schön. <<
>> Und was bedeutet er? << fragte Larah neugierig.
>> Das weiß ich nicht mehr. Ich persönlich finde Namen nämlich nicht so wichtig. <<

Larah fing an zu lachen, woraufhin Yael ebenfalls lachen musste.
>> Mach dich fertig, wir müssen zu Herr Pent. Er wird mir wichtige Dokumente überreichen und ich habe dich bereits als meinen Assistenten gemeldet. <<
>> Ich verstehe das nicht. Warum? <<
>> Ich sage es dir nachdem wir die Dokumente haben, also auf, hopphopp, wir müssen los. << motivierte Larah.

Yael machte sich fertig in dem er erstmal aus dem Bett stieg, sich umzog und anschließend in seine Schuhe schlüpfte. Er band sie zu und wurde etwas nervös.

>> Was machst du denn da? << fauchte er Larah an.

>> Ich schaue dir zu, wie du deine Schuhe bindest. << grinste Larah.

>> Und warum? <<

>> Du wirst gar nicht glauben, wie viele Möglichkeiten ich schon gesehen habe, wie man Schuhe binden kann. Deine kenne ich leider schon. <<


Yael kniff die Augen zusammen und überlegte, ob er das eben gesagte kommentieren sollte, aber er war mehr wie froh über Larah, weshalb er sie nicht beleidigen wollte.

Sie war die einzige Person die er nun kannte, die noch echte Emotionen besaß. Sie war etwas ganz Besonderes.

Er schnürte seine Schuhe zu und ging dann mit Larah mit. Sie waren in der zweiten Abteilung in einer Art Krankenhaus und verließen dieses, wodurch sie in einen riesigen Raum kamen, der an ein überdimensionales Einkaufszentrum erinnerte. Hier gab es Läden für alles, abgesehen von Banken. Im Turm bezahlte man nämlich mit seiner Hilfe oder besser gesagt mit gewissen Dienstleistungen und nicht mit Geld.

>> Ich war hier früher gerne mit meiner Frau. Da vorne ist unsere Lieblingseisdiele. << sagte Yael aus dem nichts.

>> Wir können später ein Eis für deine Frau mitnehmen, wenn du willst. <<

Yael nickte und wurde traurig, da er wieder an seine Frau und frühere Zeiten denken musste. Larah bemerkte das und versuchte ihn zu trösten.

>> Wenn wir die Dokumente haben, dann habe ich wahrscheinlich sehr gute Nachrichten für dich. << grinste Larah erneut.


Yael wollte unbedingt wissen, was sie wohl geplant hatte, aber Larah verriet es ihm einfach nicht und das obwohl er den manipulativen Trick eines berühmten Piraten namens Pinselkerl anwendete.

Nachdem sie über den großen Platz gelaufen sind, kamen sie zu einer Wand mit vier Aufzugtüren. Jeder Aufzug war für den Transport in eine andere Abteilung zuständig. Der Fahrstuhl ganz rechts war für die erste Abteilung und mit einem Augenlaserscanner sowie mit einem Sicherheitskartelesegerät ausgestattet.

Larah ließ ihr Auge scannen und zog ihre Chipkarte durch den Schlitz, woraufhin die Fahrstuhltüre aufging.

Yael trat misstrauisch nach ihr ein, da er es irgendwie für einen Trick hielt. Warum sollte er zu den Besten der Besten in die erste Abteilung dürfen? Doch zu seiner Überraschung passierte nichts. Sie verließen den Aufzug und gelangten in ein gigantisches Labyrinth aus Büros.

Larah kannte sich zum Glück sehr gut aus, ansonsten hätte es Stunden gebraucht ein gewisses Zimmer zu finden. Sie liefen *12* Minuten geradeaus, dann nach links für ungefähr *16* Minuten und anschließend nochmal acht Minuten nach rechts bis sie in einen großen langen Raum kamen, der zu 90% aus Krawatten, Anzügen und Seriosität bestand.

Ein Mann in einem großen Sessel stand auf und sagte: >> Meine Herren, ich bitte Sie, ich habe an Alles Gedacht. Es war schon geplant, als ich die Einheiten zum Sensor schickte. Wir haben Zeugen am Leben gelassen, die gerne berichten werden, was passiert ist. Bitte Begrüßen Sie die Beste der Besten in ihrem Fach. Frau Gard und ihren neuen Assistenten. <<

Die Menge klatschte und verstummte sofort wieder. Frau Larah Gard und ihr Assistent traten ein. Der Mann aus dem großen Sessel gab ihnen den Bericht, den er vorgefertigt hatte und winkte sie wieder weg. Frau Gard nahm das Dokument und ging aus dem Konferenzsaal mit ihrem neuen Assistenten.

>> So jetzt kannst du mir ja sagen, warum du mich gerettet hast und was du überhaupt vorhast? <<

Die Frau grinste mit einem teuflischen Lächeln und sagte:

>> Weißt du, wir, wir werden eine neue Welt erschaffen. <<

Sie nahm ihre Chipkarte und Yaels Hand.

>> Hiermit. << lächelte sie ihn an.
>> Hiermit? <<
>> Ja, hiermit. <<
>> Mit meiner Hand und deiner Chipkarte? <<
>> Quasi. Es ist ein bisschen komplizierter als das, aber im Grunde genommen, kann man das so simplifizieren. Lass uns aber erstmal in mein Büro gehen. <<

Sie gingen den Weg etwas zurück und bogen dann irgendwann nach links ab, nach ungefähr 213 Metern bogen sie erneut nach links ab und kamen in einen Abschnitt des Labyrinths, der ziemlich alt und leer schien. Yael schaute beim Vorbeigehen auf die Schilder neben den Bürotüren. Sie waren klein rechteckig und golden mit schwarzer Schrift, die öfters eher nicht mehr lesbar war. Eines der Schilder sagte „Leiter für emotionale Kontrolle".

>> Was genau ist das hier? << erkundigte sich Yael.
>> Das ist der Bereich, in dem die Gründer des Turms angefangen haben. Da vorne zum Beispiel war der ursprüngliche Architekt, da hinten waren Politiker und hier drüben waren öffentliche Medien tätig. << erklärte Larah so energisch, als würde sie ihm das Winkeralphabet lehren wollen.

Yael hatte noch nie vom Architekten gehört. War das nicht komisch, obwohl man wusste, dass irgendetwas den Turm erschaffen hatte, wollte niemand mehr wissen wer oder was es tat.
Er las weiter Schilder beim Vorbeigehen und war so in Gedanken, dass er Larahs abbiegen nicht bemerkte. Sie räusperte sich niedlich und fast sogar laut, wodurch Yael es realisierte und umdrehte.

>> Das ist mein Büro. << verkündete sie stolz.
>> Setz dich doch! <<

Larah setzte sich hinter ihren Schreibtisch in einen extrem bequem-aussehenden Stuhl und machte mit einer Handbewegung klar, wo Yael sitzen sollte. Yael fand das äußerst merkwürdig, da es ganz genau nur zwei Stühle im Büro gab. Ehrlich gesagt war außer den zwei Stühlen nicht viel im Büro. Ein verdorrter Kaktus, die eben genannten zwei Stühle und der Schreibtisch, ein hässlicher Teppichboden und ein kleines Fenster durch das man in die Wüste sehen konnte.

>> Schnuckelig, oder? Vor allem der Ausblick ist sehr schön. << sagte Larah mit viel Freude.

>> Naja, ist schon ziemlich...ähm nett, aber warum steht denn da ein verdorrter Kaktus mitten im Raum? <<

>> Na das ist eben ein verdorrter Kaktus. Das ist doch ironisch, sowie ein gefrorenes Eis oder die Tatsache, dass Feuer mit Feuer gelöscht werden kann. Ich finde es witzig und jeder der einen Fuß mein Büro setzt fragt mich zuerst diese Frage. << freute sich Larah.

>> Und da denken die Leute nicht, dass du so unzuverlässig bist, dass du sogar einen Kaktus vertrocknen lässt? <<

>> Kann schon sein, hier kommen hauptsächlich Leute her ohne oder mit wenig Emotionen, deswegen ist das schwer zu sagen, ob sie lachen oder ob sie abgeschreckt sind. Hast du gewusst, dass niesen auch eine Emotion ist. <<

>> Niesen ist eine Emotion? <<

>> Das ist meine Vermutung, oder besser gesagt, es muss zumindest mit einer Emotion gekoppelt sein. Ich hatte nämlich hier gegenüber von mir, also dort wo du jetzt sitzt, jemand sitzen der mitten im Satz aufgehört hat zu reden. Ich dachte er würde weinen, doch nach unge-fähr zwei Minuten ohne Regung, sagte er, dass er einen Niesanfall hat-te und es ihm unangenehm gewesen wäre, weswegen er sich das am nächsten Tag ebenfalls entfernen ließ. <<

>> Das Niesen oder das Schuldgefühl? << fragte Yael entsetzt.

>> Das Niesen natürlich. << bestätigte Larah.

>> Was genau machen die dort unten in der Glücksabteilung, wenn sogar das Niesen unterdrückt werden kann? <<

>> Grauenvolle Dinge. Ohne meinen Optimismus und meine Freude, wäre ich schon lange an diesem traurigen Ort zu Grunde gegangen. Willst du es denn wirklich auch wissen? <<

>> Ja, ich möchte endlich die Wahrheit erfahren. Ich möchte all diese Leute nicht umsonst aufs Spiel gesetzt haben. <<

>> Du bist nicht schuld an dem Massaker der E.S.U. Yael. Glaube mir. Und was ich dir jetzt sage, werde ich dir nur als eine Art Motivation erzählen, damit du mit mir heute noch dagegen etwas unternehmen wirst. Andernfalls würde ich dir dieses Wissen nicht zumuten. Verstanden? << sagte Larah befremdlich ernst.

Yael schaute Larah in die Augen, bemerkte dass es ihr schwerfallen wird und nickte.

>> Die vierte Abteilung oder eher gesagt unter dem Trivialnamen Glücksabteilung bekannt, ist eingeteilt in drei Abschnitte: die Wartezimmer, die Säle und das Auffangbecken.

Die Wartezimmer kennst du bereits. Sie sind ein trauriger Ort voll mit Menschen, die alles verloren haben oder noch verlieren werden. Nachdem deine Nummer angezeigt wird, wirst du in einen der Säle gebracht. Die Säle sind ein Konstrukt aus mehreren Operationssälen mit unterschiedlicher Ausstattung. Wenn du eine große Dienstleistung erwiesen hast, dann bekommst du die beste Medizin und gute Ärzte, wenn du jedoch nicht so herausragende Dienstleistungen vorzuweisen hast, dann kommst du in das untere Abteil. In diesem ist fast alles rostig, sogar die Ärzte sind nicht mehr die jüngsten und machen daher beträchtlich mehr Fehler.

Ich habe von Fällen gehört bei denen ausversehen zu viel aus dem Gehirn geschnitten wurde, jemand zu lange die DNS verändert bekam oder falsche Nervenzellen rekonfiguriert wurden. Das Resultat war meistens ein sabbernder unbeweglicher Haufen, der gar nichts mehr wahrnehmen konnte. <<

>> Das muss aufhören. << schlug Yael fast weinend auf den Schreibtisch, fast so als wollte er die Silben im Satz trennen.

>> Ich weiß und wie bereits gesagt, weiß ich auch schon wie. <<

>> Sag mir wie! <<

>> Ich weiß, wo der Architekt gefangen gehalten wird. << lächelte sie.

>> Bist du dir sicher? <<

>> Ja, ich bin mir sicher. << äffte sie ihm etwas nach.

>> Aber woher? <<

>> Mein Beruf ist es zu berichten wie vorteilhaft es ist sich Emotionen, Ängste und schlechte Eigenschaften zu entfernen. Daher bin ich immer im Wartezimmer und höre mir an wie schlecht es den Leuten geht. Ich befrage sie und darf dann nach der Prozedur ins Auffangbecken. Jeder der Behandelten bekommt eine Kammer mit einem für ihn speziell zugewiesenen Programm um zu sehen, ob der Eingriff erfolgreich war. Ich beobachte dieses Programm und frage die Personen anschließend dieselben Fragen wie zuvor. Ich nehme alles auf und erstelle dann im Anschluss ein psychologisches Vorher-Nachher-Bild.

Eines Tages ist mir aber aufgefallen, dass ein Mann den ich nicht im Wartezimmer gesehen habe im Auffangbecken war. Ich ging also mit meiner vorhandenen Sicherheitsstufe in den Raum und redete mit ihm.

Er war halbtot geprügelt worden und stammelte, dass er einer der ersten Mitglieder des Turms sei. Er erzählte vom Architekten und das Herr Pent nur mit Gewalt damals die Führung übernommen hat. Sie versuchten ihn zu rekonstituierten, weshalb er immer nur die gleichen Informationen wiederholte. Als ich am nächsten Tag erneut bei der Zelle vorbeischaute, war er verschwunden. Er war in keiner der Datenbanken aufzufinden. Es war so als hätte er niemals existiert. Am selben Tag wurde ich abends von Herr Pent persönlich nach meinen Motivationen ausgefragt. Es war das anstrengendste Verhör, in dem ich jemals saß. Er präsentiert sich allwissend <<

Yael war erstaunt und konnte es nicht fassen. All das kann verhindert werden, wenn sie den Architekten finden würden?

>> Wo befindet er sich? <<

>> In der Spitze des Turms. <<

>> Und wie kommen wir da hin? <<

>> Na, wie vorhin schon gesagt mit dieser Karte. Durch den Vorfall mit dir bekam ich eine Entschädigung von Herr Pent. <<

>> Und sie lassen dich zum Architekten? <<

>> Nein! Bist du des Wahnsinns. Damit kommen wir nur in die alte Bücherei und dort finden wir bestimmt einen Plan für den Turm, der uns vermuten lässt wo sich der Architekt befinden könnte und wie wir dort hinkommen. <<

>> Und wofür brauchst du mich dann genau? <<

>> Du bist ein guter Assistent und ich wusste, dass du verstehst, dass der Tod selbst nicht das Schlimmste auf dieser Welt sein kann. <<

Yael war verblüfft von der spielerisch-souveränen Art von Larah. Er stand auf, woraufhin Larah auch aufstand und sie beide gingen den Weg durch das Labyrinth zum Aufzug zurück. Der gewünschte Aufzug der ersten Abteilung kam an und sie stiegen beide hinein. Larah zog erneut ihre Chipkarte durch ein Lesegerät und ließ ihr Auge scannen.

>> Erkannt. Larah Gard. Auftrag: Kollateralschadengutschein. Viel Spaß in der Bibliothek Frau Larah Gard. << sagte eine Roboterstimme.

Der Aufzug in die Bibliothek war anders. Er hatte eine merkwürdige Inneneinrichtung mit Spiegeln an der Seite und einer Art Stange am hinteren Ende. Eine Frage die sofort aufkam war, ob dieser Aufzug früher einfach ein Stück aus einem Tanzraum war. Larah griff die Stange hob ihr Bein an und bemerkte, dass die Stange für solche Übungen zu niedrig platziert wurde. Abgesehen davon war der Spiegel recht milchig und matt. An der Decke gab es in jeder Ecke Lautsprecher, die Musik abspielten. Zum ersten Mal in ihrem Leben hörten Yael und Larah Fahrstuhlmusik. Es war für beide ein merkwürdiges Gefühl und sie erkannten den Sinn dahinter nicht. Die Musik war ungeeignet zum Tanzen und wenn sie tanzen hätten wollen, dann war ja die Stange falsch platziert und sie hätten sowieso viel zu wenig Platz dazu gehabt. Doch zur Entspannung war die Musik auch nicht geeignet, da sie auf keinen Fall die Angst vor der Enge des Raumes nahm, ganz im Gegenteil, die Musik vermittelte nur noch mehr die eklatante Wahrheit, dass man sich in einem kleinen engen Metallklotz befindet, der jeder Zeit feststecken oder abstürzen könnte.

Während Yael zum Entschluss kam, dass Fahrstuhlmusik existierte um Leute zu nerven, war sich Larah sicher, dass sie nur existierte um es wichtigen Geschäftsmännern leichter zu machen im Fahrstuhl zu pupsen. Ihre Theorie wurde von den Trompetensolos von Louis Armstrong, das aus den Boxen schallte leicht bestätigt.

Nach *12* Sekunden dieses Trompetensolos kamen sie in der Bibliothek an.

Sie war gigantisch und mindestens 100 Meter hoch. In der Decke befand sich ein riesiges Rundfenster, das im äußeren Ring eine Art Geschichte im Barockstil aus gefärbtem Glas erzählte. Zentral unter diesem Fenster hing, ungefähr 60 Meter über dem Boden, eine Sphäre aus weißem Glas, die von der Sonne, die durch das Rundfenster schien, leuchtete. Die weiße Sphäre bündelte das Licht und erhellte nahezu die komplette Bücherei.


>> So etwas habe ich noch nie gesehen und hätte ich mir auch nie in meinem Leben vorstellen können. << staunte Yael.

>> Ich auch nicht, vor allem hier im Turm. Ich habe zwar davon gehört wie großartig diese Bibliothek sein soll, aber das ist nochmal weitaus besser. << staunte Larah ebenfalls.

>> Lass uns ein gewisses Buch suchen. Es heißt...ähm warte... ich hab's gleich. Ach ja, „Allgemeine Perspektiven für endliche Logiken". <<

>> Weißt du auch wie die Bücher hier sortiert sind? <<

>> Nein, aber es gibt bestimmt irgendwo einen Plan, der uns das Ordnungssystem erklärt. <<


Larah und Yael durchstreiften Regale von Büchern an denen Leitern lehnten, die mehrmals ausfahrbar waren. Sie gingen eine Wendeltreppe in den zweiten Stock hinauf und sahen von dort aus über ein Geländer aus Holz, dass unten eine Art Rezeption war. Sie liefen im immer schnellerwerdenden Tempo die Wendeltreppe erneut hinunter und schlenderten dann zu dieser Rezeption, an der eine äußerst attraktive Frau saß.

>> Guten Tag, wir suchen das Buch „Allgemeine Perspektiven für endliche Logiken". << sagte Larah und lehnte sich auf die Rezeption.

>> Nicht den Tisch berühren bitte! << sagte die Rezeptionistin streng.

>> Entschuldigung. << erwiderte Larah.

>> Ich glaube, dass das unter Mathematik, Physik und Philosophie ist. Zweiter Stock, wenn sie die Treppen hochgehen, also aus der Richtung, aus der sie gerade herkamen und dann einfach nach links, anschließend nach zwei Regalen erneut links und irgendwo da in der *fünft*en Reihe von oben. << sagte die Rezeptionistin wie ein Roboter.


Yael und Larah bedankten sich gleichzeitig und gingen wieder in den zweiten Stock, in dem sie der Wegbeschreibung folgten. Sie waren immer noch überwältigt von der Bibliothek, so sehr, dass sie ihr Hauptziel etwas vernachlässigten und eher durch die Regale stöberten um zu sehen, was es so an Büchern gab. Sie bummelten dabei durch die Abteilung für Freizeitaktivitäten und wie im Supermarkt waren auf Augenhöhe die guten Bücher und weiter unten der Ramsch, den sie sich besonders gerne anschauten. Yael erhaschte einige Titel wie „Vom Baum zum Tisch: *25* einfache Schritte", „100 Möglichkeiten ein Ei zu pochieren" und „Wie baue ich ein Sofa mit Sachen und Tieren aus meinem Vorgarten".

Larah hingegen blieb kurz stehen und nahm ein Buch mit dem Titel „Die 100 beliebtesten Hobbies der Menschheit im 21. Jahrhundert", da sie neugierig war, was wohl die Menschen auf der Erde vor der großen Katastrophe in ihrer Freizeit gemacht haben. Sie überflog das Vorwort und war wenig begeistert. Alles klang so banal und überhöflich, als würde man niemand beleidigen wollen, obwohl derjenige körpereigene Substanzen sammelt oder vom Aussterben bedrohte Tiere jagt. Einheitlicher Brei, der alles nur positiv darstellt. Verkauft hat sich das Buch anscheinend aber trotzdem nicht. Larah stellte es angeekelt wieder zurück ins Regal und ging etwas schneller um Yael einzuholen.

Sie kamen am beschriebenen Punkt an und Larah ergriff die Leiter, hielt sie fest und machte mit einem universellen Handzeichen und einem Lächeln klar, dass Yael das Buch holen sollte. Er fing also an die Leiter hochzusteigen, da ihm Höhen nichts ausmachten. Er kam an der ersten kleinen Plattform der mehrstufigen Leiter an und schaute nach unten, ob alles in Ordnung war. Er bekam einen Daumen nach oben, woraufhin er weiterkletterte. Als er dann zwei weitere kleine Plattformen erklomm, konnte er auf der stehen, die sich nahezu ganz oben am Regal befand.
>> Siehst du es? << schrie Larah von unten rauf.
>> Nein, noch nicht, aber die fünfte Reihe von oben habe ich schonmal gefunden. << schrie Yael von oben runter.

Er klammerte sich mit der einen Hand an das Geländer der Leiterplattform und mit der anderen glitt er mit einem Finger an den Büchern entlang.
„Allgemeine Ansätze der".... „Allgemeine Meinungen zum".... „Allgemeine Stringtheorie"... Bin ich zu weit? Da hat jemand ein Buch falsch einsortiert. Hmmm es ist aber zu schwer um es jetzt mit einer Hand umzuräumen. Nun ja weiter. „Allgemeine Perspektiven für endliche Kontinuen"... Hier ist es ja „Allgemeine Perspektiven für endliche Logiken".

>> Ich hab's. << schrie Yael erneut zurück und man hätte meinen können, dass mit dem Ruf ein gedankliches „Shht!" in der Bibliothek einherging.

Er nahm das Buch, dass ein bisschen größer war als ein reguläres Taschenbuch und kraxelte etwas langsamer die Leiter wieder hinunter. Er gab Larah das Buch, doch bevor er es ihr anbieten konnte, riss sie es ihm aus den Händen und blätterte wild hindurch.
Nichts. Sie fand auf die Schnelle keinen sichtbaren Hinweis, der zum Architekten führte.

>> Es muss doch irgendwo hier sein. << sagte Larah nervös.

Sie drehte das Buch um und schüttelte es aus. Es flog ein Stück einer sehr alten Zeitung heraus, das vermutlich als Lesezeichen gedacht war. Sie legte das Buch zur Seite, faltete das Stück Zeitung auf und las gebannt was darauf stand. Sie zerknüllte es erneut, warf es weg und setzte sich auf den Boden.
Yael ging ein paar Schritte und hob den zerknüllten Zeitungsball auf. Er las ihn sich ebenfalls durch. Kontaktanzeigen:
„22 j. Asiate sucht hübe 19 j. Asiatin für Schweinskram" stand in einem fett-eingerahmten Kasten. Darunter war nochmal ein Kasten der eine Annonce zeigte mit: „Suche Buchbinder mit Falzbein aus Elfenbein.".

>> Ist da nicht mehr? << verzweifelte Yael ebenfalls.
>> Nein, sonst sind die anderen Artikel und die komplette Rückseite ausgeschwärzt. << schnaufte Larah schwer.
>> Vielleicht ist es eine Nachricht. Was ist denn ein Falzbein überhaupt? Könnte das ein Codewort für ein anderes Buch sein? << fragte Yael.

>> Schon möglich, aber eigentlich ist das ein Gerät, dass beim Falzen benutzt wird. << erklärte Larah.
>> Das dachte ich mir schon, sagt ja der Name bereits, aber was macht man denn beim Falzen? << erkundigte sich Yael.
>> Das ist der Schritt, womit sichergestellt wird, dass das Buch zusammengehalten wird. Dieses Stück hier ist der Falz, es ist das „Buchgelenk", und sorgt dafür, dass du es überhaupt knicken kannst. << sagte sie und zeigte auf das seitliche Ende des Buchrückens.
>> Woher weißt du denn sowas? << war Yael verwundert.
Larah schaute auf und freute sich etwas. >> Na, ich bin doch Reporterin, sowas sollte man schon wissen, wenn man alle Menschen hier über ihr Leben und deren Beruf befragt. Außerdem, wie du gesagt hast, sagt es der Name ja schon. <<

Plötzlich fiel Larah etwas ein. Eine Buchbinderin, die sie einst befragte, hatte die Liebesbriefe von ihrem Mann in einem Bucheinband versteckt, damit man sie ihr nicht wegnehmen würde.

Larah sprang auf, bemerkte jedoch sofort, dass das Buch von Yael auf den Boden gelegt wurde und bückte sich dann mit etwas bösem Blick zu Yael und hob es auf. Sie nahm ihre Uhr löste sie so von ihrem rechten Handgelenk, dass das scharfe Metallstück des Verschlusses nach außen zeigte und ritzte den Bucheinband hinten und vorne auf. Heraus kam eine sorgfältig gefaltete und der Buchgröße perfekt angepassten Karte, die den ursprünglichen Turm zeigte.

Larah faltete sie vorsichtig auf, breitete die Turmkarte vor sich auf den Boden aus, zeigte mit dem Finger auf einen kleinen Raum und sagte zu Yael: >> Dort müssen wir hin. Da ist der Architekt. <<

# Der vorletzte Tag

Das helle Licht verschwand wie der morgendliche Nebelschleier in der Wüste und führte dazu, dass alles etwas anders war, als am Tag zuvor.
Plötzlich saßen sie um ein Lagerfeuer, so als ob sie schon immer dort sitzen würden, aber es fühlte sich falsch an. Frufert konnte schwören, dass er gerade noch irgendwo komplett anders war und jetzt saß er hier um ein gemütliches Feuer mit freundlichen und bekannten Gesichtern. Die Fröhlichkeit und die Personen wirkten so unecht wie ein schiefes Toupet.
Trotzdem ließ das Gefühl schnell nach, man vergaß es, wie einen Traum, der nach dem Aufwachen langsam entgleitet. Die Atmosphäre wurde lockerer und jeder fing an sich zu erinnern sich zu vergessen. Sie wurden ungewollt in eine realitätsnahere Ebene gezerrt.

>> Schön dich zu sehen. << sagte eine Stimme zärtlich.
Frufert drehte sich blitzartig um, um eine wunderhübsche Frau vor seinen Augen vorzufinden. Sie hatte ein niedliches Stubsnäschen, ein schmales weibliches Kinn, zarte Lippen, stoisch-feurige braune Augen, markante Wangenknochen und ein hypnotisierendes Lächeln.

>> Was ist denn los? Hast du etwas Schlechtes gegessen? Geht's dir nicht gut? << fragte sie wohlwollend.

>> Nein, nein, mir geht's gut Nadia. << grinste Frufert und war gleichzeitig erstaunt, dass er plötzlich ihren Namen wusste.
Sie setzte sich zu ihm, umarmte ihn, legte ihren Kopf auf seine Schulter und seufzte schwer.
>> Wann wird das wohl alles vorbei sein? << fragte sie klagend.

>> Ich weiß es nicht, aber wenn der Plan von Ricio klappt, dann werden wir zumindest einen Anfang machen können. << seufzte Frufert mit Hoffnung zurück.

>> Mein Plan wird schon klappen, so wahr ich hier sitze. Ihr alten Zweifler. << schrie Ricio hinterm Feuer hervor. >> Ihr könnt nur motzen, oder? Bisher hat alles geklappt, also warum sollte mein neuer Plan schiefgehen? <<

>> Weil wir hier von Grubich reden. << erwiderte einer von den anderen Männern, der wie ein Thobias aussah, aber von allen Max genannt wurde.

>> Er sitzt dort oben in seinem Turm und kontrolliert uns. Glaubst du nicht, dass wenn er wirklich so mächtig ist, wie alle sagen, dass er uns nicht schon längst durchschaut und konstituiert hätte? << argumentierte Ricio.

Frufert fiel alles wieder ein. Nach dem Tag in der Polizeistation, verfolgte er mit Sora Grubich. Sie fanden ihn, und dann ist etwas passiert. Ein helles Licht. Und danach?

>> Ich war in einer Wüste, oder? Ich war auf jeden Fall am äußersten Rand der Stadt, vor der Mauer. Ich baute mir aus alten Schrottteilen eine kleine Unterkunft und fand eines Tages Nadia, die in der Wüste herumirrte. Wir freundeten uns an und verliebten uns ineinander. Wir wollten unser Leben aber nicht in der Wüste verbringen und gingen in die Stadt, wo wir Ricio, Max, Bastian, Kord und Lukas trafen. <<

Monjint, manchmal auch von den Bewohnern Omjntin genannt. Die Stadt aller Städte. In ihrer Mitte steht ein riesiger Turm, der von einem gewaltigen Mauerring umgeben wird und die Grenze der Stadt bildet. In diesem Mauerring befindet sich ein gigantisches Tor, das undurchdringbar          ist.
Durch die Ringform gibt es nur einen Distrikt und nur eine Klassenschicht. Nicht drei, nicht zwei. Nur eine.

Es war eine Utopie in ihr zu leben. Menschen gingen nicht arbeiten und trieben alles, was ihnen Spaß machte. Es war wie die Blütezeit Roms nur ohne Sklaven, ohne Dekadenz, ohne mangelnde Hygiene, ohne so viele Bäder, ohne Soldaten, ohne einen Senat und ohne antike Gebäude, aber bis auf das war es sonst schon so ein bisschen wie Rom.

Das pure Paradies, aber selbst das hat Makel. Leute trachteten wie immer nach Freiheit. Es war ihnen egal, ob sie keine Kriminalität, keine Arbeitslosigkeit oder unerwünschte Krankheiten hatten, sie wollten nur Freiheit.

Obwohl Grubich jedem Haushalt jegliche Medien zur Verfügung gestellt hatte, in denen man nachschauen konnte, dass die Freiheit meist ein sehr simples und auf holistische Art gesehen unmögliches Ziel war, wollten diese Leute, die alles hatten, eben eine Auswahl ob sie alles haben wollten.

Es gab Aufstände. Doch nichts geschah. Grubich saß in seinem Turm und ließ die Leute das machen, was er tolerierte. Sie durften rebellieren, sie durften ihre Meinung äußern und bei manchen ließ er sogar Suizid zu. Es bildeten sich aufgrund dessen drei Fraktionen: die Erste sah Grubich als eine Art Gott an, der über sie richtete und eben genau wusste was falsch und was richtig sei. Sie meinten er sei wirklich wie ein lange-versprochener Erlöser, nur das dieser endlich mal mit den Menschen und der Welt interagiert.

Der zweiten Fraktion war einfach alles egal. Sie genossen ihr Leben und ignorierten die großen Fragen des Lebens generell. Und dann gab es da eben noch eine Dritte. Eine Fraktion die sich „Deus Ex Natura" nannte. Sie wollten Grubich loswerden. Sie waren der festen Überzeugung, dass so ein „Wesen" nicht existieren sollte. Diese Gruppierung war jedoch die kleinste und unbeliebteste. Immer mehr Menschen fragten sich, ob gegen Grubich zu sein wirklich so intelligent war. Er organisierte schließlich alles. Man muss sich das mal vorstellen: Eine Welt ohne Mord, Geld, Krankheiten, Überbevölkerung, Hunger oder ein anderes Übel.

Es war, zumindest was die Stadt betraf, alles unter Kontrolle. Außerhalb der Stadt regierte niemand und nichts anderes. Die Tiere lebten glücklich und wurden den Gesetzen der Natur überlassen. Grubich war der festen Überzeugung, dass es so am besten sei.

Er regiert über alles in der Stadt, also warum nicht ausziehen, wenn man es nicht tolerieren wollte? Diese Frage stellten sich ebenfalls viele und traten aus „Deus Ex Natura" aus. Sie begriffen, dass es schon immer eine Entscheidung zwischen Sicherheit und Freiheit gab und entschieden sich daher für die Sicherheit.

Nun blieben nur noch die Leute übrig, die einen niederen Beweggrund hatten: Hass.

Bastian, Max, Ricio und Lukas hatten alle ein persönliches Problem mit Grubich und ließen von ihrer Anschauung, dass er die Wurzel allen Bösen sei, nicht ab.

Dieser Hass überzeugte Frufert und Nadia an jenem Tag, als sie die Gruppe kennenlernte. Schließlich hatte er Fruferts und Nadias Leben auch zerstört, als er noch nicht der gutmütige Mann im Turm war. Frufert wurde aus seinen Gedanken gerissen.


>> Frufert und Nadia hacken den Turm, während wir uns mit diesem Gerät, das Nadia mitgebracht hat, vor Grubichs Macht schützen können und Leute daran hindern werden uns von unserer Mission aufzuhalten. Dank diesem kleinen Gerät haben wir einen riesen Vorteil, mit dem Grubich nicht rechnen wird. << grinste Ricio.

>> Na dann lass uns morgen eine neue Welt erschaffen. << sagte Kord zuversichtlich.

>> Eine bessere Welt. << erwiderte Bastian.

>> Ohne Grubich. << freute sich Lukas.


Alle lachten und freuten sich. Sie brieten Fleisch und Gemüse über dem Feuer an und erzählten sich wie jeden Abend Geschichten von früher, heute und vielleicht sogar von morgen.

>> Wisst ihr << sagte Max >> Ich habe mal jemanden getroffen, der einfach anfing mit mir zu reden. Wir waren damals in einem Zug und dieser alte Mann setzte sich gegenüber von mir hin, nachdem er fragte ob der Platz noch frei wäre. Er sah niedergeschlagen aus und ich fragte ihn, ob alles in Ordnung war. Er sagte zu mir, dass er nicht verstünde, warum Tauben das Symbol des Friedens seien. Warum sind es nicht Raben? Raben seien intelligente Tiere und dazu auch noch diplomatisch. Raben stünden zwar früher für ein böses Omen, aber hätten Menschen nie direkt großen Schaden zugefügt. Tauben hingegen verbreiten Seuchen, sind gierig und scheißen alles voll, was sich unter ihren Taubenärschen befindet. Er meinte, dass die Tauben eher zu unserer jetzigen Menschengeneration passe und dass er sich schon darauf freue, wenn die Zeit der Raben als Friedenszeichen endlich gekommen ist.

Ich glaube dieser Tag, von dem der Mann mir erzählte, könnte morgen sein. Was haltet ihr davon, wenn wir, nach dem alles vorbei ist, eine Rabenflagge hissen? <<

>> Das könnten wir wirklich tun. << freute sich Bastian.


Sie diskutierten noch etwas über die Rabenflagge, woraufhin Bastian eine Skizze zeichnete, die durch die Runde ging.

>> Das ist doch kein Rabe, das ist eine Dohle mit so einem kurzen Schnabel. << scherzte Max.

>> Mal es du doch besser! << schnauzte Bastian zurück.

>> Lasst mich mal! << mischte sich der bisher ziemlich unbeteiligte Kord ein.

Er nahm die Skizze und kritzelte noch etwas daran rum.

>> So was haltet ihr davon? <<

Das Bild ging erneut durch die Runde. Nahezu alle lachten.

>> Was ist das denn? Ein Sumpfhuhn? << lachte Ricio herzhaft.

>> Bist du blöd, das ist eindeutig ein Albatros. << brüllte Lukas.

Kord schämte sich und wurde rot.

>> Ich bin eben abgerutscht. << verteidigte er sich.

>> Mit der Hand oder mit den Gedanken. << neckte ihn Max.

Alle amüsierten sich köstlich außer Bastian und Kord. Verärgert über die Reaktionen der anderen zeigte Kord, dem bis gerade mit Nadia beschäftigten Frufert, die Zeichnung.
>> Was hältst du davon Fru? <<

Frufert drehte sich von Nadia weg und schaute sich die Skizze an. Er drehte sie nach links und nach rechts, stellte sie auf den Kopf, schnaufte und gab sie Kord zurück.

>> Ist das ein kleiner Pelikan oder ein extrem fetter Kiwi? <<

Alle fingen an zu lachen, diesmal sogar Kord. Sie warfen die Skizze ins Feuer und saßen einfach ruhig um dieses herum. Es knisterte in einem angenehmen Rhythmus. In dieser Stimmung nahmen sie erst den schönen Garten wahr in dem sie saßen. Ein Garten in einer Stadt mit knapp *fünf* Milliarden Menschen. Frufert fing sich auch langsam an zu fragen, ob es so intelligent wäre, den Meister hinter so einem mächtigen Magnum opus zu töten, ohne zu wissen was passieren könnte. Er war sich dennoch sicher, dass er die Antwort herausfinden würde ob er wollte oder nicht.

>> Was denkst du werden wir morgen machen, wenn alles vorbei ist? << fragte Nadia Frufert.
>> Ich denke das Richtige. << lächelte Frufert und küsste Nadia zärtlich.
>> Das hoffe ich doch auch. << lächelte Nadia und küsste Frufert erneut.

Das Feuer neigte sich langsam dem Ende zu. Max, Bastian, Kord, Lukas, Frufert und Nadia gingen nun heim und freuten sich auf Morgen. Morgen, den letzten Tag.

# Der Architekt

>> Aber wie kommen wir zum Architekt? << fragte Yael
>> Über diesen Aufzug da vorne. <<


Larah und Yael standen auf und gingen zum Aufzug. Sie hielt dabei die Karte in der Hand und lief mit ihr herum, als würde sie auf einer Schatzsuche sein, während Yael das Buch „Allgemeine Perspektiven für endliche Logiken" unter seinem Arm hielt. Sie streiften erneut durch die Regale und er entdeckte eine Buchreihe namens „Ich und ein Leben: Eine 25-bändige Biografie". Sie mussten wohl bei den Biografien und der Belletristik angekommen sein. Er hätte zu gerne in eines der Bücher reingeschaut, aber es war erstens nicht so wichtig wie den Architekten zu finden und zweitens waren die Bücher extrem schwer. Jeder Band hatte mindestens 1600 Seiten und wog durch den verzierten Ledereinband so viel als wären es 2400 Seiten.


>> Wir müssen jetzt hier lang! << befahl Larah und ging nach rechts.
Yael ließ den Gedanken mit der Buchreihe fallen und folgte Larah.
>> Hier riecht es irgendwie gar nicht komisch, fällt mir gerade so auf. << entdeckte Yael.
>> Wie meinst du das? <<
>> Du meintest, dass hier noch Bücher von der alten Welt sind, aus dem 21. Jahrhundert. Vor der großen Katastrophe und vor der Erde, aber hier riecht es eben nicht, nach alten Büchern oder gammeligen Seiten. <<
>> Du willst mir wirklich sagen, dass du glaubst, dass es unserer Gesellschaft mit unserer heutigen Technik möglich ist, Emotionen herauszuschneiden, aber es nicht möglich wäre, ein Buch zu konservieren ohne das es anfängt seltsam zu riechen? <<
>> Du hast recht. Es ist mir aber so plötzlich aufgefallen. <<

>> Das stimmt. Es ist schon sonderbar, aber ich denke es gibt eine ein-
fache Erklärung dafür. Wir können ja den Architekten danach fragen.
<< alberte Larah.


Yael wurde etwas rot und kam sich blöd vor. Vielleicht hätte er nichts
sagen sollen, aber er konnte die momentane Situation nicht ausstehen
und wollte sie durch etwas Geplauder auflockern.
Larah schweifte kurz von ihrer Karte ab, schaute nach hinten und erkannte, dass Yael etwas verärgert war.
>> Schon gut. Ich kann es dir ja auch nicht genau beantworten. Bleib
lieber neugierig und gesprächig. Das gefällt mir so an dir. << lächelte
sie.


Er schmunzelte und freute sich über so schöne Worte. Er fühlte das
Gefühl und die Wärme, die mit ihnen kamen und gerade als er etwas
erwidern wollte, hielt Larah kurz an und sagte, dass sie nun da rüber
müssten. Yael war sich so langsam nicht mehr bewusst, wo sie überhaupt hinlaufen würden. Er bemerkte nur, dass sie sich immer weiter
von der Sphäre in der Mitte fortbewegten. Die Sphäre erinnerte ihn
irgendwie an ein Auge, weswegen er sich auch schon die ganze Zeit
beobachtet fühlte.


>> Sag mal Larah, warum wird im Turm alles überwacht, aber diese
Bibliothek anscheinend nicht? << erkundigte er sich misstrauisch.
>> Wird es doch, aber eben etwas altmodischer. Die Sekretärin hält
Wache und manche Regale haben Kameras befestigt. <<
>> Und dann läufst du so offensichtlich mit der Karte umher? <<
>> Nein, schau etwas genauer hin. <<
Larah klappte die rechte Ecke der Karte um und zeigte, dass sie eine
sehr alte Zeitung vor diese geklemmt hatte.
>> So sieht es aus, als würde ich diese Zeitung lesen oder nach einem
Artikel suchen, während ich laufe. << versicherte sie ihm.
>> Dann musst du aber auch mal umblättern. Wir laufen schon eine
ganze Weile, das fällt doch sonst auf. <<

Larah hielt die Karte mit der Zeitung nun etwas niedriger und schaute, welchen Teil sie vorhin aus dem Archivar mitgenommen hatte.

>> Verdammt. << erschrak sie.
>> Was ist denn los? <<
>> Das ist der Sportteil. Keiner würde je so lange einen Sportteil lesen und erst recht nicht, wenn er so alt ist. Ich kenne diese Sportarten ja nicht einmal. <<
>> Was sind es denn für Sportarten? <<
>> Anscheinend gibt es Frauentragen und Extrembügeln. <<
Seine männlichen Instinkte ließen Yael aber nur eines fragen >> Wie ist es ausgegangen? <<

Verdutzt blieb Larah kurz stehen überflog für ein paar Sekunden den Text und verkündete dann, dass beim Extrembügeln im Gebirge und in der Wüste die Hausfrau A. Glatt und beim Frauentragen B. Serk und seine Frau K.Serk gewonnen haben.
Yael presste danach ein heuchlerisches „sehr schön" heraus und gab mit einer Vorwärtsbewegung an, dass sie lieber weitergehen sollten.

>> Warte, ich habe den Faden verloren. Ah genau, wir müssen jetzt am Rand entlang bis wir in einem ungefähr 115 Grad Winkel zur Rezeption stehen. <<
>> In einem 115 Grad Winkel? Wie schaffen wir denn das? <<
>> Ich weiß es nicht aber wir müssen ungefähr unter dem Pfeiler da drüben rauskommen. << schätzte sie grob.

Beide schauten sich etwas fragend an und hielten aber trotzdem den vagen Kurs von Larah ein. Yael schaute sich gründlich um und ihm fiel auf, dass ihn die Struktur der Bibliothek stark an klassische Heckenlabyrinthe erinnerte, in denen man nie am Rand entlanglaufen kann, weil man früher oder später in eine Sackgasse geraten würde.

>> Hier ist es. << sagte Larah nach einer Weile.

>> Hmmm, vor dem eingezeichneten Aufzug scheint mittlerweile ein Bücherregal zu stehen. << deduzierte Yael scharfsinnig.

>> Was machen wir denn jetzt? <<

Yael und Larah setzten sich erneut vor Verzweiflung auf den Boden und überlegten zusammen, was die beste Möglichkeit wäre, um den Schrank zu beseitigen. Laut der Karte musste hinter dem Regal der Aufzug sein, der sie in die Spitze des Turms bringen würde, aber sie konnten ja nicht wissen, ob die Karte noch aktuell war. Sie entschlossen sich das Risiko einzugehen und es trotzdem zu versuchen. Da umwerfen des Regals keine gute Idee war, entschieden sie die unteren Reihen auszuräumen um das leichtere Regal einfach zu verschieben. Glücklicherweise fanden sie nach wenigen Handgriffen ein großes Loch hinter den Büchern in der Wand, das man mit viel Geschick oder eben mit grober Gewalt spielend leicht vergrößern könnte.

Jetzt brauchten sie nur noch eine Ablenkung für die Bibliothekarin damit sie etwas Lärm machen konnten.

>> Ich könnte sie von hinten mit dieser Zeitung überraschen und sie ausschalten. << sagte Larah energisch.

>> Ich wüsste etwas Subtileres. << antwortete Yael mit einem schockierten Blick.

>> Warte hier, ich bin gleich wieder da. <<

Yael ging daraufhin den ganzen Weg zur Bibliothekarin zurück. Er sah die Rezeption von weitem schon und erinnerte sich an das vorherige Missgeschick, weshalb er den Tisch nicht anfasste. Es erwies sich als ziemlich schlau, da ihm die Rezeptionistin nun freundlich gegenüber gesinnt war.

>> Verzeihung, aber ich habe da vorne in der Mathematik, Physik und Philosophie Abteilung im zweiten Stock ein paar Bücher gefunden, die

falsch eingeräumt wurden. Könnten Sie das bitte umräumen? << fragte
Yael so höflich wie er nur konnte.
>> Nein. << schnallte die Bibliothekarin.
>> Warum nicht? << fragte Yael verzweifelt.
>> Das macht jemand anderes. Er ist für die Knochenarbeit zuständig,
nicht ich. Außerdem können Sie ja wohl auch selbst ein paar Bücher
umräumen, wenn es Sie soooo sehr stört. << rechtfertigte sich die Rezeptionistin.
Plötzlich fiel Yael etwas ein. >> Es handelt sich aber um die Biografie
„Ich und ein Leben: Eine 25 bändige Biografie". Wissen Sie wie schwer
die ist? <<
Er versuchte die Bibliothekarin mit ein paar traurigen und verzweifel-
ten Augen zu verführen und lehnte sich etwas nach vorne, wobei er
dummer Weise ihren Tisch berührte.
>> Weg vom Tisch! Habe ich gesagt. << schrie die Bibliothekarin re-
flexartig.

Yael sprang zurück und hatte noch nie so eine komische Reaktion wegen einem Tisch gesehen.
>> Tatsächlich weiß ich wie schwer diese doofe Biografie ist. Na, gut
ich gehe jemand holen. Bleiben Sie bitte hier und fassen Sie auf keinen
Fall den Tisch an. Danke. <<

Die Bibliothekarin stand auf, ging zu den Werkaufzügen und machte
an dem der ein gelbes Graffiti aufwies eine ganze Reihe von Identifika-
tionsprozessen durch.

>> Wir benötigen Sloth11.8 um Bücher umzuräumen. << befahl die
Bibliothekarin.
>> Wie Sie wünschen, Frau Wetschner. << antwortete die Fahrstuhl-
stimme eingeschüchtert freundlich.

Die Anzeige, die den Aufenthaltsort des Fahrstuhls anzeigte, rasselte so
schnell hinauf, als würde der Aufzug fallen. Diese Anzeige und der

Aufzug machten einen abrupten Halt in der Bibliothek, was einen lauten Krach nach sich zog. Es klang so als hätte jemand Schrauben in einen Toaster gesteckt und ihn in einen Haufen aus alten Heizungen geworfen.

Die Tür des Aufzuges ging auf und heraus kam ein Roboter, der breite Schultern, einen kleinen Kopf und massive Beine hatte. Seine Brustplatte hing etwas ab und sein rechtes Auge rollte unkontrolliert herum. Ansonsten sah er aus wie ein normaler Mensch.

>> Sloth11.8 meldet sich zu Diensten. << sagte der Android.

>> Geh doch bitte mit dem jungen Mann hier mit und hilf ihm bei seinem Problem! << befahl Frau Wetschner.

Sie saß sich, ohne auf die Fragen und verdutzten Blicke von Yael zu reagieren, wieder hinter ihren Tisch und widmete sich ihren Nägeln. Nachdem Yael auf sie zu kam, stellte sie ein Schild auf, auf dem „Bitte nicht stören." stand. Yael begann trotzdem mit ihr zu reden, woraufhin sie ihre Kopfhörer aufsetzte, Musik anmachte und ein weiteres Schild auf dem fett der Satz stand „Pause. Komme in ein paar Minuten wieder" aufstellte.

Das war zwar nicht ganz Yaels Plan, aber nun war sie zumindest abgelenkt. Er wollte gerade zu Larah zurückgehen, doch plötzlich wurde er von Sloth11.8 erschreckt.

>> Wie kann ich dir helfen, Mensch? <<

>> Ich heiße Yael. << korrigierte er den Roboter.

>> Und ich heiße Sloth11.8546BR34HG23. Willst du mich die ganze Zeit so nennen? << fragte der Roboter

>> Nein, aber ich kann dich doch Sloth11.8 nennen. <<

>> Erkläre mir Mensch, wie soll ich Yael abkürzen? <<

Yael wusste es nicht so recht und weil er nicht dumm dastehen wollte sagte er, dass er ihn Ya nennen soll.

>> Also gut Ya, wie kann ich dir helfen? <<

>> Dort vorne in der Abteilung für Mathematik, Physik und Philosophie gibt es Bücher, sowie die Biografie „Ich und ein Leben: Eine 25 bändige Biografie" die man umräumen muss. <<
>> Wieso muss man diese Bücher umräumen, Ya? <<
>> Weil sie falsch eingeordnet wurden. << erklärte Yael.
>> Das klingt nach einer Aufgabe für die ich zugeteilt bin. Ich soll also diese Bücher umräumen? Ja, Ya? <<
>> So ist es. << grinste Yael.

Sloth11.8 ging in die Hocke und sprang dann mit genügend Kraft ab, dass er auf eines der Bücherregale gelangte. Yael stand da wie gelähmt, als er Sloth11.8 auf das Regal hüpfen sah. Als der Android losrannte, sprintete Yael ebenfalls los um rechtzeitig bei Larah zu sein. Er wusste, dass er nicht viel Zeit haben würde.
Sloth11.8 sprang von Bücherregal zu Bücherregal, bis er in der Abteilung für Mathematik, Physik und Philosophie ankam und diese komplett abscannte. Eine nette Stimme in seinem Kopf erzählte ihm, dass 21 Bücher nicht in der richtigen Reihenfolge seien. Woraufhin er wie eine vierbeinige Spinne am Regal hinunterkletterte und die Bücher umsortierte.
Währenddessen erreichte Yael nach einmaligem Verlaufen den versteckten Aufzug. Larah hatte bereits die Kameras mit etwas Spucke und Stücke der Zeitung abgeklebt.

>> Wir müssen schnell das Regal verschieben, ich konnte uns nicht viel Zeit verschaffen. << keuchte Yael außer Atem.

Larah nickte und beide fingen an den Schrank wegzuschieben, doch er war immer noch viel zu schwer. Sie begannen damit die Bücher aus dem Regal zu nehmen und sie um sich herum zu stapeln.
Im selben Moment war Sloth11.8 schon bei der Biografie angelangt und als er diese scannte brach er es nach dem ersten Buch ab, da er merkte wie schwer die Bücher sind. Er rückte ein anderes Buch zu recht, damit er nicht umsonst hergekommen war und richtete sich

danach wieder auf. Anschließend scannte er mit Hilfe der Sphäre die komplette Bibliothek um seinen Auftraggeber zu finden. Er leuchtete die Sphäre mit einem Laser an, wodurch die Sphäre zu einer Art Auge wurde und ihm verriet wo sich Ya befand. Blitzschnell sprang er wieder empor und rannte über die Bücherregale zu ihm.

Larah und Yael standen nun vor dem leeren Bücherregal mit Loch in der Rückwand und wollten gerade das Loch etwas vergrößern als Sloth11.8 vor sie sprang.

>> Ya, ich habe ihre Aufgabe und Operationsschritt *19* und *20* erfüllt. Brauchen sie meine Dienste noch? <<
>> Ja, Ya braucht sie noch. Kannst du dieses Regal für mich entfernen? <<

Sloth*11.8*s Augen wurden rot. Er streckte seine Hände aus und es schien so als wollte er sowohl Yael als auch Larah würgen wollen.
Er griff jedoch an beiden vorbei, packte das Regal, sprang mit diesem hoch, drehte sich so schnell es ging und schmiss es durch die Glaskuppel der Bibliothek. Dadurch wurden das Kupfer und eine Abdeckung mit herausgerissen und das Regal mitsamt der Kuppel landete irgendwo in der Wüste.
Die Barockgeschichte zersprang in tausend kleine Scherben, die wie Schneeflocken in die Bibliothek fielen. Die Bibliothekarin sah nach oben, drückte gelangweilt auf einen Knopf und machte weiter an ihren Nägeln. Ein Alarm ging los.

Larah und Yael kamen aus dem Staunen nicht mehr heraus. Wie konnte ein Roboter nur so blöd sein?

>> Was soll ich noch tun, Ya? << fragte Sloth11.8 nonchalant.

Larah drückte den Knopf für den Aufzug, wodurch er sich öffnete.

>> Komm Yael! << sagte sie.

>> Lass niemand in den Aufzug, hörst du Sloth? <<

Yael ging schnell in den Aufzug und als die Tür sich schloss, hörte er Sloth nur sagen, dass das keine Aufgabe ist, für die er zugeteilt wurde.

Sie fuhren nun in die Spitze des Turms. Umso höher sie kamen umso leiser wurde der Alarm, bis er nahezu am Ende gar nicht mehr zu hören war.

Sie kamen an. Die Tür öffnete sich und vor ihnen war ein riesiger weißer Raum. Er war gigantisch, mindestens so groß wie eine kleine Sporthalle.

Mittendrin im Raum stand ein grüner Sessel und vor diesem hing ein Mann an Ketten in der Luft. An seinem linken Arm schlängelte sich von der Kette ein Schlauch zu seinem Gesicht und vom rechten Arm verlief ein Schlauch in seinen Oberarm.

Larah rannte zum aufgehängten Mann und blieb vor ihm stehen. Yael folgte ihr zögernd. Im Sessel saß niemand, aber man konnte erkennen, dass dieser Sessel täglich von jemand benutzt wurde.

>> Sind Sie der Architekt? << fragte Larah.

Der Mann blickte auf, hustete und nickte.

>> Können Sie sprechen? << fragte Yael.

Der Mann hustete heftiger als zuvor und antwortete schließlich sehr trocken und kratzig.

>> Ja, ich kann sprechen. <<

>> Wir haben eine Menge Fragen und haben Sie aufgesucht um einige Zusammenhänge besser zu verstehen. << freute sich Larah.

Der Architekt schaute zu Boden und schien sich zu schämen.

>> Wer genau sind Sie? << fragte Larah.

>> Ich bin der Architekt dieses Turms. <<

>> Warum haben sie ihn gebaut? <<

>> Um Gott gegenüberzutreten natürlich. <<

>> Gott? << stutzten Yael und Larah synchron.

>> Dem einzig wahren Gott. << sagte der Architekt mit Feuer in den Augen.

Yael und Larah waren entsetzt darüber, dass der Turm nur ein religiöses Werkzeug war.

>> Vor vielen Jahren haben wir erkannt, was wirklich sinnvoll ist. Nichts. Pure Zerstörung von allem. Das ist der ultimative Sinn. <<

>> Was? << stutzten die beiden.

>> Der Mensch und die Evolution haben nur einen Sinn, nach der Perfektion zu streben. Wir haben Visionen aus der Zukunft erhalten, in dem ein Kult namens „Deus Ex Natura" den Sinn des Lebens entdeckt hat. Fortschritt. <<

>> Fortschritt? << fragte Larah den Architekten.

>> Fortschritt ist, wenn ein gewisser Vorgang vereinfacht wird. Dieser Kult hat das Maximum an Fortschritt erreicht, aber es gab nur noch eine Stufe, die höher war, nämlich nichts. Das Nichts ist der perfekte Zustand und deswegen wollen wir alles zerstören. <<

>> Wie hilft euch ein Turm dabei? << hinterfragte Yael kritisch.

>> Wir haben das Wissen von „Deus Ex Natura" studiert und wissen, dass wenn wir diesen Weg nicht einschlagen, dann werden sie niemals existieren. Wenn sie niemals existieren werden, dann werden wir niemals den wahren Gott sehen. Wir führen einen Krieg. Es gibt Leute auf der Erde die „Deus Ex Natura" verhindern wollen. Sie sind Ketzer und müssen beseitigt werden. <<

Plötzlich fing der Architekt an zu lachen. Daraufhin weinte er und fing wieder an zu lachen.

>> Logik! Das Nichts ist perfekt, alles muss ausgelöscht werden. Wir müssen Gott zeigen, dass er sich geirrt hat. Er ist nicht allmächtig. Der wahre Gott ist es, er hat es mir gezeigt. Ich erzähle euch keine Lügen, ihr müsst mir glauben. Alles muss zerstört werden, damit wir Erlösung finden. <<

>> Wie können wir den Turm zerstören und zurück zur Erde kommen? << schrie Larah den Architekten an.

Er fing an schrill und laut zu lachen >> Gar nicht. Ihr könnt den Turm nicht zerstören. Es ist das Werk des einzig wahren Gottes. Fortschritt wird sich immer durchsetzen. Ihr könnt nichts dagegen tun! <<

Larah ließ sich in den Sessel fallen. Sie war schockiert. Es ging nicht nur um die Menschen im Turm. Es ging um mehr. Wenn der Architekt die Wahrheit sagt, dann ist vielleicht Herr Pent der Gute gewesen, da er diesem Spinner die Macht entrissen hat.
Yael war ebenfalls am Boden zerstört. Hier gab es keine Hilfe für die Menschen im Turm, sondern nur einen Wahnsinnigen, der an einen wahren Gott glaubte.
Hinter ihnen ging die Aufzugstür auf und Herr Pent sowie seine Spezialgarde marschierte in den Raum.

>> Frau Gard, gehen Sie und ihr Assistent sofort vom Architekten weg! << brüllte er autoritär und wütend.
Larah stand aus dem Sessel auf und ging zusammen mit Yael langsam auf Herr Pent zu.
>> Stopp, was haben Sie da in ihren Händen? << schrie Herr Pent erneut.
Yael blickte hinunter und musste feststellen, dass er immer noch, seit er es das letzte Mal aufgehoben hatte, das Buch „Allgemeine Perspektiven für endliche Logiken" in der Hand hielt.
>> Ein Buch. << schrie Yael antiklimaktisch.
Die Garde von Herr Pent zielte nun auf die beiden.
>> Was haben Sie zu ihrer Verteidigung zu sagen Frau Gard? <<
>> Ich wollte die Wahrheit wissen. <<
>> Wissen Sie denn nicht, was mit neugierigen Katzen passiert. << fragte er ernst.
>> Ich habe Sie bereits einmal verschont. Ich wüsste nicht, warum ich es ein zweites Mal tun sollte. << drohte er mit teuflischem Blick.
>> Ich auch nicht. << schrie und weinte Larah >> Alles ist egal. << brüllte sie mit gebrochener Stimme.

Yael nahm sie an der Hand und machte sich für das Schlimmste ge-
fasst. Beide waren am Ende. Ihr Wille wurde gebrochen und ihre
Hoffnung wurde von einem einzigen Mann zerstört.

# Gestrandet

Lukas war auf seinem Heimweg und bog in eine Seitengasse ein, die er immer als eine Abkürzung zu seinem Schlafplatz nahm. Er war in der Mitte der Gasse und plötzlich sah er etwas im Schatten lauern.

>>Ist da wer? << fragte er die dunkle Gasse. Doch diese antwortete nur vage mit einer umfallenden Dose. Lukas konnte die Antwort nicht richtig interpretieren, drehte sich um und ging aufmerksam weiter. In der Dunkelheit hinter Lukas trat ein blinder Mann, dessen weiße Augen grell leuchteten, aus dem Schatten ins helle Mondlicht.
>> Wie konnte das sein? Grubich ließ doch keinen Mord zu. Hab' ich meinen Tod verdient, weil ich gegen ihn bin? << dachte er sich. Er bekam Angst und lief schneller.

>> Warten Sie doch, ich habe mich verirrt und weiß nicht wohin. Können Sie mir eine Frage beantworten? << schrie der Blinde Lukas hinterher, während er ihn versuchte tastend und humpelnd einzuholen.
Lukas war erleichtert, lief wieder langsamer und drehte sich zum Mann um.

>> Sie haben mir aber einen Schrecken eingejagt. << lachte Lukas erleichtert.

Der Mann hörte nun auf energisch zu humpeln und lief auch langsam auf Lukas zu. Lukas musste wohl ziemlich müde gewesen sein, denn jetzt sah der alte Mann und seine ergrauten Augen normal aus.

>> Also wo müssen Sie denn hin? In das Zentrum der Stadt? << fragte Lukas höflich.

>> Nein, daher komme ich. Ich möchte zu Ihrer Familie Lukas. << grinste der alte Mann.

Lukas wich zurück und schaute ihm ins Gesicht. Seine Augen waren nun blutrot und funkelten aus der Dunkelheit.

>> Erst töte ich Sie und dann ihre Frau! << lachte der Blinde dämonisch.


Er zog ein scharfes Messer aus der Tasche und stach es Lukas in die Brust. Auf dem Messer stand „Marmelade?". Lukas viel zu Boden. Der Blinde tanzte nun um ihn herum und hüpfte frenetisch durch sein Blut. Lukas wusste dies waren seine letzten Sekunden und er konnte nur an seine Frau denken. Er hustete weiter Blut, schaute auf den Boden, wie das Blut eine kleine Pfütze bildete...

Tropf. Tropf. Tropf. Tropf.

Alles wurde rot. Er ertrank in seinem eigenen Blut. Nun wurde alles schwarz. Er hörte die Stimme seiner Frau und das Schwarz wurde langsam wieder rot. Er trieb auf einem Meer aus Blut mit schwarzer Gischt. Vor ihm offenbarte sich eine Silhouette einer Insel. Sie war weiß und er wollte seine Augen schließen doch konnte es nicht. Er trieb auf sie zu und sie wurde immer heller. Seine Augen brannten vor Schmerz, doch er konnte sie nicht schließen. Er trieb auf die Insel zu und zog sich an Land. Kriechend auf allen vieren schleppte er sich in Richtung grelles Dickicht. Nach einer kurzen Verschnaufpause ließ er sich in den Sand fallen. Sein Körper schmerzte und mit aller Kraft schloss er nur für einen Moment seine Augen. Als er sie wieder öffnete fiel er hunderte von Metern durch einen schwarzen Tunnel, in dem ihn am Ende ein neonpinkes Licht erwartete. Es kam immer näher und er prallte schließlich auf. Er lag auf dem neonpinken Licht und hatte jedoch keine weiteren Schmerzen mehr. Er stand vorsichtig auf und schaute nach oben. Ein Sternenhimmel war über ihm. Schlagartig spürte er ein stechen in seiner Brust, weswegen er sich hinkniete. Der Sternenhimmel verschwand und er fand sich in einer dunklen Höhle wieder. Er rappelte sich zögernd auf und schaute sich um. Ein Licht in weiter Ferne leuchtete ihn erneut hypnotisierend an und er begann darauf zuzugehen. Er folgte dem Licht und es führte ihn zu einem Stuhl, der im Mondlicht vor einem unterirdischen klaren See stand. Lukas war müde und schwach, weswegen er sich auf den Stuhl setzte. Der See glitzerte im Mondschein und er konnte erneut eine Sternkonstellation in ihm erkennen. Er überlegte und starrte zwischen seine Beine auf den Boden. Das Mondlicht zwischen seinen Füßen war fast schöner als das im Wasser, weil es einen blauen Schimmer besaß, doch das Blut aus seiner Brust färbte diesen angenehmen Schimmer schmerzlich rot. Es tropfte auf den Boden bis es, zwischen seinen Füßen, eine Pfütze bildete, die das Mondlicht zum Glitzern brachte. Die Oberfläche der roten Lache vor ihm formte sich zu einer Struktur mit Mustern und sah nun eher aus wie ein Teppich. Lukas erschrak, schaute auf und erkannte, dass er sich in einem riesigen Konzertsaal befand. Die Tribünen waren mit goldenen Statuen verziert, die Sitze waren weich und aus rotem Samt, das Bühnenbild war eine schöne Berglandschaft. Die Bühne war insgesamt aus dunklem Holz und das Gold der Tubas, Trompeten und Harfen aus dem Orchestergraben betonten die Schönheit dieses Holzes.

Ein Gong.

1. Akt der Vorhang geht auf. Hofnarr, Wache 1 und Wache 2.

Hofnarr läuft zum Stadttor und redet vor sich hin.

Der Hofnarr: Oh ich seh' die Leute. Nur ich versteh' sie, denn ich komme aus deren Schichten.
Ich kenne sie und ihre lächerlichen Ausreden und simplen Geschichten.
Ich versteh' es sogar besser als jeder König, ohne dass es jemand leugne.
Ich muss den König stürzen, die Welt sei mir mein Zeuge.

Wache 1:     Halt wer da? Zu solch später Stund' ist nicht jeder Freund. Obwohl ihr so wie Ihr ausseht recht ungefährlich scheint.
Ah jetzt seh' ich's. Kommt herein, Hofnarr. Ich öffne euch das Tor.
Kümmer' du dich um ihn, ich eile bereits vor.

Wache 2:     Natürlich bewache ich diesen simplen Gesellen, soll er mich etwa überlisten mit seinen Schellen?

Hofnarr:     Werte Wache ich zeig' euch einen Trick, von dem ihr nicht mal wusstet.

Wache 2:     Gerne Hofnarr, ich werde äußerst selten von eurer Sitte belustigt.

Hofnarr:     Ich weiß Etwas. Etwas Fatales, etwas Imposantes, etwas für dieses Stück.

Wache 2:     Was redet ihr denn da? Ihr seid von Sinnen. Ist das Teil einer Tück'?

Hofnarr:     Ich brech' das Reimschema und zeig dir wie lächerlich du, der König, die Zuschauer und das Stück sind.

Wache 2:     Was meint Ihr? Was für ein Schema? Ich rufe jemand, der euch einen Doktor bringt.

Hofnarr:     Ich bin ein Hofnarr. Seht her es ist ganz einfach, in dem man Szene zwei beginnt.

1. Akt 2. Szene. Hofnarr, Wache 2, König, Wache 1, Mutter, Tochter.

Wache 2 liegt blutend am Boden, während der König vom Hofnarr
entthront wird. Wache 1 wird ebenfalls in einem Kampf besiegt. Ein
helles Licht fällt auf Wache 2. König, Wache 1 und Hofnarr treten ab.

Wache 2:     Mein liebstes Täublein, mein liebes Herz.
Mir geht es gut, trotz dem bösen Trick. Was ist los mit
euch? Warum ehrt ihr mir nicht mehr euren Blick?

Tochter:     Oh Mutter warum spricht Vater so als läge er im Fieber?

Mutter:     Ich befürchte den Trick des Hofnarren hat er eben lieber.

Wache 2:     Was redet ihr denn da? Seht ihr nicht,
ich kann das Reimschema brechen.
Wir sind Teil eines Theaterstückes und können unab-
hängig sprechen.
Was? Wie ist das möglich der Hofnarr hat es mir doch
gezeigt

Mutter:     Lass uns gehen. Mir scheint so, als ob
dein Vater zum Wahnsinn neigt.

Mutter und Tochter treten ab.

Wache 2:     Weh du mir! Was birgt die Wahrheit
doch für Schrecken. Ich hatte alles, gab mich der Gier
hin und ließ mich beflecken.
Liebe steht dort oben. Oh, Hybris du grausames Gift.
Ich hoffe, dass ich diese Lektion nie mehr vergesse.

Das Licht geht aus. Die Menge jubelt. Lukas sitzt irritiert auf seinem
Logenplatz und schaut sich um. Keiner außer ihm ist im Theater. Er

steht auf und geht aus dem Konzertsaal. Im Hintergrund hört er den Ansager >> Es beginnt Akt 2. << rufen.

Er geht aufs Herren-WC und steht vor dem Waschbecken. Er tränkt seine Hände mit Wasser und peitscht es sich ins Gesicht, um fit zu werden. Er blickt in den Spiegel und sieht erneut Blut an seiner Brust. Er schreit vor Qualen, schlägt in den Spiegel und wacht auf.

Es war nur ein Traum, aber welcher Teil davon? Träumte er immer noch? War er der Wachmann? Er wälzte sich noch eine Weile im Bett und schlief dann wieder ein.


Frufert hingegen lag noch wach im Bett neben Nadia und versuchte sich an seine Vergangenheit zu erinnern. Er hatte den Tag an dem er Nadia in der Wüste fand klar vor sich, aber der Rest war wie ein ferner Traum.

Das helle Licht trennte ihn von einer Person, die ihm nahestand. War es Nadia? Vorhin wusste er es doch noch genau. Was war los mit ihm? Nun war alles verzerrt.

Das helle Licht an das er sich erinnerte wurde langsam zur brennenden Sonne, die am Zenit stand. Er schaute sich um. Überall Sand. Daraufhin nahm er seinen Mantel, spannte ihn über seinen Kopf und streifte in der Wüste umher. Nach ein paar Stunden fand er ein paar Schrottteile und ein sehr zerstörtes Regal, das an einem Stein zerschmettert wurde. Er sammelte ein paar nützliche Teile und baute sich eine Art Sandfloss daraus, womit er die Sanddünnen schneller überqueren konnte.

Er lief ein paar weitere Stunden im Sand umher und langsam taten ihm seine Beine und sein Rücken weh. Er hatte großen Durst und durch die brutalen Sonnenstrahlen wurde ihm schlecht.

Aber er durfte jetzt nicht aufgeben, denn es gab jemand der ihn nicht aufgeben ließ. Er kämpfte sich weiter durch die Wüste und wie es ebenso ist, wurde es allmählich dunkel.

Frufert erreichte einen kleinen Felsen und baute sich dort mit dem Schrottschlitten eine minimale Unterkunft für die Nacht. Bevor es gänzlich dunkel wurde, grub er unter einem Stein nach Wasser und fand so nassen Sand. Er packte ihn in sein Hemd und drückte es über seinem Mund aus. Bevor er schlafen ging, kontrollierte er nochmal den Felsen, ob er nicht etwas Wichtiges übersehen hatte. Er legte sich hin und schaute in den Nachthimmel. Während Dokumentationen fragte sich Frufert oft, ob die Kälte nicht von der überwältigenden Schönheit des klaren Sternenhimmels überdeckt werden würde, nun wurde ihm klargemacht, dass das nicht der Fall sei. Er schlief zitternd ein und träumte von jemand, an den er sich nicht erinnern konnte.

Am nächsten Morgen wachte er durch einen metallenen Knall auf. Ein größerer Stein musste wohl, durch den heftigen Wüstenwind, gegen seinen Schrottschlitten geknallt sein, wodurch er nun einen Riss hatte. Er stand auf, untersuchte wie groß der Schaden war, musste leider feststellen, dass das Schrottteil nun als Schlitten unbrauchbar war und ließ ein Teil davon zurück. Er marschierte erneut einige Stunden umher und sah nach einer Weile eine schmale Linie, die sich vor ihm in der Ferne erstreckte. In der Hoffnung, dass es keine Fata Morgana war, ging er auf diese Linie zu.

Er musste überleben für... jemand wichtiges. Es machte Frufert geradezu wahnsinnig die Person vergessen zu haben, die ihm so wichtig schien. Er überlegte sich mindestens eine Stunde wie der Name lautete. So... Sa.. Sarah? Svenja? Sabsi? Er kam nicht drauf.

Er streifte weiter durch die Wüste und war nahezu am Ende. Die Linie vor ihm wurde nur minimal größer und die Hoffnung in ihm immer kleiner. Das vermutlich letzte Wasser seines Körpers benutzte er für Tränen. Echte, gefühlvolle Tränen, die er nicht richtig verstehen konnte, aber er respektierte sie und war stolz.

Seine Tränen fielen in den heißen Wüstensand und verdampften sofort. So wichtig sind meine Gefühle also der Welt, dachte sich Frufert und lief weiter.

Die Linie vor ihm wurde immer dicker und nahm langsam die Gestalt einer Mauer an.

Kurz bevor er zusammenbrach und seinem eigenen Tod begegnete, kam er an der Mauer an. Es war erneut Nacht und er fand glücklicherweise ziemlich schnell eine Nische in der Mauer, die groß genug war um ihm Schutz vor der Kälte zu bieten. Es war ein enger Riss mit einem kleinen Hohlraum dahinter. Ein kreisförmiger Rußabdruck ließ darauf schließen, dass hier bereits vor ihm Leute Schutz vor der Wüste suchten. Anscheinend fanden sie ihn auch, da ansonsten viel mehr menschliche Knochen herumgelegen wären.

Am nächsten Morgen ging er ungefähr 200m die Mauer entlang und kam an einen Fluss, der im unteren Teil der Mauerhöhe seinen Ursprung fand. Es war ungefähr ein fünf Meter hoher Wasserfall, der in einen extra angelegten Steinkanal floss. Vermutlich war das das Abwasser der Stadt. Es war andererseits aber viel zu klar um Abwasser zu sein. Frufert trank vorsichtig einen kleinen Schluck davon und wartete eine halbe Stunde ab. Weil er aber nicht vor Bauchschmerzen und Durchfall starb, trank er so viel Wasser wie er konnte. In der Nähe des Flusses war über viele Jahre eine kleine Oase entstanden, an der es ein paar Büsche mit Früchten gab. Ab und an tummelten sich dort sogar ein paar kleinere Tiere, die er mit der spitzen Seite seines halben Schrottteiles jagen konnte.

Er ging täglich weiter an der Mauer entlang und kam an einem riesigen Tor vorbei. Es schien sich nicht für ihn zu öffnen, weswegen er einfach weiterging. Nach drei Tagen Erkundung war er wieder an der ersten Nische angekommen.

Dies brachte ihm zwei wichtige Informationen, erstens die Mauer war rund und zweitens hinter der Mauer befand sich sehr wahrscheinlich eine Stadt.


Nachdem Frufert die Gegend kannte, wusste er wo er etwas zu essen finden konnte und richtete sich ein gemütliches Lager in der Nische ein. Das scharfe Schrotteil erwies sich als äußerst nützlich, da es sowohl zur Holzbeschaffung als auch zum Jagen und Verteidigen diente.

Von seinem Lager aus konnte er nicht nur Essen und Trinken beschaffen, sondern auch das große Tor genauer erkundigen.

Nach seinen Einschätzungen war es ungefähr 70 Meter hoch und 100 Meter breit. Es bestand aus einem steinähnlichen Material und war

marmorfarben. Nach weiteren drei Tagen der Beobachtung berührte er
das Tor zum ersten Mal.

>> Was ist Ihre Absicht? << fragte das Tor mit einer ziemlich hohen
Stimme.
>> Ich suche jemanden. << antwortete Frufert überrascht.
>> Wen suchen Sie denn? Ich kann Ihnen jeden Bürger dieser Welt
nennen. << sagte das Tor monoton aber wirkte doch angeberisch dabei.
>> Ich glaube sie hieß So....Öhm So. <<
>> So... Ich suche nach allen Personen mit „So" im Namen. Soa, So-
ani, Soata, Soawi.....<< das Tor zählte ungefähr *148* Namen auf und
kam bis zum Buchstabe „C", als Frufert realisierte, dass das nichts
bringen würde.
>> Ist schon in Ordnung, ich muss wohl meine eigene Lösung für die-
ses Problem finden. << seufzte Frufert.
>> Sind Sie sich sicher, dass Sie nicht in die Stadt möchten? Prof.
Grubich würde sich bestimmt über einen Besuch von Ihnen freuen. <<
sagte das Tor monoton und trotzdem wirkte es sehr zynisch.

Als sich Frufert an das erinnerte schreckte er auf und weckte Nadia
dabei.
Er war kurz davor. Da war der Name zum Greifen nah vor ihm. Sor...

>> Was ist denn los Liebling? << fragte Nadia zärtlich und umarmte
ihn, wodurch Frufert geistig wieder meilenweit vom Namen entfernt
war.
>> Alles gut, ich hatte nur einen bösen Traum. << seufzte er und dreh-
te sich von Nadia weg.
>> Sicher, dass alles in Ordnung ist? << fragte Nadia besorgt.
>> Ich habe nur schlecht geschlafen, sonst nichts. Ich wollte dich nicht
wecken. Tut mir leid. <<
Nadia küsste Frufert auf die Wange, drehte sich ebenfalls um und
schlief wieder ein.

Sor... damit sollte ich zum Tor gehen, dachte sich Frufert und schlief erstaunlicherweise nach ungefähr 8 Minuten ebenfalls ein.


Ricio saß in seinem Haus auf einem Schaukelstuhl mit einer Tasse Tee in der Hand. Bei jedem Schaukeln quietschte die Diele unter dem Stuhl. Er schaukelte und versuchte endlich einschlafen zu können, was jedoch die Tatsache, dass Morgen der vermeintlich letzte Tag war, nicht einfacher machte. Abgesehen davon, war das Quietschen auch unerträglich laut.
Der Schaukelstuhl wippte nach hinten, wodurch Ricio das Bild an der Wand, trotz geneigtem Kopf sah. Der Schaukelstuhl wippte nach vorne und er sah den kleinen Hocker vor dem viel bequemeren Sessel gegenüber von ihm. Warum saß er noch gleich im Schaukelstuhl?
Bild. Hocker. Bild. Hocker. Bild. Hocker. Vielleicht wollte er auch gar nicht schlafen. Vielleicht wollte er einfach nicht, dass Morgen wird.
Bild. Hocker. Bild. Hocker. Bild. Hocker.


>> ...Bild? <<
>> Was meinst du? << erkundigte sich Ricio.
>> Wer hat denn so ein scheußliches Bild? << fragte ihn einer der Forensiker.


Ricio schaute das Bild genauer an. Der Rahmen war zu groß und hing auch noch schief. Auf dem Bild war eine extrem hässliche Frau zu sehen, die einen Karpfen küsste. Es schien ein Ölgemälde zu sein, ein amateurhaftes Ölgemälde.


>> Das ist wirklich ein ästhetisches Verbrechen. << scherzte Ricio.
Der Forensiker ekelte sich so sehr, dass er über das Kunstwerk nicht lachen konnte.
>> Habt ihr etwas gefunden? << erkundigte sich Ricio um nicht in einer unangenehmen Pause nach seinem Rohrkrepierer zu ersticken.
>> Die Leiche ist männlich, der Name ist Paul Schenk, braune Haare, braune Augen, 1,85m groß. Entwendet wurde nichts. Der Täter hinter-

ließ keine Fingerabdrücke, keine Haare, aber wir haben ein Stück Haut an der Eingangstür gefunden. Ob das natürlich ein Hinweis ist, wissen wir noch nicht. Todesursache: Herzstillstand und Atemlähmung durch heftiges Beschädigen des Gehirns. <<
>> Fassen wir zusammen, ein Loch im Kopf. Wenig Spuren? Keine Feinde, nicht reich genug für einen Raubmord, keine Polizeiakte, ein sehr durchschnittlicher Bürger. Warum musste dieser Mensch sterben? <<

Diese Frage beschäftigte Ricio die ganze Heimfahrt über. Warum musste Paul Schenk sterben. Welchen Grund gab es für diese Tat?
Als er daheim ankam machte er sich einen Kaffee und ein Käseschinkentoast. Er setzte sich in seinen Lieblingssessel, trank seinen Kaffee, las die Mordakte durch und überlegte erneut: Warum? Gab es ein Muster? Die Hausnummer? Das musste es sein. Dem Mörder muss ein Zahlendreher unterlaufen sein. Er hatte einen richtigen Heureka-Moment und sprang auf, wodurch seine Tasse herunterfiel und zerbrach. Beim Putzen freute er sich immer darüber, dass genauso das Universum funktionierte. Actio und Reactio. Die Reactio war der Mord und er musste nur noch den Actio herausfinden. Wie immer. Deswegen mochte er seinen Beruf so sehr. Deswegen war er der Beste in dem was er tat, es spiegelte das grundlegende System aller Dinge wieder. Es passiert etwas - meistens ein Mord - und man muss das Gegenstück herausfinden, was meistens die Fragen „Warum und Wie" aufklärte.
Nach dem Putzen legte er sich schlafen und stellte seinen Wecker auf exakt 06:28 Uhr und 54 Sekunden.

Er stand am nächsten Tag zu genau dieser Uhrzeit auf, zog sich an, ging ins Bad, regte sich auf, dass er seine Hose erneut herunterziehen musste, obwohl er sie gerade erst angezogen hatte und machte sich Frühstück. Er verließ um exakt 6:54 Uhr seine Wohnung und machte sich auf den Weg den Zahlendreher zu untersuchen. Als er in dem Hochhaus ankam bemerkte er jedoch etwas, was ihm gar nicht gefiel.

Das Opfer wohnte im Zimmer 68, aber die Wohnanlage bot nur Zimmer bis Nummer 80 an. Es konnte also unmöglich ein Zahlendreher sein. Ricio war nun sehr aufgewühlt geworden und ging zurück ins Polizeipräsidium.

Dort angekommen musste er dem Polizeipräsidenten Bericht erstatten, über das was er bisher herausgefunden hat.


>> Guten Morgen Herr Herrmann. Haben Sie den Fall bereits gelöst? << freute sich der Präsident.

>> Noch nicht Herr Nachter, aber ich werde nicht Ruhen bis dieser Fall erledigt ist. <<

>> Noch nicht? Was ist denn an diesem Fall so anders Herrmann? Sie sind doch der Sherlock Holmes dieses Jahrhunderts. << sagte Herr Nachter ernst.

>> Irgendetwas ist merkwürdig bei diesem Mord. Als wäre er zu keinem besonderen Zweck passiert. << verteidigte sich Ricio.

>> Das passiert doch andauernd, dass Menschen ohne Grund sterben. <<

>> Nein, eben nicht. Das Universum funktioniert so nicht. << sagte Ricio laut.

>> Was war mit dem Mord von letzter Woche? Der Täter war vermutlich der glücklichste Mensch der Welt. Hatte sogar eine Familie und trotzdem sinnlos einen Menschen umgebracht. << entgegnete ihm Herr Nachter.

>> Ach Sie denken, dass war ohne Grund?

Vor *13* Jahren besaß der Täter nach viel Alkoholkonsum zum ersten Mal die Neugier zu töten, weil ihn sein Getränk an einen Western erinnerte, den er als er klein war mit seinem Vater ansah. Seine Exfreundin hatte schwarze lange Haare und erinnerte ihn ebenfalls an diesen Western, wodurch eine Verbindung zwischen dem Western, Töten und einer schwarzhaarigen Frau geknüpft wurde. Als er nach zwei Jahren zum ersten Mal mit seiner Frau kurz aber heftig stritt und sie ihm drohte ihn zu verlassen, fiel er in die Gedankenstrukturen der Trennung mit seiner Exfreundin zurück. Es wurde ihm wieder klar,

dass alleine sein auch seine Vorteile besaß. Er spaltete sich etwas von seiner Frau ab, weit genug, dass ein kleiner Einschnitt in sein Leben große Veränderungen mit sich bringen könnte. Ein Jahr darauf kaufte sich ein Jugendlicher vor einem Date einen Kaugummi, weil er vergessen hatte seine Zähne zu putzen. In dem Moment als sein Rendezvous auftauchte spuckte er den Kaugummi auf den Gehweg, in den der Täter nach einem anstrengenden Arbeitstag abends hineintrat. Er wunderte sich, wie das immer ihm passieren würde und warum das Leben so unfair zu ihm sei. Daraufhin beschloss er sich zu ändern, er wollte jetzt gewisse Dinge nicht mehr so locker sehen. Von nun an ließe er sich nicht mehr herumschupsen und für blöd verkaufen lassen.
Zwei Wochen später drängelte sich eine Schwarzhaarige beim Bäcker vor und war zickig. Den Rest können Sie sich ja vorstellen. Für manche wirkt er verrückt, weil er jemanden getötet hat, der beim Bäcker vorgedrängelt hat, aber wenn man das holistisch betrachtet, dann macht es mehr Sinn. <<

Herr Nachter hatte bisher nur den Bericht gelesen, aber Ricio so vor sich zu sehen, wie er in Trance einen Mordfall einfach nur durch Bezüge und das pataphysische analysieren der Motive aufklärt, war sehr beeindruckend. Es war für ihn fast so, als wäre er wieder jung und würde vor einer neuen Rummelattraktion stehen. Er konnte es sich eine weitere Fahrt nicht verkneifen und fragte, wie es mit dem Suizid von letztem Jahr im August gewesen wäre.

>> Die Frau war schon immer dazu geneigt nahe an die Kante eines Bahngleises zu gehen. Sie fand darin eine beängstigende Schönheit herauszufinden, wie wohl die Leute über sie denken würden, wenn sie sich vor einen Zug wirft. Als sie 19 Jahre alt war brachte sich ein Mann auf diese Weise um und in ihrer Klasse wurde über nichts Anderes für 20 Tage geredet. Da es sich um einen Vater eines Mitschülers handelte wohl angemerkt. So viel Aufmerksamkeit hat niemand mehr danach in ihrem Leben bekommen. Sie outete sich fälschlicherweise als Lesbe und bekam zu ihrem Entsetzen nur Anerkennung. Das Thema war

schnell erledigt. Anschließend wollte sie noch mehr Aufmerksamkeit und ging in die BDSM-Szene. Das schockierte dort auch niemanden und weil Lesben dort auch sehr willkommen waren, ging sie nach dem Besuch des BDSM-Clubs zum Bahnhof. Das traurige ist nur, dass man nur *18 Tage* intensiv über ihren Suizid geredet hat. <<
>> Aber was sehen Sie dieses Mal Herr Herrmann? <<
>> Nichts. Das Opfer hat zum Täter absolut keinen Bezug und kein ersichtliches Motiv. Es ist fast so als hätte es der Täter selber nicht gewusst, dass er diesen Mord begehen würde. <<
Herr Nachter schnaufte tief durch.
>> Sie kriegen das schon hin Herr Herrmann. <<


Ricio ging aus dem Büro und saß an seinem Schreibtisch. Er recherchierte alles Mögliche im Internet und in den Akten, die ihm zur Verfügung standen über Paul Schenk. Er musste feststellen, dass dieser Mann vermutlich nie umgebracht worden wäre. War das der Grund? Er suchte weiter. Paul Schenk. Hobbies: Tanzen, Schnorcheln, Kochen. Hmmm, was sonst noch? Medaillen in diversen Marathons, Tanzwettbewerben und im Traubenstampfen? Ist jemand an diesem Wein erstickt? Ricio durchforstete sofort die Informationen. Nichts. Also weiter.
Beruf: Patentrechtsanwalt. Er soll keine Feinde gehabt haben? Nun gut. Aha ein abgelehntes Patent. Schuhe mit Uhren im Oberleder. Kann man machen, aber ich denke die Person wurde nicht nur einmal abgelehnt. Wie sieht es wohl mit seiner Familie aus. Vater und Mutter verheiratet und noch am Leben. Guter Kontakt. Schade.
Ricio verbrachte den ganzen Tag vor seinem Schreibtisch und fand recht wenig heraus. Leider musste er mittlerweile aber zugeben, dass die Idee mit den Uhren im Schuh gar nicht so blöd sei. Er war gerade dabei in der Hälfte des Lebens des Opfers anzukommen, als sein Telefon klingelte. Er ließ es genau zwei Mal Klingeln und nahm dann ab.


>> Kommissar Herrmann am Apparat, was kann ich für Sie tun? <<

>> Dies ist eine Bandansage, die vor genau *320* Tagen *15* Stunden *einer* Minute und *24* Sekunden für Sie aufgenommen wurde um jetzt abgespielt zu werden. Die Nachricht erfolgt nach dem Piep.
Piep. <<
Eine tiefe ruhige fast sogar schon stoische Stimme fing an zu sprechen.

>> Willkommen bei unserer kleinen Sendung „Jechen Je" bei der wir über Philosophie, Religion und die wichtigen Fragen im Universum sprechen. Unser Gast heute ist Prof. Grubich, einer der kontroversesten Personen unserer Zeit.
Prof Grubich, ist es wahr was man über sie sagt? <<
>> Was denn genau? <<
>> Dass Sie alleine einen Weltkrieg anfangen könnten und diesen gewinnen würden? <<
>> Das ist schon richtig, aber da bin ich nicht der einzige. Ich meine hunderte von Oligarchen, Scheichs und Multimilliardäre könnten jeder Zeit so viele Leute bestechen um sich heimlich in einem Bunker zu verschanzen, für die nächsten *119* Jahre Vorräte zu besorgen und einfach die Erde mit Atombomben bestreuen. So simpel als würde man ein hartgekochtes Ei salzen. <<
>> Das mag schon sein Herr Grubich, aber niemand könnte es auf Ihre Weise tun. <<
>> Ich sehe das so. Diese Tasse mit Wasser, die vor mir steht. Ich habe keinen Bezug zu ihr, was fühle ich, wenn sie mir runterfällt? <<
>> Vermutlich schuldig? <<
>> Ich würde mich schlecht fühlen, weil ich etwas unwillentlich zerstört habe, das seinen Zweck noch erfüllt hätte.
Nehmen wir aber an, dass ich diese Tasse zerstören will, dann ist es mir egal, ob ich sie am Tisch hier zerschlage oder auf den Boden werfe. Mein Ziel ist es die Tasse kaputt zu machen. <<
>> Ja, das verstehe ich, aber was hat das mit der Erde zu tun? <<
>> Ich frage Sie nun, wie fühlt sich wohl die Tasse dabei? <<

>> Das kann man doch nicht sagen. Eine Tasse hat doch keine Gefühle. <<

>> Vielleicht hat sie ja doch welche und wir denken nicht komplex genug um zu wissen, ob sie etwas und vor allem was sie fühlt. So ist es mit der Menschheit auf diesem Planeten auch. Man kann nicht generalisiert sagen, dass jeder Mensch traurig wäre über den Weltuntergang. Manche wären froh, einige nicht. Womöglich wünschen es sich sogar mehr als Sie denken. <<

>> Ich verstehe nicht ganz, was das mit meiner Frage zu tun hat, Prof. Grubich. <<

>> Der einzige Unterschied zwischen mir und allen anderen ist, dass ich die Erde zerstören würde, wenn sie Ihren Zweck verlieren würde. <<

>> Was ist denn der Zweck? <<

>> Fragen, obwohl man weiß, dass es keine Antworten gibt. Fragen, auch wenn es keinen Sinn macht. <<

>> Und wann verlieren wir unseren Zweck? <<

>> Wenn wir uns die einfachsten Antworten suchen und meinen wir könnten alles dadurch verstehen. Zusammenhänge sind nie so klar wie sie scheinen. Eine Geschichte kann nie nur aus Wahrheit und klaren Fakten bestehen und daher muss man auch diese hinterfragen. <<


>> Ende der Bandansage. Für Fragen und Wünsche zu unserem Service stehen wir Ihnen gerne zur Verfügung. Sie erreichen uns im Internet unter.... <<


Ricio ließ den Hörer fallen. Er setzte sich hin. Was hat er gerade gehört?

Er rief sofort die Firma an um herauszufinden, wer diese Bandansage gemacht hat, doch es war vergebens. Der Mann, der die Nachricht aufgenommen hatte gab sich als ein Freund von Ricio aus und meinte vor drei Jahren, dass er ihn an diesem Datum an etwas Wichtiges erinnern müsste. Niemand kam das verkehrt vor, denn wer würde auch schon ein kriminelles Vergehen soweit vorausplanen und das auch noch durch eine Bandansage?

Ricio war sich sicher, dass der Täter diese Nachricht aufgezeichnet haben muss. Ein Mord ohne Motiv und dann dieser Anruf, das konnte kein Zufall sein. Er sprang aus seinem Stuhl und ging so schnell er konnte aus seinem Büro. Er lief durch den Gang, in dem ein Snackautomat mit einem Mann im Anzug davorstand. Er schien sehr ernst zu überlegen was er nehmen könnte.

Als Ricio seinen linken Fuß hinter den Mann auf den glatten Wachsboden aufsetzte und gerade seinen rechten anheben und nachziehen wollte, murmelte der Mann etwas vor sich hin. Ricio blieb stehen.


>> Was haben Sie gerade gesagt? <<

>> Heute bin ich wie ein Elefant. << lächelte der Mann im Anzug verschmitzt und etwas debil.

>>Was? << hauchte Ricio.

>> Ich habe mich für die große tüte Erdnüsse entschieden, bevor ich wie Buridans Esel verende. Wissen Sie, es fällt mir unsagbar schwer mich zu entscheiden und manchmal mach ich dann doch etwas ganz Anderes. Kennen Sie das auch? Sie finden A genau so toll wie B und nehmen deswegen C? <<

>> Nein, so funktioniert das bei mir nicht. << lehnte Ricio den Mann höflich ab.

>> Wie funktioniert es denn bei Ihnen, wenn ich fragen darf? << erwiderte der Mann sofort.

>> Naja, wissen Sie alles hat sein System, wenn es heiß ist zum Beispiel schließe ich einige Süßigkeiten aus und auch der Faktor was ich dazu trinke macht einen großen Unterschied. <<

>> Faktoren also. Darf ich sie zu einem Gedankenexperiment einladen? <<

>> Nein, leider nicht. Ich habe gerade einen extrem verzwickten Fall und...<<

>> Was ist, wenn ich Ihnen verspreche, dass dieses Experiment sie nahe an die Lösung ihres Problems bringt? <<

>> Na gut, ich bezweifle es sehr, aber machen Sie bitte schnell. <<

>> Nehmen wir an, es gibt einen Mann. Dieser Mann möchte der Menschheit Gutes tun. Er kann entweder jemand verhaften, der viele Menschen umgebracht hat aber dadurch erfährt er, dass seine Weltanschauung bisher eine Illusion war oder er lässt diesen Menschen laufen, lässt ein paar weitere Morde zu, aber behält seinen Verstand und bleibt im Glauben seine Weltanschauung sei richtig. <<

Ricio glitt langsam mit seinem Arm und seiner Hand Richtung Gürtel und löste nahezu geräuschlos die Kappe seiner Pistolentasche.

>> Nehmen wir an, es gibt einen weiteren Mann in diesem Gedankenexperiment und dieser weiß, was die Konsequenzen der Handlung sind und erzählt es daher dem anderen, jedoch weiß er auch, dass sobald der gute Mann den bösen Mann verhaftet er keinerlei Beweise hat und kein Motiv nachweisen wird.
Was meinen Sie? Ist der böse Mann in Anbetracht der Lage wirklich böse? <<

Ricio zögerte. Er hatte seine Hand bereits am Pistolengriff und packte diesen verkrampft und fest.
Der fremde gegenüber drehte sich ohne etwas zu sagen wieder weg und tippte die Nummer *13* ins Zahlenfeld des Snackautomaten. Die Spirale drehte sich im Uhrzeigersinn und schob die große Tüte mit den gerösteten und mit Honig glasierten Erdnüssen hervor. Es machte ein kurzes Knallen, als die Packung in den Schacht herunterfiel.

>> Ich werde mich nun bücken um die Erdnüsse aus dem Auffangschacht zu holen. Das ist ihre letzte Chance sich zu entscheiden, mein lieber Herr Herrmann. <<

Ricio war sich nicht sicher. War ein Mann und ein paar Morde so wichtig, wie sein momentanes Weltbild zu verwerfen, mit dem er weitere Fälle - viel schlimmere Fälle - lösen könnte? Konnte er diesem

Mann überhaupt vertrauen? War es vielleicht einfach nur ein extrem schlechter Scherz?

Seine Gedanken wurden vom Geraschel und einem sanften Schmatzen des Fremden unterbrochen.

>> Es freut mich, dass Sie sich dennoch richtig entschieden haben. << sagte der Fremde mit vollem Mund und ging zum Ausgang.

War er wirklich so wichtig? Der Fremde hatte gerade eine Actio ausgeführt, also musste Ricio jetzt die Reactio werden, sonst würde er seine Weltanschauung erneut verwerfen und der Fremde würde Recht haben. Ricio zog seine Waffe und zielte auf den Fremden.

>> Sehr schlau von Ihnen, aber bleiben Sie stehen und nehmen Sie die Hände über ihren Kopf, so dass ich sie sehen kann. <<

Der Mann tat wie ihm befohlen wurde und ließ sich verhaften. Er ging mit ihm zu Herr Nachter und erklärte ihm, dass dieser Fremde Paul Schenk umgebracht haben muss.

Ohne daran zu zweifeln, ging Herr Nachter mit den beiden in den Verhörraum. Der Fremde verhielt sich absolut vorbildlich und redete nur dann, wenn er etwas gefragt wurde. Er war höflich, fast zu höflich. Irgendwie merkte Ricio, dass das einfach nicht richtig ist und wunderte sich, was dieser Mann wohl vorhatte.

>> Also Herr, ähm, wie heißen Sie denn? << fragte Herr Nachter fürs Protokoll.

>> Ich hoffe doch so wie man mich getauft hat. << lachte der Fremde.

>> Spaß beiseite, ich habe viele Namen, aber hauptsächlich bin ich die Kraft, die stets das Böse will und stets das Gute schafft. <<

Ricio und der Polizeipräsident schauten sich fragwürdig an und man konnte ihnen ansehen, dass sie es dem Fremden sogar abkaufen würden.

>> Hahaha. Ihr seid ja leicht zu manipulieren. Ich heiße Rian Ursprung, geboren vor ca. 32 plus minus *19* Jahren. <<

Herr Nachter schnaubte durch und fragte, ob Rian den Mord begangen hatte.

>> Ich? Nein. Warum sollte ich so etwas tun? <<

>> Weil Sie mir erzählt haben, dass Sie sich nicht zwischen A und B entscheiden konnten und deswegen C getötet haben. << sagte Ricio etwas hitzig.

>> Ich wusste nicht, dass man bestraft wird, wenn man Buchstaben tötet. << grinste Rian.

>> Genug! << schrie Ricio und klopfte auf den Verhörtisch, so dass die Ketten, an dem die Handschellen befestigt waren, klapperten.

>> Sie haben mir vorhin erzählt...<<

>> Eine Geschichte. Eine Annahme. Ein Gedankenexperiment. Reine Theorie. << unterbrach ihn Rian.

>> Es ist ziemlich merkwürdig, dass Sie ausgerechnet jetzt so ein Gedankenexperiment annehmen, wenn es zu *100%* mit dem Fall übereinstimmt. <<


Rian blieb ruhig, seine Augen und seine Stimme besaßen eine Mischung aus stoischem Eis und lodernden Flammen, die hinterlistig jedes unachtsame Opfer verschlang.


>> Sie sollten noch einmal den Ausdruck 100% in einer Enzyklopädie nachschlagen. In einer Geschichte gibt es nie 100%. Lassen sie mich doch eine weitere Geschichte erzählen um es Ihnen zu veranschaulichen. <<

>> Nein, antworten Sie einfach nur auf unsere Fragen. << unterbrach in Ricio.

>> Wie Sie wollen. << grinste Rian erneut.

>> Warum haben Sie uns diese Geschichte, dann genau jetzt erzählt? Ich meine etwas früher und wir hätten den Mörder vielleicht erwischt. Sie waren zu spät, und wissen sie was man über Pünktlichkeit sagt?

Pünktlichkeit ist die Höflichkeit der Könige. << sagte Herr Nachter und fühlte sich so als hatte er nun die Oberhand und wäre sehr schlau.
>> Ich bin aber kein König. << erwiderte Rian trocken.
>> Das sehen wir! Warum jetzt? Wieso machten Sie ausgerechnet heute dieses Gedankenexperiment? << wurde Ricio zornig.
>> Wissen Sie was ich witzig finde? Ich könnte zu jedem Polizisten in diesem Gebäude hingehen und ihm sagen, was ein guter Freund mit einem vermissten Kind angestellt hat, dass man bis heute nicht gefunden hat. Ich könnte ihm die grausamsten Details erzählen und wie sehr das Kind gelitten haben muss. Wie es schrie, wie es langsam verhungerte und wie man es am Schluss zu dutzend anderen auf einen Haufen geschmissen hat. Im Endeffekt könnten sie im besten Fall mich nur Festnehmen, meine Freunde durchforsten und Verhören und meine Wohnung durchsuchen. Sie werden aber nichts finden, da ich entweder nichts mit dem Verbrechen zu tun habe, oder es einfach zu lange her ist um es nachzuweisen.
Über 90% aller Fälle werden nur wegen der Schuldgefühle und der ursprünglichen Motive gelöst. Es muss immer eine logische Verbindung entstehen, sonst kann ein Fall nicht gelöst werden.
Habe ich Ihnen bereits von einem Mann erzählt, der weder Schuld noch Motiv hat? <<
>> Schluss jetzt, ein für alle Mal. Herr Herrmann machen Sie das, was sie auch mit den anderen gemacht haben, damit wir Ihn endlich einsperren können. << schrie Herr Nachter.
>> Das kann ich nicht. << sagte Ricio wütend.
>> Wieso können sie das nicht? << sagte Herr Nachter wütender.
>> Ich weiß es nicht. << schrie Ricio am wütendsten.
>> Ich helfe Ihnen gerne meine Herren.


Es waren mal sechs Männer, geneigt recht viel zu erfahren.
Die gingen, zu sehen einen Elefanten (obwohl's alle Blinde waren),
dass jeder durch seine Betrachtung konnt' Wissen erlangen und bewahren.

Der erste näherte sich dem Elefanten auf die stabile Seite.
Er fiel jedoch hin, und der Elefant ging nicht beiseite.
Mein Gott! Dieses Tier besitzt eines Mauers Stabilität und Breite.

Der zweite fasste nun den Stoßzahn an und rief das ist ja sehr
komisch. So glatt, so rund und doch so scharf ich brauche nun nichts
mehr,
denn dieses Wunder eines Elefanten ist offensichtlich wie ein Speer.

Der dritte näherte sich auch dem Tier und zögerte nicht lange,
er packte den Rüssel des Elefanten und es wurde ihm ganz bange.
Er schrie mutig auf. Ich sehe, der Elefant ist genau wie eine Schlange.

Der Vierte tastete sich voran und wollte sich nun auch mal trau'n.
Er berührte den Elefanten über'm Knie. Er fühlte es und glaubt' es
kaum.
Das Wunder dieses Elefanten ist mächtig und erinnert mich an einen
Baum.

Der Fünfte, der des Elefanten Ohr berührte fand es äußerst eigenartig.
Er sagte: Sogar der blindeste kann sagen was es ist und ist er noch so
fraglich,
dass dieses Wunder des Elefanten eines Fächers gleicht: groß und fal-
tig.

Der Sechste hatte nun endlich auch begonnen, es hatte ja keine Eil'.
Er tastete und der Schwanz fiel ihm entgegen nach einer kurzen Weil'.
Ich sehe, sagte er, der Elefant ähnelt in jeder Hinsicht einem Seil.

Mit ihrer Meinung stritten und debattierten sie nun im hitzigen Ge-
fecht,
über des Elefanten wahres Wunder, wie das niedere Menschenge-
schlecht.

Doch lagen alle nur teilweise Richtig und hatten insgesamt alle Unrecht.

Moral:
Häufig im Krieg des Disputes bekämpfen sich Koryphäen.
Was der eine als Wahrheit sieht, die Anderen als Lüge verschmähen.
Und salben über einen Elefanten, den keiner hat überhaupt je gesehen. <<

>> Verstehen Sie das Herr Hermann? << fragte Herr Nachter perplex.
>> Ich denke ich weiß auf was er hinaus will. << murmelte Ricio zornig.
>> Also.... Haben Sie noch Fragen an mich? << grinste Rian
>> Was bringt Ihnen das? Warum tun Sie das? << fragte Ricio verzweifelt
>> Ich mache nichts. Sie tun es doch. Sie nehmen an und verurteilen. Sie lagen dreimal richtig und nur, weil es einfacher ist sie an den Mordfall zu heften, als richtige anstrengende Fragen zu stellen. Vermutlich wurden Leute zu Unrecht verhaftet. Doch keinem fällt das mehr auf. So lange alles auf dem Papier stimmt und mit Logik vereinbar ist, muss es ja so geschehen sein. Ihr habt bald euren Zweck verfehlt. << sagte Rian energisch und mit bösem und vorwurfsvollem Unterton.
>> Was sagt er da? << schrie Herr Nachter Ricio entsetzt an.
>> Nein. Sagen sie, dass Sie lügen. << brüllte Ricio und schlug erneut auf den Tisch.
>> Wieso fällt es Ihnen dann dieses Mal so schwer den Mord zu lösen, wenn das ihre Gabe sein soll? << lachte Rian.
>> Sie dreckiger...<<

Doch Rian lachte nun noch schadenfroher und schriller. Egal was Herr Nachter oder Ricio sagten, schrien oder brüllte. Rian lachte lauthals weiter.

Ricio war am Ende. Mental und mit seiner Karriere. Er war der festen Überzeugung, dass er nichts mehr zu verlieren hatte und zog daher seine Waffe und richtete sie auf Rian.
Daraufhin hörte er auf mit lachen und sagte kalt und ruhig:
>> Herr Herrmann, ich möchte Sie hiermit wegen Bedrohung und unerlaubten Waffeneinsatzes im Dienst anzeigen, sowie anfechten, dass Sie nicht fähig sind weiterhin als Polizist tätig zu sein. <<

Ricio realisierte, was er gerade getan hatte. Ihm wurde schwindelig und er setzte sich wieder auf seinen Stuhl und versuchte sich am Tisch festzuhalten doch er rutschte ab und fiel zu Boden. Herr Nachter kniete sich hin und fragte ob alles in Ordnung sei, während Rian ihn einfach nur angrinste.
Ricio schaute an die Wand. Sie war sehr glatt. Das war ihm bisher nie aufgefallen und auch die Farbe schien anders. Er drehte seinen Kopf und sah die Stuhlbeine, er schloss die Augen und als er seine Augen wieder öffnete, haben sich die Stuhlbeine verändert. Sie waren dicker und auf hölzernen Kufen befestigt. Es war der Schaukelstuhl er musste eingeschlafen und herausgefallen sein. Was war das noch für ein Traum? Er konnte sich nicht mehr erinnern. Neben ihm lag eine zerbrochene Tasse und er fühlte sich deswegen schuldig. Er stand auf und hatte einen unbändigen Hass auf die Menschheit. Sein Zweck war der einzig richtige. Mit der Logik zu arbeiten konnte einfach nicht verkehrt sein, also warum sind die Menschen dagegen?
>> Diese dummen Träumer, die denken man könnte alles erreichen. Das soll unser Herrscher sein? Du mieses Schwein, ich werde dich und deine Gefolgschaft umbringen und dann werde ich der Welt beweisen, dass ich recht hatte. e<< schrie Ricio und schlug mit seiner Faust auf den Boden. Er sah erneut die zerbrochene Tasse und schlug ebenfalls auf diese ein. Es wurde langsam hell und Ricio wusste genau, was er zu tun hatte.

# Helfe mir Mystes

Frufert war schon früh wach und rollte sich leise aus dem Bett ohne Nadia zu wecken. Er zog sich an verließ seine Unterkunft, genoss die herrliche Morgensonne und nahm die Bahn zum Stadttor. Die Stadt war so riesig, weswegen er mindestens einen Tag zu Fuß gebraucht hätte. So fuhr er nur ein paar Minuten. Der Bahnhof war morgens leer, da niemand irgendwo zu dieser Uhrzeit hinmusste. Außerdem wer würde schon freiwillig früh aufstehen?

Um diese Zeit waren hauptsächlich nur geplagte Seelen unterwegs und niemand mit Gold im Mund, sondern eher mit Essensresten. Die Bahn war schnell, sie erinnerte an eine Magnetschwebebahn und als sie bremste gab es kein ohrenbetäubendes Quietschen. Die paar Passagiere stiegen ein. Bis auf einen, der einfach nur am Bahnhof stand, weil er seinen alten „Beruf" als Bettler vermisste. Er mochte es am Bahnhof mit wildfremden Leuten zu reden um zu sehen, ob sie gutmütig waren. Dadurch konnte er an eine bessere Welt glauben, so jedoch fehlte ihm dieses Gefühl.

Im Innenraum der Bahn war alles sauber. Es gab genügend Sitze für alle und wenn man rausschaute konnte man die ganze Stadt und den Turm in der Mitte sehen. Die Bahnstrecke war ein Kreis parallel zur Stadtmauer. Es teilte sich an manchen Stationen wie ein Fluss auf und wenn man seine Route mit anderen Verkehrsmitteln kombinierte, konnte man - ohne viel nachzudenken - spielend leicht an jeden Ort in der Stadt kommen. Zu den äußeren Gärten, zum Museum und sogar zum Turm durften die meisten Verkehrsmittel direkt fahren.

Frufert wollte aber nicht in die äußeren Gärten, obwohl sie sein absoluter Lieblingsort in der Stadt waren, er musste zum allwissenden Tor, da er nun einen großen Anhaltspunkt hatte. Einen vermutlich halben

Namen von jemandem der ihm ohne ersichtlichen Grund nicht mehr so viel bedeutete.

Die Bahn hielt an. Es war die erste Station von 36. Keiner stieg ein. Die Bahn fuhr weiter.

Frufert erinnerte sich an eine Zeit, als in der Bahn noch das schlimmste Chaos herrschte. Hinter ihm hörte jemand sehr laut Musik, vor ihm las jemand einen Schundschinken, neben ihm war ein Kind, dass die ganze Zeit ohne einen bestimmten Rhythmus an das Fenster klopfte, über ihm war ein Mann, der stampfend über Herrenwitze lachte, doch in ihm war ein Gefühl das Verzweiflung, Hass und Faszination vereinte. Frufert vermisste sogar die Obdachlosen, die lauthals Zeitungen verkauften und auch die Graffiti und eingeritzten Verewigungen, die nahezu poetisch waren: „Sack ab allen bösen Menschen". In Monjint waren nur noch Graffitis zu lesen, die Sachen sagten wie: „Ihr seid das soziale Marmeladenbrot, das unter dem Tisch der Gesellschaft klebt und nichts macht außer unbemerkt zu bleiben und zu stinken." oder wie „Die Philosofas liegen auf der Couch und denken über Sessel nach!". Auf den Bahnen stand nie etwas und meistens wurde Graffiti innerhalb von Sekunden oder wenigen Stunden von der Oberfläche entfernt. Frufert hat das schon öfters beobachtet. Erst beginnt der besprühte Gegenstand zu rauschen, dann leuchtet er kurz auf und dann ist das Graffiti verschwunden.

Die Bahn erreichte die zweite Station und ein Mann stieg ein und saß sich gegenüber von Frufert hin.


>> Auch schon so früh wach? << grinste der Mann.

>> Ja, ich bin auf dem Weg zum Tor. << erklärte Frufert.

>> Wollen Sie etwa aus der Stadt gehen? << fragte der Mann entsetzt.

>> Nein, ich muss etwas fragen. <<

>> Ich dachte schon Sie seien, verzeihen Sie mir bitte meine Ausdrucksweise, extrem bescheuert. <<

>> Wieso denn das? Grubich regiert diese Stadt im Alleingang, ich hätte viele Gründe diese Stadt zu verlassen. << wurde Frufert lauter.

>> Hahaha. Sie haben wohl vergessen wie es mit der alten Demokratie war. Erwachsene Menschen lassen sich nicht ausreden und verhalten sich wie Kleinkinder. Für was? Für das Allgemeinwohl? Für Frieden? Nein, für sich und ihre Partei. Nun haben wir einen Mann, der nahezu alles weiß und trotzdem Leuten zuhört und ihre Meinungen respektiert. << debattierte der Mann.

>> Was? <<

>> Wissen Sie denn nicht, dass Grubich jedem Bürger dieser Stadt die Möglichkeit gibt ihm eine Idee zu präsentieren. Wenn der Vorschlag gut ist, dann wird sie umgesetzt. Es ist keine richtige Diktatur, sondern eben eine neue Art von Demokratie. Alle können das machen was sie wollen, aber jeder der sich falsch benimmt wird bestraft. <<

>> Grubich ist aber der verdammte Richter und Henker. <<

>> Sie wollen lieber wieder einen korrupten Richter, der sowieso nur anhört, was das Geld flüstert? Dieser Mann weiß alles. Was kümmert ihn wer Recht hat und mit wie viel Geld sie ihn bestechen? Er besitzt bereits alles. Es scheint mir so, als geben sie sich mit Menschen ab, verzeihen Sie mir bitte meine Ausdrucksweise, die extrem bescheuert sind und nicht viel über unsere momentane friedliche Lage nachdenken. <<

Frufert wurde wütend, konnte dem Mann aber in nichts wirklich widersprechen. Er ballte die Faust und zählte bis *fünf*, als ihn der Mann recht spät unterbrach.

>> Zählen Sie lieber nicht bis zehn. Das habe ich früher auch immer so gemacht und während ich gezählt habe, ist mir aufgefallen wie nervig es ist wegen einer, verzeihen Sie mir bitte meine Ausdrucksweise, extrem bescheuerten Kleinigkeit immer wieder bis zehn zu zählen. Das hat mich dann erneut so aufgeregt, dass ich erneut bei eins anfangen musste und es eben immer so weiterging, bis ich einmal bei *11* ankam. <<


Frufert wurde durch diese Geschichte irgendwie besänftigt. Ihm fiel wieder ein, dass die Person, die er suchte, wichtiger war als Grubich. Die Bahn erreichte die *19.* Station.

>> Hier muss ich raus und danke für den Rat. << verabschiedete sich
Frufert.
>> Nichts zu danken, auf Wiedersehen. << verabschiedete sich der
Fremde ebenfalls.

Frufert betrat den Bahnsteig und schaute sich erstmal um. All dieser
revolutionäre Fortschritt, aber man musste immer noch rätseln, welchen Ausgang man nehmen muss um an das gewünschte Ziel zu kommen. Er lief also ein paar Meter nach rechts, nachdem er ausgestiegen
war. Enttäuscht sah er ein Schild, das ihm zu verständigen gab, dass er
in die andere Richtung musste. Also drehte er um, lief ein paar Meter
und seine Schuhe begannen wieder zu quietschen.
Er verließ den Bahnsteig indem er eine Treppe hinunterging und kam
in einem Netz aus riesigen Unterführungen heraus. Erneut ein Ort
ohne Bettler, Obdachlose oder den charakterhaften Uringeruch.
Frufert schlenderte durch das Röhrenlabyrinth und verließ die Unterführungen wieder. Zum Zeitpunkt als er in den Untergrund ging, war
die Sonne gerade mal bis zur Hälfte über die Mauer vorgedrungen,
doch als er aus der Unterführung heraustrat, blendete sie ihn so sehr,
dass sie nun gänzlich über die Mauer gewandert sein musste. Badend
im warmen Sonnenlicht stand er nun auf einer Aussichtsplattform,
von der er die komplette Stadt überschauen konnte. Er sah den Turm
aus der Mitte herausragen und die äußeren Gärten. Frufert lehnte sich
vor auf das Mauergeländer und beobachtete die Gärten. Man konnte
sogar von hier deren Schönheit bewundern. Die Brücken aus Blumen,
die zum Gartenhaus führten. Das Gartenhaus war gigantisch, es war
sogar noch größer als das Museum. Das Hauptgebäude des Gartenhau-
ses war 200 Meter hoch und hatte einen Durchmesser von ungefähr
500 Meter. In ihm waren die meisten Pflanzen und Tiere zuhause.
Doch das Beste an den äußeren Gärten war das treppenstufige Wasser-
spiel, das je nach Tageszeit anders floss und von Blumen und allen
möglichen wunderschönen Pflanzen verziert war. Er schwärmte gerne
von den Gärten, doch ihm fiel wieder ein, warum er hergekommen ist.

Etwas schien Frufert wohl davon abhalten zu wollen, dass er sein Ziel erreicht.

Er drehte sich blitzartig um und blickte in Richtung des Tors. Es führte ein langer Weg, der sich wie eine Schneise durch die Häuser zog, direkt zum Tor und zu den Mauern der Stadt. Es mussten mindestens 348 Treppen gewesen sein, bis er unten ankommen würde und diesen Weg entlanggehen könnte.

Er setzte seinen Fuß auf die oberste Treppenstufe und fühlte sich so, als ob er einen Schritt in die richtige Richtung machen würde.

Als er die Hälfte der Treppe hinter sich hatte, schien die Sonne noch heftiger als vorhin. Die Stufen waren aus einem Stein, der in der Sonne zu glitzern begann. Frufert bemerkte, neben dem Glitzern der Steine, auch die Abflüsse an der Seite der Treppen, die mit Rohren verbunden waren, die Richtung Stadtmauern verliefen.

Das musste also das Wasser sein, dass die kleine Oase erschaffen hat, dachte er sich.

Er kam unten an und drehte sich erneut um die Treppen hinauf zu schauen. Dadurch, dass man die Spitze des Turms sehen konnte, sah es so aus, als ob die Treppen direkt zur Turmspitze führen. Von dieser Perspektive schien es auch so, als würde der Turm gleich den Himmel aufreißen wollen, da er mit seiner schneidenförmigen Spitze mehrere Wolken durchstach.

Frufert entwickelte allmählich eine Abneigung gegenüber Grubichs Theatralik.

Er schüttelte gedankenversunken, dennoch leicht den Kopf und ging den langen Weg zum Tor entlang.

Der Distrikt sah anders aus als andere. Kein Haus hatte dieselbe Ausstrahlung. Vielleicht hatte der Mann ja doch recht und Ricio und die anderen klammerten sich zu sehr an das Gewohnte.

Frufert beobachtete den Distrikt und entdeckte eine Art kleine Kirche. Sie war weiß mit einem grauen Dach und besaß einen goldenen Wetterhahn. Sie sah äußerst vertraut und angenehm im Sonnenschein aus. Er ging auf die Kirche zu und hörte, dass gerade ein Gottesdienst stattfand.

Neugierig betrat er die Kirche. Die Tür war laut und schwer, weshalb ihn alle in der Kirche anstarrten, als er eintrat. Der Pfarrer, der vorne vor einem Altar stand, bat Frufert sich zu setzen.

>> Nun seht euch an. Ihr Geschöpfe. Geschöpft seid ihr wahrlich, doch von wem? Von Gott? Einem höheren Wesen? Vielleicht sogar von einem anderen Menschen? Das erscheint euch lächerlich? Eine Geschichte wird schließlich doch auch wahr, wenn nur genügend Leute daran glauben.
Seht wie es mit der Religion ist. Selbst wenn es alle Götter und Propheten nie gab, macht diese Tatsache denn die Leistung, die ein Mensch erzielt hat, weil er glaubt weniger wahr? Prägt uns eine schlimme Geschichte nicht genauso mit Gefühlen, wie wenn wir im realen Leben in einer ähnlichen Situation gewesen wären. Ein Tod eines Charakters in einer fiktiven Geschichte macht uns oftmals genauso wütend und traurig, wie ein Verlust in der Realität. Ich frage euch erneut: wer hat uns geschaffen? Und ich erweitere die Frage sogleich: ist es wirklich wichtig, wer uns erschaffen hat, solange wir selbst erfahren und erschaffen können? <<

Die Menschen standen auf und schrien wild durcheinander. Frufert hatte noch nie so etwas im Gottesdienst gehört.

>> Hilf mir Mystes! Bin ich etwa nur ein Hirngespinst eines *25-jährigen* Mannes, der mich seit er *19* Jahre alt ist ausdenkt? << schrie eine Frau in der zweiten Reihe.
>> Ruhe bitte. Ihr seid alles, was ihr seid. Warum wollt ihr denn mehr sein? Es ändert doch nichts daran von wem oder ob ihr ausgedacht seid. Erfahrt und erschafft selber. Genießt eure Zeit in dieser Geschichte. << beruhigte der Mystes die Menge.

Frufert fühlte sich irgendwie unwohl beim Gedanken daran nur ausgedacht zu sein, aber es änderte tatsächlich nichts an ihm und seiner Geschichte.

Die Glocken schlugen und die Orgel fing an ihr Abschlusssolo zu spielen. Die Menschenmenge und Frufert liefen aus der Kirche heraus und fühlten sich so, als wären sie sediert worden. Sie fühlten sich so, als wäre das Universum persönlich zu ihnen hergekommen und hätte sich für alle Unannehmlichkeiten bei ihnen entschuldigt.
Mit diesem Gefühl setzte Frufert seinen Weg zum Tor fort. Er fühlte sich so leicht. Er pfiff vor sich hin und schlenderte nun regelrecht den restlichen weg. Er war sich sicher, dass das Tor ihm helfen könnte und wenn nicht, dann wäre es auch nicht so schlimm. Der Mystes hatte ihn für ein paar Minuten von allen seinen Ängsten und Sorgen befreit.
Dann stand er jedoch vor dem Stadttor und seine Ängste wurden wieder ausgegraben. Er war sich nicht mehr so sicher, ob es ihm nun helfen könnte. Irgendetwas ließ ihn vermuten, dass etwas nicht stimmt. Er berührte trotz eines inneren Konfliktes das Tor mit seiner Fingerspitze, wobei das Tor aufleuchtete.

>> Wollen Sie uns verlassen? Das ist aber Schade. << sagte das Tor monoton und trotzdem wirkte es sehr zynisch.
>> Nein, ich suche jemanden. <<
>> Wen suchen Sie denn? Ich kann Ihnen jeden Bürger dieser Welt nennen. << sagte das Tor monoton aber wirkte doch angeberisch dabei.

Frufert konzentrierte sich und fing an sich an das Licht zu erinnern und an die Person, die neben ihm war. Er schloss die Augen und sah eine Silhouette, die langsam schärfere Kanten annahm. Die Silhouette wurde nach und nach schärfer und er konnte eine Frau erkennen. Sein Herz fing an zu pochen. Er fühlte Wärme, Geborgenheit und Nähe. Dann sah er sie. Sora.
>> Ich suche eine Person namens Sora. Sie war bei der Armee und hat rotes Haar. <<

Das Tor begann zu suchen, es scannte alle jemals registrierten Daten. Frufert wurde nervös.

>> Was ist, wenn sie in der Stadt und sogar in der Nähe wäre? Ob sie sich wohl genauso freuen würde wie er? Konnte sie sich überhaupt an ihn erinnern? Was ist mit Nadia? Er ertrank gerade in einem Meer aus Fragen, als das Tor ihm eine Rettungsboje an den Kopf warf.

>> Diese Sora wurde aus der Datenbank gelöscht. <<

Frufert erschrak. Das konnte doch nicht sein. Er musste unbedingt überprüfen ob das Tor alles wusste und fragte es nach seinem Namen.

>> Du bist... DU bist... DU BIST....<<

Das Tor erlebte nun kleine Aussetzer, es rechnete wie verrückt und scannte alle Datenbanken und schien nichts zu finden. Es fing an zu beben und die Mauern der Stadt wackelten mit. Der Boden um das Tor begann etwas aufzureißen. Es wirbelte Staub auf und plötzlich hörte es auf. Das Tor war ruhig. Plötzlich zischte es und das Tor begann mit sich selbst zu diskutieren. Es stagnierte mitten im Satz.

>> Du bist... Du bist stets Error. <<

Frufert kratzte sich am Kopf.

>> Betriebssystem *eins* wird heruntergefahren. Neustart wird eingeleitet. Das könnte einige Minuten dauern. << ließ sich das Tor vernehmen.

Frufert wartete *17* Minuten und als das Tor nicht antwortete ging er den langen Weg fröhlich zurück, denn er wusste nun, dass die Person, die er vermisste Sora war.

Larah saß in ihrem Büro. Sie schaute auf ihren Schreibtisch und auf die Unterlagen, die darauf lagen. Ein ganzer Stapel Berichte, ein weiterer Stapel Akten, ein Buch über Statistik und in der Mitte lag ihr Bericht. Der Bericht über den Vorfall, der sich beim Architekten ereignet hatte.
Seither hat sie Yael nicht mehr gesehen. Ob es ihm wohl gut ginge, dachte sie.
Es war ihr aber auch irgendwie egal. Nach dem Gespräch mit dem Architekten war ihr alles egal.
Alles verlor seinen Sinn und sie kann nichts dagegen tun.
>> Herr Pent ist womöglich noch die beste Alternative für diesen menschenverachtenden Turm. << redete sie mit sich selbst.
Sie hatte nicht mehr diese energische empathische Art an sich, durch die sie es schaffte so viel Vertrauen bei den Menschen im Wartezimmer zu erhalten. Ihre Informationen, die sie seither eruierte, waren banal und hätten von jedem geistig zurückgebliebenen Sherlock Holmes herausgefunden werden können.


>> Ich hatte heute Morgen Kaffee und habe Sport gemacht, danach bin ich in die zweite Abteilung zur Liebeszone. << erzählte ihr ein langweiliger Mann.
Das konnte man jedoch alles an seinem Hemd erkennen. Er wechselte es nicht und daher hatte er einen Kaffee-, einen Schweißfleck und roten Lippenstift auf dem Hemd verteilt. Der Kaffeefleck war Richtung Becken, der Schweißfleck unter den Achseln aber eher in Richtung der Brustseite. Der Lippenstift hing am Kragen. Hätte man die Flecken verbunden, dann wäre vermutlich ein rechtwinkliges Dreieck herausgekommen, wobei die Hypotenuse die Strecke zwischen Kaffeefleck und Lippenstift gewesen wäre. Irgendwie unpassend. Die längste Stre-

cke ist ganz bestimmt nicht von Liebe zu Abhängigkeit. Anstrengung, Liebe und Abhängigkeit haben keine längste Strecke. Es hätte ein gleichseitiges Dreieck sein müssen. Sie schob die Schuld auf den Mann, da er die Symbolik mit seiner unzulänglichen Zielfähigkeit ruinierte.

Sie ließ ihren Blick durch den Raum schweifen. Mittlerweile hatte sie den Kaktus in die - von ihr aus gesehen - rechte hintere Raumecke gestellt, damit er nicht mehr so auffallen würde.

Ein heftiges Schnaufen erleichterte sie und sie schlug die erste Mappe so auf, dass sich der Mappendeckel über den Bericht, den sie abgeben musste, schlug.


Name: Frank Möbius
Geschlecht: Männlich
Sternzeichen: Jungfrau
Augenfarbe: Verschieden
Status: Wird gesucht.
Grund zur Verhaftung: Einer der Vier, verrückt und gefährlich.


Larah blätterte weiter. Sie überflog den Lebenslauf von Herrn Möbius, kam zu dem Entschluss, dass da gar nicht so viel Quark drinstand und ging zur nächsten Mappe über. Sie schlug diese ebenfalls über dem Bericht auf, damit sie ihn nicht mehr sehen musste.


Name: Sora Engel
Geschlecht: Weiblich
Sternzeichen: Löwe
Augenfarbe: Blau
Status: In Obhut.
Grund zur Verhaftung: Kennt Dr. Delian Grubich und Subjekt 0


Larah wurde etwas neugierig und las den Lebenslauf genauer anstatt ihn nur zu überfliegen.

>> Wer war Subjekt 0? Was bedeutete in ihrem Fall in Obhut? << fragte sie sich flüsternd.

Sora Engel hatte eine hervorragende Schullaufbahn. Anschließend ging sie zum Militär und machte dort ihren Offiziersgrad zum Major. Sie diente unter General Tirf und stand kurz vor ihrer Beförderung, als sich eine Anomalie ereignete, für die sie verantwortlich gemacht und deswegen zum Hauptmann degradiert wurde. Nach der Degradierung verbündete sie sich mit Subjekt 0 und war vermutlich an der Erschaffung der neuen Welt beteiligt. Wir fanden sie in der Wüste und haben sie sofort gefangen genommen, sie dient uns nun als „schwarzer Balken".
>> Durchgestrichen, einfach ausgeschwärzt. Wieso ist sie so wichtig? << Larah bekam etwas Kopfweh. Irgendetwas kam ihr an Sora komisch vor. Sie wirkte befremdlich vertraut. Sie rieb ihre Schläfen und klappte die Mappe zu, woraufhin sie sich in ihrem bequemen Stuhl nach hinten lehnte. Das Licht, das durch das Fenster kam, beschien ihren Kopf und ihre Stirn. Es fühlte sich schön an und ihr Kopfweh linderte sich etwas. Sie starrte an die Decke und wusste, ganz genau, dass sie diesen Bericht heute noch abgeben musste.
Sie schüttelte den Kopf, beugte sich erneut zum Schreibtisch vor und schlug eine weitere Akte auf.

Name: Prof. Delian Grubich
Geschlecht: Männlich
Sternzeichen: Waage
Augenfarbe: Unwichtig
Status: Freigegeben zur Eliminierung
Grund zur Exekution: Erschaffung der neuen Welt, Auslösen von Anomalien

Larah übersprang den Lebenslauf und blätterte verspielt durch die Akte, bis sie zu einem Eintrag kam, der rot umrandet war. Es war ein Interview zwischen Grubich und einem Fernsehreporter.

>> Zeit? Was bedeutet Zeit für Sie? << fragte der Reporter interessiert.

>> Um Zeit zu verstehen muss man vergessen, was wir bisher gelernt haben und akzeptieren, dass manche Dinge nicht so simpel sind, wie wir es uns ausmalen. << antworte Grubich.

Der Reporter fragte wie er das meine, woraufhin Grubich ihm diese Geschichte erzählte.

>> Es waren mal zwei Kinder im Alter von acht und 12 Jahren, die Namen und das Geschlecht seien dahingestellt. Beide haben eine Uhr geschenkt bekommen, damit sie abends rechtzeitig heimkommen konnten. Der Vater gab ihnen den Rat, dass wenn der dicke Zeiger unten und der dünne Zeiger oben ist, sie Nachhause kommen sollten.

Die beiden Kinder befolgten den Rat des Vaters, bis es eines Tages dem einen Kind nicht mehr reichte. Es wollte länger im Wald spielen und fragte das andere Kind, ob es wüsste wie eine Uhr funktioniere. Das andere Kind hatte jedoch keine Ahnung, da der Vater es ihnen nicht sagen wollte. Wütend über das Unwissen, das es besaß, warf es die Uhr gegen einen Baum. Die Scheibe zersprang und die beiden Kinder schauten nach was passiert war. Beiden Kindern wurde nun klar, dass man durch das gebrochene Glas die Zeiger verschieben konnte. Sie freuten sich, denn nun konnten sie länger als sonst im Wald spielen.

Sie blieben die nächsten Tage immer etwas länger im Wald, bis es dem einen Kind, dessen Uhr noch intakt war, zu dunkel wurde. Es wusste, dass ihr Vater ihnen die Uhr nicht ohne Zweck gegeben hatte. Er erinnerte das andere Kind daran, doch dieses machte die Uhr immer mehr kaputt. Es wollte verstehen, wie die Uhr funktionierte und wie sie es schaffte den Himmel zu verdunkeln.

Es saß also im Moos, klopfte auf die Uhr und stocherte, mit einem kleinen Stock, immer mehr im Uhrwerk herum. Das andere Kind wies es auf die Uhrzeit hin und sie gingen heim.

Am nächsten Tag musste das neugierige Kind alleine spielen gehen, da das andere krank wurde.

Es ging erneut in den Wald um herauszufinden wie seine Uhr funktionierte. Es war so vertieft in seine Arbeit, dass es nicht bemerkte, dass die Sonne bereits unterging. Erst als es kalt und dunkel wurde, erschrak das Kind und machte sich auf den Heimweg, doch es kam nie zuhause an. <<
>> Diese Geschichte verstehe ich nicht Herr Grubich. << sagte der Reporter.
>> Ich weiß. << antwortete Grubich souverän.
 Larah war nun an diesem Mann interessiert und las auch noch seinen Bericht.


Delian Grubich war ein durchschnittlicher Schüler und wurde erst im Studium zu einer Koryphäe seines Faches. Er promovierte in Biologie und Biotechnologie und unterrichtete an verschiedenen Universitäten. Als seine Frau krank wurde kündigte er bald darauf und widmete sich ihrer Gesundheit und Verpflegung.
Freunde behaupten, er sei in die Esoterik abgedriftet und fand dort etwas, was ihm half seinen Kummer zu lindern. Was er fand veränderte ihn aber komplett. Er war ein völlig anderer Mensch und war ohne ersichtlichen Grund in jedem Fachgebiet der Beste geworden. Er heilte alle möglichen Krankheiten, durch revolutionäre Methoden und bildete daraufhin das Pronitz-Institut für Prototypen der Moderne. Nach ein paar Monaten erkrankte seine Frau erneut und nicht mal er konnte herausfinden woran es lag. Er war es laut seiner eigenen Aussage leid, die Welt so wie sie ist zu akzeptieren und begann einen Krieg mit allen Nationen. Er gewann und tausende von Menschen sind einfach verschwunden oder Tod. Nach dem er den Weltfrieden brachte, tötete er grundlos seine Frau und ließ sich verhaften. Die Bedingungen sind bis heute noch Ungewiss, doch laut höheren Rängen war es zum Schutz von Grubichs Verstand gegen gewisse Informationen und den Erhalt von Pronitz. Nach zehn Jahren brach er aus dem Hochsicherheitstrakt aus und erschuf zahlreiche weitere Anomalien, gefolgt von der neuen Welt. Momentan befindet er sich im Turm seiner Stadt Monjint und ist für jeden unerreichbar. Informationsquellen haben jedoch verraten,

dass er auf Subjekt 0 wartet, weswegen wir 51383N eingesetzt haben um ihn gegen diesen aufzuhetzen. Aus irgendeinem Grund kann Grubich Subjekt 0 nicht töten. Nachforschungen an und Befragungen mit Sora Engel lieferten nur wenig Informationen zu diesem Thema.

>> Grubich hat also diese Welt erschaffen. Ist er auch für den Turm verantwortlich? Befindet er sich auf der alten Erde oder hier? <<

Sie musste wissen, was es mit diesem Grubich auf sich hatte und ging aus ihrem Büro. Der Bericht lag immer noch unter den Akten, doch das und die Worte des Architekten schienen Larah nun nicht mehr zu interessieren. Sie hatte erneut Hoffnung.

Sie ging durch das Bürolabyrinth zum Aufzug und machte sich auf den direkten Weg zur dritten Abteilung.

Hoffentlich hat er es noch nicht gemacht, dachte sie sich.

>> Er kann doch unmöglich so dumm sein. Und wenn doch? Dann habe ich ihn im Stich gelassen. <<

Larah wurde traurig und realisierte, dass sie seit mehreren Wochen nur Trübsal blies und sie alles um sich herum ignorierte. Erst jetzt erhielt sie wieder Motivation, sie konnten mit den Fähigkeiten von Grubich doch etwas bewirken. Ein Mensch, der eine neue Welt erschaffen kann, der kann auch eine alte Welt zerstören. Das war die einzige Rettung für alle. Das war die einzige Rettung für Yael. Das war die einzige Rettung für sie.

Der Aufzug machte nun in der dritten Abteilung halt. Die Tür ging auf und Larah sah ein riesiges Netzwerk aus containerähnlichen Gebäuden. Sie wusste zum Glück ungefähr wo Yael und seine Frau wohnte. Wenn sie nicht einmal den Distrikt gewusst hätte, dann wäre sie vermutlich hier unten jämmerlich verendet. Obwohl ihr das vor ein paar Stunden nicht mal so viel ausgemacht hätte, konnte sie sich nun aber etwas Schöneres vorstellen als das.

An den Containern hingen Nummern, von 100 bis theoretisch unendlich. Niemand der hier wohnte bekam eine Nummer unter 100, da sonst eine Art Wertegefühl entstanden wäre. Über 100 passierte das selten, denn wer möchte schon damit angeben Nummer 100 von irgendetwas zu sein?

Das einzige, was einem Wettbewerb oder besser gesagt einem Privileg ähnelte, war die Ankunftszeit der Zeitung. Der zuständige Roboter fing meistens bei 100 an. Manchmal wurde auch durchgemischt, so das 238 vor 119 seine Zeitung bekam, damit keiner sich wichtiger oder schlechter fühlte. Es war ein moderates System und erfüllte weitestgehend seinen Zweck. Larah machte aber an diesem Tag noch eine andere Entdeckung, die ebenfalls zum Konkurrenzkampf führen könnte. Der Fußweg.

Selbst wenn man den richtigen Aufzug nahm und in der richtigen Hunderterstelle ausstieg, so musste man trotzdem länger laufen als sein Nachbar. Dies ist in einer nüchternen und rationalen Ansicht zwar nicht schlimm, aber es sind die Kleinigkeiten die einen gesunden Geist über eine gewisse Zeit wahnsinnig werden lassen.

Jeden Tag 50 Schritte mehr als der beste Freund ist auf diesen Tag gesehen zwar nicht sonderlich viel, aber die verrückte triste Routine lässt einen plötzlich realisieren, dass die Woche mehr als einen Tag hat und Schwupps rechnet man die Zahl mal fünf. Daraufhin fällt einem auf, dass auch ein Monat mehr als nur eine Woche hat und man rechnet das ganze mal vier. Nach dem man sich dann gemütlich abends, nach all dieser extrem sinnvollen Gedanken in den Sessel gesetzt hat und gerade dabei ist einen viel zu großen Keks in die Teetasse zu tunken, so dass er seitlich symmetrisch abbricht, bemerkt man, dass das Jahr nicht nur einen Monat besitzt. Wutentbrannt und mit Neid zerfressen wird nun offensichtlich, dass die Unendlichkeit mehr als ein Jahr hat und man erhält eine Epiphanie von biblischem Ausmaß, dass man insgesamt unendlich viel mehr Schritte als der Nachbar laufen muss und wird.

Diese Unendlichkeit kann einen sehr schnell zur Verzweiflung bringen und aus dieser entsteht dann pure Wut.

Vielleicht ist es also doch nicht so schlecht, dass man sich hier Gefühle entfernen lassen kann.

Larah ekelte sich ein bisschen über diesen Gedankengang und hoffte, dass sie bald 243 erreichen würde.

Nichts ahnend saß Yael mit seiner Frau am Tisch und aß zu Abend, als es uncharakteristisch an der Tür klingelte. Er schaute seine Frau verwundert an.

>> Erwarten wir Besuch? << fragte Yael.
Seine Frau schaute etwas fragend und emotionslos zurück und sagte nichts.
Yael ging zur Tür und machte auf. Er erschrak für einen kurzen Moment.
>> Larah? <<
>> Guten Abend Yael. << sagte sie beschämt.
>> Ich dachte sie hätten dich getötet. << schrie Yael und umarmte sie.
Sie drückte ihn auch näher an sich, es fühlte sich schön an. Für beide.
>> Wo warst du? Warum hast du dich nicht gemeldet? <<
Larah dachte an die Ereignisse mit dem Architekten und versank kurz in Gedanken.
>> Alles in Ordnung? << fragte Yael besorgt.
>> Ich erzähle es dir am besten drinnen. Ich glaube, dass bin ich dir schuldig. <<

Larah setzte sich an den Esstisch und begrüßte Yaels Frau. Diese begrüßte sie jedoch so emotionslos wie ein Schild auf dem stand „Du bist das Langweiligste, was jemals das Licht der Welt erblicken wird.". Larah grinste trotzdem höflich und stellte ein kleines Gerät auf, dass den Überwachungskameras mitteilte, dass sie für ein paar Minuten ungestört sein möchten.

>> Erzähl! Was ist passiert? << fragte Yael neugierig.

Das freute Larah. Sie wusste einfach, dass er sich noch nicht in die Glücksabteilung begeben hatte um sich seine Emotionen entfernen zu lassen.
Leicht grinsend schaute sie sich nochmals um und fing dann an zu erzählen.


Herr Pents Garde schoss Yael mit einer elektrischen Apparatur in den Hals. Er war sofort bewusstlos und lag nahezu orthogonal zum Sessel auf dem Boden.
Larah sah ihn nur daliegen und spürte nichts. Keine Reue, keine Trauer. Ihr war alles gleich.


>> Es ist beachtlich wie vernünftig und intelligent ein Mensch ohne Emotionen sein kann. Finden Sie nicht? << brach Herr Pent die Stille.
Larah starrte nur in seine Augen und sagte nichts.
Pent gab daraufhin ein Handzeichen, wodurch einer der Garde direkt an Larahs Backe vorbeischoss.
>> Finden Sie nicht? << wiederholte er scharf.
Doch sie wollte nicht antworten. Sie wollte einfach nur, dass es aufhört. Es würde sowieso alles aufhören, also warum nicht jetzt?


Herr Pent gab erneut ein Handzeichen und zwei Leute der Garde schossen ihr in den linken Oberschenkel, woraufhin sie zu Boden fiel. Sie kniete so als würde sie beten.
>> Vernunft anscheinend schon, aber das mit der Intelligenz ist wohl doch nicht so wahr. << lachte Herr Pent.
Der Architekt lachte ebenfalls.
>> Sei still du widerliche Brut oder du kommst erneut auf den Turm und schmorst in der Sonne. <<
Der Architekt verstummte.
>> Wissen Sie Frau Gard. Es war so einfach die Leute zu überzeugen. Vor allem diesen Mann, den man liebevoll den Architekten nennt. Er war einst ein rechtschaffener und vorbildlicher Bürger, bis er auf Grund eines Wimpernschlages des Schicksals alles verlor. Beruf, Fami-

lie, Haus, Freunde. Was macht ein Mensch dann? Er fragt sich, warum alles so ungerecht ist und ob es das alles Wert ist. Wobei ich ins Spiel komme. Ich erzähle ihm, dass wir irgendwann verenden, dass es aber trotzdem eine Möglichkeit gibt Erlösung zu finden. Ich zeige ihm die Zukunft und ein Buch, dass niemand erklären kann und schon glaubt er fest genug an das „Richtige".

Doch dieser Mann hier ist kein Unmensch. Im Gegenteil, er wollte nach ein paar Jahren den Turm wieder zerstören. Wissen Sie was das bedeutet? <<

Kniend starrte sie Herr Pent immer noch an.

>> Man muss ihn bestrafen. << schrie der Architekt.

>> Das ist korrekt. << sagte Herr Pent und lief auf Larah zu.


Jeder Schritt war autoritär und so angsteinflößend wie eine Kriegstrommel. Obwohl Larah nichts fühlte und ihr alles egal war, lief ihr nun ein kalter Schauer über den Rücken.

Herr Pent richtete unterwegs seinen Anzug und gab ein weiteres Handzeichen. Als er vor ihr stand, grinste er sie an und beugte sich zu ihr herunter.

>> Wissen sie wie man so jemand bestraft? << fragte er eiskalt und trocken.

>> N..Ne...Nein. << stotterte sie.

>> Man entreißt ihm alles. Man offenbart seinen Plan. Man erzählt ihm die ganze Wahrheit. Man sagt ihm, dass man es selbst war, der ihm zuvor alles genommen hat. Wegen mir verlor er Familie, Haus und Freunde. Ich gab ihm eine neue Hoffnung und eine neue Identität, die ich ihm wieder wegnahm. Ich habe ihn nur benutzt. Er gehört mir und wenn er mir nicht gehorcht büßt er dafür. Bei jedem bösen Gedanken an mich wird er bestraft. Bei jedem kleinsten Widerspruch, wird er bestraft. Wenn er es nicht als Bestrafung wahrnimmt, dann wird er härter bestraft. Ich habe ihn zu etwas Neuem geformt. Wie alle hier im Turm. Sie werden alle bald nur einem einzigen Zweck dienen. Mir.

Also erzählen Sie mir Frau Gard, was denken und fühlen Sie nun? <<

Larah fühlte immer noch nichts.
>> Nichts. <<
Herr Pent stand auf und lachte so herzhaft und dreckig wie er es schon lange nicht mehr tat.
>> Wunderbar Frau Gard. << freute er sich schadenfroh.

Erneute Handzeichen. Die Spezialgarde rückte vor und nahm Yael und Larah mit. Herr Pent ohrfeigte den Architekten äußerst heftig, woraufhin sich dieser sofort bedankte. Pent grinste und ging ebenfalls zum Aufzug zurück. Als alle im Aufzug waren ging dieser jedoch nicht runter, sondern fuhr nach oben. Larah wusste nicht, dass es noch weitere Stockwerke im Turm gab. Sie fühlte wieder etwas und damit drang auch der Schmerz im Oberschenkel zu ihr durch. Es fühlte sich so an als, ob die Welt sie mit Emotionen erdrücken wollte, doch sie ließ es nicht zu. Es wollte ihr egal sein.
Nach ein paar Sekunden blieb der Aufzug stehen und öffnete sich. Zwei Männer der Spezialgarde trugen Yael aus dem Aufzug in einen langen Korridor, der an einen Krankenhausflügel erinnerte. Die Türe des Aufzugs schloss sich wieder und er fuhr noch weiter nach oben.

>> Sagen sie Frau Gard glauben sie an einen Gott? << fragte Herr Pent streng.
Larah antwortete nicht auf so eine merkwürdige Frage, da es sie erneut kalt ließ.
>> Sie sollten so langsam damit anfangen. << lachte er.

Der Aufzug blieb stehen und die Türe ging auf. Larah wurde ebenfalls von zwei Männern der Garde aus dem Aufzug geschleift, doch dieses Mal nicht in einen Korridor, der wie ein Krankenhaus aussah, sondern stark einem Gefängnis ähnelte.

>> Machen Sie es gut Frau Gard, ich bin mir sicher, dass wir uns wiedersehen werden. << schrie Pent ihr hinterher.

>> Danach wurde ich gefoltert und mir wurde das letzte bisschen Hoffnung genommen. << sagte Larah traurig.

Yael wurde sauer und ballte seine Fäuste, er versuchte nicht vor Wut etwas Dummes zu tun. Er versuchte aber auch nicht traurig zu sein. Es war ein komischer Anblick ihn mit sich selbst kämpfen zu sehen.
Seine Frau hingegen saß immer noch so da, dass man sie mit einem Kartoffelsack hätte austauschen können und niemand hätte es gemerkt. Wobei der Kartoffelsack womöglich noch mehr Empathie vermittelt hätte.

>> Das ist einfach schrecklich Larah. Abgrundtief grauenvoll. Furchtbar. <<
>> Nein, das furchtbarste ist, dass ich meine Hoffnung so spät wiedergefunden habe. Yael es gibt einen Mann, der das hier ändern kann. Ich weiß es. Er heißt Grubich. <<
>> Schon wieder ein Mann der alles ändern kann? Bist du dir dieses Mal sicher? Das hast du bereits beim Architekten gesagt und sieh was mit uns passiert ist. << kritisierte Yael.
Larah wurde sich unsicher. War es nun wirklich erneut die gleiche Situation wie beim Architekten?
>> Was haben wir für eine andere Wahl, Yael? <<
>> Lass es uns dieses Mal selber in die Hand nehmen. Wir zerstören die Energiequelle des Turms. <<
>> Wie denn das? <<
>> Dank dem Buch, dass ich selbst bei meiner Gefangenschaft nicht losgelassen habe, und ein paar interessanten Gesprächen, die ich mitbekommen habe, weiß ich, dass über dem Gefängnis des Architekten ein Labor ist, das für die Energieforschung zuständig ist. Dort untersuchen sie eine neue Energiequelle, die Herr Pent nutzen möchte um noch schneller den gewünschten Fortschritt zu erreichen. Wenn wir diese Energiequelle überlasten, dann könnte es den kompletten Turm für eine Weile lahmlegen. <<
>> Und du bist dir ebenfalls sicher? << argwöhnte Larah zurück.

Yael grinste.
>> Was haben wir für eine andere Wahl, Larah? <<

Beide lachten kurz und sahen sich danach entschlossen in die Augen.
Dieses Mal würden sie es schaffen. Um jeden Preis.
Yaels Frau unterbrach die beiden.
>> Warum? Warum wollt ihr den Turm zerstören? <<
>> Weil alles sonst enden wird! << schrie Yael.
>> Alles endet Yael, auch die Liebe, versteh es doch. Alles endet. Habt
ihr Angst vor dem Nichts? Das kann man eben nicht verhindern. Findet euch damit ab, dass wir alle irgendwann nichts sind. Umso früher
man sich damit anfreundet umso schöner ist es, wenn es soweit ist. <<

Yael wurde traurig und als er gerade etwas sagen wollte kam ihm Larah
zuvor.

>> Zu sagen alles endet, ist nichts weiter als ein leerer Satz. Eine sinn-
lose Aussage wie, dass der Regen nass ist. Eine Aussage die nicht ver-
neint werden kann. Sinnlose Schlüsse über etwas, das ist. Das Nichts
ist genauso wie das es. Es geht aber gar nicht um das Nichts oder das
Es. Es geht nicht um die Angst vor dem Nichts. Es geht darum, was wir
machen müssen. Wir haben die Bürde der Existenz und wir müssen
diese auch tragen. Wir müssen lernen mit ihr umzugehen und sie wert-
zuschätzen. Wir müssen einfach stark sein und hoffen, obwohl wir
wissen wie es ausgeht. Wir dürfen nicht aufhören an eine bessere Welt
zu glauben. << verteidigte sie sich.
Plötzlich ging ein Alarm los.
>> Ich verstehe das nicht, ich habe doch mein Gerät verwendet. <<
erschrak Larah.
  >> Vielleicht liegt es daran, dass meine Frau transparent ist. <<
>> Das fällt dir jetzt ein? Nachdem wir alles erklärt und verraten ha-
ben? Aber nein, selbst wenn, daran liegt es nicht, das sollte kein Problem für das Gerät sein. << antwortete Larah zornig und anschließend
wieder ruhiger.

>> Es besteht keine Gefahr. Bitte bleiben sie in ihren Häusern. Die E.S.U. wird sich sofort um das Problem kümmern. << ertönte eine sanfte weibliche Roboterstimme in und vor den Containern.
>> Wir müssen so schnell wie möglich hier weg. << schrie Larah.

Yael schnappte sich eine Tasche von einer Kommode, hängte sie sich um und wollte seine Frau an der Hand nehmen um zu fliehen, doch diese wies ihn ab.
>> Yael gib auf. Wir werden sterben und daran kannst du nichts ändern. << sagte sie kalt.
Yael wurde klar, dass seine Frau wie er sie kannte nicht mehr existierte. Er wollte gerade wütend werden, als ihn Larah an der Hand packte und zur Tür hinauszerrte.
Dort standen sie nun vor 243. Wo sollten sie nur hin? Die Garde und die Spezialeinheiten würden gleich von allen Seiten heranströmen.
Larah schaute sich fragend um und suchte mit ihrem Blick einen Ausweg. Sie entdeckte eine Gasse, die hinter einen der Container führte. Sie wollte gerade losrennen, als Yael sie aufhielt.

>> Warte, ich habe da eine bessere Idee. Wir brauchen eine Ablenkung, sonst schaffen wir das niemals. <<

Er rannte zu einem Haus und klingelte Sturm. Als ein Mann im Bademantel aufmachte, schlug er ihm so heftig es ging ins Gesicht, woraufhin der Mann so sauer wurde, dass der Emotionssensor ebenfalls auch im Nachbarhaus losging. Yael bekam als Belohnung für seine gute Idee eine ordentliche Tracht Prügel von dem Mann im Bademantel. Als dieser ihn zu Boden fallen ließ, beschwerte sich der nächste Nachbar, was denn hier los sei, wodurch der Mann im Bademantel auch auf diesen los ging. Dadurch wurden die anderen Nachbarn auch aufmerksam und ergriffen entweder für Yael oder den Mann im Bademantel Partei. Es folgte eine Kettenreaktion von sauren Nachbarn, die weitere Emotionsalarme auslösten. Nach einer Straße wütender Nachbarn war Yael äußerst verunstaltet und blutig im Gesicht.

Doch ein paar der nun streitenden Nachbarn sahen noch viel schlimmer, aber irgendwie glücklich aus.

Es gab nun ein paar Container, die noch nicht mitmachten und Larah wählte eine andere Taktik. Sie klingelte ebenfalls Sturm, gab sich als die Reporterin aus, die sie war und schaute welche Emotionen noch nicht in der Person herausgeschnitten wurde, die die Tür öffnete. Anschließend stellte sie geschickt Fragen so, dass die Empörung oder der Scham so groß war, dass die Emotionssensoren ebenfalls anschlugen.

Innerhalb von *sechs* Minuten ertönte die Roboterstimme nun *21* Mal und sagte immer wieder:

>> Es besteht keine Gefahr. Bitte bleiben sie in ihren Häusern. Die E.S.U. wird sich sofort um das Problem kümmern. Bitte bleiben sie ruhig! <<


Doch diese Nachricht ließ die Menschen erst recht in Panik geraten, weil sie genau wussten, dass es nun gefährlich wurde. Womöglich könnte es sich um einen Fehlalarm handeln, weswegen alle in dem Block erschossen werden würden.

Im Umkreis von 120 Containern wurden 80 Container mit einer erhöhten Emotionsstufe gemeldet. So einen Notfall gab es noch nie und es rückte jede Einheit aus, die die E.S.U. zu bieten hatte.

Larah und Yael flohen nach dieser anarchischen Ablenkung, die eine kleine Revolution von Nachbarn hervorrief, durch die kleine Gasse hinter den Containern und kletterten dort einen Schacht hinab, der in das Belüftungssystem des Turms führte. Beim hinunterklettern hörten sie, wie die ersten Einheiten eintrafen. Sie hörten Schüsse und Schreie von oben. Menschen wehrten sich auf den Straßen mit ihren Fäusten und in den Wohncontainern mit Möbelstücken, Besteck und sogar schicken Accessoires gegen die Spezialeinheiten. Ein Soldat der eine Frau beruhigen und betäuben wollte, berichtete, dass er mit ungefähr *15* Ohrringen, *sechs* Halsketten, *23* Uhren und einem Zungenpiercing beschmissen wurde.

Larah und Yael krabbelten und robbten durch den Schacht, bis sie weit genug von den Geräuschen und Einheiten entfernt waren um wieder nach oben zu gelangen. Sie stiegen aus einem Ventilationssystem in einer anderen Seitengasse aus. Sie lugten um die Ecke und sahen eine Welle aus schwarzen Helmen, die mit schwefelgelben Augen in ihre Richtung marschierten. Sie rannten so schnell sie konnten aus der Seitengasse durch die Sichtbahn und erreichten einen Aufzug. Die Tür war zwar offen, doch er funktionierte durch den Notfallzustand nicht mehr.

>> Wir müssen wohl durch den Aufzugschacht zur alten Bibliothek. << sagte Larah unzufrieden und außer Atem.

Yael wollte nicht erneut durch einen engen Schacht hindurch, aber nickte. Sie boxten die Klappe in der Decke des Aufzugs auf und kletterten auf das Dach des Fahrstuhls. Auf dem Aufzug sahen sie sich um und bemerkten, dass es ein extrem hoher und langer Schacht war. Während sie den Schacht untersuchten kamen vor dem Aufzug Einheiten an, die die beiden gesehen haben, wie sie aus der Seitengasse flüchteten. Es führte nun kein Weg daran vorbei. Larah und Yael griffen sich die Notleiter und fingen an zu klettern. Die Einheiten betraten den Aufzug bemerkten, dass die Dachluke offen war und sahen die beiden die Leiter hochklettern. Sie fingen an das Aufzugdach mit Kugeln zu durchlöchern. Unterhalb von Larah und Yael schlugen die Kugeln ein und zerstörten die Leitersprossen. Sie kletterten schneller nach oben und Yael rutschte fast ab. Der Kugelhagel führte dazu, dass der Aufzug anfing sich vom Kabel zu lösen, weshalb die Spezialeinheit schnell aus dem Aufzug floh, bevor dieser in die Tiefe stürzte.
Der Aufzug fiel und das Gegengewicht des anderen Aufzugs schnellte an Larah und Yael vorbei. Es verfehlte sie nur um wenige Zentimeter. Die Spezialeinheiten lehnten nun an der Aufzugstür und schossen in den dunklen Schacht. Die Kugeln waren laut beim Aufprall. Larah und Yael kletterten vor Angst so schnell sie konnten.

Das Feuer wurde eingestellt. Beide hielten kurz inne. Stille, dann kletterten sie weiter. Durch die uhrwerkartige Fortbewegung, wobei sie den linken Arm hoben eine Sprosse packten und dann durch Nachziehen des linken Fußes auf der rechten Seite dasselbe machten, verfielen sie in einen meditativen Zustand, in denen sie ihre Gedanken sortierten konnten. Nach einer Weile fühlten sie sich wieder in der Lage miteinander zu sprechen.

>> Das war knapp. Denkst du wir hätten ohne die Ablenkung überlebt? << fragte er zögernd.
>> Ich denke schon, aber wir wären beide vermutlich nicht hier. Also denke ich, dass es eine gute Idee von dir war. <<
>> Vermutlich. << antwortete Yael traurig.
>> Es freut mich übrigens, dass du nicht in die Glücksabteilung gegangen bist. << sagte Larah etwas beschämt.
>> Ich hätte nach dem Treffen mit dir nicht mehr auf Emotionen verzichten können. << grinste Yael.
>> Was haben sie dort mit dir gemacht? Warum haben sie dich am Leben gelassen? <<
>> Ich weiß es nicht. Ich weiß auch nicht, warum sie mir dieses Buch überlassen haben. <<
>> Welches Buch? <<
>> Das ich aus der Bibliothek mitgenommen habe. Es ist in meiner Tasche als ich.... << er verstummte.
Sie kletterten weiter hinauf.
>> Es tut mir auf jeden Fall leid um deine Frau, Yael. << brach Larah die erneute Stille.

Yael hielt kurz an. Er griff die Leitersprosse extrem fest und fing an wütend zu werden. Er klopfte mit voller Wucht mit der Faust gegen den Aufzugschacht, so dass er fast nach hinten fiel.

>> Ich werde dort hinaufsteigen und dem ein für alle Mal ein Ende setzen und wenn es das letzte ist was ich tue, Larah. Hast du mich ver-

standen? Ich werde dort hinaufsteigen und alles zerstören. Sie haben
mir beinahe alles genommen. Ich habe kein Leben mehr. Ich habe nur
noch dich. << schrie Yael durch den Schacht.
>> Das werden wir. Ich bin für dich da. << sagte Larah leise.

Beide kletterten mit verschiedenen und extrem starken Gefühlen die
Leiter hoch und verschwanden langsam in der Dunkelheit des Aufzug-
schachtes.

# Der letzte Tag?

Frufert lief vom Bahnhof zum Lager zurück.

\>> Wie soll ich Nadia nur beibringen, dass ich eigentlich jemand anderes liebe. Vielleicht sollte ich es ihr auch einfach nicht sagen. Nein, das wäre falsch und feige. Ich muss mich zusammenreißen und es ihr sagen. Wir reden wie Erwachsene darüber und alles wird gut. << sprach Frufert mit sich selbst, als er die Wiese zum Lager überquerte.

Er sah von weitem schon, dass alle sich versammelt hatten. Wahrscheinlich warteten sie schon erwartungsvoll auf ihn.

Umso näher er jedoch kam, desto klarer wurde ihm, dass seine Freunde nicht im Kreis standen, um ihn zu begrüßen, sondern sich stritten. Er lief daraufhin etwas schneller und als der Streit zu eskalieren drohte, fing er an zu sprinten und schrie, dass sie aufhören sollten. Doch sie hörten nicht auf. Sie fingen gerade erst an.

Ricio griff Kord am Kragen und drückte ihn zu Boden. Gerade als er ausholen wollte, um ihn zu schlagen, ging Max dazwischen.

\>> Was soll das, du Verräter? << schrie Ricio Max an.

\>> Du kannst nicht einfach Kord verprügeln, nur weil er nicht deiner Meinung ist. << brüllte Max zurück.

Ricio beugte sich auf und schaute Max böse an. Er ließ Kords Kragen los, wodurch dieser in den Dreck des Gartens fiel. Er lief langsam auf Max zu und sein Blick fokussierte sich. Er hatte eine unbändige Flamme in seinen Augen, die alles verschlingen wollte, was ihr in die Quere kam.

\>> Das kann ich sehr wohl. Wenn er gegen unser Unterfangen ist, dann gefährdet er es nur. Wir können uns heute keine Fehler erlauben, es ist unsere einzige und letzte Chance diesem Bastard und dieser schrecklichen Stadt ein für alle Mal den Gar auszumachen. <<

Bastian und Lukas waren im Hintergrund und stimmten leise zu.

>> Sieh doch, wir wollen nur das Beste für die Menschheit. << sagte Lukas friedlich.

Ricio stand nun eine handbreite von Max entfernt und schaute ihm direkt in die Augen. Direkt in die Seele.

Max wollte jedoch nicht aufgeben und strahlte ebenfalls etwas sehr Intensives und Ehrliches mit seinem Blick zurück.

>> Hört endlich auf. << keuchte Frufert erschöpft, als er das Lager endlich erreichte.

Ricio drehte sich zu Frufert.

>> Aha und wo bist du gewesen? Wir hätten schon längst anfangen können. Nadia wartet schon sehnsüchtig auf dich, geh zu ihr. Wir müssen hier noch etwas klären. Das geht auch ohne deine Hilfe. <<

>> Er möchte die Stadt vernichten Fru. << teilte Kord vom Boden aus mit.

>> Was willst du? << griff Frufert Ricio an.

Bastian und Lukas kamen von hinten und hielten Frufert fest. Max eilte zu Kord und schaute, ob alles in Ordnung mit ihm war.

>> Du also auch Frufert. Ich dachte wir waren uns einig über den Plan. << sagte Ricio enttäuscht.

>> Es sollte um Grubich gehen, wir wollten ihn zur Rede stellen und wenn er nichts Sinnvolles zu sagen hätte, dann wollten wir ihn töten. Von der Stadt und den unschuldigen Bewohnern war nie die Rede. << argumentierte Frufert.

>> Oh doch. Wir schworen uns, dass wir Grubich ausschalten würden. Wie soll das ohne Extreme funktionieren? Diese Stadt ist ein Monument für ihn. Er wird ständig neue Anhänger finden, die an ihn und seine große Macht glauben. Wir müssen wieder an den Anfang. Wir

müssen an den Punkt zurück, bevor es die neue Welt und diese Stadt gab. Weißt du, ich hatte heute Nacht einen Traum... <<

>> Scheiß auf deinen verdammten Traum. In dieser Stadt leben vermutlich alle Menschen dieser Welt und wer weiß was passiert, wenn wir Grubich einfach so töten. << schrie Frufert wütend.

Ricio trat Frufert in den Bauch.

>> Unterbrich mich nicht! Dieser Traum war real. Ich wusste wieder warum ich Grubich so verabscheue.

Er hat hunderttausende Leben auf dem Gewissen und nun ruht er sich ungestraft auf ein paar Lorbeeren aus, weil er eine Stadt gebaut hat. Er ist ein grausamer Diktator, der dich und alle anderen dazu manipuliert hat, ihn als jemand gutes zu sehen. Mich wird er aber nicht täuschen. Er kann mich nicht täuschen. Ich sehe die Wahrheit. Das wird mein Vorteil sein und wenn ihr mir diesen Vorteil nehmen wollt, dann seid ihr Verräter, die die Mission gefährden. <<

Max wollte sich gerade von Kord abwenden und einen der beiden die Frufert festhielten umstoßen, als Nadia angerannt kam. Sie packte Bastian und Lukas am Nacken und warf sie wie Mülltüten weg.


>> Lass Frufert in Ruhe Ricio, oder du bekommst es mit mir zu tun. << schrie sie wütend.

>> Ich sehe schon. Ihr seid alle plötzlich gegen mich und meinen Plan, aber der ach so liebe Frufert, über den wir fast rein gar nichts wissen, dem wird vertraut. War es nicht so, dass du Grubich schon zwei Mal begegnet bist? Warum hat er dich nicht getötet? Und die viel wichtigere Frage, warum hast du ihn nicht getötet? <<

Frufert hatte auf diese Fragen jedoch keine Antworten.

Lukas und Bastian rappelten sich wieder auf und standen nun an der Seite von Ricio.

>> Wir vertrauen ihm auch nicht. << sagten die beiden nahezu synchron.

Ihnen gegenüber standen ein verletzter Kord und ein verletzter Frufert sowie Nadia und Max.

>> Ich werde nicht dabei sein, wenn ihr die Stadt zerstört. Ich werde die Leute über euer Vorhaben informieren. << verkündete Kord.

Er verabschiedete sich von Max, Nadia und Frufert und rannte, etwas humpelnd, in die Richtung aus der Frufert kam. Er war auf den Weg zum Bahnhof und weinte bitterlich als er realisierte, dass er so geblendet war von diesen extremen Idealen, dass er selber keinen Raben, sondern eben einen fetten Pelikan als Flagge verdiente.

Durch das Fortgehen von Kord erhöhte sich die Spannung zwischen den beiden Parteien.

>> Was werdet ihr jetzt tun? Ihr könnt uns nur aufhalten, indem ihr uns umbringt. Wollt ihr wirklich unsere jahrelange Freundschaft und uns töten, nur weil ihr die Wahrheit nicht ertragen könnt? << fragte Ricio in die Runde.

Max kam dadurch ins Zweifeln. Was ist, wenn Ricio Recht hatte. Was ist, wenn Grubich wirklich komplett mit all seinen Werken zerstört werden sollte? Was ist, wenn diese Art von Radikalismus notwendig war um so einen radikalen Feind zu entmachten?

>> Es tut mir leid, Fru, aber ich denke, dass es vielleicht doch keine so schlechte Idee ist. Schließlich wollten wir doch auch die Rabenflagge hissen, oder nicht? << sagte Max zögerlich entschlossen.

Er ging nun den kleinen Abstand von zwei Metern nach vorne, drehte sich um und stand auf der anderen Seite.

>> Das kannst du doch nicht machen. Diese Flagge symbolisiert das komplette Gegenteil, von dem was wir erreichen wollen. << verteidigte sich Frufert.

>> So war das bei den Piraten damals auch. << mischte sich Bastian ein.

>> Genug mit den Kinderspielchen. << schrie Ricio und zückte eine Pistole, mit der er auf Frufert zielte.

>> Entweder du machst mit oder du bist ein Feind.

Frufert, ich möchte dich daran erinnern, was Grubich dir angetan hat. Dein Gedächtnis, die schlimme Zeit in der Wüste, diese Menschen, die du geliebt hast. Weißt du nicht mehr wie sehr du ihn gehasst hast? Woher kommt dein spontaner Sinneswandel? <<

Frufert überlegte. Woher kam sein plötzlicher Sinneswandel? Er war auf jeden Fall nicht so plötzlich wie man vielleicht annehmen würde. Er fühlte sich hin und hergerissen. Er wollte Grubich bestrafen, aber für welchen Preis wollte er das tun.

>> Wir helfen euch, aber nur um Grubich zu begegnen. << unterbrach Nadia streng den Dialog und Fruferts Gedanken.

>> Ihr dürft mit der Stadt machen was ihr wollt, lasst uns aber ein Gespräch mit Grubich. << verhandelte sie scharf.

>> Na schön, dass wenigstens du zur Vernunft gekommen bist Nadia. Frufert wie steht es mit dir? Bist du auch einverstanden mit Nadias Vorschlag? << Ricio senkte die Waffe etwas um anzudeuten, dass er die Verhandlungen ernst meinte.

Frufert hatte das Gefühl, dass er Nadia noch einmal Vertrauen sollte.


>> Ja, ich werde mich nicht einmischen. Ich will aber auf jeden Fall mit Grubich sprechen! << forderte er mit bedrohlichem Ausdruck.

>> Wunderbar. Dann los, wir haben schon genug Zeit mit diesem Gerangel verschwendet. << grinste Ricio und steckte seine Waffe wieder ein.

>> Na endlich. << sagte Bastian.

Lukas schwieg.


Sie gingen ins Lager und packten ihre Sachen. Sie füllten die Rucksäcke mit Sprengstoff und Waffen. Frufert nahm nur einen kleinen Beutel mit zwei Pistolen und dem Gerät von Nadia mit. Danach versammelten sie sich und Ricio ging erneut den Plan durch.


>> Also, ich, Bastian, Max und Lukas gehen in die Untergeschosse des Turms und zerstören dort die Energieanlage. Das schaltet jegliche Möglichkeiten aus uns davon abzuhalten die Mauer zu sprengen. Dadurch können Nadia und Frufert auch einfach in Grubichs Gemächer vordringen. Anschließend machen wir uns auf den Weg zur Mauer und

zerstören das große Tor, während ihr Grubich ausquetscht und ihn zum Reden bringt. Sein Geständnis wird der Welt zeigen, was für ein grausamer und widerwärtiger Mann er wirklich ist. Hier, Frufert, nimm dafür dieses Aufnahmegerät. Nadia, du bekommst auch eins, man weiß ja nie. Wenn alles vorbei ist, stürzen wir den Turm und führen eine neue Ära ein, in der wir und die Stadt frei sind. Noch Fragen? <<

>> Was ist mit dem Plan passiert den Turm zu Hacken, anstatt gleich alles zu zerstören? << fragte Frufert empört.

>> Ganz einfach. Der alte Plan war zu riskant und nicht konsequent genug. Nun haben wir unsere Erfolgschance mehr als verdoppelt. Keine Geiseln, keine Kompromisse, keine unerwarteten Probleme. << erklärte Ricio stolz.

Frufert wollte gerade seine Waffe aus der Tasche nehmen und auf Ricio richten, als Nadia ihn am Arm festhielt und signalisierte, dass jetzt nicht der richtige Moment für solche Dummheiten war.

>> Sonst noch Fragen? << erkundigte sich Ricio.

>> Wie funktioniert das Gerät von Nadia genau? << wurde Lukas misstrauisch.

>> Was? Diese Frage fällt dir jetzt ein? Ein paar Minuten vor unserer Mission? << erwiderte Ricio sauer.

Bevor wieder ein Streit ausbrach fing Nadia an zu erklären:

>> In der Stadt in der ich geboren wurde, hat man herausgefunden, dass Grubichs Fähigkeiten auf Licht basieren. Dieses Gerät produziert ein spezielles „Gegenlicht" und kontert damit Grubichs „Lichtmanipulation". <<

>> Warum hast speziell du dieses Gerät? << fragte Lukas erneut nervös.

>> Die Stadt wurde von Grubich komplett zerstört, weil man dort primär an diesem Gerät forschte. Er wusste, dass es seine Schwachstelle offenbaren würde und deswegen nahm er einen Präventivschlag vor. Ich habe diesen jedoch überlebt. <<

Nadia fing an zornig und traurig zu werden. Frufert tröstete und umarmte sie.

>> Tut mir leid Nadia, ich wollte nicht.... << sagte Lukas sorgend.

>> Hast du aber. << erwiderte Nadia bissig.

>> Schluss jetzt damit. Die Zeit rinnt und wir haben eine Mission verdammt. Zeit ist momentan unser größter Feind. Also los jetzt. << unterbrach Ricio die Fragerunde wütend und ging voran.

Sie gingen zusammen zum Bahnhof und stiegen dort wie normale Leute, ohne terroristisch-revolutionäre Absichten, in die Bahn zum Turm ein. In der Bahn saßen Nadia, Lukas, Bastian und Ricio in einem Vierer, während Frufert danebenstand. Die vier unterhielten sich so normal, als wäre vorhin gar nichts eskaliert. Frufert verstand das merkwürdige Verhalten nicht und schaute sich deshalb notgedrungen, um nicht heuchelnd mitreden zu müssen, in der Bahn um.
Er sah eine Frau, die mit ihrer Tochter ein Spiel mit ihren Händen spielte. Die Tochter lachte viel und schien sich köstlich mit ihren Fingern zu amüsieren. Weiter hinten saß ein junges Pärchen, das so aussah als hätte es den Gesprächsball weggelegt und würde diesen momentan nicht mehr finden. Beide suchten so offensichtlich in ihren Gedanken nach Gesprächsthemen. Man sah ihnen geradezu an, dass sie sich mochten, aber sie waren beide keine unterhaltsamen Gesprächspartner. Sie boten sich ein romantisches, merkwürdiges und doch ehrliches Schweigen.
Frufert überlegte, ob er seinen Lieblingsfakt als Gesprächseröffnung für die beiden benutzen sollte, um eine hitzige Konversation über Glühwürmchen und Energieverschwendung anzuregen, ließ dann aber von der Idee ab und schaute sich lieber weiter um.
Er drehte seinen Kopf um 145° und sah, dass vorne rechts eine alte Dame mit einer lila Handtasche saß. Links von ihr saß ein dickerer Mann, der immer auf die Tasche starrte. Es schien so als würde er sie klauen wollen. Sein Blick wurde immer intensiver aber die alte Frau fühlte sich weder belästigt noch eingeschüchtert. Sie machte die lila Tasche auf, wodurch sie ein rotes Innenfutter und jeden erdenklichen Krimskrams der Welt preisgab. Sie wühlte ellenbogentief darin herum und nach endlosen Tiefen in ihrem Beutel der lilanen Unendlichkeit, zückte sie ein Taschentuchpäckchen hervor. Sie stand auf, gab es dem dickeren Mann, der sich daraufhin mit minimaler Mimik bedankte. Er

versuchte sogar höflich dabei zu lächeln, was er jedoch nicht schaffte, da er so dringend seine Nase Schnäuzen musste. Frufert war froh über diese unerwartete und vor allem harmlose Entwicklung der Situation und wandte sich wieder seinen Gedanken zu.

>> Nadia hat mich vorhin gerettet. Was ist nur los mit mir? Warum fühlt sie sich auf einmal so falsch an? Ich weiß doch noch nicht mal, wo Sora sich befindet und ob sie mich noch liebt. Was soll ich nur tun? << fragte sich Frufert.

Es tat ihm leid. Er mochte diese Gedanken nicht beantworten und wendete sich der Gruppe zu.

>> Was sollen wir eigentlich essen, wenn wir unseren Erfolg feiern? << fragte Lukas trocken.

>> Lasst uns doch jagen, wie früher und was wir dann erlegen, das kommt auf den Tisch. << schlug Bastian vor.

>> Rosinen. << sagte Ricio emotionslos.

>> Warum denn Rosinen? << fragten alle im Einklang außer Nadia und Frufert, die keine Lust auf Ricios Geschwätz hatten.

>> Kennt ihr nicht das Rosinen-Theorem? 90% der Menschheit mag Trauben, aber nur 40% mögen Rosinen. Alleine durch die Bestrahlung der Sonne ändert sich Beliebtheit. Das müsst ihr euch mal vorstellen, die Trocknung dieser Frucht macht sie ungenießbar für viele. Die Rosine steht daher für die Entwicklung, Minderheiten und die Andersartigkeit in diesem Theorem. Also essen wir Rosinen. <<

>> Klingt lecker. << sagte Max.

Nadia war sich nicht so sicher ob sie Rosinen mochte und die anderen verzogen nur das Gesicht.

>> Wir erreichen in wenigen Sekunden unsere Endstation, wir bitten daher alle Fahrgäste auszusteigen. Nehmen Sie jegliche Wertsachen mit und passen sie auf die Tauben draußen auf, die sind heute äußerst aggressiv. Ach und das Wetter ist heute sonnig bewölkt bis trüb und es werden erneut Temperaturen außerhalb der Stadt bis zu 45°C und am äußeren Ring Temperaturen ab 26°C erwartet. Genießen Sie ihren Tag und fahren Sie bald wieder mit unseren verlässlichen und sicheren Bahnnetzen, denn... <<

Die Bahn blieb stehen und während die Fahrgäste ausstiegen, redete der Ansager einfach weiter. Er redete solang bis die Türen sich wieder schlossen und die Bahn zurückfuhr. Um genau zu sein redete er noch bis zur nächsten Station und hörte dann erst wieder auf. Die Schaffnerroboter durften immer nur am Anfang und am Ende der Fahrt eine Ansage machen, was sie vollkommen ausnutzten.

Die fünf verließen die Haltestelle „Zentrum" in Richtung Turm und liefen eine riesige Treppe aus Marmor hinab. Eine Treppenstufe war ca. *1,1*cm höher als die anderen, weswegen alle außer Nadia stolperten. Am unteren Ende der Treppe war ein gigantischer Platz aus Sandstein. Inmitten dieses Platzes, der goldgelb in der Sonne reflektierte, stand der beachtliche Turm. Er sah aus wie ein Hybrid aus einer riesigen gotischen Kirche und einem sehr eleganten Wolkenkratzer. Der Turm war 825m hoch und bestand aus *147* Stockwerken über der Erde. Zur Verankerung diente ein Untergrund mit nahezu genau so vielen Untergeschossen wie es Obergeschosse gab. Damit dieser Turm überhaupt existieren konnte wurde ein spezielles Material benutzt. Eine Art aperiodisches Metall, das niemand außer Grubich so ganz Verstand. Es war ein absoluter Meilenstein im Feld der Architektur und der Planung. Er war das mit Abstand schönste Gebäude aller Zeiten. Er war sogar schöner, als man sich, ein Gebäude dieses Ausmaßes, je hätte vorstellen können.

>> Bald zerstören wir ihn. << freute sich Ricio stolz.

Max und nun auch Bastian verging immer mehr die Lust und Freude den Plan auszuführen. So einen majestätischen Turm einfach zerstören? Was passiert, wenn dieser umfällt? Wie viele Unschuldige werden wirklich bei ihrem Plan sterben?
Nur Lukas und Ricio sahen diese Probleme nicht als Probleme, sondern als kleine Hürden um den Marathon des Friedens zu gewinnen.
>> Also los, macht die Geräte an und jeder folgt dem Plan. << kündigte Ricio mit Vorfreude an.

Sie aktivierten die Geräte und ein sehr angenehmes und warmes arktisches Licht strahlte wie eine Sphäre aus den Apparaturen heraus. Irgendetwas passierte mit der Umgebung und es schien so als würde alles was von dem Licht berührt wurde, anfangen sich gegen das Licht zu wehren. Ein Kampf auf molekularer Ebene um die Struktur des Materials selbst. Da das Material jedoch visuell unverändert blieb, verlor anscheinend das Licht.

Frufert sah das und wurde skeptisch. Er wollte nun besonders vorsichtig sein. Ricio und die anderen bemerkten dieses Detail jedoch nicht und gingen voran.


Nach Überquerung des großen Platzes, befanden sie sich nun an der Südseite des Turms. Sie standen vor einer großen Tür, die ebenfalls aus dem aperiodischen Metall bestand. Sie versuchten sie mit aller Kraft zu öffnen. Keine Chance - sie war zu schwer.

>> Das haben wir gleich. << sagte Bastian euphorisch.

Er nahm den Sprengstoff aus dem Rucksack, klebte es an die Tür und legte einen Zünder. Danach verschanzte er sich schnell mit der restlichen Gruppe hinter einer Mauer, die sich vor einer Treppe zum Toreingang befand.

Er überprüfte ob alle in Deckung waren und zündete dann den Sprengstoff.

Es gab einen riesen Knall und durch den Torbogen erhielt die Explosion die Schönheit und Aufmerksamkeit einer kräftigen Sopranstimme. Sie entfaltete sich energetisch in alle Richtungen aber akustisch hauptsächlich nach oben. Die Tür bog sich nach innen und sah nach kürzester Zeit aus wie ein zusammengeknülltes Stück Alufolie. Der wunderschöne Treppenaufgang und die Säulen boten nun keine detailreichen Verzierungen mehr, sondern nur noch Artefakte dieser früheren Schönheit, Zerstörung und Schmelzspuren durch die Hitze der Explosion.

Bastian neigte sich um die Mauerecke und als der Rauch sich legte, gab er ein Zeichen, dass alle rasch durch den gesprengten Eingang gehen sollten.

Ricio ging zuerst, gefolgt von Max, Lukas, Frufert und Nadia. Bastian überprüfte ob jemand sie vom Platz aus versuchte aufzuhalten. Es kam merkwürdigerweise aber niemand, woraufhin auch er hurtig den Treppenaufgang hinauf und durch die freigesprengte Tür rannte.

Sie standen nun in einem riesigen Raum, der mit gigantischen Säulen gestützt wurde. Gestützt war jedoch das falsche Wort, da die Säulen ins unendliche zu gehen schienen. Man konnte vom Boden aus die Decke nicht sehen und mit den Lichtern, die von den oberen Stockwerken kamen, sah es wie ein künstlicher Sternenhimmel aus.

>> Was ist das hier? << fragte Lukas überwältigt.

>> Nur weil manche Objekte zu weit entfernt sind, bedeutet das nicht, dass sie unmöglich mit unserer Realität kombinierbar sind. << ließ sich Max laut aus der Mitte des Raumes vernehmen.

>> Was ist das für ein Blödsinn? << fragte Ricio.

>> Das steht hier auf dem Boden. << teilte Max allen mit.

In der Mitte des Raumes befand sich im Boden eine Tafel mit diesem Satz. Diese Tafel war jedoch nicht aus Gold. Sie war aus schwarzem Marmor mit einer silbernen Gravur und einem goldenen Punkt am Schluss.

Gerade als sie anfingen über diesen Satz nachzudenken, kam ein Mann mit sehr schnellem Schritt auf sie zu. Er schnipste und aus dem Boden fuhr am westlichen Ende des Raumes eine Rezeption empor. Sie war ebenfalls aus weißem Marmor wie der Rest des Bodens, wodurch es äußerst normal und natürlich wirkte. Im selben Moment als die Rezeption zum Stillstand kam, kam auch der Mann zum Stillstand und drehte sich wie eingeprobt zu den Gästen.

>> Was kann ich für Sie tun? <<

Ricio zog seine Waffe und richtete sie auf den Mann.

>> Pass mal auf, du Lackaffe, wir sind hier um den Turm zu zerstören und deinen geliebten Arbeitgeber zu töten. <<

>> Ich sehe, der 10 Uhr Termin. Ich werde nachsehen, ob Prof. Grubich Sie empfangen möchte. << grinste der Rezeptionist.

Ricio wurde sauer und ging mit gezogener Waffe auf die Rezeption zu.

>> Wollen Sie mich verscheißern? Wir haben Waffen und Sprengstoff. Wir werden hier alles in die Luft jagen, wenn sie uns nicht ernst nehmen. << schrie er nahezu tollwütig.

Der Rezeptionist hörte auf zu suchen und blickte zu Ricio auf und schaute dann die anderen der Reihe nach an. Er stoppte bei Nadia und fing an laut zu lachen. Er lachte und konnte gar nicht mehr aufhören.

>> Nehmen sie eigentlich wahr, was wir vorhaben und dass ich sie jeder Zeit erschießen könnte? << fragte Ricio gereizt.
>> Ja, das... <<
Ricio schoss ihm in die Brust ohne ihn ausreden zu lassen. Daraufhin beugte er sich über die Rezeption und spottete.
>> Ich habe keine Zeit für Leute, die uns nicht ernst nehmen wollen. <<
Während Ricio zu den Aufzügen ging, rannten die anderen hinter die Rezeption, um nach dem Rezeptionisten zu schauen.
Er lag blutend mit einer Durchschusswunde am Boden. Seine Lunge füllte sich schnell mit Blut. Lukas wurde bei dem Anblick schlecht. Er wurde extrem sauer und übergab sich neben die Rezeption. Nadia kniete sich neben den Rezeptionisten und versuchte ihn so gut es ging zu verarzten. Die anderen waren eher sprachlos über den Akt. Sogar Bastian war es anscheinend zu extrem jemand grundlos so kaltherzig zu töten.
Durch das drücken auf die Wunde wurde der Rezeptionist aktiver und fing an sich umzuschauen. Erneut begann er zu lachen, so das aus seinem Mund Blut quoll.

>> Hören Sie auf zu lachen! << schrie Nadia ihn an.

>> Wissen sie es? Hahaha, sie wissen es nicht. Du hast versagt. Wenn ihr wüsstet, was... << röchelte er.

>> Halten sie die Klappe! << schrie Frufert um Nadias Befehl zu verstärken.

>> Grubich... << äußerte der Rezeptionist mit seinem letzten Atemzug. Er starb und seine letzten Worte waren die eines Mannes den es galt umzubringen. Ricio wandte sich wütend der Gruppe zu.
>> Seht ihr, er war ein Lakai. Ein willenloser Sympathisant. Wir mussten ihn umbringen. <<
>> Vielleicht wollte er uns ja nur etwas Wichtiges mitteilen. << schrie Nadia erzürnt.
Die Gruppe lehnte sich nun erneut gegen Ricio, vor allem Lukas.
>> Dieser Mann hat uns nichts getan, wir hätten ihn betäuben können. Er hätte nicht sterben müssen, du mieser Wichser. << brüllte Lukas so laut er es nach dem Erbrechen konnte.
>> Erst wart ihr auf meiner Seite und wegen eines toten Rezeptionisten sollen wir uns schon wieder aufteilen? Wenn ihr jetzt nicht mitkommt, dann knall ich euch alle ab. Das ist mir scheißegal. Ich bring diesen Mistkerl auch alleine zur Strecke. Ich habe das Gerät und im Turm bin ich auch, also entweder wir ziehen die Sache jetzt durch oder ich werde ungemütlich. <<
Nadia stand auf, griff Frufert bei der Hand und ging zu den Aufzügen. Ricio richtete erneut seine Waffe und zielte auf die beiden.
>> Was habt ihr vor? << fragte Ricio hasserfüllt.
>> Wir treffen uns wie nach Vereinbarung mit Grubich. Wir müssen nicht dabei sein, wenn du deinen Wahnsinn an den falschen auslässt. << antwortete Frufert verbittert.

Sie gingen an den rechten Aufzug und drückten die Taste nach oben, die ein standardisierter nach oben zeigender weißer Pfeil war. Während der Aufzug auf sich warten ließ, stieg die Spannung im Saal an. Ricio war bereit jeden Moment den Abzug erneut zu drücken. Er spielte mit dem Gedanken Nadia und Frufert zu töten. Er meinte sich daran zu erinnern, dass er Frufert noch nie leiden konnte und Nadia sowieso viel zu gut für ihn war. Mit diesem Gedanken presste er seinen Finger gegen den Abzug.

>> Woher sollen wir wissen, dass du uns nicht reinlegst Ricio? << zerriss Max die angespannte Stille und unterbrach somit Ricio.
>> Was zur Hölle ist los mit euch? Gerade waren wir uns noch einig, dass wir diesen Turm zerstören. Glaubt ihr nicht, dass es mit dem Vorhaben Kollateralschäden gegeben hätte? <<
>> Was ist, wenn du für Grubich arbeitest? Du willst uns alle nach einander ausschalten, lässt Fru und Nadia alleine zu ihm und außerdem erklär' uns mal warum noch keiner einen Alarm ausgelöst hat oder warum kein Zeichen von Aufmerksamkeit in unsere Richtung gelenkt wurde? << argumentierte Max.

Ricio richtete nun die Waffe auf Max. >> Das ist doch absurd. Warum würde ich für diesen Abschaum von Mensch arbeiten? <<
>> Ich muss Max auch zustimmen. << sagte Bastian zögernd aber entschlossen und richtete nun auch seine Waffe auf Ricio.
Max und Lukas taten es ihm gleich.
>> Seid ihr jetzt völlig verrückt geworden? Grubich ist der Feind nicht ich. << verzweifelte Ricio.

Während sich die anderen gegenseitig mit ihren Waffen anvisierten, zog ein Bing die Blicke von Nadia und Frufert zum ankommenden Aufzug. Die schwarze Tür öffnete sich und die beiden gingen hinein. Ricio drehte sich noch kurz um und blickte ihnen hinterher.
Frufert drückte den obersten Knopf und die Aufzugtür schloss sich. Es fielen Schüsse.
Der Aufzug bewegte sich nun rasant nach oben, wodurch die Schüsse immer dumpfer wurden.
>> Nadia ich muss dir etwas sagen. <<
>> Jetzt nicht Fru. Wir haben gerade wichtigeres zu tun. << schnitt ihm Nadia das Wort ab.

Ohne darüber nachzudenken was war, aber immer mehr zu realisieren was sein wird, zogen Frufert und Nadia auch ihre Waffen und waren bereit.

Ebenso bereit waren die anderen im Saal. Bei einem Schusswechsel schoss Bastian Ricio ins rechte Bein und er Bastian in den Kopf. Er war sofort tot. Lukas und Max hingegen wichen aus und verschanzten sich hinter der Rezeption.
Ricio taumelte und hielt sich mit beiden Händen auf dem linken Bein, bevor er sich hinfallen ließ. Er saß nun blutend und verzweifelt auf dem Boden.

>> Ihr habt alles kaputt gemacht. Wir könnten schon längst im unteren Bereich des Turms sein und alles zerstört haben, aber ihr musstet ja Moralapostel spielen in einer Welt, in der es schon lange keine Moral mehr gibt. << schrie Ricio zornig und schlug mit der Hand in dem er seine Waffe hielt auf den Boden, so dass die Pistole zufällig in eine Richtung abfeuerte.
Der Schuss traf eine Uhr, die kaputtging und von der Wand fiel. Sie schlug auf und machte einen kleinen Riss in den Marmorboden, an der sich nun der künstliche Sternenhimmel nicht mehr spiegeln konnte, wie es gedacht war.
>> All die Jahre wollte ich doch nur herausfinden, wie wir funktionieren. Warum hast du mir das angetan? Wieso musste ich so leiden? Warum hast du das zerstört was ich liebte? <<
Ricio schien mit jemandem zu reden. Max und Lukas lehnten sich um die Ecke und sahen eine Person vor ihm stehen. Es war Grubich.
>> Ich habe nichts zerstört. Das waren alles Sie. Sie haben sich verführen lassen. Sie haben einfach angenommen, was am einfachsten für Sie war. Schieben Sie es nicht auf mich. << sagte Grubich sanft.
>> Aber der Traum, ich weiß, doch was echt war. Du hast das alles gemacht. Du bist der Teufel persönlich. Du bist die Extreme, nicht ich. Wenn wir dich töten, dann töten wir alles Schlechte. << weinte Ricio.
>> Es tut mir so leid Herr Herrmann, dass Sie das denken... <<

>> Hören sie auf mit ihrer Farce. << unterbrach ihn Ricio und schoss sein ganzes Magazin auf Grubich.

Doch die Kugeln die Grubich treffen sollten, verschwanden in einem hellen Aufblitzen. Die anderen Kugeln trafen die Rezeption, die Säulen und Maxs Unterkiefer. Er schrie fürchterlich und lehnte sich mit dem Rücken gegen die Rezeption. Lukas sah seinen verwundeten Freund und sprang wütend auf. Er ging direkt auf Grubich zu und hielt ihm seine Waffe an den Kopf.

>> Es reicht, Sie haben schon genug Schaden angerichtet. << sagte er voller Zorn.

>> Genau, erschieß ihn! << rief Ricio vom Boden aus zu.

>> Herr Peroi, ich wusste, dass wir uns erneut sehen werden. Dieses Mal freue ich mich jedoch weitaus mehr über die Umstände, die uns zusammenführen. << drehte sich Grubich grinsend um.

>> Sie freuen sich über die Umstände? Ricio hat gerade zwei meiner besten Freunde erschossen und Sie waren das Antriebsmittel dafür. Sie haben all unsere Leben zerstört, Sie kranker Bastard. <<

>> Im Gegenzug habe ich Milliarden Leben gerettet.

Wie hätten Sie reagiert, wenn ich Ihnen damals gesagt hätte, dass ich die Menschheit retten möchte, aber dafür muss ich ein paar Opfer bringen? Hätten Sie nein gesagt? Einen Wachmann zu verwirren, ein paar Menschen zu beseitigen um im Gegenzug alle zu retten? Ist das so falsch? <<

>> Sie haben mich nicht nur verwirrt. Ich habe geglaubt ich wäre tot gewesen. Ich habe es erlebt. Ich habe es gefühlt. Ich bin unter extremen Schmerzen gestorben. Mit dem Gefühl meine Frau und meine Kinder niemals wiederzusehen. Es war alles zu real. Aber anstatt ins Jenseits zu kommen, bin ich unter Schock in einem Krankenhaus aufgewacht. Umgeben von meiner Familie. Sie sagten ich sei verrückt, sowas wäre nie passiert. Wegen Ihnen... <<

>> Nein, Sie wollten nicht aufhören die Wahrheit zu suchen. Sie waren besessen von mir und deswegen hat Sie Ihre Familie verlassen. <<

Lukas wurde sauer. Er konnte sich nicht eingestehen, dass er selbst an allem schuld war. Mit letzter Verzweiflung drückte er ab.
Grubich war verschwunden und Ricio lag röchelnd am Boden. Lukas schoss ihm in die Brust.

>> Das kann nicht sein. Ich hatte die Pistole auf seinen Kopf gerichtet. Der Winkel. Ich hätte dich niemals treffen können. << rechtfertigte er sich.

Als er Ricio so sah, musste er an sich in jener Nacht denken, als er Grubich zum ersten Mal traf. Er dachte darüber nach was Grubich gerade zu ihm gesagt hatte und schaute zu Max. Lukas stand auf, ließ seine Waffe fallen ging zum Aufzug und drückte den schwarzen Pfeil, der dem Aufzug befahl nach unten zu fahren. Er wartete eine Weile vor der Aufzugtür und drehte sich dann um und sah alle tot in der Rezeption liegen. Er schaute nach oben in den künstlichen Sternen-himmel. Der Aufzug kam an und die Tür öffnete sich. Lukas warf ei-nen Blick hinein. Es lag an ihm nun den Turm zu zerstören. Er musste nur hineingehen in die unteren Stockwerke fahren und sie in die Luft sprengen.
Er schaute erneut zum Sternenhimmel hinauf und drehte sich um. Er ging bis zur Tafel inmitten des Raumes, las sich erneut den Satz durch und blickte wieder nach oben. Als er hinab schaute bemerkte er, dass die Tafel in die untere, linke Ecke einen kleinen Pfeil eingeritzt hatte. Er folgte diesem zu einer der Säulen, die das nichts stützten und ent-deckte, dass an dieser ebenfalls etwas stand. Es war ein Satz, der mit etwas Spitzem in den Goldring der Säule eingeritzt war.
>> Vergiss niemals in die Sterne zu blicken, denn sie sind der Grund warum wir fragen. <<

# Mein Name ist 51383N

>> Ich frage mich warum wir nachts nicht die Lichter ausmachen, dann könnten wir den Sternenhimmel auch mal sehen. << sagte eine Wache zur anderen.

>> Ich fände es auch toll, dann könnten wir uns während unserer Patrouille Gedanken machen, was das für ein blödes Sternzeichen da oben ist und im Anschluss lecken wir an Steinen und testen unsere Emotionen anhand von Farben. Das hier ist kein Esoterikcamp, sondern eine Stadt, die von konzentrierten Männern bewacht werden muss. Verstanden? <<

>> Ja, verstanden. Verzeihung. << antwortete die Wache beschämt.

>> Außerdem wäre es ohne Licht doch viel schwerer etwas zu erkennen. << äußerte die andere Wache gereizt.

Sie bewachten beide einen Torbogen, der zu einer Mauer gehörte. Diese Mauer wiederum umgab eine Stadt, die auf der Spitze eines Berges erbaut wurde. Eine kleine Stadt. Ein Städtchen mit einer Kirche, einem Rathaus und einer großen Forschungsanlage. Während das Rathaus die Ästhetik der Stadt förderte, weil es an ein Schloss erinnerte, sorgte die Kirche für einen künstlerisch malerischen Anblick. Es wäre ein wahrer Pilgerort für Fotografen, Touristen und Kunststudenten gewesen, wenn es nicht diesen sehr simplen grauen Klotz im Hintergrund gehabt hätte. Dieser Klotz belästigte einige, unter anderem auch die Tochter des leitenden Wissenschaftlers.

>> Papa, warum hat man eigentlich dieses Gebäude so hässlich gebaut? << fragte das kleine Mädchen.

Ihr Vater war gerade am Titrieren und antwortete völlig konzentriert auf seinen Versuch.

>> Pragmatismus und Effizienz, Schatz. <<

>> Was bedeutet das, Papa? <<

Der Vater antwortete erneut gedankenversunken in seiner Arbeit.

>> Das etwas nahezu perfekt funktioniert und weil es das schon einmal getan hat, wird die Idee nicht mehr angezweifelt. <<

>> Ach so. Papa, was machst du da? <<

>> Schatz, ich habe dich ins Labor mitgenommen, weil Mama und ich dir zeigen wollten, was Papa macht. Du musst aber schon selber aufpassen und dir nicht alles erklären lassen. Komm hierher, dann siehst du es auch besser. <<

Das Mädchen kletterte von ihrem Hocker und stellte sich neben ihren Vater, der sie anschließend unter ihren Armen nahm und auf einen Stuhl neben sich setzte.

>> Siehst du etwas Mäuschen? <<

>> Ja. << grinste das Mädchen.

>> Also hier ist eine Apparatur, die es uns erlaubt tropfenweise eine Maßlösung in eine Probelösung zu tröpfeln um dann auswerten zu können, welche Konzentration die Probelösung hat. << erklärte er stolz.

Das Mädchen war aufgeregt und forderte ihren Vater auf damit zu beginnen, doch dieser erklärte ihr, dass es bereits begonnen hat. Das Mädchen war verwirrt, denn es passierte ja gar nichts.

>> Wieso tropft es denn nicht? <<

>> Du musst dich gedulden, ich habe den Hahn so aufgedreht, dass es eine Weile braucht bis sich ein Tropfen bildet, da wir ein sehr genaues Ergebnis brauchen. <<

>> Das ist langweilig. << sagte sie.

>> Hmmm...Geh doch schonmal zu Mama und dann zeige ich dir nachher einen Zaubertrick, ja? <<

>> Juhu einen Zaubertrick. Explodiert wieder etwas? <<

>> Aber natürlich, sonst wäre es doch langweilig. << lachte er.

Das Mädchen freute sich, sprang vom Hocker und verließ das Labor. Sie lief durch einen Korridor und hörte eine Uhr schlagen. Es war nun Mittagszeit und ehe sie sich versehen konnte eröffnete sich vor ihr ein Meer aus Laborkitteln.

Sie erkannte die Möglichkeit zu spielen und rannte durch die Beine von den renommiertesten Wissenschaftlern der Welt. Es fühlte sich so an wie früher, als sie immer durch die Handtücher und Bettlaken, die an der Wäschespinne hingen, rannte, nur das die Wissenschaftler sich im Gegensatz zu der Wäschespinne nicht drehten, sondern sich beschwerten oder über das Verhalten lachten.

Am Ende des Flures hielt sie an und begutachtete ihr Werk. Durch all diese Menschen und Kittel ist sie gerannt. Was für eine Meisterleistung von ihr. Stolz ging sie ins Arbeitszimmer ihrer Mutter.

>> Mama? << rief sie in einen Raum mit Computern, Faxgeräten und Laborausstattung hinein.

>> So...Nadia? Entschuldigen Sie mich. << unterbrach sie ein Gespräch mit einer Kollegin.

>> Schatz, was tust du hier? So war das mit deinem Vater aber nicht ausgemacht. <<

>> Er hat irgendetwas langweiliges gemacht. Er meinte, dass ich zu dir soll und dafür zeigt er mir nachher einen Zaubertrick. <<

>> Soso hat er das. Titriert er wieder? Na schön. Warte kurz hier vor dem Computer. Mami muss noch schnell etwas besprechen. <<

Nadia erklomm den Arbeitsstuhl, stand auf diesen und nahm die Maus in die Hand. Sie klickte fröhlich über den Desktop und verschob Dokumente, doch nie in den Papierkorb, denn sonst würden Mama und Papa sehr böse werden.

Sie öffnete ein Zeichenprogramm und malte etwas, das vermutlich ein Baum oder eine Katze sein sollte. Es sah aber eher aus wie ein zerdrückter Apfel mit Pfeifenreinigern als Beine. Nach dem sie fertig „gemalt" hatte, öffnete sie ein Dokument mit dem Titel „Projekt Faustus". Sie las ein paar Sätze, doch es war ihr zu kompliziert und zu gruselig, weswegen sie es schnell wieder schloss. Sie erforschte noch etwas den Bildschirm und fand dann ein Kartenspiel. Sie verstand nicht so recht was sie machen musste, aber wenigstens hatte sie nun eine Beschäftigung. Nach einer Weile erkannte sie so langsam ein paar Spielregeln.

>> Leg' doch die Herzkaro. << ertönte es von hinten.
>> Erst muss ich warten und jetzt nimmst du mir den Lernspaß. << beschwerte sich Nadia.
>> Ach Nadia, das wird nicht das letzte Mal sein, dass dir so etwas passiert. Komm wir gehen in die Kantine essen. <<

Nadia stieg vom Stuhl herunter und ging mit der Mutter in die Kantine.
Sie standen nun vor dem Essensplan.

>> Was haben wir heute nochmal? <<
>> Ich glaube Donnerstag. << antwortete Nadia souverän.
>> Hmmm dann gibt's heute Dampfnudeln, da freut sich Papa aber. <<
Nadia räusperte sich lautstark.
>> Und du dich natürlich auch. << grinste die Mutter und streichelte sie am Kopf.

Sie holten sich Tablette und Besteck und stellten sich in einer Schlange aus normalaussehenden Menschen an. Es ging jedoch nur in Zentimeterabschnitten voran, weil alle Dampfnudeln mit Vanillesoße essen wollten. In der Schlange musste sich einer der Wissenschaftler zusammenreißen keine Umfrage zu starten um zu analysieren, warum alle Dampfnudeln wollten. Ob es wohl an der Form lag? Hatte es etwas mit der weiblichen Brust zu tun? Ist es deshalb ein Urinstinkt des Menschen Dampfnudeln zu begehren? Doch bevor er weitere Fragen stellen konnte, kam er an die Reihe und konnte nur noch an den Verzehr denken.

Nadias Vater kam auch endlich und schleuste sich in die Schlange zu den zwei ein.

>> Wie lange wartet ihr denn schon? << fragte er neugierig.
>> Vielleicht 15 Minuten? << meinte die Mutter und tat so als würde sie auf ihre Armbanduhr sehen.
>> Nein, länger. << versicherte Nadia.

Der Vater und die Mutter mussten über diese Aussage lachen.
Nach fünf Minuten (reale Zeit) oder besser gesagt nach 30 Minuten (Nadia Zeit) kamen sie auch an die Reihe. Wie bereits prophezeit nahmen Nadia und ihr Vater die langersehnte Dampfnudel und die Mutter präferierte die Schweinemedaillons in heller Pilzrahmsauce mit Pommes.
Sie saßen sich an einen leeren Tisch und aßen.
Die Dampfnudel sah spektakulär aus, als der warme Teig sich mit der Vanillesoße verschmolz.
Die Schweinemedaillons hingegen sahen aus wie kleine Inseln in einem Meer aus hellem Sand und so schmeckte es auch -trocken.

>> Wir sind in einer der besten und fortschrittlichsten Forschungseinrichtungen der Welt und nicht einmal da kriegt man gutes Kantinenessen. Wie bekommen die es hin, dass die Soße trocken schmeckt? << beschwerte sich Nadias Mutter spaßend.
>> Das ist purer Fortschritt. Also ich weiß nicht was du hast. Ich finde die Dampfnudel lecker. Was meinst du Nadia? <<
Nadia grinste bis zu beiden Ohren, wo sich mittlerweile auch Spritzer der Vanillesoße befanden.
>> Erzähl mal Spätzchen, wie läuft es denn gerade in der Schule? << lenkte die Mutter auf ein anderes Thema.
>> Ach ganz gut. << murmelte sie vor sich hin.
>> Was ist denn los? <<
>> Mich ärgern die anderen Kinder, weil ihr nie Zuhause seid. <<

Die Eltern sahen sich traurig an und die Mutter signalisierte dem Vater, dass er etwas sagen sollte.

>> Weißt du Mäuschen, deine Mitschüler wissen eben nicht, was wir für die Zukunft der Menschheit vollbringen. <<

>> Und was macht ihr für meine? << grätschte sie frech hinein.

>> Nadia! << ermahnte sie ihre Mutter.

>> Aber die anderen Kinder haben recht, wieso seid ihr immer weg? Liebt ihr mich denn nicht. << hinterfragte sie traurig.

>> Ach Nadia, natürlich lieben wir dich. Wir werden auch nur noch dieses Projekt beenden und dann ziehen wir weg und müssen uns keine Probleme mehr um Geld machen. Noch drei Zaubertricks, in Ordnung? Versprichst du uns, dass du noch drei Zaubertricks tapfer bist und uns vertraust? << sagte der Vater fürsorglich.

>> Ja. << lächelte sie.

>> Na dann lass uns doch den ersten hinter uns bringen. << schlug ihr der Vater vor.

Nadia sprang vom Tisch auf und ihr Vater nahm die Tablette mit.

>> Macht keinen Blödsinn ihr zwei. << warnte die Mutter lächelnd.


Nadias Vater gab die Tablette ab und sie gingen in ein größeres Labor in dem wegen der Mittagspause keiner im Moment war. Er machte ein paar Schränke auf, holte ein paar Chemikalien, legte einen Stab heraus und nahm eine Packung Streichhölzer aus seinem Kittel der über einem Stuhl hing. Danach stellte er ein riesiges Glasrohr auf den Boden, dass er mit Gas und anschließend mit Wasser und einer anderen Flüssigkeit füllte. Danach verschloss er es und schüttelte es vorsichtig.


>> Steh bitte darüber und halte dir die Ohren am besten zu. Das wird dir gefallen. << freute sich der Vater nahezu mehr als Nadia.

Er zündete den Stab an, öffnete den Deckel des Glasrohrs und steckte den Stab hinein.

Es entstand sofort eine blaue Flamme, die für ein paar Millisekunden oben verharrte und dann hinunterschoss. Diese Reaktion gab ein extrem lautes Surren von sich, dass an einen Hund erinnerte, der in einen Verstärker bellte.

>> Wo war die Explosion? << erkundigte sich Nadia.

>> Das war eine besondere Explosion. Das war der heulende Hund. Hast du ihn gehört? Es ist ein toller Zaubertrick. Durch die Stoßwelle und extrem viel Druck entsteht dieses Geräusch. Würdest du denken, dass es ein Hund war? <<

>> Ich denke nicht. << gab Nadia zu.

>> Ich liebe dieses Experiment. Es ist einfach, es macht krach und vor allem zeigt es wie wir Dinge wahrnehmen. << überschlug sich der Vater fast selbst vor Freude.

>> Das verstehe ich nicht. <<

>> Das ist so. Es sieht so aus, als würde die Flamme ohne Probleme nach unten gehen, aber das stimmt nicht. Sie wandert nach oben, dann wieder ein Stückchen runter, anschließend wieder hoch, bis sie unten angekommen ist und dann erzeugt es diesen Aufschrei. Es ist eben nicht wie man es zuerst annimmt. Merk dir das Mäuschen, dass du Dinge immer hinterfragen musst, auch wenn sie noch so richtig scheinen. <<

>> Mach ich Papa. << versicherte Nadia ihrem Vater.

>> Gut, dann haben wir jetzt ja nur noch zwei Zaubertricks übrig. Geh zu Mama und sag, dass wir fertig sind. Mach's gut Spätzchen, bis nächste Woche. <<

Er umarmte sie und gab ihr einen Kuss.

>> Tschüss, Papi. Ich hab' dich lieb. <<

>> Ich dich auch Spätzchen. <<


Sie ging erneut den Korridor entlang und stand nun im Büro ihrer Mutter. Der Computer, an dem sie vorhin gemalt hatte, wurde nun formatiert. Nadia schaute um die Ecke und sah ihre Mutter einen Berg von Blättern zu durchforsten.

>> Ah, Nadia. Komm her. Ich habe dir bereits ein Taxi gerufen. Du fährst über das Wochenende zu Opa. Sei anständig und nett zu ihm. Du bist doch seine Lieblingsenkelin. <<

>> Ja, mach ich. <<

Nadias Mutter stand auf, legte ihre Lesebrille auf den Tisch und umarmte Nadia so fest sie konnte.

>> Bald sehen wir uns wieder mehr. Ich hab' dich so lieb Schatz. << sagte die Mutter und musste fast weinen.

>> Ich dich auch. << antwortete Nadia mit schwacher Stimme und umklammerte ihre Mutter.

>> So geh nun mit diesem Mann mit, er bringt dich raus zum Taxi. Bis nächste Woche. <<

Nadia folgte dem Mann zurück durch den Korridor. Da das Haus ein Würfel war, befand sich immer ein langer Gang in der Mitte und von diesem ausgehend mehrere kleine Gänge zur Seite. Dieses System ermöglichte den Laboren die beste Effizienz. Nadia fand es aber eigentlich nur merkwürdig und nicht so hübsch.

Als sie am Ausgang waren, musste ihr Begleiter fünf verschiedene Karten scannen um durch die Eingangstür zu kommen. Nachdem das schreckliche piepsen und verifizieren vorbei war, gingen sie zum Taxi. Ihr Begleiter hielt ihr die Tür auf und Nadia stieg ein. Der Taxifahrer lehnte zum Beifahrerfenster und kurbelte dieses herunter.

>> Wohin soll es denn gehen? Darf das Mädchen überhaupt alleine fahren? << erkundigte sich bei dem Wissenschaftler.

Der Begleiter gab dem Taxifahrer daraufhin einen Zettel. >> An diese Adresse. Sie ist ja nicht allein. Sie sind doch bei ihr. << sagte er kalt.

Der Taxifahrer dachte sich nicht viel dabei, nahm den Zettel und das Geld und kurbelte das Fenster wieder hoch. Er schaute sich um, ob alles um das Taxi herum weg war, drehte den Schlüssel im Zündschloss und fuhr los.

Nadia schaute während der Fahrt aus dem Fenster. Sie liebte den malerischen Ausblick von der Stadt aus. Der Wald um den Berg herum und das Schloss, an dem sie ebenfalls vorbeifuhren gaben ihr immer eine Vorstellung davon, wie es wohl in einem Märchen sein musste. Sie schwelgte in Erinnerungen, als sie das starkbewachte Tor passierten und als sie den Berg hinunterfuhren, sah sie ein paar Tiere.
Doch nach ein paar Minuten verließen sie die Gegend und fuhren auf die Autobahn. Nadia hatte sie noch nie gemocht. Ihr Vater meinte immer, dass es zu viele Autos wären, die immer alle drängeln müssten, weil sich jeder für den wichtigsten Menschen der Welt hält, der einen Termin hat und den er zu 110% einhalten muss.
Sie verstand diese Hektik einfach nicht. Ob sie nun um 17:00 Uhr anfängt ein Bild zu malen oder um 17:15 Uhr ist egal und davon geht die Welt ja auch nicht unter.

>> Möchtest du etwas anderes anhören, Kleine? <<
Bis gerade fiel Nadia die Musik gar nicht auf. Es war ein Mix aus Funk und Pop, der nicht grauenvoll war, aber auch nicht sanft zu den Ohren.

>> Haben Sie Klassik? << fragte Nadia schüchtern.
>> Nein, das habe ich nicht, aber ich habe dieses schicke Stück hier. Das könnte dich vielleicht an Klassik erinnern. <<

Er wechselte zu einer CD auf der „Master Of Reality" stand. Die CD begann mit einem Husten und ging dann über in einen hypnotisierenden Bass. Der Taxifahrer drückte weiter.
>> Das hier wollte ich dir zeigen. <<
Aus dem Lautsprecher kam plötzlich eine mittelalterliche Melodie, die von einer E-Gitarre gespielt wurde. Es klang sehr klassisch und Nadia gefiel das, es endete jedoch ziemlich schnell und ein ansteigender Bass mit Gitarre und Trommeln übernahm wieder die Kontrolle.

Sie hatte nichts per se gegen die Musik und sah das der Taxifahrer viel Spaß hatte, also ließ sie ihn die Musik hören und schaute weiterhin verträumt aus dem Fenster.

Sie fuhren immer weiter vom Land weg und die Landschaft wurde flacher und industrieller. Kraftwerke, große Gebäude, Rauch. Nadia wollte nun nicht mehr aus dem Fenster starren und fing an mit dem Taxifahrer über die Musik zu reden, die sich immer mehr in den Vordergrund ihrer Wahrnehmung bahnte.

>> Warum sind diese Lieder denn so langsam? <<
>> Sie bauen auf und erreichen ihre Ekstase meistens in der Mitte des Liedes. Ich dachte, das könnte dir vielleicht an klassischer Musik gefallen. So wie jetzt pass auf. <<
Das Lied hielt kurz inne und explodierte förmlich voller Energie, dank einem schnellen Schlagzeugtakt angeführt von einer tiefen bass-lastigen E-Gitarren-Melodie.

>> Worüber singt der Mann? <<
>> Er singt darüber, dass die Menschen die Erde verlassen und ins Nichts wandern, bevor sie hier durch die eigenen Probleme sterben. <<
Nadia fand das gruselig und bat den Taxifahrer eine andere CD abzuspielen. Er wechselte erneut die CD und es lief Fahrstuhlmusik.
Nadia schaute in die Gegend und es wurde immer trüber, jedoch die Musik stieg in ihrer Fröhlichkeit an. Es war ein merkwürdiger Kontrast, durch den sie irgendwie müde wurde und vor sich hindöste. Während sie schlief wechselte der Taxifahrer erneut die CD und drehte die Lautstärke runter, damit er sie nicht weckte. Er wollte auf keinen Fall eineinhalb Stunden Fahrstuhlmusik hören und fragte sich, warum er diese CD überhaupt besaß.

>> Aufwachen. Wir sind da. << weckte der Taxifahrer sie sanft.
Sie sprang auf, rannte am Taxifahrer vorbei und ihrem Großvater, der sie schon an der Terrasse erwartete, direkt in die Arme. Der Großvater

sah zum Taxifahrer auf und dieser verabschiedete sich mit einem freundlichen Winken.

>> Ich weiß, was du jetzt brauchst. Eine kalte Milch und eine gute Partie Schach. << lächelte er.
>> Auja. << freute sich Nadia.
Sie gingen ins Haus und Nadias Großvater bereitete das Schachspiel vor. Sie spielten eine ganze Stunde bevor der Großvater sich an die Milch erinnerte uns sie ihr brachte. Als er mit einem vollen Glas zurückkam, wollte Nadia nicht mehr Schach spielen, denn sie war trotz des Nickerchen im Taxi sehr müde. Während sie ins Zähne putzte, erhielt ihr Großvater einen Anruf. Sie lag bereits im Bett, als er zu ihr ins Zimmer kam.

>> So Nadia, dein Vater hat gerade angerufen. Ihr könnt leider nächste Woche keinen Zaubertrick machen, da der heutige zu viel Aufmerksamkeit auf sich gezogen hat. <<
Nadia war sauer. >> Warum hat Papa mir diesen blöden Trick dann gezeigt? Es ist nicht mal etwas explodiert. <<
>> Sei nicht sauer auf deinen Vater. Er gibt sich alle Mühe der Welt um Zeit mit dir zu verbringen. << versicherte er.
>> Darf ich solange bei dir bleiben Opa? <<
>> Natürlich darfst du das, aber jetzt schlaf! Ausgeruht sieht man Dinge gleich ganz anders. <<

Er machte das Licht aus und sie wünschten sich gegenseitig bevor er die Türe schloss gute Nacht.
Es vergingen neun Tage, die sie mit Schach, Milch und Fernsehen verbrachten und die Freude ihre Eltern und den letzten Zaubertrick zu sehen stieg enorm an.
Sie saßen auf dem Sofa als plötzlich die Nachrichten das Programm unterbrachen.
>> Wir unterbrechen das Programm für eine Eilmeldung. Terroristen sind in das weltberühmteste Forschungszentrum der Welt, das „Institut

für neophysikalische Wissenschaft", eingebrochen und haben alles zerstört. Berichten zufolge gibt es keine Überlebenden. <<

Der Großvater eilte zum Telefon und versuchte seine Tochter zu erreichen, doch die Leitung war tot. Er verzweifelte und setzte sich wieder neben Nadia, die nicht realisierte was gerade passierte. Ihr Großvater umarmte sie und fing an zu weinen. Plötzlich war Nadia der Zaubertrick egal, sie wollte ihre Eltern sehen. Doch genauso wie der Zaubertrick, passierte das nicht.
Am Tag der Beerdigung wurde sie von vielen Fremden gefragt, wie sie sich fühlte. Es war ein sonniger Tag und das passte ihr gar nicht. Warum strahlte die Sonne, wenn alle hier trauerten?
Ein Mann im schwarzen Anzug setzte sich vor sie hin.

>> Nadia, das ist doch dein Name korrekt? Wie fühlst du dich? <<
>> Wie sollte ich mich fühlen? Meine Eltern sind tot und Sie sind der dutzendste Typ, der mich das fragt. << antwortete sie zickig.
>> Wo waren sie mit ihren Gedanken? <<
>> Wo sollte ich schon gewesen sein. Meine Eltern sind gestorben... <<

Sie schaute sich um. Sie war auf keiner Beerdigung und sie war auch kein kleines Mädchen mehr. Sie saß in einem Büro.
>> Wer sind sie? Wo bin ich hier? <<
>> Ganz ruhig. Ich bin ein Freund. Sie befinden sich in einer Therapie. Sie wollten sich heilen lassen. Ich habe sie hypnotisiert, damit sie erneut in ihre Kindheit können. <<
>> Warum? Was ist das hier. Welche Therapie? <<
>> Nun beruhige dich doch Nadia. Wir sind hier um dir zu helfen. <<
>> Wie wollt ihr mir helfen? <<
>> Wir wissen, wer deine Eltern umgebracht hat und können dir helfen dich zu rächen. <<
Nadia erstarrte und hörte gespannt zu.
>> Wir fanden heraus, dass deine Eltern an einer Waffe gegen das „Projekt Faustus" gearbeitet haben. Daher sind wir uns sicher, dass

Grubich auch deine Eltern und deren Kollegen ermordet hat. Wir haben einen Mann lokalisiert, der sie zu ihm führen wird um ihn zu eliminieren. Bist du dabei? <<
Nadias Augen leuchteten vor Hass und Zorn.
>> Was muss ich tun? <<
>> Wir wissen, dass die Kontaktperson in ein paar Wochen eintreffen wird, daher musst du dich vorbereiten. Wenn du bereit bist, dann eskortieren wir dich zum Treffpunkt und von da an bist du auf dich alleingestellt. <<
Nadia schlug ein und verließ mit dem Mann das Büro.

Sie trainierte hart, doch fühlte sich nie überanstrengt. Die Erwartung sich endlich an dem Mörder ihrer Familie zu rächen, machte sie zu einer unerschöpflichen, skrupellosen Maschine. Es gab nur ein Ziel, Grubich töten, und bevor das nicht erreicht wurde, würde sie nicht ruhen. Nach ein paar Wochen war es so weit. Sie saß in einem gepanzerten Einsatzfahrzeug und war bereit. Man hatte ihr zerrissene Klamotten, einen Rucksack und ein bisschen Salz zum Essen gegeben. Sie musste Salz essen, damit man ihrer Geschichte, dass sie seit Tagen durch die Wüste geirrt ist, Glauben schenken würde. Nadia war aufgeregt. Ihr half jedoch Meditation mit Hilfe des Liedes, was sie damals in ihrer Kindheit im Taxi gehört hatte. Menschen die ins Nichts fliehen...
Ein Mann machte ihr pantomimisch klar, dass sie ihre Kopfhörer abnehmen sollte. Das tat sie auch. Sie legte die Kopfhörer und ihr Musikabspielgerät zur Seite, stand auf und wurde von zwei kräftigen Männern an den armen gepackt. Die Fahrzeugtür des Panzerwagens ging auf.
Nadia wurde mit viel Schwung aus dem fahrenden Fahrzeug geschmissen, so dass sie eine Sanddüne hinunterrollte und sich am Arm verletzte.
Was sollte das? Wollten sie, dass sie wirklich starb?
Sie erhob sich aus dem Sand und ihr wurde schnell klar, dass sie sich in der Wüste befand. Es war weit und breit kein Kontaktmann zu sehen. Sie nahm ihren Rucksack, erklomm die Düne von der sie hinun-

tergeschmissen wurde und sah nichts als Sand. Geschockt über die Situation sah sie nun im Rucksack nach, doch in diesem befand sich nur die Geräte, die „Projekt Faustus" aufhalten konnten und eine kleine Flasche Wasser sowie ein Tuch. Sie band sich das Tuch um ihre Verletzung, trank einen kleinen Schluck und machte sich auf den Weg in Richtung Westen.

Nach einem Tag bemerkte sie wie heftig ihr Arm durch den Sturz wehtat und wie heftig sie sich quälte. War es das wirklich wert? Doch etwas in ihr antwortete sofort mit einem unerbittlichen „Ja".

Sie ging wie besessen weiter und fiel nach ein paar Stunden völlig erschöpft zu Boden. Ihre Füße bluteten, sie hatte kein Wasser mehr und die Geräte im Rucksack waren schwer. Sie wollte auf dem Boden bleiben, doch etwas in ihr wollte das nicht. Sie stand auf und lief weiter. Die Schmerzen wurden größer und Nadia fing an zu schreien. Niemand hörte sie. Sie fiel erneut hin, doch dieses Mal stand sie nicht mehr auf. Sie lag dort im Sand. Der Sand war heiß und kratzig. Sie schaute in die Wüste und empfand dasselbe Gefühl, als sie die Stadt verließ. Rauch? Sand? Wo ist der Unterschied für mich. Menschen die ins nichts Wandern. Menschen die ins nichts fliehen. Sie begann voller Schmerzen das Lied zu summen. Sie wollte aufgeben, als sie eine Stimme vernahm.

>> Hallo? Wer bist du? Brauchst du Wasser? <<

>> Ja. << schrie Nadia qualvoll mit kratziger Stimme.

Es war Frufert. Er rannte zu ihr hin, nahm sie unter die Arme und schleifte sie in seine kleine Unterkunft. Er legte sie dort auf einen Stein und gab ihr Wasser zu trinken. Er verließ die Unterkunft für einen kleinen Moment und Nadia sang nun den Refrain des Liedes.

>> Freiheitskämpfer ausgesandt zu den Sternen.

Fliehen von Gehirnwäschen und Konzernen.

Überlass' die Erde dem der die Sünde säht.

Finde eine neue Welt auf der Freiheit lebt. <<

Als er wieder kam nahm er die gesammelten Stöcke und machte ihr eine Armschiene daraus.

>> Wie heißt du? Sind wir uns zufälligerweise bereits begegnet?  <<
fragte er misstrauisch.
>> Ich heiße Nadia und nein, das, denke ich nicht. <<

# Narrenwelt

Larah und Yael kamen im Stockwerk der alten Bibliothek an. Die alte Aufzugstür war zu und ging durch den Alarm nicht auf.

>> Was sollen wir nun machen? << fragte Larah.
Yael antwortete nicht. Er schaute sich um und fand erneut einen Lüftungsschacht.
>> Lass uns da hinein. << sagte er energisch.
Er kletterte etwas nach oben und trat dann gegen ein Gitter, das den Lüftungsschacht versperrte. Es wackelte etwas. Yael trat nochmal dagegen. Und nochmal. So lange bis er vor Zorn schrie. Das Gitter fiel ab und stürzte den dunklen Aufzugschacht hinab begleitet von seinem monströsen Schrei. Yael war sehr wütend und stieg in den Lüftungsschacht. Larah folgte und robbte ihm hinterher.

>> Was ist los mit dir? << fragte Larah.
Yael schnaufte heftig und robbte etwas langsamer.
>> Was los mit mir ist? Ich habe meine Frau verloren, ich dachte ich hätte dich auch verloren, wir wurden fast getötet und wir werden von einem Mann wie Marionetten behandelt. Es wurde mir klar, als du mich gefragt hast, warum er mich am Leben gelassen hat. Das Ganze ist ein Spiel. Es war kein Zufall, dass ich an dem Tag in der Glücksabteilung so reagiert habe oder dass ich dieses Buch jetzt dabeihabe. Es hat einen Zweck und ich möchte ihn nicht erfüllen. Ich weiß nicht mal mehr ob er es nicht sogar plant, dass wir diesen Turm zerstören wollen. Ich meine, er hätte uns schon mehrmals töten können. Wir sind wie Ratten in einem Labyrinth, die bei einem Fehler immer wieder mit einem Elektroschock bestraft werden, aber nie getötet werden. Und dass nur weil er etwas beweisen möchte. Er möchte uns, sich oder irgendjemand anderem etwas beweisen. <<

Larah dachte darüber nach.

>> Wenn sein Spiel aber wirklich die Menschheit besser macht, ist es dann nicht egal warum es passiert, sondern eher das es irgendwie passiert? << argumentierte sie zögernd.

>> Ich denke das werden wir herausfinden, wenn es soweit ist. <<

Beide dachten über die Entscheidungen nach, die sie bisher getroffen hatten. Was wäre, wenn es wirklich von Anfang an so geplant war? Würden sie den Menschen wirklich helfen oder waren sie egoistisch genug das zu glauben. Durch diese Gedanken fühlte sich der Schacht nahezu unendlich an. Das war dieser theoretisch auch, denn er war schließlich ein geschlossener Kreis mit zwei Eingängen. Von oben würde es wohl eher wie ein großes Phi aussehen.

Doch nach ungefähr 50 Metern, öffneten sie ein weiteres Gitter und krochen in die alte Bibliothek. Sie standen auf und befanden sich hinter dem Schreibtisch der Bibliothekarin wieder. Diese war jedoch nicht anwesend. Die ganze Bibliothek wirkte noch verlassener als sonst. Wäre die große Sphäre in der Mitte und das zerstörte Rundfenster nicht gewesen, dass die Sphäre mit noch mehr Sonnenlicht versorgte nicht gewesen, dann hätte sie dunkler, kälter und älter gewirkt, als sie sowieso schon war. Durch das große Loch in der Decke, das noch nicht repariert wurde, fiel einiges an Sand in die Bibliothek, so dass an den mittleren Regalen direkt unter der Sphäre sich kleine Sanddünnen bildeten. Auch am Schreibtisch formte sich so ein kleines Sandhäufchen an.

>> Wo ist die Sekretärin? << wunderte sich Yael.

>> Vermutlich ist sie aufgrund des Alarms in Sicherheit gegangen. << vermutete Larah.

>> Siehst du, schon wieder so ein Zufall. Das ist alles viel zu einfach. << klagte er.

>> Es ist nicht schlimm, dass wir auch mal Glück haben, also komm, lass uns weiter. << motivierte ihn Larah.

Sie rannten zum alten Aufzug, der zum Architekten führte. Dieses Mal hatten sie keine Zeit und vor allem keine Lust die Buchtitel zu lesen und in Fakten der Schwermut zu schwelgen. Sie wollten nicht mehr in der Vergangenheit leben. Die Zukunft war ihr Ziel.
Sie kamen am Aufzug an, der trotz Alarm zu funktionieren schien. Yael drückte hysterisch die Taste neben ihm und die Aufzugstüre öffnete sich. Sie gingen hinein und fuhren in die Etage des Architekten.

>> Wenn der Architekt nicht mehr in seiner Zelle ist, dann habe ich ein ganz mieses Gefühl bei dieser Sache. Ich bin mir nicht mal sicher, ob er überhaupt echt war. << sagte Yael.
>> Yael du wirst langsam paranoid. << schimpfte Larah.
>> Was ist, wenn du auch nicht echt bist und nur Teil des Plans um mich das alles glauben zu lassen? << sagte er hysterisch.
Larah wollte ihn anschreien, doch sie war sich auch nicht so sicher was echt und was vorgespielt war. Die Aufzugstür öffnete sich. Der Architekt war immer noch angekettet und hing in der Luft.
>> Siehst du, wir hatten bisher wohl einfach nur Glück. << scherzte Larah gezwungen.

Yael merkte die Gezwungenheit und lächelte krampfhaft. Sie gingen am Sessel vorbei und redeten mit dem Architekten, der sie entsetzt anschaute.
>> Wo ist Herr Pent? << fragte Yael zornig und verunsichert.
>> Habt ihr es nicht gehört? << antwortete der Architekt.
>> Was denn? << fragte Larah. <<
>> Das Leuten der Glocken? <<
>> Welche Glocken? <<
>> In der Turmkathedrale. Sie klingen so schön, hört ihr sie nicht? Zu spät haben wir erkannt, dass er kein Bauer war und auch kein König. Höchstens ein Narr. Wir und ihr. Narren vor dem Thron des größten aller Narren. Wir dachten, dass es in einer Narrenwelt keine Ritter mehr gibt. Die „benedictio militis" war aber kein Schein, es gibt ihn wirklich. Hört ihr nicht wie die Glocken ihn präsentieren? Er hat uns

hintergangen. Er, der Knecht der Narren, der Ritter der Narren, der König der Narren. <<

>> Er ist verrückt geworden. Lass uns weiter. << sagte Yael gereizt und ging links am Sessel vorbei.
>> Was redest du da Architekt? Wo ist die Turmkathedrale und wie kommen wir dorthin? << wollte Larah neugierig wissen.
>> Ihr nennt mich verrückt und wisst nicht wo die Kathedrale des Turms ist? Ihr befindet euch immer darin. Von ganz oben läutet es. Hört ihr sie denn nicht? <<

Yael öffnete an der linken Seite des Raumes eine versteckte Tür, die zu einem Treppenaufgang führte. Er ging hinein schaute nach oben und ging wieder zurück.
>> Wo bleibst du denn Larah. Von ihm werden wir nichts mehr Neues erfahren. <<
>> Geht schon! Ihr werdet die Glocken auch bald hören. << freute sich der Architekt.

Larah folgte Yael musste aber immer an das Läuten denken. Sie gingen die Treppen hinauf und kamen in die drittletzte Etage des Gebäudes. Vor ihnen lag ein riesiges Labor mit einem gewaltigen Reaktor in der Mitte. An der Seite standen große Tanks mit organischem Material darin. Es sah so aus, als würde man hier Prothesen bauen oder Menschenteile züchten. Einer der Tanks, der sich ganz links befand war beschriftet mit „51383N". Neben ihm befand sich eine Türe mit der Aufschrift „Objekt 13 – Kein Zutritt".

>> Ich vermute mal, dass dieser Reaktor in der Mitte, die Energiequelle ist. << schlussfolgerte Yael scherzhaft.
>> Wie zerstören wir es nun? << fragte Larah verwirrt.
>> Ich dachte, da das ein Labor ist, wird es hier bestimmt etwas geben um Sachen in die Luft zu sprengen. << gab Yael zu.

>> Moment, du meinst wir sind den ganzen Weg hier hoch gekommen ohne Plan, wie das Ding hier zerstört werden kann? Was ist mit den Gesprächen, die du überhört hast? <<

>> Ich dachte, weil wir so ein leichtes Spiel haben, wird uns auch hier etwas einfallen. Außerdem ist das der ultimative Beweis, wenn wir es jetzt schaffen, dann können wir davon ausgehen, dass Herr Pent es so wollte. <<

>> Was ist das für eine Logik. Du bist absolut paranoid. Für dich haben wir also alles aufs Spiel gesetzt, nur um herauszufinden, ob Herr Pent ein genialer Supertaktiker ist, der uns alle auch gedanklich kontrolliert? << schrie Larah sauer.

>> Hier geht es um mehr als uns Larah. << schrie Yael zurück.

>> Ich kann es nicht fassen Yael. Was hast du denn in deinem blöden Rucksack, wenn nicht Sprengstoff oder etwas anderes Nützliches? <<

>> Das Buch. << antwortete Yael trocken.

>> Von welchem Buch redest du denn die ganze Zeit? Wir waren in einer Bibliothek, da gab es mehr wie eines. <<

>> Das, das du uns suchen lassen hast. Das wodurch alles erst seinen Lauf genommen hat. Weißt du was, vielleicht war es ja doch dumm von mir zu glauben meine Emotionen behalten zu wollen. Dann würden wir jetzt zum Beispiel nicht streiten. Vielleicht ist Herr Pent ja gar nicht böse, sondern wir sind es. Mit unseren dummen kleinen Ideologien und Vorstellungen wie alles besser ist. <<

>> Yael, sag sowas doch nicht. << wurde Larah traurig.

>> Warum nicht, weil es teilweise wahr ist? Lass uns das jetzt einfach beenden. Ich habe keine Lust mehr. << resignierte er zornig.


Yael wandte sich wütend von Larah ab und ging in einen Nebenraum des Labors, wo er die Schränke nach etwas Nützlichem durchsuchte. Larah, war nun unwohl. Genauso unwohl, als Herr Pent sie damals im Gefängnis des Architekten zur Rede stellte. Sie wusste nicht mehr was sie tun sollte und begann ziellos Schränke und Schubladen zu durchforsten. Sie fand Werkzeug, Anleitungen der komplexen Maschinen, Chemikalien, einen Verbandskoffer mit Dinopflastern, mehr Anleitungen zu bestimmten Vorgängen, einen Bunsenbrenner und einen Schlüssel. Sie schaute ihn genauer an und konnte eine römische 13 darauf erkennen. Sofort darauf ging sie zur Tür neben dem Tank und versuchte den Schlüssel aus. Er passte und sie öffnete die Türe. Im Zimmer vor ihr saß an einem Schreibtisch eine wunderschöne Frau mit langen roten Haaren, die eine legere einheitliche graue Kleidung trug. Sie las und bemerkte erst gar nicht, dass die Türe aufging.

>> Wer sind Sie? << fragte die Frau perplex.
>> Ich bin Larah und sie sind Sora, stimmt's. << freute sich Larah. Sie zu sehen baute erneut ihre Motivation auf, die Yael zuvor zerschmetterte.
>> Kennen wir uns? Was machen Sie hier? Ist es vorbei? <<
>> Wir wollen dieses Gebäude zerstören. Hilfst du uns dabei? <<
>> Dann ist es noch nicht vorbei. << sagte sie traurig und stellte gleich darauf ihre wichtigste Frage:
>> Kennst du einen Frufert? <<
>> Frufert? Wer heißt denn bitte so? <<
>> Also nicht. << antwortete Sora enttäuscht. Sie stand auf, klappte das Buch zu, dass sie las und verließ ihre Zelle.

>> Ich habe Teile ihrer Akte gelesen. Sie kommen von der Erde? <<
>> Was soll das denn heißen? <<
>> Na, von dem Planeten. Die Erde. <<
>> Larah, ich weiß ja nicht, was man dir für Lügen erzählt hat, aber wir befinden uns immer noch auf der Erde. << erklärte ihr Sora.
>> Nein, das kann nicht sein. Die Zivilisation der Menschen ging vor vielen Jahren auf der Erde unter. Das ist unmöglich. Wir sind die einzigen hier. Herr Pent und... << sie stockte. Konnte sie nach all den Ereignissen noch so naiv sein?

>> Das stimmt, aber wir befinden uns immer noch auf der Erde. <<
>> Das bedeutet, ja dass Grubich hier ist. <<

>> Du kennst Grubich aber nicht Frufert? Was willst du denn von ihm? <<

>> Nein, ich kenne beide nicht, aber Grubich wird uns bestimmt helfen. <<

>> Das glaube ich nicht. Das dachten ich und Frufert auch und es hat uns nur Ärger bereitet. Er hat uns ignoriert und im Stich gelassen. Er trennte uns und erschuf diese furchtbare Welt. <<

>> Mit wem redest du da, Larah? << schrie Yael.

>> Wer ist das? << fragte Sora skeptisch.

>> Yael!? << sagte Larah reflexartig.

>> Traust du ihm mit deinem Leben? << erfragte Sora autoritär und streng.

Larah überlegte. Sie dachte an alles was er vorhin zu ihr gesagt hatte.

>> Nein, ich traue ihm jedoch genug um zu wissen, dass er kein Feind ist. <<

>> Ob das wohl reicht? << hinterfragte Sora.

Sie ging ins Labor, machte eine Schublade auf und nahm einen Hammer und einen Schärpickel heraus. Sie schaute sich um und sah den Tank neben ihrer Tür, plötzlich wurde ihr schwarz vor Augen. Sie fiel auf Knien zu Boden und rammte den Pickel so stark sie es nur konnte in den Boden.

>> Wer ist das? << fragte Yael als er mit zwei Säcken unter den Armen ins Labor trat.

>> Sie kennt Grubich. << erwiderte Larah.

>> Aber was macht sie auf dem Boden Larah? <<

Sora weinte und stach weiter mit ihrem Pickel in den Boden. Es entstand ein Loch im Industrieboden.

>> Diese Schweine haben mich reproduziert. <<

>> Was? << warfen Larah und Yael verzögert in den Raum.

>> Sie haben meine DNS und meine Persönlichkeit extrahiert und sie in eine Maschine übertragen. <<
>> Warum würden sie das tun wollen? <<
>> Um an Frufert zu kommen. <<
>> Wer zur Hölle ist Frufert? << krakeelte Yael.

Sora stand auf und ließ wütend Hammer und Pickel zurück. Sie ging zu Yael und nahm ihm die zwei Säcke ab. Sie warf sie neben den Reaktor und ging anschließend in den Raum aus dem Yael kam. Sie holte noch mehr Säcke und warf sie auf den bereits existierenden Haufen.

>> Wer ist Frufert verdammt? Ich dachte es geht hier um diesen Grubich. << brüllte Yael erneut.
>> Ich weiß es auch nicht genau, aber das ist jetzt nicht wichtig. << musste Sora zugeben.

Larah ging zu den Säcken und inspizierte diese. Aluminiumpulver und Ammoniumnitrat stand jeweils auf den 10 kg schweren Säcken.

>> Was habt ihr genau vor? <<
>> Wir jagen das Ding in die Luft. << sagte Yael salopp.
>> Nein, so einfach auch nicht. << ließ sich Sora vernehmen.
>> Ich kenne mich da etwas aus und nur Ammoniumnitrat reicht bei dieser Menge nicht. <<
>> Und was hat die Explosion für Konsequenzen Sora? <<
>> Ist doch egal. Diese Mistkerle haben mich benutzt. Was auch immer mit ihnen passiert interessiert mich nicht. << sagte Sora kalt.

Sie ordnete die verschiedenen Säcke an, überschüttete sie mit einer weiteren Chemikalie und legte eine Spur aus Propanol zum Laborausgang. Alle standen nun an der Türe.
>> Wenn ich das Propanol anzünde, dann müssen wir so schnell es geht den Gang entlang rennen und die Treppen in den letzten Stock hoch. Verstanden? << wies Sora an.

Sie nickten und Larah gab Sora den gefundenen Bunsenbrenner womit sie die Propanolspur anzündete. Sie rannten alle so schnell sie konnten den Flur entlang und die Treppen hinauf. Das Feuer erreichte die Säcke. Es brannte kurz, dann gab es ein Knistern und ein einziger Funke. Die Säcke und der Reaktor explodierten. Es war eine gewaltige Explosion die das komplette Labor sowie die Stockwerke unter und über sich zerstörte.

Die drei stürzten zu Boden und warteten ab was passieren würde. Es folgte auf die Explosion ein Stromausfall im Turm, durch den in der Glücksabteilung viele Menschen starben, die an technischen Geräte angeschlossen waren.

Der ganze Turm war still, es gab keinen Alarm, man konnte nur Menschen in Panik auf jeder Etage schreien hören. Die ersten fünf Stockwerke unter dem Labor waren komplett zerstört. Die Spitze des Turms balancierte nur noch auf seinen Pfeilern, die der Aufgabe standhielten. Durch die Vorsichtsmaßnahmen des Labors und der besonders dicken Wände war das oberste Stockwerk nur zur Hälfte zerstört.

Dort befanden sich die drei. Die Explosion hätte sie fast erwischt, doch der Treppenaufgang war so konzipiert, dass er die Schockwelle und das Feuer verteilte. Sora erhob sich aus dem Schutt vor einer großen Holztür und half Yael und Larah ebenfalls aufzustehen.


>> Alles in Ordnung bei euch? << fragte sie höflich.
>> Soweit ja. Wir haben es tatsächlich geschafft. << freute sich Yael.
>> Aber was nun? << zitterte Larah.
>> Wir nehmen uns Pent vor! << freute sich Yael.
>> Halt wartet... << schrie Sora.


Doch es war zu spät. Yael öffnete die große Holztüre und fand eine zur Hälfte zerstörte Kathedrale vor sich. Sie hatte wunderschöne Kirchenfenster, eine riesige Orgel und einen Altar aus schwarzem Stein, vor dem Herr Pent in einem roten Sessel saß. Die Seite der Kathedrale, die zerstört war und hinunterfiel, ließ einen Blick auf die Spitze eines anderen Turms in der Wüste zu.

>> Ah willkommen, in meinem bescheidenen Domizil. << erklang es vom Sessel.

>> Eine Kirche auf dem Dach? << stutzte Yael.

>> Eine Kathedralkirche, oder sehen Sie mich etwa nicht als einen Hüter an? << korrigierte ihn Herr Pent.

>> Nein, das tue ich nicht. << korrigierte ihn Yael.

>> Was zur Hölle sind Sie? << wollte Larah wissen.

>> Das wisst ihr doch bereits. << grinste Pent.

>> Was ist ihr Ziel mit alle dem? << warf Yael dazwischen.

>> Ich muss eine Wette gewinnen. Nicht mehr und nicht weniger. Aber so lange ich darauf warte bis sie vorbei ist, vertreibe ich mir meine Zeit auf angenehme Weise. << sagte Pent legere.

>> Eine Wette mit wem? Mit Grubich? << hakte Larah nach.

>> Nein, nicht Grubich. Mit „ihm". Mit wem denn sonst? <<

>> Was ist mit Frufert? << unterbrach Sora scharf.

>> Was soll mit ihm sein, er macht das Ganze noch viel interessanter, als es schon immer war. Ein perfekter Fehler in einem System aus Fehlern. <<

>> Findest du es witzig oder theatralisch so kryptisch zu reden? Gehörst du etwa zu Grubichs Gefolgschaft? << fragte Sora angefressen

>> Grubich? Nein. <<

>> Warum sind wir dann soweit gekommen? << erlangte Yael wieder die Gesprächsoberhand, da ihn Grubich und Frufert nicht zu interessieren schien.

>> Ich erzähle euch nur Sachen, die mir etwas nützen und deshalb seid ihr meine Boten und mehr müsst ihr nicht wissen. <<

>> Boten für wen? << fragte Yael sauer.

>> Ich sagte mehr müsst ihr nicht wissen. << erwiderte Herr Pent ernst.

>> Du sagst uns sofort was... << Yael wurde von etwas unterbrochen. Alle hatten ein merkwürdiges Gefühl. Sie stürzten zu Boden. Etwas bereitete ihnen so Kopfschmerzen, dass sie kaum bei Bewusstsein bleiben konnten.

>> Was...haben... Sie...ge...gemacht? << fragte Sora mit aller Kraft.

>> Ich habe nichts gemacht. << freute sich Herr Pent finster.

Er ließ alle am Boden zurück und begab sich zur Orgel, die er zu spielen begann.

Es ertönten ein paar schöne Noten, die das Kopfweh linderten.


>> Wisst ihr, die Orgel ist wirklich das wichtigste Organ der Kirche. Sie ersetzt diese falschen Scharlatane von Predigern, Bischöfen und Pfarrer und tauscht sie mit Musik aus, die genau das vermittelt, um was es eigentlich gehen soll. Geradezu menschlich präsentiert sie ihre Vielseitigkeit mit ihren Registern. Sie kann extrem schön klingen, doch nimmt man das Falsche, dann klingt es grauenvoll. <<

Die Melodie, die Herr Pent anstimmte, wurde traurig, bedrückend und tief. Er spielte mit voller Hingabe und wurde immer schneller dabei.

>> Diese Vielseitigkeit sollte mein Gewinn sein, aber es war sie noch nie. Bisher erwies sie sich immer als Nachteil für mich. << wütete er, während er auf die Tasten hämmerte.

Er wurde schneller und lauter. Die Fenster der Kathedrale fingen an zu vibrieren und das Kopfweh wurde erneut heftiger. Er spielte voller Wut und Leidenschaft und als er fertig war, sprang er sofort von der Orgel auf.

>> Es müsste euch nun bessergehen, oder? << fragte er nervös.

Sora, Yael und Larah standen auf. Sie wussten nicht so recht was passiert war, aber sie fühlten sich irgendwie leer und unvollkommen.


>> Ich mache euch ein Angebot. Ihr müsst mir nur vertrauen. Du Yael erhältst deine Frau wieder zurück, Larah darf den Turm leiten und Sora du wirst Frufert wiedersehen. Also was sagt ihr? <<

>> Warum sollten wir dir vertrauen? << äußerte Sora skeptisch und fragte somit, was allen dreien auf der Zunge lag.

>> Warum vertraut ihr überhaupt irgendjemandem? Also kommt schon, ich habe es eilig. << drängte er sie nahezu verspielt zu einer Entscheidung.

>> Ich kann wirklich wie früher mit meiner Frau zusammenleben? << erkundigte sich Yael misstrauisch.

>> Ja, das habe ich doch gerade so gesagt. Habt ihr mir nicht zugehört? <<

Herr Pent drehte sich kurz um und schaute in die Wüste. Er wurde nervöser, verspielter und gefährlicher.

>> Also was sagt ihr? Das klingt doch hervorragend oder nicht? <<

>> Ich bin mir da nicht so sicher. << murmelte Larah.

>> Du stehst hier aber nicht alleine Fräulein! << wurde Pent aggressiv.

Sora schloss sich Larah an und konnte sich auch nicht überwinden. Es war ihnen zu suspekt, dass der Mann, der sie die ganze Zeit versuchte zu kontrollieren, ihnen plötzlich etwas anbieten wollte, das keinen Nachteil mit sich bringen würde.

Yael erinnerte sich aber wieder an alles. An die Zeit bevor er Larah kennenlernte, als es im Turm noch halbwegs schön war. Wie wird es wohl ohne Turm sein? Glücklich mit seiner geliebten Frau und Larah würde ihn leiten?

>> Ich bin einverstanden. << kündigte er plötzlich an.

>> Was tust du? << schrien Sora und Larah mit Inbrunst.

>> Wunderbar. Schlag ein. << stürmte Herr Pent auf Yael zu.

Yael schlug ein und Herr Pent lachte so dreckig und voller Freude, wie es kein Mensch hätte können. Daraufhin schnippte er mit seinen Fingern und ein Kathedralenfenster zerbarst in die Richtung von Sora, Larah und Yael. Sie machten reflexartig ihre Augen zu und nahmen ihre Hände zum Schutz hoch. Als sie ihre Augen wieder öffneten und ihre Hände sanken standen sie vor einer Höhle, die aus dem Wüstensand herausragte.

>> Wo sind wir? << erschrak Larah.

>> In der Wüste vor dem Turm, hier in dieser Höhle haben sie mich damals gefunden. << klärte Sora auf.

>> Wo ist meine Frau? << schrie Yael wütend.

>> Hör doch auf so egoistisch zu sein, so kenne ich dich ja gar nicht Yael. << schimpfte Larah.

>> Ich bin egoistisch? Was ist mit dir? Hast du nicht... <<

Sora unterbrach beide, da sie jemand aus der Höhle hörte. Sie rannte auf die Höhle zu und blieb entsetzt stehen. Vor ihr stand Frufert.

# Teil 3: Falsche Wahrheit

## Lasker-Manöver

Der Aufzug kam endlich im gewünschten Stockwerk an. Frufert und Nadia schauten beide erwartungsvoll auf die Aufzugstür. Es kam ihnen vor als vergingen Stunden, bis sie sich endlich öffnete. Angespannt mit verkrampften Fingern umklammerten sie ihre Waffen, als würden sie versuchen sie wie eine Walnuss zu zerdrücken. Der Schweiß ließ ihre Hände kalt werden und ihre Adrenalinausschüttung begann sich auch langsam in den Pupillen bemerkbar zu machen. Fruferts Pupillen weiteten sich so, wie seine Hoffnung auf einen Sieg. Ein Sieg, der alles richtigstellen würde. Ein Sieg der ihn endlich begreifen lassen würde warum und wie. Ein Sieg der sein simples Leben und Sora zurückbrachte.

Die Aufzugstür ging auf. Frufert und Nadia sprangen heraus, rollten sich seitwärts ab, gaben sich Rücken an Rücken Feuerschutz, aber niemand war da. Keiner schoss. Es bestand plötzlich eine sogar noch unangenehmere und peinlichere Stimmung als im Aufzug. Nach allem, was sie durchgemacht hatten, fühlten sie sich plötzlich schuldig. Frufert steckte die Waffe ein und riet Nadia ihm Rückendeckung zu geben. Vergebens. Es passierte nichts. Ein völlig leeres Foyer, mit riesigen Glasfenstern, einem phänomenalen Ausblick und einer großen Tür am anderen Ende. Nadia steckte ihre Waffe weg, scannte die Umgebung und drehte sich zu Frufert.

>> Ich denke es ist Zeit. << grinste sie.
>> Ich denke du hast mehr als Recht. << grinste Frufert zurück.


Sie gingen zu der großen Tür. Es wurde ihnen etwas mulmig, ohne das viele Adrenalin. Sie schauten sich an, nickten und zogen erneut ihre Waffen. Ein letztes Mal.
Sie traten die Türe auf und stürmten beide in den nächsten Raum, in dem sie überrascht wurden. Grubich saß dort auf einem Balkon und genoss die Aussicht. Er hatte anscheinend mit ihnen gerechnet.


>> Guten Tag, ich sehe, dass Sie gerade realisiert haben, dass wir uns manchmal die Hindernisse in unseren Leben nur einbilden. Man merkt jedoch immer schnell, dass man meistens selbst für sein Schicksal verantwortlich ist. Nun ja, was ich damit sagen will: Ich habe Sie seit längerer Zeit erwartet. << erfreute sich Grubich.
Er stand aus einem weißen Holzstuhl auf, der eine Rückenlehne mit einer Art Efeumuster besaß und ging auf die beiden zu.


>> Keinen Schritt weiter! << rief Nadia
>> Bitte lassen Sie uns das zivilisiert abhandeln. << erwiderte Grubich.
>> Ich we... <<
Nadia konnte den Satz nicht beenden. Sie stand plötzlich nicht mehr neben Frufert.
>> Was hast du schon wieder angestellt? Du verdammtes Monster, sie wollte doch nur... <<
>> Sie wollte mich nur umbringen? Ich kenne diese Handlung bereits, nach diesem Satz hätte sie auf mich geschossen ohne mich antworten zu lassen.
Außerdem wenn Sie mich schon Monster nennen, dann bleiben Sie doch auch bitte beim „Sie", bis wir uns dazu entscheiden uns zu duzen. << schlug Grubich gesittet vor.
>>Soweit kommt's noch ein Monster wie Sie zu siezen. <<
>> Na sehen Sie, wir sind doch wieder beim Sie angekommen, das freut mich sehr. <<

>> Sie sind doch krank! << schrie Frufert.

Er wollte seine Waffe abfeuern, doch sie war schlagartig nicht mehr in seiner verkrampften Hand, weshalb er nur seinen Zeigefinger in seine Handfläche drückte. Hinter Frufert erschien ein Stuhl.

>> Warum setzen Sie sich nicht und ich helfe Ihnen so gut ich kann. << bot Ihm Grubich an.

Frufert wusste nicht was vor sich ging, aber was blieb ihm anderes übrig als sich zu setzen?

Der Professor holte seinen eigenen Stuhl vom Balkon rein und setzte sich mit gefalteten Händen und überschlagenen Beinen vor Frufert hin.

>> Was ist denn Ihr Anliegen? Warum sind Sie so wütend auf mich, dass ich es Ihrer Meinung verdient habe zu sterben? <<

Verdutzt über den misslungenen Plan aber ehrlich antwortete Frufert >> Es muss aufhören. Alles. Das ist absolutes Chaos was Sie verursachen. Seit wir uns in der Polizeistation begegnet sind, haben Sie mein Leben zerstört. Sie haben hunderte von Leben zerstört! Wie viele haben Sie getötet? Hunderttausende? Eine Million? Oder mehr? Ich weiß von allem. Ihre frühere Akte, der Mord an ihrer Frau, die komplette Auslöschung der Welt, wie wir sie kannten. Sie sind das wahrhaftige Böse. <<

Grubich schloss kurz die Augen, machte sie wieder genauso meditativ auf wie er sie davor geschlossen hatte und schaute Frufert scharf an.

>> Wie Sie sie kannten! << korrigierte er streng.

>> Ich kenne die Welt schon seit längerer Zeit in all ihren Facetten besser als Sie es sich jemals ausmalen könnten. Wissen Sie, dass ich wirklich alles gesehen habe. Jede Möglichkeit die es nur geben wird. Ich sah die Erschaffung des Universums und es ist weitaus komplexer und schöner als man es sich je erträumt hätte. Es ist kein Knall gewesen, es gibt keine simple Ausdehnung, es handelt sich um Mechanismen, die wir einfach noch nicht erfassen können. Es handelt sich in keiner Weise um eine primitive und banale Vereinfachung des Ge-

schehens wie man sich das ausrechnet. Wenn Sie nur das gesehen hätten, was ich gesehen habe, dann würden Sie es vielleicht auch verstehen. Aber es ist eine Bürde, wissen Sie? <<

Frufert wurde stutzig, und obwohl er Grubich nicht traute hatte er ein Gefühl von Neugier und Angst, das ihn dazu brachte etwas zu fragen. Frufert vergaß plötzlich alles andere, die verschwundene Nadia, seine Reise, seine Erfahrungen, seinen Stolz und seinen Hass, den er gegen Grubich entwickelt hatte. Das Streben nach etwas Größerem ließ ihn das alles vergessen, denn er hatte nun die Chance die Fragen aller Fragen zu beantworten und das war er der Menschheit und sich schuldig.
>> Wenn Sie alles gesehen haben, dann erklären Sie mir doch das Universum und wie es funktioniert. <<
>> Das kann ich leider nicht genau sagen. Haben Sie mir gerade nicht zugehört? Außerdem zu welchem Zweck wollen Sie sich die Bürde des Allwissens auftragen? Das wäre nun wahrhaftig grausam von mir. <<
>> Sie sind bereits ein verdammt grausamer Mann, also warum sich jetzt ändern? << schrie Frufert.
>> Nein, Sie verstehen es nicht...zumindest noch nicht. Ich werde es Ihnen in der einzigen momentanen Weise schildern, die Sie verstehen. <<
Frufert fühlte sich in seiner Intelligenz beleidigt, aber da es bei diesem Thema nicht um ihn ging, lehnte er sich im Stuhl nach vorne und hörte mit voller Konzentration zu, was Grubich ihm nun erklären würde.

>> Ich nehme mal an Sie kennen den Entropie-Vergleich mit den Erbsen in einer Holzschachtel? <<
>> Ich denke das Beste ist, wenn Sie Dinge so erklären würden, dass ich ihre Zusammenhänge erkenne. << sagte Frufert ruhig.
>> Stellen Sie sich vor, Sie haben eine Schachtel mit Erbsen und Sie wissen genau wo die Erbsen sich in dieser Schachtel befinden. Das ist das Ordnungssystem des Universums, das ist, was wir als Entropie kennen. Also sind in diesem Beispiel unsere Erbsen als Energie zu se-

hen. Wenn man nun die Schachtel schüttelt erhöht sich die Unordnung, also die Entropie, aber die Energie bleibt in unserem Universum weiterhin beständig. Nun stellen Sie sich eine unendliche Holzschachtel vor, die mit unendlich vielen kleineren Holzschachteln gefüllt ist und in diesen kleineren Holzschachteln sind ebenfalls Erbsen, die wieder für Energie unseres Universums, aber in genau diesem Handlungsstrang stehen. Wir haben also unendlich viele Handlungsstränge und unendlich viele Universen und unendlich viel Energie.

Das vor sich zu sehen ist kaum vorstellbar, sage ich Ihnen. Angenommen, Sie würden es schaffen eine Erbse aus dieser unendlich riesigen Holzschachtel zu entfernen und dieses ganze System wäre nun nicht mehr im Gleichgewicht? Was würde wohl passieren?

Die Antwort ist simpel. Es entsteht eine geringere Form von Chaos und die riesige Holzschachtel versucht sich zu reparieren. Das Universum will, nein, es muss sich neu erschaffen um diesen Punkt zu gewährleisten. Dies würde aber wiederum eine Unendlichkeit dauern, da diese Schachtel ja unendlich groß ist.

Man hat jedoch nun eine Zahl gegeben, an der es aufhören muss zu suchen, und das ist „unendlich minus eins", obwohl das mathematisch gesehen weiterhin unendlich ist, ist es in der Praxis möglich. Wenn man jedoch an diesem Punkt ankommt, dann beginnt das Universum erneut zu existieren, bis wieder eine Erbse fehlt. Haben Sie das verstanden? <<

Frufert saß auf dem Stuhl wie gelähmt. Es war ihm immer noch etwas unklar und er wusste nicht, was er als nächstes Fragen sollte, bis es ihm einfach ganz salopp aus dem Mund fiel >> Was passiert dann? <<

>> Um es Ihnen noch einfacher zu machen, müssen Sie sich jetzt vorstellen, dass diese riesige Holzschachtel eine Uhr ist, die jedes Mal, wenn sie kaputt geht sich neu zusammenbaut und von neuem aufzieht. Abgesehen davon hat diese Uhr natürlich unendlich viele Ziffernblätter und Zeiger. Also, wenn Sie so weit sind, dann geht diese Uhr immer an einem bestimmten Punkt kaputt und zerspringt in ihre Einzelteile. Anschließend baut sie sich zusammen und stellt sich erneut. Da nun die Uhr unendlich viele Zeiger und Ziffernblätter besitzt, stellt sie

sich immer zu einem anderen Zeitpunkt neu - oder eben nicht neu - ein und läuft jedes Mal ein bisschen länger oder kürzer als zuvor oder danach. <<

Frufert unterbrach Grubich, weil er es einfach nicht mehr zurückhalten konnte

>> Woher wissen Sie das alles? Warum sollte ich Ihnen überhaupt ein Wort glauben? <<

Grubich war empört. >> Erst wollen Sie es wissen und jetzt zweifeln Sie daran? Warum haben Sie denn so gebannt zugehört, wenn Sie nicht daran glauben würden? Warum haben Sie mich zuvor ausreden lassen, wenn es Sie nicht interessiert? Sie wissen doch das es stimmt. Alleine die Tatsache, dass 51383N mich erschossen hätte. Sie wussten davon, denn es gab einen Moment, als sie Sie ansteckte mit Parolen gegen mich. Sie ist ein Roboter, letzten Endes tut er nur das wofür er programmiert wurde. Sie glaubten doch nicht wirklich, dass er Gefühle für Sie hatte? <<


Frufert sprang auf und schrie Grubich an.

>> Hören Sie auf! Sie war kein Roboter! Wir haben uns geliebt. Ich hätte Ihnen fast geglaubt. Jedes einzelne Wort. Jede verdammte Lüge. Sie sind nur größenwahnsinnig und halten sich für den primus inter pares, aber damit ist jetzt Schluss. Ich werde nun das beenden, was Nadia begonnen hat. <<

Grubich sprang ebenfalls aus dem Stuhl auf und schrie Frufert an.

>> Glauben Sie wirklich, ich würde mir die Mühe machen ein Imperium aufzubauen für so eine rudimentäre Sache wie Macht? Denken Sie nicht, dass ich sie schon von Anfang an hätte umbringen können? Sind sie wirklich so naiv, dass Sie denken Sie seien etwas Unentbehrliches in dieser Geschichte? Ich erschaffe diese Geschichte. Ich denke sie mir aus. Ich halte mich nicht für den primus inter pares Sie Vollidiot, ich halte mich für den primus inter primi.

Sie verstehen nichts und daher bleibt mir dieses Mal leider keine andere Wahl! <<

Frufert wollte gerade auf Grubich los, als alles schwarz wurde. Er war wieder in einer Leere. Ohne Waffe, ohne Grubich, ohne Nadia ohne Sora aber er saß wieder auf einem Möbelstück, dieses Mal war es kein Sessel, sondern der Stuhl, von dem er gerade eben aufgestanden ist. Das konnte nicht sein Unterbewusstsein sein, sonst wäre die beleidigende Stimme wieder präsent, dachte sich Frufert.

Er stand also erneut auf und ging im Nichts ein paar Schritte hin und ein paar Schritte her. Als er sich umdrehte war der Stuhl ebenfalls in das ubiquitäre Nichts verwandelt.

Frufert sank auf die Knie. Er war verzweifelt. Er hatte versagt. Warum hat er Grubich nur zugehört und ihn nicht sofort erschossen? Warum hinderte ihn immer das Mensch-Sein? In diesem Moment wäre er gerne eine Maschine gewesen. In diesem Moment hätte er am liebsten nicht geweint, aber er musste. Er wollte. Es war ihm egal ob er ein erwachsener Mann war. Er hat alles verloren, erneut. Er weinte, nicht erbärmlich und nicht mitleiderregend. Er weinte wie eine erhabene Person. Er tat es wie jemand den man verstehen würde. Sein weinen ging über in ein Lachen. Er dachte an das Zitat, das ihm einfiel, als er Grubich das erste Mal sah. Er spürte wie alle Emotionen gleichzeitig in ihm ausbrachen. Daraufhin spürte er nichts mehr. Er war so leer wie die Umgebung, in der er sich befand. Ihm war alles gleichgültig. Jeder Nihilist, der behauptete er würde nie niemals nie wieder etwas fühlen, wäre nun abgöttisch neidisch auf diesen im Nichts knienden Mann gewesen.

Um ihn herum war nichts. In ihm war nichts. Er wurde nichts.

Als Frufert dies realisierte hörte er eine undeutliche Stimme.

>> Hau ab! Du undankbares Unterbewusstsein. Du bist mir so egal wie alles andere! << brüllte Frufert in die Leere.

>> Nein! Du musst es sehen. Du wirst sehen! << prophezeite ihm eine nahezu göttliche Stimme.


Frufert drehte sich um und das nichts begann zu verschwinden. Es machte etwas anderem Platz. Er sah keine Farbe, die er kannte. Es war anders. Was er sah fühlte sich neu und kalt an. Es wich einem Gefühl von Wärme und grenzenloser Offenheit. Danach überraschte ihn ein Sturm aus anderen Gefühlen. Er konnte Dinge sehen, die vermutlich niemand vor ihm sah. Neue Farben, die er aber nicht als Farben bezeichnen würde. Es war etwas Anderes etwas absolut Neues. Er hätte sich niemals vorstellen können, was er gerade erlebte. Er wusste nur eins, es war das schönste, was er je gesehen hat, sieht und sehen würde. Er rauschte durch Bilder, als würde er durch ein Röhrenkino mit Zeitrafferaufnahmen rennen.

Ruckartig blieb alles stehen und es konzentrierte sich auf eine Frau, die in ein Tagebuch schrieb. Frufert lehnte sich über ihre Schulter und las mit.


„Ich weiß nicht was ich hier tue, aber mit meinem Mann werde ich über dieses Thema wohl nicht mehr reden können. Er gibt sich nur immer wieder selbst die Schuld an jeder Sache die mir passiert. Wie weit ist es gekommen, dass ich erneut Tagebuch führen muss, als wäre ich ein fünfzehnjähriges Mädchen. Vielleicht schreibe ich auch nur so, weil ich gelesen habe, dass das ziemlich befreiend ist, naja ich werde es bald herausfinden…"

Es klopfte an der Türe und man konnte eine Stimme vernehmen, die fragte ob alles in Ordnung sei. Frufert wich zurück und daraufhin schloss die Frau das Tagebuch, schob es in eine Schublade und ging aus dem Raum.

Er wollte gerade versuchen auch durch die Tür zu gehen, als er erneut durch einen Sturm von Bildern hindurch geworfen wurde. Erneut stoppte es und er sah die Frau mit anderer Frisur und anderer Kleidung am Tagebuch sitzen. Sie schrieb etwas leichter von der Seele. Sie wirkte glücklicher.


„Die Methode meines Mannes war ein Erfolg. Innerhalb von zwei Monaten hat er die Forschung revolutioniert. Krebs kann nun geheilt werden dank modernster Cryotechnik, die von ihm überarbeitet wurde. Er ist wie ausgewechselt. Er will nur noch Menschen helfen und das alles wegen mir. Ich fühle mich wieder gut, ich fühle mich so, als wäre meine Schuld ihm gegenüber nicht mehr vorhanden. Das fühlt sich einfach so schön an, aber das Beste ist, wir können endlich wieder von vorne beginnen, jetzt wo meine Krankheit besiegt ist. Danke liebes Tagebuch, denn du hast mir emotional sehr geholfen. Irgendwie habe ich eine Bindung zu dir aufgebaut, weswegen ich mich nicht ganz ohne Lebewohl von dir verabschieden wollte. Nun ja, ich hoffe, dass ich dich so schnell nicht mehr brauchen werde. Ihn Liebe Vilora"

Vilora stand auf, ließ das Tagebuch offen und ging erneut durch die Tür nach draußen.

Frufert sah, dass das Tagebuch nahezu vollgeschrieben war und ging ebenfalls durch die Tür. Er betrat ein Wohnzimmer. Das ganze Wohnzimmer fing an zu rauschen und veränderte sich. Nun stand er in einem etwas anderen Wohnzimmer, in dem nur ein paar Sachen fehlten und anders waren. Er fühlte sich so als wäre er in einem realen Finde-den-Fehler-Bild. Er drehte sich um und erblickte Grubich mit Vilora weinend auf dem Sofa sitzen.

>> Egal was ich mache es bringt nichts! << schluchzte Grubich
>> Ach Delian, gib dir doch nicht schon wieder die Schuld. Ich schaff' das einfach nicht mehr. <<
Erneut fing das Zimmer an mit Rauschen. Dieses Mal war alles anders. Andere Möbel, andere Bilder und ein anderer Teppichboden. Frufert war dieses Mal alleine im Raum und schaute sich etwas um. Er stolzierte etwas durch das Zimmer und empfand die Lampe als hässlich, den Teppich als angenehm und den Rest des Wohnzimmers als gemütlich oder durchschnittlich. Als er gerade die hässliche Lampe genauer untersuchen wollte, um hauptsächlich herauszufinden, was ihn daran so störte, erschien aus dem nichts Grubich und Vilora.

>> Du machst mich noch wahnsinnig Delian. Du behandelst mich mittlerweile so, als wäre ich dafür verantwortlich. Du machst mir mit deinem Verhalten Angst. Liebst du mich denn überhaupt noch? << weinte Vilora.

>> Du bist auch an allem schuld! Verstehst du das denn nicht. Wie oft muss ich das noch durchmachen? Sag's mir? << schrie Grubich sie an.
>> Warum bist du nur so grausam? Hast du mich denn nie geliebt? Ich werde bald sterben und du zerstörst die letzten paar Momente, die ich glücklich mit dir verbringen könnte damit mich zu hassen. Ich erkenne dich nicht wieder. << weinte sie noch stärker.
>> Ich mich auch nicht. << fing Grubich ebenfalls an zu weinen.
Er brüllte und ballte seine Fäuste, schlug gegen die Wand und verließ die Wohnung. Er knallte die Tür zu. Seine Frau schnaufte heftig, schien zu hyperventilieren und brach zusammen. Frufert kniete zu ihr auf den Boden und wollte ihr helfen, als der Raum erneut rauschte.

Nun befand er sich nicht mehr in einem Raum. Er befand sich auf einem Friedhof. Er fühlte sich schlecht. Er fühlte sich wie Atlas, denn er hatte das Gefühl er müsste die ganze Schuld der Welt auf seinen Schultern tragen. Er brach zusammen. Er hielt sich an den Kopf, denn es war nicht auszuhalten. Er krümmte sich vor Schmerzen auf dem Boden des Friedhofs und schrie so laut er nur konnte, damit der Druck aus seinem Kopf verschwand. Er machte die Augen zu und der Schmerz ging langsam weg.
Er machte seine Augen langsam auf und saß auf dem Stuhl gegenüber von Grubich.

>> Warum haben Sie das gemacht? Wieso haben Sie ihre Frau umgebracht? << fragte Frufert entsetzt
>> Wissen Sie. Ich habe eine, manche nennen es zumindest so, Gabe. Ich kann mich in allen Handlungssträngen und Zeitlinien befinden und jede meiner dortigen Inkarnationen sein. Ich kann Leuten diese Handlungsstränge zeigen. Ich kann diese Handlungsstränge beeinflussen. Ich kann diese Handlungsstränge ineinander überlaufen lassen und dank Olliver war ich auch zeitlich nicht mehr an irgendetwas gebunden. Ich bin überall präsent und bekomme alles mit. Sie können sich nicht vorstellen, was ich seit Jahren durchmache. Ich habe 20 Jah-

re in einem Hochsicherheitstrakt verbracht um diese Gabe zu verstehen und zu meistern. <<

>> Sie haben ihre Frau umgebracht damit Sie in einen Hochsicherheitstrakt kommen? <<

>> Seien Sie doch nicht albern, dort war ich, weil die Armee wissen wollte, wie ich funktioniere und wie man mich perfekt als Waffe einsetzen könnte. Meine Frau habe ich umgebracht, weil ich keine andere Wahl hatte. <<

>> Sie hatten unendlich viele Möglichkeiten und keine andere Wahl als ihre Frau zu töten? <<

>> Ganz im Gegenteil. Ich habe Vilora gerettet. Ich habe ihren Gehirntumor geheilt. Wir waren glücklich, doch dann habe ich erfahren, dass sie wegen etwas Anderem trotzdem sterben wird. Verstehen Sie? Sie starb in jeder möglichen Handlung. Ich habe sie immer geheilt und danach starb sie. Es war wie ein schlechter Scherz. Ein Virus der sich durch das Universum zieht und meine liebste Vilora immer sterben ließ.

Eines Tages ertrug ich es einfach nicht mehr sie sterben zu sehen. Da ich mich immer wieder für jeden einzelnen Tod von ihr verantwortlich machte, wollte ich versuchen diese Schuld zu rechtfertigen. Ich habe es erst versucht mit einer Trennung, aber sie liebte mich einfach zu sehr. Anschließend bin ich in Handlungsstränge, in denen wir uns nicht kannten, aber selbst dort traf mich ihr Tod hart und ich verspürte überall diese unbeschreibliche Schuld. Also brachte ich sie persönlich um. Ihre letzten Worte an mich waren „Ich liebe dich Delian. Ich werde dich immer lieben.". Dann drückte ich den Abzug.

Es hat mich zerstört. Ich wurde auf ewig bestraft, dass ich den Tod meiner Frau verhindert habe. Ich wurde für meine Torheit mit dem ubiquitären Tod meiner Frau bestraft.

Als h das realisierte, wurde ich ein anderes Wesen. Ich war verdammt dazu meine Frau wieder und immer wieder sterben zu sehen. Ich ließ mich einsperren und brachte meine „Gabe" unter Kontrolle. <<

Nach der Vision wusste er genau wie Grubich sich fühlte und Frufert war innerlich ebenso zerstört wie er. Nun kannte er die Vergangenheit aber trotzdem drängte sich in ihm eine andere Frage auf.

>> Und jetzt? Warum sind Sie ausgebrochen? Warum sind sie nicht in Frieden gestorben? Was ist ihr Plan? <<

Grubich fing ein Wort an, stoppte, machte eine kleine Pause und fing erneut an zu sprechen.

>> Ich saß in meiner Zelle und konzentrierte mich darauf nur in diesem Handlungsstrang und in dieser Zeit zu bleiben. Doch dann wurde ich nur für einen kurzen Moment unkonzentriert. Ich sah etwas. Das grausamste Schicksal, das man sich vorstellen kann. Eine Zukunft in der das Universum durch Menschenhand zerstört wird. Das konnte ich nicht zulassen und daher baute ich diese Utopie auf. Darum bewache ich alle Gedanken und kontrolliere jede mögliche alternative Zeitlinie. Verstehen Sie? Um das Universum zu reparieren musste ich eine ultimative Zeitlinie erschaffen ohne Rücksicht auf andere zu nehmen. In dieser Zeitlinie erschaffe ich alles. Alles was ich denke passiert, jede Person die jemals existiert hat ist hier in einer ultimativen Version zusammengefasst und erlebt im Unterbewusstsein weiterhin Erinnerungen, Träume und Eigenschaften aus seinen anderen Existenzen. << erklärte Grubich.

>> Aber warum lassen Sie mich bis hierher durchdringen, wenn ich ein Niemand bin und Sie alles kontrollieren können? Wieso kann ich mich nur an eine Zeitlinie erinnern, wenn es doch unendlich viele gibt? <<

>> Warum ich Sie in Ruhe lasse? Ganz einfach, ich habe uns beide auf diesem Balkon da draußen gesehen, wie wir in ein paar Stunden Zeuge vom Ende des Universums werden. Außerdem sind Sie in jedem Handlungsstrang und in jeder Zeitlinie unverändert, egal was ich mache. Sie sind sogar für mich ein komplettes Mysterium. <<

>> Ich bin ein Mysterium? Aber wenn ich schon ungewiss bin, wie haben Sie dann das Ende sehen können? <<

>> In jeder Zeitlinie und in jedem Handlungsstrang endet es immer zur gleichen Zeit. Danach sehe ich nichts mehr. Es muss also das Ende

des Universums sein. Ich habe jedoch das Gefühl, dass wir beide etwas verändern können. Ich denke Sie können mich aufhalten. Sie werden nach dem Ende des Universums bestimmt einen Weg finden uns zu retten. <<

Frufert schluckte und war sich dem nicht so ganz bewusst.

>> Dann warten wir mal auf das Ende der Welt, Delian. <<

Sie gingen auf den Balkon und warteten auf das Ende. Es verging einige Zeit und die beiden saßen einfach nur da.


>> Ich muss mich bei dir entschuldigen. Ich habe dir nun ebenfalls die Bürde dieser Gabe aufgelegt. Momentan merkst du nichts davon, weil ich alles um dich herum kontrolliere, aber sobald ich mich nicht mehr konzentriere wird es unschön für alle. Darum hör mir bitte genau zu. Nimm diesen Brief, er wird dir bestimmt irgendwann helfen. << sagte Delian ernst.

Frufert nahm den Brief entgegen und bemerkte, dass er leer war.

>> Das Blatt ist ja unbeschrieben. << ließ er Delian wissen.

>> Ich weiß, aber wenn du eine Zeitung von morgen lesen würdest, dann ist diese doch auch unbedruckt oder nicht? Wenn wir nur in die Zukunft sehen, dann missachten wir die Leistungen, die wir bis zu diesem Punkt erreicht haben. Man muss sowohl in die Zukunft als auch in die Vergangenheit blicken, um ein Problem zu lösen. Vertrau mir, dieser Brief ist etwas Besonderes. << versicherte ihm Delian.

>> Na gut, aber ich bin ehrlich gesagt immer noch unsicher was das alles betrifft. Was ist mit all den Menschen passiert? Kannst du Dinge nicht einfach wieder so hinbiegen, dass es so ist wie früher? <<

Delian lachte lauthals los und klopfte Frufert auf die Schulter.

>> Denkst du nicht, dass ich das versucht habe? So funktioniert das aber nicht. <<

>> Wie funktioniert es dann? Funktioniert es wirklich mit Licht, wie wir es bisher angenommen haben? Es konnte mir niemand erklären und selbst, nachdem ich es mit eigenen Augen sehen sollte, verstehe ich es immer noch nicht. << verzweifelte Frufert.

>> Es ist sehr komplex, aber was ich bisher herausgefunden habe ist, dass es auf der Quantenmechanik beruht. Durch eine gewisse Chemikalie war es mir möglich Materie aus verschiedenen Zeitlinien als Wellen, also Licht zu sehen.

Ich sah also metaphorisch gesprochen Schrödingers Katze. Ich sah sie tot, lebendig, mit braunem Fell mit schwarzem Fell, in jedem erdenklichen Szenario.

Ich nahm zu viele Realitäten gleichzeitig wahr und mein Gehirn sowie mein Körper mussten sich erst daran gewöhnen. Ich schaffte es jedoch diese Fähigkeit zu beherrschen und konnte so viele Möglichkeiten wie ich wollte für einen bestimmten, ausgewählten Moment sehen.

Es brachte mir aber nur teilweise etwas in meinem Leben.

Eines Tages bemerkte ich, dass ich durch imitieren oder eher gesagt durch die Synchronisation der Abfolge einer Handlung in einer anderen Zeitlinie die Barriere zu dieser zerbrechen konnte. Ich konnte dort mit anderen Personen kommunizieren.

Das musst du dir mal vorstellen. Man kann ohne Probleme erneut mit den Toten oder mit Menschen reden, die weit weg waren, es sind zwar nicht dieselben Menschen gewesen, aber es ist trotzdem ein fantastisches Erlebnis.

Ich wollte sehen was passieren würde, wenn ich anfange genauso wie der Grubich in einem anderen Handlungsstrang zu denken und zu handeln. Da passierte es. Die beiden Zeitlinien überschnitten sich so lange ich genauso handelte und dem Universum vormachen konnte, dass ich ein anderer Grubich sei. Ich, einfacher Mensch hatte einen Weg gefunden das Universum auszutricksen. Einen Weg um das Gesetz gegen das Gesetz einzusetzen.

Auf diese Weise veränderte ich das Licht und konnte beeinflussen was andere sehen und wahrnehmen konnten. Ich konnte einen Menschen aus einer Zeitlinie das fühlen und sehen lassen, was dieser Mensch in einer anderen Zeitlinie in diesem Moment erlebte.

Ich war mittlerweile sogar so mächtig, dass ich ein Ereignis in zwei oder mehreren Zeitlinien übertragen konnte. Das passierte mit den meisten Leuten. Ich brachte sie in eine alternative Zeitlinie, wo sie besser zu gebrauchen waren. Ich habe sie nicht umgebracht, aber ich habe sie auch nicht vor ihrem Schicksal bewahrt.

Nach und nach verstand ich allmählich auch wie Zeit funktionierte und anhand der Überlappungen von Gedanken und gewisser Strukturen von Licht gelang es mir in mein zukünftiges und vergangenes Ich zu reisen.

Ein omnipräsentes Wesen in einer endlichen Hülle.

Ich war aber so naiv und dachte ich könnte mit meiner Hoffnung das Universum verändern, doch das Universum zeigte mir, dass es keine Hoffnung, sondern Hybris war. Im Endeffekt veränderte das Universum mich.

Ich habe mit dem allgegenwärtigen Tod von Vilora und dem Verlust meines Verstandes bezahlt.

Es dauerte fünf Jahre meine originale Zeitlinie wieder zu finden und 15 weitere Jahre bis ich wieder bereit war zu leben.

Ich hatte jede Nacht den selben Traum im Hochsicherheitstrakt. Ich träumte immer wieder von dem Moment, in dem ich meine Frau umbrachte und sie mir sagte, dass sie mich liebte.

<< Grubich fing an mit brüllen. >>Als wäre das ewige Schuldgefühl nicht genug gewesen... << er wurde etwas stiller.

>> Hast du nun verstanden wie alles passiert ist? Wenn du verstehst wie Licht funktioniert, dann kannst du in dieser Zeitlinie bleiben. Verirre dich nicht zu sehr und missbrauche diese Gabe niemals, sonst wirst du es bereuen. <<

>> Ich denke, dass mir das meiste klargeworden ist, aber warum reist du denn nicht an den Punkt zurück bevor du die Gabe erhalten hast? << fragte Frufert zögernd.

>> Glaub' mir, das habe ich. Die Chemikalie funktioniert aber nur ab der Einnahme, weswegen man zwar in sein vorheriges Ich reisen kann, aber dann die besondere Wahrnehmung von Licht verliert und alles vergisst. Ich habe es oft versucht, aber es bleiben maximal Bruchstücke im Unterbewusstsein zurück. Es ist eine Qual das immer wieder zu durchleben um herauszufinden, dass man es bereits getan hat. << sagte Delian und blickte in die leere Wüste.

>> Aber wie hast du es herausgefunden, wenn du dich nicht mehr daran erinnerst und es quasi erst passieren wird? <<

>> Ich finde eine Möglichkeit. <<

>> Hat es etwas mit dem Brief zu tun? <<

>> Nein, vermutlich nicht. Es hat mit der Frage zu tun, wie man in einem Spiel in dem man nicht gewinnen kann nicht verliert. << lächelte Delian

>> Wie macht man das? << fragte Frufert neugierig.

>> Man spielt es nicht. << lachte er erneut und schaute auf die Uhr.

>> 12 Minuten. << kündigte er an.

>> Fühlst du dich schuldig für deine Taten? Bereust du, was du mit all diesen Menschen gemacht hast? << wollte Frufert noch wissen, bevor es vorbei war.

>> Nein, ich fühle mich nur für den Tod meiner Frau schuldig. Den Rest bereue ich nicht. Ich mochte die Erfahrung mit den anderen Versionen von mir. Ich fühlte mich machtvoll und erlebte Seiten von mir, die ich niemals für möglich hielt. <<

Frufert schaute entsetzt.

>> Versteh' mich bitte nicht falsch. Ich bin auch nur ein Mensch. Am Ende ist es völlig ohne Belang, ob ich die Sachen gemacht habe, die man mir nachsagt oder nicht. Wenn die Menschen etwas glauben wollen, dann glauben sie es, egal ob es nun mal wahr ist oder nicht. Ob ich nun die Menschen getötet, Gebäude in die Luft gesprengt oder meinen Willen durchgesetzt habe. Es ändert nichts daran. Ich meine vielleicht bin ich ja an dem Tag, als ich die Chemikalie verabreicht bekommen habe, gestorben. Womöglich ist alles nach dem hellen Licht nur ein Traum gewesen. Selbst, wenn es ein Traum war, dann zählt nur die Version an die du glaubst. Sobald du an etwas glaubst, existiert es in irgendeiner Form. Ich habe den Menschen dieses Geschenk gelassen, Glauben. Sie können an das glauben was sie wollen, wie es ihnen gefällt. <<

>> Sagtest du nicht, dass du alles kontrollierst? << vergewisserte sich Frufert.

>> Trotzdem lasse ich ihnen, was sie zu dem macht, was sie sind, ihre Hoffnungen und Träume. Sie dürfen in mir sehen was sie wollen. Ich bin für sie ein Mörder, ein Heiliger, ein Gott, ein Teufel und ein Tyrann. Ad libitum. << grinste Delian.
Frufert dachte über diese Worte nach, als er plötzlich von Delian abgelenkt wurde.
>> Du hast mich vorhin geduzt, aber ich kenne deinen Namen ja eigentlich gar nicht. Ich kenne dich nur unter einem Namen und Herr Strussert ist äußerst schlimm. Also wie heißt du richtig? <<
>> Stimmt, nun ja mein Name ist... <<
Kabumm!!!!!!
In weiter Ferne gab es eine riesige Explosion. Man sah etwas Rauch von einer Spitze eines Gebäudes aufsteigen.
>> Der Turm. << beruhigte ihn Delian.
Frufert ließ sich jetzt nicht mehr aus der Fassung bringen, ignorierte den Turm und ratterte seinen Namen runter, solange er noch die Chance hatte.
>> Teobdir Strussert. <<
>> Dann hoffen wir doch mal, dass man dich nicht umsonst so genannt hat. Lieber Teobdir. << freute sich Delian.


Es wurde still und Delian immer nervöser. Teobdir merkte das auch.
>> Was ist los mit dir? Hast du nach dem ganzen Allwissen etwa Angst? << scherzte er um ihn aufzumuntern.
>> Wenn ich ehrlich sein soll, ja. Seit ich diese Gabe bekommen habe, hatte ich nur schlechte Überraschungen. Das ist wie in den meisten Theaterstücken: Das schlimmste ist immer das Offensichtlichste und auf das achten wir zu selten. << belehrte Grubich.
>> Hab einfach keine Angst! Vermutlich hat es sonst den gleichen Effekt wie vor einer Operation ohne Narkose. Denn du weißt ja, die Angst vor dem Schmerz ist meistens schlimmer als der Schmerz selbst. << versuchte Teobdir die Lage aufzulockern.

>> Das nenne ich Talent. Ich wusste genau was du sagen wirst und bin trotzdem beruhigt. << lachte Delian gezwungen.
Er verstummte, schaute auf die Uhr und sagte leise:
>> So, es ist soweit - noch 20 Sekunden. <<

Beide waren sehr aufgeregt, aber in Anbetracht, dass das Universum enden würde, waren sie andererseits gesehen ziemlich ruhig.

>> 18,17,16,15,14,13,12,11,10,9,8,7,6,5,4,3,2,1......<<
Teobdir schaute sich um. Nichts passierte.
>> Hahaha, du bist also doch nur wahnsinnig. << freute er sich.
>> Nein... << sagte Grubich traurig und eine Träne lief ihm über die rechte Backe.
In Delian Grubichs Kopf bahnte sich ein Rauschen an. Dieses Rauschen manifestierte sich zu 25 Cent, die aus seinem Hinterkopf in einer gewaltigen Geschwindigkeit austraten und in der Verankerung der Balkontür ihr Ende fanden und stecken blieben. Er war sofort tot und fiel vom weißen Stuhl.

>> Nein!!! << schrie Teobdir.

Er rannte nach innen um zu sehen, wer geschossen hatte. Doch es war niemand da. Er ging zurück auf den Balkon und schaute sich die Wunde an Grubichs Kopf und sofort darauf den weißen Türrahmen an. Zwei blutige Cent Stücke steckten in seinem Holz und die entstehenden zwei Blutspuren boten sich ein Wettrennen nach unten. Teobdir wurde gramerfüllt. Er musste erneut weinen. Er setzte sich auf den Stuhl neben Delians Leiche und wusste erneut nicht was er tun sollte. Er blieb auf dem Balkon in Gedanken verloren sitzen und sprach ab und zu mit Grubich.

>> Nach all dem was ich durchgemacht habe, trauere ich nun um dich. Ist schon lustig, wenn man überlegt, dass ich dich eigentlich vorhin

selbst noch erschießen wollte. Vielleicht findest du jetzt endlich deinen verdienten Frieden. <<

Teobdir schaute noch etwas in die Ferne, sah der Turmspitze beim Rauchen zu, bemerkte, dass sich die Welt irgendwie verändert hatte und ging dann wieder rein. Er ging zum Aufzug und gerade als er auf den Knopf drücken wollte, fing hinter ihm das Rauschen wieder an. Er drehte sich um.
Es erschien eine riesige Gestalt mit dünnen spinnenartigen Fingern und einem Kapuzenmantel. Sie grummelte etwas in einer Sprache die Teobdir noch nie zuvor gehört hatte. Es klang mehr wie ein Tier als ein Mensch. Sie gab ihm eine Box und als er die Box an sich nehmen wollte berührte er das Wesen ausversehen an dessen Handgelenk. Das Wesen schrak auf und schleuderte ihn mit seinen Pranken neben die Aufzugstür. Teobdir knallte mit seinem Hinterkopf auf den Knopf. Kurz bevor er ohnmächtig wurde packte das Wesen ihn am Nacken und zerrte ihn über den Boden. Das letzte was er noch wahrnahm war das Bing des Aufzugs, mit dem sich dessen Türe öffnete.

Teobdir befand sich erneut im schwarzen Nichts mit einer Lampe und einem Sessel. Er wusste was nun kommt und bereitete sich mental darauf vor.

>> Soso, bekommen wir mal wieder Besuch. Du solltest auf deinem Lebenslauf „ohnmächtig werden" zu den Hobbies hinzufügen, mein lieber Freund. << sprach das Unterbewusstsein.
>> Ich wette alle anderen Unterbewusstseine sind exakt so unlustig wie du. <<
>> Also echt. Beleidigungen in denen man Universalien mit Individualien mischt sind unter meiner Würde, sowieso untragbar und ich werde sie nicht einmal als Beleidigung wahrnehmen. << erklärte ihm das Unterbewusstsein stolz.
>> Na gut, du bist sehr witzig und so weiter... Was kannst du mir dieses Mal sagen? Was hat es denn mit diesem Wesen auf sich? <<

>> Ich kann dir zum Beispiel sagen, warum ich so viel weiß. <<

>> Das wurde mir bereits erklärt. Ich denke zumindest, dass ich es weiß. Als mich Delian berührt hat, ist seine Gabe in mich übergegangen. Stimmt's? <<

>> Kann sein. Aber wenn es so wäre, dann könnte ich dir ja nichts über das Wesen mit Kapuze erklären, da Grubich von ihm ja nichts wusste. <<

>> Aber du kannst mir etwas über dieses Ding erzählen? <<

>> Natürlich kann ich das. Pass auf. << prahlte das Unterbewusstsein.

Das Nichts war nun nicht mehr schwarz, sondern ohne Vorwarnung weiß. Der Sessel wie auch die Lampe waren verschwunden. Aus dem weißen Raum bildete sich plötzlich ein Umriss, der langsam dreidimensional wurde. Es bildete sich ein langer spitzer Finger, so als würde man Farbe eine Schräge entlang fließen lassen. Es entstand ein zweiter und ein dritter Finger, auf den eine Hand folgte. Die Hand drehte sich um 180° und knackste fürchterlich. Aus dem Knacksen resultierte ein Riss in der Silhouette, der diese dazu veranlasste eine weitere Hand zu bilden. Die zwei Hände tasteten mit den langen Fingern die Silhouette ab und rissen ihn auseinander. Nun stand das Ding in voller Gravitas vor ihm. Es war riesig und verströmte eine unangenehme Kälte im weißen Raum.

>> Wo ist sein Gesicht? << fragte Teobdir entsetzt.

>> Nun. Ich habe es mit Hilfe deiner Gedanken rekonstruiert. Anscheinend hast du sein Gesicht nicht gesehen, wenn es denn überhaupt so etwas hatte. <<

Das Wesen stand einfach majestätisch und furchteinflößend herum. Teobdir inspizierte es. Abgesehen von seinem Mantel trug es Schmuck und Ausrüstung.

Acht schwarze Ringe ohne Steine. Ein Ring an jedem Finger und zwei weitere an einer Kette um dessen Hals. An dieser Kette hing ebenfalls eine Art Talisman, der mit den Ringen zusammen die Mitte des Wesens bildete. Der Mantel war länger als das Wesen, das schien aber den Zweck zu haben, dass es sich vergrößern konnte. Das verstand Teobdir nicht.

>> Warum sollte es sich denn anpassen? Will es, dass man seine Füße nicht sieht oder ist dieses hochentwickelte Wesen etwa sogar modebewusst? Warum trägt es überhaupt an erster Stelle einen Mantel? << wunderte er sich.

>> Ganz einfach. Ich habe eine Erscheinungsform gewählt, die es mir erlaubt mit Respekt vor euch zu treten. Laut euren Gedanken symbolisiere ich Aberglauben, Ekel, Gier und Würde. << sprach das Wesen.

>> Wie kannst du mit mir reden? << fragte Teobdir.

>> Du hast mich berührt. Das hättest du nicht tun sollen und nun sind wir im ewigen Kontakt in deinem Kopf, was ebenfalls niemals hätte passieren dürfen. <<

>> Erstens, hast du mich berührt und zweitens was bist du überhaupt und was willst du hier? <<

>> Was ich bin? Ich bin eine Manifestation deiner Gedanken und im Moment nicht mehr und nicht weniger. Zu deinem vermutlichen drittens, bin ich hier um gewisse Ereignisse die als irreversibel galten zu überprüfen, und zu ändern. <<

>> Hast du deswegen Delian umgebracht? Galt er als irreversibel? <<

>> So könnte man es nennen. << sagte das Wesen stoisch.

>> Erkläre mir warum er sterben musste? <<

>> Da ich dich berührt habe, bevor ich vollständiges Wissen für diese Aufgabe erhalten habe, kann ich auch nur bis zu diesem exakten Zeitpunkt die Situation erklären. <<

>> Du bist in meinem Kopf, daher werde ich dich zu allem zwingen, was ich für notwendig halte. << sagte Teobdir ernst.

>> Darf ich dich unterbrechen du Tiefflieger geistiger Natur. Wenn wir annehmen, dass dieses Wesen die gleichen oder ähnlichen Fähigkeiten wie Grubich hat, dann wird es etwas zu schwierig eine einzig richtige Version herauszufiltern? << ließ sich das Unterbewusstsein vernehmen. Obwohl Teobdir vor Zorn fast platzte, stimmte er seinem Unterbewusstsein zu und befahl dem Wesen soweit zu erklären wie es konnte.

>> Grubich bekam seine Fähigkeiten von jemand sehr Mächtigem, der seit langer Zeit versucht alles zu zerstören. Durch seine Fähigkeiten in verschiedene Zeitlinien und Handlungssträngen fix zu sein, wurde er zu einem sogenannten Pepertuon. Etwas, das alle euch bekannten Naturgesetze bricht und das Gleichgewicht entmachtet. Ein Perpetuon zerstört, wandelt aber diese Zerstörung nicht um. Einfach definiert ist es das, was eure Energieerhaltungssätze, so wie ihr sie kennt nicht mehr existieren lässt. Das Universum versucht sich daher selber zu reparieren und zerstört sich Letzen Endes dadurch. Doch dieser Mann war ein Narr. Er hat alle Zeitlinien und Handlungsstränge auf einen zusammengeführt und hat das Schicksal des Universums besiegelt. Es kann sich nur noch reparieren. <<

>> Das irreversible konnte behoben werden, indem du Delian getötet hast? <<

>> Nein, ich habe Delian nicht getötet, das warst du Teobdir Strussert. Es waren deine 25 Cent. Du bist stets der Fehler, nicht Grubich. Du warst es. <<

Teobdir erschrak. Er hatte das tatsächlich alles zu verantworten. Aber wie? Natürlich, die Taxifahrt. Er musste nur eine Version finden, in der diese Taxifahrt anders endet. Er musste eine Zeitlinie finden, in der die 25 Cent in seinem Geldbeutel sind.


>> So einfach wird das nicht. Ich habe bereits alle Möglichkeiten gesehen und in jeder stirbt Grubich auf diese Weise. Es ist unvermeidlich. Je größer das Privileg, desto größer das Opfer. Diejenigen, die die Mächtigsten sind, führen das ärmlichste Leben. Dieser Preis muss so hoch sein, damit man sicher sein kann, dass es ihnen nur um die eine Sache geht.

Also Warum willst du diesen Menschen überhaupt retten um das Universum in Gefahr zu bringen? Das ist nicht die gewünschte Ordnung. <<

>> Was für eine Ordnung? Woher kommst du, dass du das alles weißt? <<

>> Was ist, wenn alle Möglichkeiten, die es jemals gab, gibt und geben wird ein Punkt auf einer Fläche sind. Etwas muss diesen Punkt umgeben, also existiert eine weitere Ebene.
In dieser geht es weit über das Denken der Unendlichkeit hinaus, somit wäre es in euren Worten unmöglich zu erklären. Daher komme ich. Unsere Konversation ist hiermit beendet. <<
>> Wir sind in meinen Gedanken und ich sage, wann es endet! <<
schrie Teobdir.


Die Kreatur verschmolz sich wieder mit der Wand und Teobdir wurde gezwungen zu blinzeln. Er weigerte sich jedoch vehement dagegen. Unter ihm sprossen die langen spinnenartigen Finger aus dem Boden und erhoben sich kranial. Teobdir wollte sich bewegen doch er konnte nicht. Er erfuhr am ganzen Körper Schmerzen. Etwas sagte ihm er dürfe nicht blinzeln, sonst wäre es vorbei. Er ertrug die Schmerzen bis zu dem Zeitpunkt als die Fingerspitzen an seiner Nase vorbeischlängelten und ihm ein Finger in das untere linke Augenlid bohrte. Er schrie fürchterlich, blinzelte aber immer noch nicht. Die andere Hand mit dem Finger bohrte sich in sein rechtes Augenlid. Es war noch schmerzhafter als die Erfahrung vom linken. Nun stachen die restlichen spitzen Finger in die oberen Lider. Teobdir war jenseits von irgendeiner Schmerzskala und wenn er es im Nachhinein genauer hätte beschreiben müssen, dann wäre es wohl eine 5 auf dem Schmidt-Stichschmerz-Index gewesen. Die Finger versuchten wie Krebsscheren, die in den Augenlidern steckten, diese zu zudrücken. Teobdir hatte das Gefühl als würden sie gleich reißen.
Die dünnen Finger zitterten nun vor Kraft. Es kam ihm so vor als wären schon Stunden vergangen, jedoch waren es nicht mal 30 Sekunden gewesen. Das Wesen schrie und die Finger bebten vor Schmerzen, aber Teobdir blieb standhaft. Als er der festen Überzeugung war er hätte das Schlimmste überstanden spross eine dritte Hand hervor und stach ihm in den Hinterkopf. Es hallte eine sanfte Stimme durch den Raum, die ihn dazu aufforderte aufzugeben.

Es bringe doch nichts, früher oder später müsste er blinzeln. Teobdir konnte nicht anders. Nach der Stimme in seinem Kopf, die ihm die Schmerzen nahm, musste er einfach blinzeln. Er machte die Augen zu. Jeden Mikrometer den seine oberen Lider sanken und seine unteren Lider sich erhoben, fühlte sich so an, als würde sein ganzer Körper immer weiter in ein Bad aus warmen, weichen Sonnenlicht tauchen.

Ein Wimpernschlag kann die Welt verändern, das hatte er irgendwo schon einmal gehört.
Finsternis.
Er öffnete die Augen und befand sich nun in einer lichtdurchfluteten Höhle          mit          einem          Lehmoffen.

# Remis

>> Frufert! << rief Sora, sprang auf ihn zu und umarmte ihn.

>> Sora! << freute er sich von tiefstem Herzen.

Sie drückten sich beide so fest sie konnten und nach einem kurzen zögern küssten sie sich sinnlich aber sanft auf die Lippen.

>> Ich habe nach dir gesucht, ich dachte, du würdest nicht mehr existieren. << erklärte Frufert.

>> Nein, nicht ganz. Mich hat ein Verrückter in einem Turm festgehalten und ich habe befürchtet, dass ich nie wieder bei Verstand herauskommen würde, aber dann haben mich diese zwei hier befreit. << verkündete Sora und zeigte auf Larah und Yael.

Yael war jedoch am Ende. Er war am Boden zerstört und hörte gar nicht zu. Er saß einfach mit seinem Rucksack auf dem Boden und starrte in die Wüste.

Larah hingegen ging zu den beiden hin und wollte sich ins Gespräch einmischen, wodurch Teobdir und Sora etwas Abstand voneinander nahmen.

>> Hallo Frufert, ich habe viel von dir gehört. Du bist derjenige, den alle mit Grubich in Verbindung bringen. Ich brauche daher deine Hilfe, denn du musst mich zu ihm bringen. <<

Teobdir schaute beschämt zu Boden und sagte >> Das kann ich leider nicht mehr, er ist tot. <<

>> Grubich ist tot? Wie ist das passiert? Wer hat ihn denn umgebracht? << staunte Sora.

Teobdir atmete tief durch. >> Das war ich. <<

>> Warum? << unterbrach Sora Teobdir.

>> Die Sonne ist schrecklich nervig, wenn man hier schon eine Weile gelebt hat, also lasst uns doch lieber reingehen, dann erzähle ich euch alles in Ruhe. <<

Sie gingen aus der heißen Wüstensonne in die angenehme und relativ kühle Höhle. Sie saßen dort um eine Art Tisch, der nur ein Klotz aus Lehm war. Die Sonne schien erneut so in die Höhle, dass sie sehr gut belichtet war und man trotzdem den Lehmklotz beim Eintreten kaum vom eigentlichen Boden unterscheiden konnte. Yael, der immer noch geschockt war und träge hinter den bereits sitzenden hinterherschlurfte, stolperte über den Tisch und fand dadurch auch gleich seinen Sitzplatz am hinteren Ende des Tisches.
Erstaunt über so eine grazile Ladung, begann Sora schnell das Gespräch.

>> Erzähl' mir Frufert, warum hast du Grubich getötet? <<
>> Warte, nenn' mich bitte Teobdir, Sora. Ich hieß lange genug Frufert. <<
>> Teobdir ist aber auch ein merkwürdiger Name. << lachte Larah.
>> Da muss ich ihr leider Recht geben, Fru... Teobdir. << schmunzelte Sora.
>> Ich habe aber das Gefühl, dass dieser Name besser zu mir passt. Nachdem was passiert ist, bedeutet dieser Name mir etwas. Ich, Teobdir Strussert wurde aus irgendeinem Grund von irgendjemand ausgewählt nicht von grubichs Macht manipuliert werden zu können. Deshalb habe ich ihn getötet. <<
>> Wie? <<
>> Das weiß ich nicht genau. << gab Teobdir zu.
>> Du weißt es nicht genau? Hast du etwa seine Schwachstelle entdeckt? Hast du herausgefunden wie seine Fähigkeiten funktioniert haben? Könnte es etwas damit zu tun haben? << erkundigte sich Larah stürmisch.

>> Ja, ich weiß mittlerweile wie seine Fähigkeiten funktionierten und was ihn antrieb. Sora, Grubich hat nichts von all dem gemacht, was wir annahmen. Es ist alles komplexer. <<

>> Du meinst, dass er all diese Leute nicht getötet hat? <<

>> Richtig, er hat nur bestimmte Handlungsstränge verbunden und dadurch sind einige Ereignisse verschmolzen. Es war so gesehen immer ein Grubich aus einer anderen Zeitlinie, der die Menschen umgebracht hat. <<

>> Aber dann hat er es ja irgendwie doch getan. << mischte sich Larah erneut ein.

>> Nur weil es nicht dieser Grubich war, heißt das ja nicht, dass die Opfer es nicht erlebt haben. << merkte Sora an.

>> Das ist nicht von Belang. Versteht doch, er hat es gemacht um das Universum zu retten. << verteidigte ihn Teobdir.


>> Teobdir, der Zweck heiligt nicht die Mittel. << kritisierte ihn Sora.

>> Aber warum muss man das Universum retten? << fragte Larah.

>> Grubich dachte, dass es zerstört werden würde, aber es war nur sein eigener Tod, den er nicht kommen sah. <<

>> Den du verursacht hast. << bemerkte Larah taktlos.

>> Wie ist er gestorben. << rettete Sora ein bisschen die Unterhaltung.

>> Du weißt doch, dass ich mich nur noch an ein paar Ereignisse vor der Explosion im Club Flamingo erinnern kann. Als ich zum Club gefahren bin fehlten mir damals 25 Cent im Geldbeutel um den Taxifahrer zu bezahlen und genau diese verschwundenen 25 Cent haben Grubich getötet. <<

Alle schwiegen.


>> Wird das Universum denn zerstört? << brach Sora das Schweigen.

>> Ich denke schon und das ist der Grund warum wir etwas unternehmen müssen. << argumentierte Teobdir

>> Wodurch wird es denn zerstört? << schmiss sich Larah wieder in die Konversation.

>> Durch ein Ungleichgewicht. << erläuterte Teobdir.

>> Wie willst du das wiederherstellen? << flankierte Sora.

>> Grubich wollte mir seine Fähigkeiten übertragen, doch irgendwie spüre ich nichts davon. Ein Wesen hat mir jedoch erzählt, ich könnte Grubich nicht retten, auch wenn ich diese Fähigkeiten nutzen würde. Anscheinend habe ich das bisher immer versucht. Durch seine Fähigkeiten habe ich mich in mein Bewusstsein während der Taxifahrt versetzt und vergesse, dass ich die Gabe besitze, da ich sie irgendwie nicht wahrnehme. Daraufhin suche ich in meinem Geldbeutel das Kleingeld und finde es nicht, was alle Ereignisse in Gang setzt, dass diese Handlung immer wieder erfolgt. Ich müsste nur eine Version finden, in der das Geld da ist, oder in der ich nicht Taxifahre um sie zu verhindern. <<

>> Warum fuhrst du überhaupt zum Club Flamingo? << wollte Sora wissen.

>> An das kann ich mich nicht mehr erinnern. <<

>> Was dann? Angenommen du findest heraus wie du in die Vergangenheit reist und Grubich am Leben bleibt. Was passiert mit ihm und was wird mit dir passieren? Wäre es nicht sehr wahrscheinlich, dass du nur deswegen wichtig bist, weil dein Verlauf den Tod von Grubich auslöst? << spekulierte Sora.

>> Vermutlich hast du Recht. Ich weiß auf jeden Fall nicht was ich tun soll. <<

>> Was „wir“ tun sollen. << grinste Sora und nahm Teobdir bei der Hand.


Teobdir freute sich darüber endlich wieder mit Sora zusammen zu sein. Die Zeit mit Nadia war zwar schön, aber sie erinnerte ihn sowieso die ganze Zeit nur an Sora. Abgesehen davon, dass sie vorgab jemand zu sein, der sie nicht war. Er hatte nichtsdestotrotz ein schlechtes Gewissen. Wo Grubich sie wohl hingebracht hatte?


>> Was ist mit uns? Der Turm ist zerstört, Pent ist weg, Grubich ist tot und ihr wart unser letzter Anhaltspunkt. << riss Larah Teobdir aus seinen Gedanken.

>> Vielleicht hilft uns ja dieses bescheuerte Buch endlich mal weiter.
<< motzte Yael und knallte es auf den Tisch.
>> Wir kamen dadurch bereits zum Architekten. << verteidigte Larah
das Buch.
Teobdir zog es zu sich. „Allgemeine Perspektiven für endliche Logiken". Er schlug es auf und blätterte es durch.
>> Was genau ist das für ein Buch? << forschte Sora nach.
>> Wir haben es durch Zufall mit. Darin befand sich eine Karte, aber
genauer angesehen haben wir es uns noch nicht. << erklärte Larah.
>> Im Gegenteil. Ich habe es mir genauer angesehen. Ich habe es regel-
recht studiert, aber die Hälfte des Buches ist leer. Die andere Hälfte ist
wirres Zeug und ein paar Informationen und Pläne über den Turm,
aus dem wir kommen. << informierte Yael die Gruppe zornig.


Teobdir entdeckte beim Blättern durch das Buch die erste leere Seite.
Er wurde stutzig und blätterte an den Anfang zurück. Im Vorwort
stand: „Ich habe mich lange damit beschäftigt, doch es ist und bleibt
mir ein Rätsel. Wie kann man nur ein Spiel nicht verlieren ohne es zu
gewinnen? Ich widme diesem Buch einem einzigen Zweck und zwar der
Vervollständigung dieser Frage.".
Teobdir sprang auf und tastete sich ab. Er durchsuchte seine Hosenta-
schen und dann fand er ihn. Den Brief, den er von Grubich bekam. Er
öffnete ihn und stellte fest, dass noch immer nichts darinstand.
Alle schauten verwundert Teobdirs hektischen Bewegungen zu.
>> Was hast du denn da? << hakte Sora nach.
>> Das gab mir Grubich, als ich mit ihm über das Ende geredet habe.
Er meinte es wäre wichtig, aber es scheint weiterhin nur ein leeres Blatt
Papier zu sein. <<
>> Zeigst du es mir bitte Mal. << forderte Sora.
Teobdir gab Sora das weiße Blatt Papier.
>> Was ist, wenn es eine geheime Botschaft enthält, das nur durch
Wärme offenbart wird? << warf Larah dazwischen.
>> Nein, Grubich ist theatralisch. Er würde nie auf so etwas Klischee-
haftes und einfaches zurückgreifen. << bemerkte Sora.

>> Was soll das dann alles hier? Wir haben alles verloren und Pent hat sein Versprechen auch nicht gehalten. << schnauzte Yael erneut.
>> Yael hat leider Recht. Wir sind hier in einer Sackgasse angekommen. << schließ sich ihm Larah traurig an.
>> Was habt ihr nun vor? << erkundigte sich Sora gutmütig.
>> Wir gehen zum Turm zurück und suchen Pent. << schlug Yael vor.

Sora begleitete die beiden hinaus und bedankte sich bei ihnen für ihre Rettung. Larah bedankte sich ebenfalls bei Sora und umarmte sie. Yael wollte nur zurück zum Turm und verabschiedete sich simpler.
Sie waren beide enttäuscht über den Ausgang ihrer Geschichte, doch sie waren hoffnungsvoll, dass das nicht das Ende für sie war.

>> Was ist mit dem Buch? << schrie Teobdir hinterher.
>> Könnt ihr behalten, vielleicht bringt es euch ja doch was. << antwortete Yael.

Die Höhle befand sich zwischen den beiden Türmen und man sah jeweils die Spitzen dieser. Yael und Larah machten sich auf den Weg und folgten der zerstörten Spitze ihrer früheren Heimat.
Sie gingen durch die Wüste und schwiegen. Wenigstens wussten sie wohin es ging. Der rauchende Turm schien sie anzustarren und auszulachen. Die Rauchwolken formten manchmal für einen kurzen Moment ein hämisch grinsendes Gesicht mit einem spitzen langen Nasenrücken.
Yael blieb stehen und drehte sich zu Larah.
>> Ist alles in Ordnung Yael?
>> Nichts ist in Ordnung, seit du in mein Leben gekommen bist, ist alles Tag für Tag schlimmer geworden. << brüllte er sie an.
>> Yael bitte beruhige dich. <<
Er schrie vor Wut und ging auf Larah los. Er warf sie zu Boden und schlug ihr ins Gesicht.
>> Du bist schuld an allem. Hättest du mich damals nicht aufgehalten, dann wäre die ganze Scheiße niemals passiert. Ich wäre ein gefühlsloser

Haufen, der immer noch ein normales Leben und seine Frau hätte, aber du musstest ja die Heldin spielen. Siehst du was es uns gebracht hat? Nichts! <<

Er hörte auf sie zu schlagen und stand auf. Seine Faust und Larah bluteten. Sein Schatten breitete sich über sie aus, als er von ihr weglief.

Er begann zu weinen >> Schau dich doch um Larah. Um uns herum ist nichts. Soweit man blicken kann ist nur Sand. Kein Leben, kein Wasser und vor allem keine Hoffnung. Wir könnten hier in der Sonne krepieren und keinen würde es interessieren. <<

Larah rappelte sich auf und hob einen Stein auf. Ihr Gesicht und ihr Brustkörper tat weh.

>> Dein Fehler war, dass du dachtest, dass wir Spielfiguren in einem größeren Spiel seien. Aber weißt du was du verrückte Egoistin? Wir waren nicht mal Bauern für Pent. Wir gehörten nie zu diesem Spiel.

>> Falsch, wir gehörten zu diesem Spiel, wir waren nur nicht die Hauptfiguren. << röchelte Larah und ging schleichend auf Yael zu. Dieser drehte sich um und sah den Stein in Larahs Hand.

>> So soll es also enden? Du hast mich gerettet und mein Leben zerstört um mich zu töten? << wurde Yael aggressiv.

>> Ich möchte das nicht tun Yael. << sagte Larah mit gebrochener Stimme.

>> Ich kann dir nicht mehr vertrauen, du bist genauso verlogen wie Pent. <<

Er rannte auf sie zu und als sie ausholen wollte, trat er ihr in den Bauch, so dass sie heftig in den Sand fiel und den Stein verlor. Anschließend sprintete er auf sie zu und trat ihr erneut in den Bauch. Sie hustete Blut.

>> All die Zeit und du willst mich töten. Du verdammte Verräterin. <<
E trat immer fester zu und Larah schrie vor Schmerzen.

>> Nach all dem was wir durchgemacht haben hintergehst du mich? Du Miststück. <<

Larah wollte antworten, doch die Tritte von Yael ließen das nicht zu. Er unterbrach seine Tritte und setzte sich auf ihren Bauch. Mit seinen beiden Händen drehte er ihren Kopf zu ihm.

>> Schau mich gefälligst an, wenn ich mit dir rede. <<

>> I...ich... <<

>> Ich weiß immer du du, du, du. Du hast den Architekten gefunden, du wolltest Grubich suchen. Hätten wir deinen bescheuerten Plan ausgeführt um zu Pent zu kommen wären wir vermutlich schon tot. Aber mal sehen wie wichtig du bist. <<

Er stand von ihr auf, nahm den Stein und setzte sich erneut auf sie.

>> Ich werde dir nun zeigen, dass das alles irrelevant ist und du genau so unwichtig wie ich in diesem bekackten Universum bist. Hörst du mich Universum? Ich scheiß auf deine Regeln! <<

Er holte aus.

>> Hast du noch irgendwelche letzten Worte? <<

Larah wollte antworten doch sie konnte nicht. Sie weinte und ihre Träne verdampfte ebenfalls, als sie auf den heißen Wüstensand tropfte. Yael sah das und senkte seinen Arm. Er stand von ihr auf.

>> Ich hasse dich. Dich hier zu töten würde nichts beweisen. Wenn du wirklich so wichtig bist, dann überlebst du das hier. Ich hoffe du hast einen schmerzvollen Tod. <<

Yael ging fort.

Larah blieb ein paar Minuten im Sand liegen und weinte. Sie hätte Yael niemals umbringen können, warum hat sie nur den Stein genommen? Was war mit Yael los, dass er ihr das antat? War das alles nur ein böser Trick von Pent? Das Blut war echt. Sie versuchte aufzustehen. Es schien zu funktionieren. Sie schleppte sich durch die Wüste und hinterließ eine Blutspur im Sand, bis sie den Turm erreichte. Ihr wurde schwarz vor Augen und ihr tat alles weh. Sie war sich sicher, dass es so enden würde und lehnte sich gegen den Turm, woraufhin ein Alarm ausgelöst wurde.

Larah erschrak und stoß sich vom Turm ab. Sie versuchte vom Turm wegzurennen doch ihre Schmerzen waren so groß, dass sie hinfiel. Sie kroch noch ein Stück bevor eine Spezialeinheit aus dem Turm kam und ihr aufhalf. Sie wehrte sich und schrie. Einer der Einheit machte ein Zeichen und der, der sie rechts festhielt zog eine Spritze aus seinem Gürtel und beruhigte sie. Sie kämpfte dagegen an doch konnte weder ihre Arme noch ihre Beine mehr spüren. Der Anführer, der das Signal angab teilte über einen Funkspruch mit, dass sie Frau Gard gefunden hätten. Ein Funkspruch, der ihnen befahl, dass sie Larah sofort in die Intensivstation bringen sollten. Das Einsatzteam trug Larah so schnell es ging in den Turm zurück und schnallten sie im unteren Eingang auf eine Barre, auf der sie von Ärzten in die Glücksabteilung gebracht wurde. Diese war aber komplett leer und auch die Sensoren schienen nicht mehr zu funktionieren. Die Ärzte stoppten in den Sälen und begannen sofort Larah zu entkleiden. Es kamen mehr Ärzte hinzu und sie versammelten sich um Larah.

>> Sie hat es ziemlich schwer erwischt. Schnell gebt ihr eine Infusion und betäubt sie, wir müssen sofort operieren. << schrie ein Arzt.

Larah bekam erneut eine Spritze und schlief ein. Die Ärzte gaben ihr Bestes und wollten Larah Gard auf keinen Fall verlieren.

Nachdem sich Sora von Yael und Larah verabschiedet hatte ging sie wieder hinein, setzte sich neben Teobdir und umarmte ihn. Sie saßen ein bisschen am Tisch und erzählten sich was passiert war. Nach einer Weile legten sie sich hin und Teobdir begann sie am Kopf zu kraulen. Sie fand es angenehm gekrault zu werden und er mochte es mit seinen Fingern durch ihr rotes Haar zu streifen.

>> Über was hast du mit Grubich auf dem Balkon geredet? <<
>> Über nahezu alles. Wir haben diskutiert, ob es nicht das Beste wäre, einfach aufzugeben, aber er machte mir klar, dass das keine Option sei. <<
>> Warum? Es ist doch eine Möglichkeit seinem Schicksal zu entkommen, indem man aufgibt. << wunderte sich Sora.
>> Das habe ich ihm auch gesagt und daraufhin fragte er mich ob ich gläubig wäre. Ich antwortete, dass ich mir drüber selten Gedanken mache. Er erzählte mir, dass er am Anfang seine Fähigkeiten dazu nutzte Leute davon zu überzeugen, dass Religion und ein Gott schwachsinnig seien. Er zeigte Leuten, was er sehen konnte und viele wurden dadurch wahnsinnig. Nach einiger Zeit lernte er bei einer Konferenz

eine alte Dame kennen. Sie fragte ihn aus heiterem Himmel, ob er gläubig sei. Er erklärte der Dame, dass er das nicht sein könne nach alldem was er wusste. Die alte Dame fragte, ob er ihr das nicht erklären wollte, denn vielleicht würde sie dadurch auch so schlau werden wie er. Grubich zeigte ihr also alles was er wusste.

Die alte Dame erlitt einen Schwächeanfall und weinte.

Auf die Frage, warum sie weinte, antwortete die Dame, dass es schöner wäre als sie es sich erhofft hätte. Grubich war verwirrt und fragte wieso sie denn nicht schockiert war, dass es keinen Gott gibt.

Woraufhin die Dame sich die Tränen abwischte und antwortete, dass es natürlich einen Gott gäbe. Es sei egal ob er Himmel, Erde, einen Menschen, zwei, alle oder nichts von alledem erschaffen hätte. So lange die Menschen an irgendetwas glauben, sind sie Menschen. <<

>> Das ist doch ein bisschen albern oder nicht? << merkte Sora an.

>> Nein, Grubich hat es mir gezeigt. Man könnte alle Menschen bis auf einen ausrotten, doch dieser würde weitermachen. Er würde hoffen. Er würde glauben. Er würde sich irgendetwas zum Ziel machen, was ihn stark macht. Ohne diesen Glauben wäre er verloren und schwach. Diese Hoffnung macht uns zu dem was wir sind. <<

>> Das ist zwar ein schöner Gedanke aber es sind ja nicht alle Menschen so. <<

>> Das müssen sie ja auch nicht sein. << lächelte Teobdir.

>> Aus deiner Geschichte habe ich nun aber nicht ganz herausgefunden, ob Grubich selbst an Gott glaubt oder ob er nur an das Glauben an sich appelliert hat? <<

>> Als ich fragte, ob es etwas Ähnliches wie einen Gott gibt, zitierte er auf seine theatralische Weise Voltaire „Wenn es Gott nicht gäbe, dann müsste man ihn erfinden.". <<

>> Glaube scheint uns jetzt ja nicht so viel zu bringen. << grinste Sora.

>> Vermutlich. Was sollen wir jetzt nur tun? << seufzte Teobdir.

>> Lass uns doch für ein paar Minuten einfach alles vergessen und beginnen dann von vorne. <<

Er stimmte ihr zu und sie küssten und umarmten sich. In ihnen wurde dieser anfängliche Funke, den beide verspürten, wieder entfacht und sie begannen in einem Sturm aus Feuer die verlorenen Gefühle nachzuholen.

Der Tag verging und Teobdir holte etwas Wasser von einem Brunnen, der in der Nähe der Höhle war. Es schien so als hätte man ihn erst vor kurzem benutzt. Als er wieder in der Höhle war, legte er sich neben Sora. Er und sie erzählten sich noch ein paar Geschichten und beobachteten den Sternenhimmel, den man durch ein Loch in der Höhlendecke beobachten konnte.


>> Weißt du, das habe ich seit meiner Kindheit nicht mehr gemacht. Ich war damals oft mit meinem Großvater zelten, abgesehen von meinem Beruf habe ich das sonst nicht mehr getan. Es ist schön diesen Moment mit dir zu teilen. << schwelgte sie.

>> Ich finde es auch schön mit dir die Sterne zu beobachten. << freute er sich.

>> Als Kind habe ich mich immer gefragt, was Sterne wohl sind. Jetzt da man weiß, dass es einfach andere Sonnen sind, nimmt es irgendwie die Schönheit der Unwissenheit weg. Es ist faszinierend wie lange die Menschen den Sternen schon eine Bedeutung geben. Apropos Bedeutung, kannst du die Sternzeichen erkennen? <<

>> Ich weiß nur wie man vom großen Wagen auf den kleinen Wagen kommt und dass dessen oberster Punkt der Polarstern ist. << erklärte Teobdir.

>> Das ist doch schonmal etwas. Wenn wir daraus ein Spiel machen würden, dann würdest du wohl verlieren. << scherzte sie.

Sora erklärte ihm ein paar Sternbilder und wie manche Namen zustande kamen, als ihr plötzlich etwas auffiel.

>> Wenn ich so darüber nachdenke. Es gibt eine Möglichkeit ein Spiel nicht zu verlieren ohne es zu gewinnen. Im Schach gibt es das Remis, es ist ein Angebot auf ein Unentschieden. <<

>> Aber selbst, wenn, wie soll uns das etwas bringen? Glaubst du nicht, dass Grubich auch darauf gekommen wäre? <<

>> Ich meinte doch nur. Es fiel mir eben gerade ein, als ich an meinen Großvater denken musste. <<

>> Tut mir Leid, Sora. Ich wollte dich nicht verletzen. Es ist nur so, dass wir eben nicht wissen was zu tun ist. <<

Er umarmte sie und sie schliefen ein.


Larah wachte auf. Sie schaute sich um. Sie war im Krankenflügel des Turms. Neben ihr saß ein Mann.


>> Guten Tag Frau Gard, es freut mich sie unversehrt wieder zu sehen. Sie haben ihren Teil ausgezeichnet erfüllt. << sagte Herr Pent.

>> Warum haben Sie mich gerettet? <<

>> Ich brauche Sie doch noch. << lachte Herr Pent.

>> Warum haben Sie uns dann in die Wüste geschickt, wenn ich so wichtig war. <<

>> Ich habe Ihnen doch bereits gesagt, dass ihre kleine Truppe eine Nachricht überbringen sollte. Das habt ihr auch sehr vorbildlich erledigt. << grinste er.

>> Was ist mit Yael passiert? <<

>> Machen Sie sich um ihn keine Sorgen, ich habe mein versprechen gehalten und er ist bei seiner Frau. <<

>> Geht es ihm denn gut? <<

>> Das kommt auf ihre Perspektive an. <<

>> Was haben Sie mit ihm gemacht? <<

>> Nein Frau Gard, die Frage ist, was hat er mit Ihnen gemacht. Schauen Sie sich doch an: mehrere innere Blutungen, ein geschwollenes Gesicht, mehrere Narben im Abdomen. <<

>> Was? Haben? Sie? Gemacht? <<

Eine        helle        Stimme        unterbrach        die        beiden

>> Herr Pent, es ist soweit. Sie haben die Nachricht erhalten. <<

>> Wunderbar Frau Wetschner, ich komme gleich zu Ihnen. <<

Larah wollte sich von ihrem Bett befreien, doch sie war gefesselt.

>> Bitte beruhigen Sie sich Frau Gard, sonst platzen noch ihre Nähte. <<

>> Sie glauben, dass Sie ja so schlau und immer einen Schritt voraus sind, aber ich kann ihnen garantieren, dass Grubich sie bereits besiegt hat. Ich weiß es. <<

Der Raum wurde schwarz und die Augen von Herr Pent leuchteten rot.

>> Sie wissen nichts! Sie haben Glück, dass ich sie ein weiteres Mal in dieser Geschichte brauche und ich rate Ihnen meine Geduld nicht zu strapazieren. <<

>> Sie haben verloren, Pent. << lachte Larah

Pent zog einen Revolver und zielte auf Larah. Der Raum wurde wieder heller. Pent beruhigte sich und steckte den Revolver wieder ein. Er machte eine beruhigende Handbewegung und hielt Larah seine Linke hin.

>> Einigen wir uns auf ein obligatorisches Unentschieden Frau Gard. Ein Remis, wenn sie so möchten. <<

Larah wollte einschlagen, doch konnte nicht wegen den Ketten an ihren Armen.

>> Das ist aber schade, dass Sie nicht wollen. << lachte Pent und ging aus ihrem Zimmer.

Larah versuchte sich erneut zu befreien, doch etwas in ihrem Kopf sagte ihr, dass sie sich beruhigen sollte. Ihr wurde plötzlich mulmig und sie fühlte sich anders.

>> Wer bist du? << fragte sie die Stimme in ihrem Kopf.

Doch die Stimme antwortete nicht auf ihre Frage.

>> Warum soll ich dir vertrauen? Woher weißt du das alles? Bist du dir sicher, dass das so sein wird? Wenn du recht hast, dann müssen wir uns beeilen. <<

Die Stimme gab Larah den Rat, dass sie sich erstmal ausruhen sollte bevor sie weitermachen könnten.

Sie wollte sich aber nach dieser Nachricht gar nicht ausruhen und rüttelte an ihren Ketten. Sie bog und windete sich so sehr, dass ihre Nähte fast aufgingen.

Die Stimme bat sie damit aufzuhören, doch sie hörte nicht.

Larah war gerade dabei ihr Handgelenk unter extremen Schmerzen aus einer der Ketten zu befreien, als die Stimme in ihrem Kopf extrem tief wurde und sie sich nicht mehr regen konnte.
>> Ruh' dich aus. Ich übernehme ab jetzt. << hallte die Stimme in einem tiefen Bass.
Larah schlief Widerwillens ein.


Am nächsten Tag wachte Teobdir vor Sora auf. Er holte erneut von draußen Wasser und schaute sich um. Die Sonne schien besonders erbarmungslos zu sein. Er ging schnell wieder in die Höhle, setzte sich an den Tisch und begann erneut im Buch zu blättern. Er las ein paar Zeilen. „Die Gedanken eines Wahnsinnigen." Lautete eine Überschrift, darunter stand etwas von Zeitreisen und Zeitschleifen. Es war durchaus interessant aber nichts was er sich nicht schon hätte denken können. Er übersprang ein paar Seiten und kam auf einer Seite an, auf der sich nur ein Satz in der Mitte befand. „Das Leben hat erst dann einen Wert, wenn es auch enden kann, denn nur wer die Möglichkeit hat zu sterben, hat auch die Fähigkeit zu leben.".
Was war dieses Buch genau? Er schlug weiter hinten einen Teil auf, dort wo die Seiten leer waren. Er drehte es und schüttelte es aus. Heraus flog jedoch nur der Brief dem ihm Grubich gegeben hatte.
Er starrte ihn an und plötzlich verformte sich dieser.


>> Du schon wieder? << schimpfte das Unterbewusstsein.
>> Ich weiß dieses Mal auch nicht was ich hier soll. << verteidigte sich Teobdir.
>> Das ist aber schlecht. Du hast doch alles, was du brauchst. Lass dir das ganze doch einfach nochmal durch den Kopf gehen. <<


Teobdir schloss die Augen. Er befand sich erneut in dem weißen Raum, in dem er die Kreatur zur Rede stellte. Doch dieses Mal war auch wieder der Sessel und die Stehlampe dabei. Er ging auf den Sessel zu und setzte sich hinein. Er passte erneut wie eine zweite Haut. Daraufhin schaute er den Lampenschirm genauer an. Komisch, dieses

Mal waren alle Zahlen weg und es waren nur goldene Punkte zu sehen. Sie mussten wohl ein Ende symbolisieren.

>> Ich soll jetzt einfach an alles denken, was ich erlebt habe, richtig? <<
>> Du kannst auch missratene Kastanientiere basteln, aber das bringt dich auch nicht weiter, also würde ich das doch stark annehmen. << schnappte das Unterbewusstsein.

Teobdir überlegte. Es begann alles mit der Taxifahrt, dann war er im Club, anschließend im Polizeipräsidium, daraufhin im Museum, ein helles Licht. Er erwachte in der Wüste, lernte Nadia kennen, sie gingen in die Stadt, wurden im Camp aufgenommen, er ging zum Tor, der Turm, das Wesen und zum Schluss hier in der Höhle. Was sagte das Wesen nochmal genau? Er sei ein Fehler. Das sagte das Tor doch auch zu ihm. Seine Rolle war ein Fehler. War er der Fehler oder stand es dafür, dass sein Fehler Grubich umbringen sollte?
Er konzentrierte sich. Was hat es mit Remis auf sich? Mit wem spielte er überhaupt? Mit wem spielte Grubich?
Teobdir griff in seine Tasche und fand den Brief, auf ein Neues unbeschrieben.

>> Dieser Brief nützt mir nichts. << sagte er leicht zornig.
>> Durch ihn bist du doch hier, also tu mal nicht so. Meine Präsenz ist ja wohl wichtig genug. << nörgelte das Unterbewusstsein.
Teobdir schaute das Blatt intensiver an. Er dachte nach. Er musste an alle merkwürdigen und zuerst unsinnigen Sachen denken.
>> Remis. Fehler... << murmelte er vor sich hin.
Plötzlich traf es ihn. Er verstand es nun. Er war es. Er durfte nicht in sein früheres ich zurückkreisen, weil er dadurch eine Zeitschleife bilden würde. Er tat das immer wieder um Grubich zu retten, aber dieses Mal ist es anders. Warum? Lag es an Grubichs ultimativer Zeitlinie? Lag es an Olliver?
Teobdir wachte auf und schüttelte Sora sanft.

>> Sora wach auf. << schrie er.

>> Was ist denn los? << äußerte sie sich verschlafen.

>> Ich weiß, was ich zu tun habe. Ich kann das Universum retten, indem ich nicht in die Zeit zurückreise. Ich war der Fehler, der das Universum zerstört hat. Ich war ein infiniter Regress. Darum konnte mich Grubich nicht manipulieren, weil ich bereits seine Gabe hatte, das ist auch der Grund, warum ich mich an nichts vor der Taxifahrt erinnere, weil ich immer wieder von dort begonnen habe. Wenn ich also mit dir hierbleibe, dann können wir das Universum retten. Verstehst du, Grubichs Theatralik. Er wollte sterben, deswegen auch das Zitat in dem Buch. Es macht nun alles einen Sinn. <<

Sora sprang auf und umarmte ihn.

>> Das sind wundervolle Nachrichten Teobdir. << freute sie sich.

>> Wir können nach all diesen verrückten Geschehnissen ein normales Leben führen? << ergänzte sie.

>> Ich denke schon. Ich bin mir sicher, dass ich das machen muss. Es weist zu viel daraufhin. <<

>> Teobdir, ich bin wirklich froh darüber, aber lass uns heute doch trotzdem alles untersuchen. Das Buch und der Zettel sind vielleicht nur Nebelkerzen. Ich meine hier geht es um alles, falls Grubich recht hatte. Wir müssen uns komplett sicher sein, was unser nächster Schritt sein wird, bevor wir weiter machen. <<

Teobdir beruhigte sich und sah ein, dass Sora recht hatte. Es stand zu viel auf dem Spiel um voreilig zu handeln und die erstbeste Einsicht als korrekt anzunehmen.

Sie standen beide auf und suchten sich erstmal etwas zu Essen. Teobdir wusste noch ungefähr wo die Oase sein musste, aber beiden war bewusst, dass es zu gefährlich sei nur mit einer Vermutung in die Wüste zu gehen. Sie entschieden sich daher in Sichtweite der Höhle zu bleiben, falls ein Sandsturm oder eine plötzliche Sturzflut kommen könnte. Sie fanden ein paar Insekten und eine Schlange und brieten sie über dem Feuer des Lehmofens. Es war ein spärliches Frühstück, und was nicht fade schmeckte, schmeckte etwas bitter. Abgesehen davon war zwischen den Extremen „so zäh wie eine Schuhsohle" und „so schleimig wie Seife", keine Mittelvariante. Selbst als Teobdir ein Insekt auf ein Stück Schlange leckte, schmeckte es so als würde er beides separat essen. Eher geschwächt als gestärkt machten sie sich an die Arbeit.

Sie blätterten durch das ganze Buch und überprüften jede Seite pedantisch nach Hinweisen oder nach einer größeren Bedeutung. Manche Texte waren einfach wirr, während andere schöne Gedichte waren und wieder andere einfach Gedanken zu sein schienen. Über ein Drittel des Buches war leer, weshalb sie diese Seiten über das Feuer hielten um zu sehen, ob vielleicht nicht doch Geheimtinte verwendet wurde. Das war nicht der Fall.
Sora versuchte eine Notiz, mit Asche und einem kleinen Stock, auf einer leeren Seite zu machen, doch es funktionierte nicht.

>> Schau dir das an. Ich schreibe auf die leere Buchseite und es passiert nichts. << erschrak sie.
>> Versuch mal in einer der Ecken zu schreiben. << schlug Teobdir vor.
Sora setzte erneut an und das Blatt weigerte sich, die Asche aufzunehmen.
Verwundert über das ganze probierte es Teobdir ebenfalls. Er machte einen Strich aus Asche.
>> Bei mir scheint es zu funktionieren. <<
>> Was ist dieses Buch genau? << fragte sie fasziniert.
Angespannt und neugierig untersuchten sie es weiter. Dieses Mal aber noch gründlicher als zuvor.
Der ganze Tag floss dahin und sie konnten nur einen vollständigen Text finden, der kein Gedicht war. Er lautete:

Der Reisende:
Reise: [der Erreichung eines bestimmten Ziels dienende] Fortbewegung über eine größere Entfernung.

Ich suche seit langer Zeit mein Ziel. Ich habe eingesehen, dass ich dieses niemals erreichen werde und genau darum bin ich auf ewig ein Reisender. Ich akzeptiere mein Schicksal und hoffe, dass mein Aufbruch nicht umsonst war. Ich habe viel zu berichten. Ob diese Informationen jemand etwas nützen werden, das weiß ich nicht und wenn ich es jemals gewusst habe, dann ist es bereits vergessen. Nur eines weiß ich ganz genau, dass ich vor langer Zeit ein Geschenk erhalten habe. Damals erkannte ich nicht den Wert des Geschenkes, aber mittlerweile weiß ich, dass es kein Geschenk war. Es war eine Abmachung, ein Pakt, so alt wie die Zeit selbst.

Ich begrub meine Fehler im Sand der Zeit und reiste zurück, doch das Geschenk selbst hat Limitationen, die sein ursprüngliches freisetzen aufrechterhalten. Eine Art Schutzmechanismus. Auch wenn man es schafft sich in die Situation vor der Entfesselung zu versetzen, dann ändert sich die Entscheidung nicht, da sich das Bewusstsein wieder anpasst. Nur das Unterbewusstsein behält kleinste Fragmente der Erinnerungen. Hier stoßen die Fähigkeiten an seine Grenzen. Es wird limitiert durch ein Gesetz, doch ich bin mir noch nicht sicher, wie das Gesetz lautet.

Ich habe es tausende Male akzeptiert. Diese eine Sache änderte sich einfach nicht. Ich denke ich kann das Geschenk replizieren und an jemand anderen testen um zu sehen was seine allgemeinen Eigenschaften sind und was nur für mich gilt. Es scheint so, als ob die Gesetze im Universum abnehmen seit dem Pakt. Durch das Reisen durch die Zeit und an die verschiedensten Orte verringert sich die Anzahl der Möglichkeiten und die Unordnung scheint abzunehmen. Es gibt so vieles, das ich nicht verstehe.

Ich startete meine Reise mit Fragen und bei der Suche nach deren Antworten, vergaß ich sie. Ich habe so viel vergessen. Ich bin mir nur noch bewusst, dass ich bald im Augenblick verweilen werde. Oh vergib mir.


>> Wer glaubst du hat das geschrieben? << wunderte sich Teobdir.

>> Es könnte Grubich gewesen sein, aber an sich könnte das auf jeden mit der Gabe zutreffen. <<

>> Ich weiß nicht mehr weiter. Nichts an diesem Buch macht Sinn, nicht einmal der Name. << verzweifelte Teobdir.

>> Lass uns morgen weitermachen. << munterte Sora ihn auf.

Teobdir nickte. Er ging erneut Wasser holen und anschließend legten sie sich wieder hin und beobachteten die Sterne.

>> Ist es nicht faszinierend. Weg von den Menschen fühlt man sich am menschlichsten. << philosophierte Teobdir, als er in die Sterne blickte und gerade gegen Sora am Verlieren war.

>> Das stimmt. << antwortete Sora und schmiegte sich an ihn.

Sora schlief ein, doch Teobdir konzentrierte sich und schloss seine Augen.

Er befand sich wieder in dem Sessel in seinem Unterbewusstsein.

>> Wie komme ich an die Fragmente vor meiner Taxifahrt? << schrie er.

>> Wie wäre es zur Abwechslung mal mit einem „Bitte" oder einem „Danke"? Ohne mich wärst du vermutlich schon längst tot. << machte ihm das Unterbewusstsein spöttisch klar.

>> Liebes Unterbewusstsein, würdest du mir freundlicherweise sagen, wie ich an Fragmente vor meiner letzten Erinnerung komme? Bitte? <<

>> Na also geht doch. Nein, das kann ich nicht. <<

>> Warum nicht? <<

>> Weil es keine gibt. <<

>> Wie ist das möglich? <<

>> Warum fragst du immer wie ein verwirrtes Kind in der Mathenachhilfe? Du weißt die Antwort doch bereits. <<

Teobdir verharrte noch eine Weile im Sessel und schlief dann ebenfalls ein.

Es vergingen sechs Tage und jeder dieser Tage hatte nahezu den gleichen Ablauf:

Aufstehen, Wasser holen, Essen jagen, Essen braten, essen, das Buch nach Hinweisen durchforsten, erneut essen, Wasser holen, weiter das Buch nach Hinweisen durchsuchen, Essen jagen, Essen braten, essen, Wasser holen, sich hinlegen, Sterne beobachten und einschlafen.

Am siebten Tag schmeckte die Schlange gar nicht mal mehr so schlecht, man gewöhnte sich an sie und das nicht nur beim Frühstück. Sie begannen das Buch erneut zu analysieren, doch zur Mittagszeit schauten sie sich beide an und dachten dasselbe.

>> Teobdir, ich glaube du hast recht. Wir sollten in die Stadt gehen und uns um uns kümmern. << schlug Sora vor.
Äußerst glücklich über diese Aussage legte er das Buch zur Seite und küsste Sora.
>> Lass uns morgen früh los, wenn es noch nicht so heiß ist. << freute er sich.
Sie blätterten noch bis zum Abend durch das Buch und legten sich dann erneut hin um die Sterne zu beobachten. Dieses Mal schwiegen sie. Sie machten sich keine Gedanken oder stellten sich Fragen zu dem was auf sie zukommen wird. Sie vergaßen sich für einen Moment selbst.

>> Gute Nacht Sora, ich bin gespannt, was morgen auf uns wartet. <<
>> Gute Nacht Teobdir. Ich auch. <<

Sie schliefen so fest, wie schon lange nicht mehr und träumten vom Sternenhimmel. Beide wachten plötzlich auf, wie aus einem Traum gerissen. Sie grinsten sich an, standen auf, packten ein paar Sachen zusammen, füllten ihre Wasservorräte auf und verließen die Höhle. Sie sahen von weitem den Turm und begannen Hand in Hand miteinander in seine Richtung loszulaufen. Irgendwie traurig und fröhlich blickten sie zurück auf die Höhle.
Sie wussten jedoch, dass ihre Geschichte von jedem anders erzählt werden würde.

Wer jetzt denkt, dass diese Geschichte nicht richtig beendet wurde, der hat nicht ganz aufgepasst, denn es wurden genügend Hinweise und Rätsel versteckt um die komplette Handlung rund abzuschließen. Außerdem gibt es eine geheime Nachricht, die das richtige Ende offenbart. Ich hoffe ihr hattet viel Spaß beim Lesen und werdet noch mehr Spaß beim Analysieren, Interpretieren und Rätseln haben.
Nochmals danke für alles und noch einen schönen [hier adäquaten Wochentag einfügen]

D. Engel

# *Danke fürs Lesen!*